飛鴿交友須謹慎
3

目錄頁

CONTENT

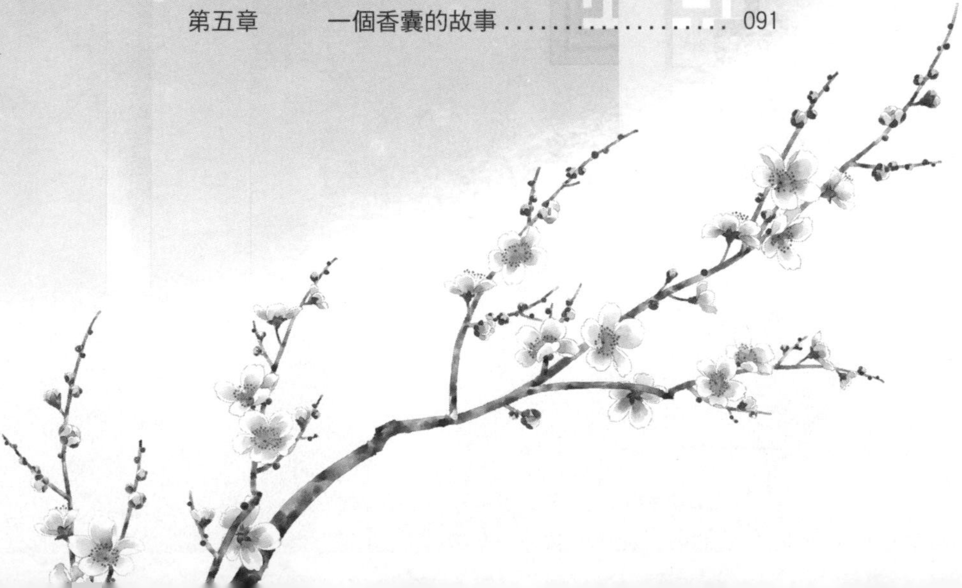

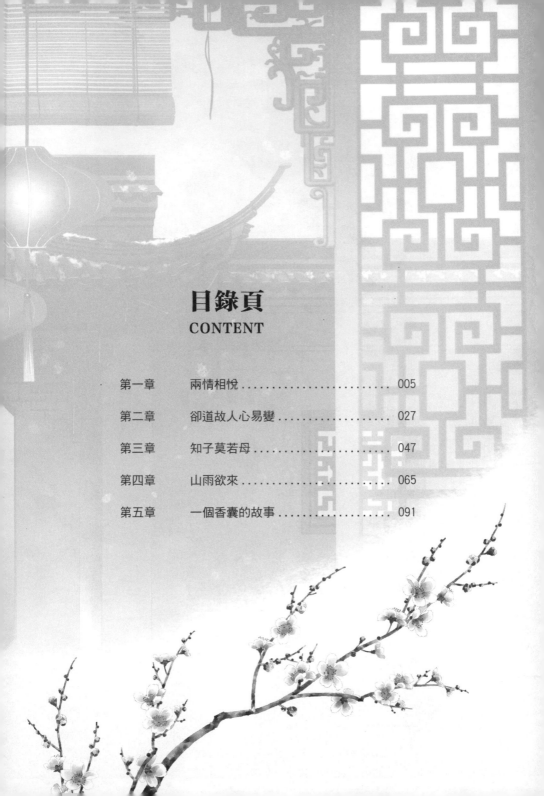

第一章 兩情相悅

「海望，我爹說的話，我一定聽的。
我爹娘走得早，但一輩子親親愛愛，我要的僅此而已。
我的心只給一個人，我也只要一個人的心，
既然你心有所屬，我就不要了。」
關山盡倍感震撼，死死摟著吳幸子，
恨不得把人塞進骨血裡。
「我的心只給你，你要就拿走，
這輩子沒有第二個人拿得到。」

吳幸子跟染翠拿到讓人說實話的藥後，第二天湊巧雨也停了。

起了個大早，吳幸子帶著倆丫頭上街買菜，回來後鑽進廚房中鼓搗一陣，做了幾樣家常小菜，整整齊齊擺放在食盒裡，同染翠借了車，在黑兒的陪伴下逕自去找平一凡。

平一凡住在城南連堂曲徑外圍，是個商家住處混雜的地方，他發家致富的店面就開在城南玄武大街邊上，賣著從南方淘來的雜貨，後面還有一進院子，便是他的居所。

吳幸子來過幾次，店前的夥計是認得他的，一見他提著食盒走進來，便熱情地招呼道：「吳先生，您來找我們東家嗎？」

「是，他在嗎？」緊了緊手上的提把，頭一回做壞事的吳幸子掌心都是冷汗，也虧他臉上的笑容竟絲毫不顯僵硬。

「東家在的，您自個兒進去吧。」夥計心知眼前的人等同於老闆娘的存在，自然不會阻攔。

吳幸子點點頭，回頭對黑兒擺擺手讓他回去，躊躇一會兒又深吸口氣才邁開步子往裡走。

平一凡今日晏起，吳幸子進來的時候他才醒不久，先沐浴一番正披著濕髮坐在院子裡曬。他手中拿著一本帳冊翻看，神情頗是專注，但一頭散髮讓平時溫潤如玉的氣質淡了些，反倒有種別樣的勾人。

「平一凡。」吳幸子不其然被眼前的美人給迷住，老臉微紅看了片刻才出聲招呼。

「嗯？」平一凡早就聽見他進來只是沒點破，老東西腳步輕巧，呼吸也輕巧，彷彿一隻懶洋洋的老貓，心裡不由自主就軟成一片，也壓根沒費心思猜測為什麼吳幸子突然來訪。

他抬頭對吳幸子一笑，目光接著落在他手上的食盒上，「你帶了什麼？」

「一點小東西。」吳幸子提著食盒走上前，有點犯難地看著石桌上散布的帳冊書信。

平一凡辦事從來不瞞著他，眼下也沒有收拾的意思，笑吟吟地瞅著他。

「快午時了，我做了幾樣小菜，還從染翠那兒討了一瓶青果釀，一起吃嗎？」

「喔，你下廚了嗎？」平一凡面露驚喜，將桌上的東西一攏隨手放在身側的椅子上，「我還是頭一回吃你做的菜。」說著便幫吳幸子取出食盒裡的小菜佈好，順手將人拉進懷裡在頰側親了親。

「嗳，光天化日的……」吳幸子臉皮還是薄，羞澀地推拒了兩下，卻擋不住心裡渴望親近的想法，很快就乖順地靠在平一凡懷中任憑搓揉了。

倒也沒多孟浪，雖說相交月餘，兩人都有了結契的意思，平一凡卻並沒怎麼碰過吳幸子，偶爾在臉頰或額心親幾下已經是最親密的動作了，平日也多半只拉拉小手、摟摟腰，吳幸子可真是憋壞了，過去與關山盡在一塊兒的時候，浪得能解大夏十年旱災呢！偏偏他臉皮薄不敢主動，每日被白檀混著橙花的冷香包圍，人都快憋出好歹來。

他想下藥，這也是原因之一。伸頭一刀縮頭也是一刀，弄清楚平一凡的身分後，他也能忍得更心甘情願些吧。畢竟沒了這熟悉的味道與溫度，吳幸子也不是非要朝巫山橫衝直撞的，有鯤鵬圖與右手足矣。

小菜是兩葷兩素與一道涼拌，吳幸子手藝不算頂尖，但勝在用料新鮮，平一凡吃得很暢快，酒也多喝了幾杯。

於是當他覺察到狀況不對勁時，已經連一根手指都難以動彈。

「你……」平一凡不可置信地看著吳幸子，他從沒對眼前人有一絲提防，藥性來得猛烈，他雖運起內力阻擋藥力擴散，卻只是亡羊補牢效用不大。然而，無論是多迅猛的藥，都比不上吳幸子下藥給平一凡帶來的震驚，他努力撐著綿軟無力的身子，瞬也不瞬地彷彿要在吳幸子臉上看出一個洞來。

「你、你沒事嗎？疼嗎？」吳幸子第一次用老實藥，看平一凡滿頭大汗、身形不穩的模樣，心中也焦急起來，「我、我用的就是老實藥而已，怎麼會變成這個模樣？我這就幫你找大夫！」說著轉身要跑。

「老實藥？」平一凡心裡霎時鬆了口氣，一把扯住吳幸子的手臂把人拉回身邊，「不用擔心，我這模樣是正常的……」說著喘了喘，放鬆最後的心弦，他本也無法怪吳幸子，就算今日喝的是毒藥，大概也……只能摸摸鼻子認了。

老實藥發作起來頂多難受了點，為了讓顏文心下套，他原本在身邊安排了幾個暗衛，在吳幸子進來後都退出去了，要是見吳幸子慌慌張張往外跑，這些暗衛進來探看卻發現他中藥倒地，難保不會對吳幸子有什麼失禮的舉動，他可不願意身邊的人受到一丁點委屈。

「這是正常的？」吳幸子小心翼翼地確認，得到平一凡肯定的頷首後，才拍拍胸口坐回椅子上，瞅著眼前的人不錯眼。

一時間卻誰也沒說話，只有平一凡因為藥性不適的喘息聲特別明顯。

看著他臉色蒼白、滿臉冷汗還咬牙苦撐的模樣，吳幸子心疼地用袖子替他抹去額上的汗水，又餵他喝了幾口茶水，確定平一凡只是暫時起不了身的確沒有大礙，深深地嘆了口氣。

「你為何……」勉強緩過來，平一凡率先開口，吳幸子卻沒了往常羞澀軟糯的模樣，眉心微蹙神情嚴肅，那雙濕漉漉的眸鎖在平一凡身上，彷彿看透很多東西，平一凡半張著嘴也問不下去了。

「平一凡，你到底是誰？」不拐彎抹角，吳幸子第一個問題就讓平一凡深知大事不妙。會這麼問，心裡肯定已經有了猜測，現在不過是想證實罷了。他內心不禁苦笑，自以為瞞得天衣無縫，卻早被眼前這個軟糯的老鵪鶉懷疑上了。

在藥性催化下，平一凡知道自己說不了謊，他腦子糊成一團，四肢痠軟無力，眼前景色都染上一層白霧，彷彿踩在夢境裡似的，漸漸有些分不清夢耶非耶，他不由自主地微微張口，發出細弱的喀一聲，然而他畢竟是個鎮守一方的大將軍，對這種藥還有些許的抵抗能力，奮力用最後的意志力死死咬住嘴唇，打算來個拒不回應。

吳幸子看他強忍到將嘴唇咬得血肉模糊，心裡一抽一抽地疼，那張與關山盡有六分像的平凡臉龐幾乎扭曲，猙獰得有些嚇人，汗水一縷縷往下滑，匯集在鼻尖、下顎等處，一滴滴掉落，沒多久領口那片衣襟都汗濕了。

即使如此，平一凡還是死撐著，閉緊雙眼不肯透絲毫口風，混身都因此微微抽搐。

「你這是何苦……」吳幸子直抽氣，鼻間都泛酸了，他見不得平一凡這樣折磨自己，可染翠當時也沒給他解藥，總不能這樣耗兩個時辰，就是鐵打的人也能被耗死。他伸手輕輕撫摸平一凡煞白的臉頰，柔聲安撫：「海望，我知道是你。」

手下的人猛地一抽，因為忍耐而混濁的雙眼滿是驚駭地看向他，被咬出血的嘴唇動了動，隱約發出模糊的聲音，最後卻依然什麼也沒說出口。

「你不信任我嗎？」吳幸子又問，他心裡無比歉疚，也有些後悔自己的行為。但，他實在不得不這麼做，就算是傷敵一千自損八百的法子，終歸是個辦法。

這回平一凡沒忍住，輕輕搖了搖頭。就是太過信任了，這才中招，也是太過信任了，心防降低才會讓藥性吃得這麼深，幾乎無力抵抗。若換做任何一個旁人，即使是滿月，他也會早早察覺不對全身而退，甚至能反咬對方幾口，撕下血肉來。

吳幸子又嘆口氣，替平一凡……不，他知道這是關山盡了，抹去臉上的冷汗，愣愣地瞅著他片刻，思緒轉了幾轉，也沒能想出更好的主意讓關山盡開口。

說來也不意外，一位邊城駐軍守將，若是對老實藥毫無抵抗力，隨隨便便就能被藥倒還得了？肯定都是吃過藥、訓練過抗藥性的，眼下寄望從關山盡口中問到答案，定然困難重重。

可讓吳幸子就這樣放棄，那也絕對不成。他刮腸搜肚一連問了幾個無關痛癢的問題，關山盡就是硬氣地扯著眉心、緊閉雙眼相應不理，身子偶爾會猛抽幾下，抽得吳幸子也跟著哆嗦，最後也終於忍不下去。

他幽幽嘆口氣，又替關山盡抹了抹臉，接著斟了一杯青果釀，自顧自道：「我把藥下在酒裡，你知道我不善飲酒，還見過我醉倒兩次，後來都不許我喝酒了，所以我才把藥下酒裡。」說著，他對抬起頭神情略顯茫然的男子笑了笑，「海望，我陪你一塊兒說實話好不好？」

年輕男人抖了抖，看來是想伸手打掉吳幸子手中的酒杯，可惜卻慢了一步，吳幸子話音剛落，仰頭就把酒灌了，還被嗆得連連咳嗽，眼睛都嗆紅了，仍堅定地看著他，「我們應當開誠布公地談一談才是。」

那雙兔子似的紅眼睛可憐又可愛，關山盡嘆了口氣，終於不再強迫自己忍耐，顫抖地伸手揭開臉上易容的面具。

「你何時猜出來的？」平一凡的臉皮子下，果然是關山盡的臉，他隨手將面具扔在桌上，接著將人小心翼翼地攬進懷裡，「我低估你了……」

比起平一凡略為低啞的聲音，關山盡的嗓音圓潤低柔，差異卻並不大。然而隔著一張面皮，竟有天差地別的感覺。

吳幸子用指尖壓了壓關山盡的眼尾，順著柔美的線條往下滑動，直到把整張臉都摸了一遍，眼眶也紅得幾乎要哭出來似的，可把關山盡給心疼壞了。

「唉，別哭……是我的錯，我不該騙你。你要問什麼我這回都不瞞了，你問吧。」他安撫地親親吳幸子的鼻尖，又親親老傢伙的唇角，險些沒忍住直接把人壓倒，勾出小舌嘻鬧一番。

「你也瞞不了啊。」吳幸子輕哼，他藥性也漸漸上湧，眼神越加顯得迷濛，軟綿綿地攤在關山盡懷裡喘氣。

被藥性一衝，吳幸子不但渾身發軟，腦子糊了舌頭也糊了，喃喃自語著連自己都聽不清楚的叨絮，整個人彷彿踩在雲端或身在夢境，也察覺到眼下但凡想開口說點什麼，都只能是大實話了，壓根沒腦子說謊或隱瞞。

他瞇著模糊的眼，瞅著關山盡不放，張了張嘴後咕噥：「你說，那隻粉粉嫩嫩的鯤鵬慕容沖是怎麼來的？」他會對平一凡一見鍾情，那張鯤鵬圖功不可沒，扎扎實實打中他心底。

鯤鵬慕容沖？關山盡一愣，很快就明白他的意思，不禁啞然失笑，拉起老鵪鶉的爪子在唇邊咬了口，「你心心念念想問我的，就是鯤鵬圖？」

「嗯，我可喜歡那張圖啦，雖然比不上你的……到底是哪裡來的？」好吧，吳幸子就是吳幸子，打從見過鯤鵬多姿多采的世界後，這就是他心裡最看重的事情之一，老實藥一下肚，瞞都瞞不了。

「我讓滿月照著我的鯤鵬隨意畫的。」

儘管不是什麼了不得的事，關山盡仍有些赧然，放在平時他不見得願意老實回答，總覺得面子上掛不住。

聞言，吳幸子緩緩地眨眨眼，唇邊勾出一抹笑，「你讓滿月畫你的鯤鵬嗎？你掏出來給他看了？」問到後面，吳幸子唇邊的笑扯平了些許，目光很自然地就往下邊溜，可惜只看到自己綿軟無力的腿跟腰，畢竟他整個人都被牢牢摟在關山盡懷裡。

「沒有，我為何要掏出來給滿月看？《鯤鵬誌》裡不是有我的鯤鵬圖嘛，我讓滿月照著畫了，怕你看出來還讓他上點色掩飾掩飾。」

也不知吳幸子這羞澀的老東西哪裡來的天賦異稟，評判鯤鵬稱得上火眼金睛，人臉都不見得有認鯤鵬準，但凡察覺不對，活生生能將平一凡和關山盡的鯤鵬籍貫相同這件事給認出來。

「那顏色上得可真好。」吳幸子讚嘆一聲，腦子裡很自然又回想起平一凡的鯤鵬，他偷偷在夜裡用過，臉上不禁一陣羞紅。

「你幹什麼假扮成平一凡呢？」鯤鵬的事問清楚，也該問問鯤鵬的主人了。

摟著他的關山盡抽搐了下，下意識又想拒絕回答，吳幸子自己也渾身綿軟，哆嗦著伸手安撫地拍了拍男人摟在自己腰上的手，很快身後的人便放鬆身上緊繃的肌肉，長長地嘆了口氣。

「我假扮平一凡，是想套住顏文心這頭老狐狸，另一方面……嘶……」關山盡剛想抗拒回答，腦仁就痛得他到抽口氣。

他倒不是心存隱瞞，就是覺得面子上不好看，可惜這藥太過霸道，他也不願意吳幸子心疼自己，喪氣地老實回道：「我就是不想你被別的男人勾走，染翠那頭小狐狸總是攛掇你，恨不得把你隨便塞給一個男人過日子，這不，你心境剛平靜下來，他就把《鯤鵬誌》往你面前送，你自己說，來到京城遇上平一凡前，你寄了多少封飛鴿交友，嗯？」

語尾的小鉤子把吳幸子的心勾得癢絲絲，他哼哼一聲，控制不住地在關山盡寬厚的胸膛上磨蹭。

被磨得上下頭都起火，關山盡也不勉強自己，低頭叼住老傢伙嫩嫩的唇一陣吸吮，兩人舌尖翻動相互嬉鬧，直把吳幸子親得眼眶發熱喘不過氣，人都快化成水了，關山盡才鬆開被自己吮得顫抖的嫩舌，結束這個吻。

可吳幸子剛喘勻氣，他又忍不住吻過去，綿綿密密的吻彷彿永無止境，他真是恨不得把人給吞進肚子裡。

「嗳……別親唔……」吳幸子是真的受不住了，軟軟地推拒，他還有一肚子問題想問，可不能前功盡棄啊！這藥如此霸道，他哪有可能給關山盡再下第二次藥？兩個時辰不好好把握怎麼行。

關山盡自然明白他的意思，儘管心裡希望直接把人推倒辦了，什麼實話真心話能不說就別說，可隱隱也知道，若真想把老東西一輩子納入自己翼下寵著疼著，今天就不可能躲得掉，否則到時候竹籃打水一場空的人肯定就是自己。

又狠狠吮了一口吳幸子的唇，關山盡才喘著氣，額頭抵著懷裡人的額心，氣息彼此交纏，「你接著問，快問完。」

他的自控力在老實藥的藥性下節節敗退，難講還能忍多久。這些日子雖然天天與吳幸子見面，但一方面怕露餡兒，一方面是吃平一凡的醋，他總是死死用內力壓制情慾，這眼下慾望排山倒海，他身上的冷汗也不全是忍著不說實話來的。

張嘴喘了幾口氣，眼看男人又要親上來，吳幸子連忙問：「你要套顏文心什麼？是不是從馬面城就開始了？」

「是……我在馬面城時就已經動手對付顏文心了。這件事，不能出這院子，你聽完還是先忘了，嗯？」關山盡輕柔地撫摸吳幸子的臉龐，見他點頭允諾了才繼續說：「要對付顏文心的人是皇上，你知道護國公一脈世代純臣，我們只效忠皇位上的那個人，也就是國家社稷。顏文心這些年來在朝堂上混得風生水起，手中攢了無數權勢錢財。」

「可是，皇上不是很看重他嗎？」吳幸子還記得染翠、黑兒是怎麼說顏文心的，當朝一品大員，又是手握滿朝官員命脈的吏部尚書，深受皇上信任與看中，要不是被關山盡分去一大部分兵權，顏文心隻手遮天、改換朝廷都不在話下，他不但有野心也有能力，皇上卻似乎並未察覺其狼子野心。

關山盡聞言冷笑，「要說顏文心是頭老狐狸，龍椅上的那一位就是老狐狸成精了。當年他扶持顏文心，看上的就是其手段、能力及心性，狠辣又能隱忍可為利益所趨，多趁手的一把刀。這樣的人養不熟，總有一天會是禍害，皇上哪裡看不出來？護國公世子必須建軍功，才會上報給皇上裁定是否襲位，我從西北回京後，才有了世子的名位，皇上也藉那次看相為契機，把顏文心給摸通透了。這些年我在南疆抗命不回京，也是皇上默許，讓我暫且休養生息。只是沒想到，顏文心的手會直接伸去南疆，也算是意外之喜。」

沒料到其中還有這麼多曲折，吳幸子瞪大眼人都傻了。

半晌，他抖著雙手按住關山盡的嘴，憂心忡忡：「你、你原來瞞著我這麼重要的事，我卻還給你下藥……你別說了，我不問，我不再問了。」他心裡是真的怕了，倒不是怕自己知曉這些祕聞後是否惹禍上身，他只擔心關山盡惹上麻煩。

可是在藥效作用下，吳幸子管不住自己的嘴，他無措地聽見自己接著問：「但，載宗兄以前不是這樣的人，我也算與他相交過一段時間，他是真心想為國家社稷好的。」

「哼，所以從你手上騙了銀子，還用買來的香囊拐了你的心？」關山盡回想起這件事心裡就酸酸苦苦五味雜陳，他知道吳幸子不可能這輩子都沒喜歡過其他人，就等著被自己遇上，過去他心裡不也有魯澤之嗎？可，顏文心在吳幸子心裡畢竟是不同的，瞧瞧這會兒竟然還幫著辯解了。

「上回他見到你卻都沒認出來，你心裡還想著他？」

「不是啊……」吳幸子無辜地眨著眼，他對顏文心早就沒了旖旎心思，但畢竟是曾經喜歡又記掛許久的人，過去相處的點點滴滴也總是美好的回憶，那時候顏文心神采飛揚說著自己的抱負，彷彿一束日光照進心底，驅散父母雙亡的陰翳，即便最後這段感情是假的，卻也曾經幫了他一把。

事過境遷，他也就剛看到顏文心時感到些許傷心，後頭光顧著猜測平一凡與關山盡的關係，以及關山盡與魯澤之的關係，壓根沒心力分給那個遠去二十年的人。

聽他磕磕絆絆地解釋完，關山盡才覺得酸水沒那麼嗆人，心疼中也有些喜孜孜的，湊過去把人按著親著，搓揉了一頓。

「我知道你想問我魯澤之的事情。」這會兒，關山盡不用吳幸子問了，他清楚明白橫亙在他們之間最大的心結是什麼。

懷裡的人聽見「魯澤之」這個名字就全身僵硬，才被吻得紅撲撲的臉瞬間變慘白，腦袋垂得幾乎埋進胸口。

關山盡一陣愧疚，安撫地緊了緊手臂，在纖瘦的背脊上輕拍，他正想開口，吳幸子卻先出聲了：「海望，我喜歡你。不是隨隨便便的喜歡，是想和你白首共度的喜歡，連載宗兒都沒讓我有這種想法，我太喜歡你了……可是我知道你心裡掛念著魯先生，所以我才離開……」溫柔的嗓音認認真真說著心意，儘管在藥性下有些黏糊，但一個字一個字，聽在關山盡耳中都是深情。

他愣愣地看著懷中的老鵪鶉，突然感覺到手背上彷彿被火星子噴到般灼燙，仔細一瞅才發現是幾滴眼淚落在手背上，吳幸子安安靜靜地掉著淚。眼淚的熱度分明一瞬就消失，這會兒卻猶如燎原星火，燒進血液中、流竄進心裡，胸口悶著前所未有的疼，他緊緊地抱住懷裡的人，生怕眨眼又把人給丟了，這次他一定會瘋。

「我爹只有我娘一個，小時候他告訴我，男子漢大丈夫，一生認準一個也就夠了，人的心難道還能用刀剖開分了？以前，我爹考中過進士，還被分進翰林院。他原本沒打算那麼快娶親，那時候他才十八呢，文名滿天下，雖然他沒細說，但我總想說不定京城裡有些人還聽過他的名聲。然而，他遇見了我娘，一眼定情，他的心剖不了，全給了我娘。我娘為了幫助家裡被賣到京城入了賤籍，嫁給我爹當正妻是不可能的，最多當個妾，我爹不肯委屈我娘，索性連官也不做，想辦法抹去我娘的賤籍身分後，就帶著她回故鄉清城縣定居了。」這還是吳幸子頭一回講述家裡私事，先前關山盡猜測過吳幸子的爹並不簡單，不會是名單純的私塾先生，卻沒想到當中還有這些隱情。

吳幸子這時候抬起腦袋，眼眶還紅著，因藥性而迷茫的眼眸中是不容彎曲的堅定，「我爹說的話，我一定聽的。他們走得早，但一輩子親親愛愛，我要的也僅此而已。我的心只給一個人，我也只要一個人的心，既然你心有所屬，我就不要了。」

所謂成全，何嘗不是種失望？人哪裡有不自私的？

要吳幸子真真切切地直視自己的內心，他的離開也好，堅持相信關山盡與魯澤之兩情相悅也好，甚至喜歡上平一凡都好，歸根究柢皆源於自私。

就像他後來扔了顏文心送的那個香囊一樣，要就全要，缺了一點他就都不要了。

關山盡倍感震撼，彷彿頭一次真正認識了眼前這隻老鵪鶉究竟是什麼心性。吳幸子確實性情澹然，無所求也無所不求，可泥人尚有三分火氣，竄出來的時候，也能灼傷人。然而驚訝過後，心裡浮出來的卻是難以言述的狂喜。

他死死摟著吳幸子，恨不得把人塞進骨血裡。

「我的心只給你，你要就拿走，你不要我就摔了，這輩子沒有第二個人拿得到。」

「那魯先生怎麼辦？你畢竟搶了親。」吳幸子沒想到會獲得如此熾熱的承諾，心裡甜滋滋地像浸在蜜糖裡，可一轉念又想到那個白衣麗人，臉上的笑容又僵住了。

明白這件事沒這麼容易揭過，關山盡不甚甘願地回答：「我只是利用他而已……魯澤之也不是喜歡我，他喜歡的是我給他的疼愛與衣食無缺的好日子，以前我是曾喜歡過他，但畢竟都過去了。有些感情，錯過了好時機，就再也成不了，他和我就是這般。他端著架子，我不敢擅動，拖著拖著我就遇上了你，也就沒他什麼事了。你別往自己身上攬錯，這事兒誰也沒錯，喜不喜歡勉強不來，我也不會委屈自己。」關山盡一貫的強勢，他要不就把話瞞到底，要不就打蛇隨棍上。

「可你為何又……」

低頭把吳幸子後面的問題吻掉，狠狠地纏著他柔軟的小舌吮了半晌，才喘著粗氣回答：「我還不是為了你，顏文心這匹老狐狸不好套，手段又狠辣，我哪裡能放心你被推到人前呢？但凡出了點差池，你肯定被那老傢伙拿來要脅我，為了大局，也為了你的安全，我不得不收下魯澤之。」

「不得不」三個字，還是讓吳幸子心裡冒出淡淡的歉意。

「你還要繼續利用魯先生嗎？」

「是。」關山盡一應完，立刻摀住吳幸子的嘴不讓他接著問，「太詳細的事我不能告訴你，別問了，嗯？你只須知道，我心裡的人是你，你的安全於我來說至關緊要，就算再多來幾次我也照樣會這麼做。讓你傷心是我虧欠你，卻比讓你遭遇危險要好多了。」

沒什麼花巧的剖白，卻令吳幸子聽得臉紅耳熱，呼吸都粗重了幾分。本來，老實藥就是降低心防，把人的本心釋放出來的藥，他的本心最想做的其實也就一件俗事罷了。

掌心突然被輕輕舔了口，直癢到心裡去，關山盡瞇起眼心下了然。

這騷寶貝也夠會忍的了，再繼續忍下去他們誰也不好過。

既然該說的話都說完了，關山盡此時已習慣藥性，四肢不再痠軟，便俐落地將人打橫抱起，走進臥室中踢上房門。

染翠給的藥裡，肯定不單純只有老實藥，身為鯤鵬社的大掌櫃，拿出手的藥沒點其他淫巧功效，誰也不相信的，更別說藥性還如此霸道，徹徹底底把人心中的慾望全翻到臺面上來。

關山盡呼吸粗重，額上都是忍出來的汗水，分明短短幾步路，進到房中時兩個人前襟都濕透了。吳幸子窩在他懷裡，像隻撒嬌的小奶狗，一個勁兒用鼻子蹭男人的寬厚胸膛，癡漢似的連連大口呼吸，不住哼哼著好香好香，弄得關山盡哭笑不得又邪火直冒。

老東西在性事上本就大方，床上浪得沒邊，這會兒吃了藥，也不知道能浪蕩到什麼地步，他心中隱隱有些期待。

反腳踢上房門，平一凡的屋子裡擺設很簡潔，看起來比一文錢一晚的客店還樸素簡陋，一眼望盡也就那張大床上鋪的被褥看來鬆軟舒適，關山盡踉踉蹌蹌地摟著懷裡扭得像條蟲子的老東西倒在床上，背心的衣服也被汗水給浸透。

白檀混著橙花的冷香，因為汗水的關係越加濃郁，很快瀰漫在狹窄的房間裡。吳幸子抽著鼻頭，光聞著這氣味，就彷彿要軟成一灘水，一開始還會哼哼著調戲關山盡，說什麼「你真香啊」、「我能不能舔舔你」、「你戳著我啦」，唉得關山盡下身硬得發疼，襠部的挺起凶狠威風，彷彿就要戳破布料咬人一口。

這會兒吳幸子已經不說話了，雙手攀著關山盡的肩，腦袋歪倒在男人肩頭，小口小口喘著氣，混著含糊不清的呻吟。

滾燙的氣息彷彿一簇簇火苗，關山盡被燙得雙手緊了緊，也維持不住理性，動手把懷裡的人剝個一乾二淨，滑膩柔軟的肌膚泛著薄汗，更加黏膩。

「你也脫了啊，噯，磨著疼。」赤裸的肌膚在藥物下敏感脆弱，關山盡身上穿著平一凡的衣服，雖說料子不錯做工也好，但總是粗糙了些，不比護國公世子能用的衣料，粗粗地刮在吳幸子肌膚上，老鵪鶉唉叫著扭成麻花捲。

「染翠這廝……」幹得可太好了。關山盡忍著痛，沒把後半句話說出來，隨意扯去身上衣物，因為吳幸子在懷裡又親又磨又蹭的，想完整脫去衣物根本不可能，他又捨不得鬆手，最後乾脆用撕的。

就見一地扯爛的衣物，有關山盡的也有吳幸子的，歷時數個月，兩人總算又在床上裸裎相見，宛如玉石般的肌膚下是塊壘分明、堅實精壯的肌肉，寬肩窄腰、緊實的臀與有力的長腿，當中一隻展翅欲飛的大鯤鵬，吳幸子滿眼都是癡迷，哆嗦著手指直接握住心心念念許久的鯤鵬，垂涎得不行。

「如何，在你的鯤鵬榜上，排名第幾，嗯？」關山盡任由吳幸子把臉湊向自己的肉莖，他不久前才沐浴過，氣味清爽乾淨，混著成年男子中人欲醉的麝香，可把浪起來的老鵪鶉給迷得忘乎所以。

「第一，肯定是第一的，誰也比不上你。」吳幸子有問必答，以前還會害臊，這會兒被藥得早忘記矜持兩個字怎生書寫。

「喔，連平一凡也比不上？」這話問得酸酸溜溜，關山盡表面上看起來像是不把平一凡當一回事，心裡卻難以放下。他可忘不了老東西初見面就約平一凡合葬呢！哼，不過是個贗品。

「……比不上的。」躊躇了數息，吳幸子才小心翼翼地回答，他藥性吃得比關山盡深多了，腦子除了本能啥也不留，雖說結果喜人，但關山盡獨占欲強，在吳幸子的事情上心眼比針尖還細，那數息的糾結讓他不悅地冷哼。

「你是不是想說謊騙我？」用手指勾了把吳幸子的下顎，老東西正用臉頰磨蹭心愛的鯤鵬，粉色的小舌尖舔著嘴唇，幾次險險擦過肉莖前端幾乎有雞蛋大小的龜頭，看得關山盡心癢難耐，索性順著他的動作用肉莖去蹭他的嘴，把柔軟的嘴唇都磨腫了些許。

「沒唔……唔有……」美味的大東西在嘴上來來回回，吳幸子的嘴就追著鯤鵬前前後後，話還沒答完，就被塞了滿嘴。

終於吃到鯤鵬他心裡滿足不已，雖說技巧還不大行，仍用舌尖一點點舔掉前端流出的汁液，接著啜了啜飽滿的龜頭，嘖嘖有聲地吸吮，越吞越深。

關山盡低喘，他本想藉機多挑動吳幸子說些葷話，可吳幸子的嘴實在太舒服，又濕又熱還懂得吸，軟軟的小舌頭生澀卻很騷，一會兒用嘴討弄，一會兒用舌頭順著浮起的血管青筋舔吮，關山盡舒服得哼出聲，長指繞上老東西的髮絲，直接按上後腦，把粗長的大屌全部捅進吳幸子嘴裡。

「唔！」飽滿堅硬的前端直接戳進咽喉，吳幸子一聲乾嘔，破碎地呻吟幾聲，推了推關山盡的腿想緩口氣，但男人已經被慾望燒去理智，這幾個軟綿綿的推拒反倒勾出他的獸性，半跪起身，挺著腰不管不顧地往吳幸子嘴裡肏。

粗壯的莖身用不了幾下就幹開老東西的嘴與咽喉，把舌頭緊緊壓住，整張嘴彷彿肉套子，任憑男人凶猛狠戾地肏。關山盡幹得很深，他禁慾許久，早就餓狼一般。

肆意衝撞巾，吳幸子的臉頰偶爾被大龜頭戳出幾個突起，他嗚嗚噎噎地啜泣，抓在關山盡大腿上的手指緊扣，指尖都捏白了也掙脫不了，那可憐兮兮的模樣中帶著騷氣，咽喉被戳入時嗆得眼淚直流，喉頭都浮出男人肉棒的形狀，細細的喉管都快被肏破，泛出淺淺的腥味。

關山盡低頭看著他淫蕩風騷的模樣，還有那雙帶著眼淚紅通通的兔子眼，心裡真恨不得把人給玩死，免得哪天又不知跑哪兒去讓他好找。他粗暴地往吳幸子嗓子眼裡捅肉棒，兩顆飽滿圓球一下一下拍打在吳幸子下顎，將那塊肌膚拍出一片紅痕，可見力道有多蠻橫。

吳幸子又乾嘔了幾次後，軟綿綿地攤著再也無力反抗或迎合，偶爾還會動動嘴啜兩口，把關山盡啜得低吼，按著他腦袋狠狠撞幾下，巴不得操破他的喉嚨。

大概是忍得狠了，關山盡也沒能堅持太久，約兩刻鐘不到，吳幸子只覺得嘴裡的肉棒更硬了些，死死戳在自己嗓子眼，按在腦後的大掌也用了勁。

關山盡半彎曲身子，將他整個人壓在懷裡，直接射進他嘴裡，滾燙的精水又濃又多，有力地拍擊在敏感脆弱的喉管上，他嗆咳得渾身抽搐，幾乎以為自己會就這樣被嗆死，有些精水還從鼻管倒流出來，順著鼻水與淚水，糊了他滿臉，但大多數的濃精都直接吞進胃裡，一時竟有些脹。

心裡畢竟還是疼惜吳幸子，關山盡把自己的肉棒從他嘴裡抽出來，輕柔地撫了撫他紅腫的唇，湊上去親了親，「疼嗎？」

「疼……」吳幸子輕蹙眉有些委屈，嗓子可能被肏壞了，聲音極為嘶啞，關山盡心疼，正想下床倒杯水給他潤喉，卻被緊緊攀著，根本離不開。

「我只是去倒杯水給你，嗓子不疼嗎？」他低下頭安撫，吳幸子睜著一雙濕漉漉的眸子瞅他，全身都泛著紅，大腿夾著輕輕磨蹭，挺起的小肉莖竟也吐精了。

「騷寶貝。」關山盡輕笑，用手指撥了撥那小東西，頓時明白吳幸子的意思。

喝水潤喉什麼的並不急，他們現在全都箭在弦上，那騷得沒邊的菊穴肯定正癢著，瞧後頭的褥子上一灘濕痕，已經發大水了，哪裡還有閒情逸致不痛不癢的溫存？

「你進來……」吳幸子扯了扯他，怯生生地張開雙腿，將自己後穴露出來。果然，久未使用的後穴已恢復原本的緊緻，這會兒因為動情，微微開合著，開了點小指尖般大小的口子，噗噗地往外洩著淫水。

「進哪兒，嗯？」到底發洩過一次，關山盡比起吳幸子可從容多了，他俯身在他唇上輕啜，勾出他的舌吮了幾下，輕哼：「嘖，苦的，都是我的味道。」聽著像抱怨，綿密的吻卻一個接一個，把老東西親得五迷三道，兩眼都失神了，只知道伸著舌頭和男人勾纏。

「快說，要進去哪兒？你不說，我可不知道怎麼辦。」親了好半晌，關山盡才低喘著退開些許，壞心眼地瞅著吳幸子笑。

「噯？」吳幸子半瞇著眼，舌尖舔過紅腫的唇瓣，曲起的腿直蹭關山盡精壯的細腰。

「你不是要進去嗎？說清楚，進去哪兒？」伸手一撈，將兩條白細的腿扣在腰際，又耀武揚威起來的鯤鵬直直擦上那半張半合的穴口，發出咕啾一聲。

吳幸子猛得喘了聲，繃緊雙腿扭起腰，哼哼唉唉地蹭他。

「這小東西餓壞了吧。」吳幸子一迎上來，關山盡就退開些許，保持著似有若無的觸碰，吳幸子的後穴噗地又噴出一股淫水。

他可憐地哀求：「你進來，你進來捅捅，我餓得慌。」

「我知道你餓，可你還沒回答我，你要我捅捅哪兒啊？」關山盡纏綿地描繪吳幸子的五官，又擰了擰他的鼻頭，「說清楚，嗯？」

吳幸子急得不行，抬著細腰扭擺，「我後頭癢，你快進來撓撓……」

「後頭是……這裡？」關山盡問著，使勁用龜頭在濕水潺潺的穴口磨了一下，把老東西磨得仰起脖子呻吟，又騷了幾分。

「肏我……海望……你肏肏我啊……」

「這裡叫騷穴，你要我肏哪兒，嗯？」關山盡還不放過他，非要他說些下流話不可，畢竟老東西動作雖大方，嘴巴卻一直很害臊，機會難得豈可放過？

吳幸子泫然欲泣地瞅著關山盡，囁嚅片刻終於羞澀道：「海望，肏我騷穴，我餓了……」

「乖了。」關山盡淺淺一笑，如春光融融，看得吳幸子心如擂鼓，全身骨頭都軟了。也忍得足夠久了，關山盡按著他的胯骨，一口握著自己的肉棒，蹭了幾把後穴洩出來的淫水，一鼓作氣戳進去了半根。

「唔嗯……」吳幸子猛地顫抖一下，後穴緊緊縮起，咬得關山盡動彈不得，喘著粗氣低頭在他頸側咬出了好幾個紅痕，火熱的大掌按在尾椎上揉了揉，半天才讓他放鬆下來，立刻凶猛地將剩下一半直捅到底。

「啊——」吳幸子尖叫，直接被戳中陽心，小肉莖立刻出了精，噴在男人腹上。

見他噴在自己腹上的濁液，關山盡眯起眼輕笑，將其塗抹開，邊柔聲細語道：「聞聞，我身上都沾了你的騷味，打了標記可不能不認，嗯？」

吳幸子聽了哼哼嘰嘰地害臊，目光朦朧地瞅著他，扭著細腰催促：「快點……」

「騷寶貝……」肉棒被柔軟又緊緻的穴肉咬著，剛高潮完吳幸子的身子一抽一顫，彷彿被無數小嘴吮咬。

關山盡扣著他的腰往胯下按了按，老鵪鶉軟軟的肚皮上都戳出一塊突起。

「啊——」吳幸子閉著眼，仰起纖細的頸子，發出騷氣的呻吟，又長又軟尾音顫抖，顯然是爽到有些承受不住。

好容易咬到嘴裡，關山盡對準陽心大開大合地肏起來。

一時間屋裡子都是肉打肉的啪啪聲，大肉棒攪動被肏開的穴肉發出的水聲，剛開始吳幸子還會發出幾個軟綿綿的騷叫，不一會兒就只剩下帶哭腔的喘息，混上男人低柔的輕笑。

「啊——啊——」吳幸子被攥緊了腰劈劈啪啪地幹，關山盡是個武人，氣力大，腰勁也猛，以前還會體貼他，怕把人真的操壞了，多少會克制自己。這眼下被老實藥裡混了也不知是春藥還是迷藥給弄得獸性占上風，除了開始幾下試探還算客氣，後頭便徹底放開，往狠裡肏。

粗長的肉棒頂進吳幸子肚子裡，肏得肚子一鼓一鼓幾乎能看到龜頭的形狀，他猶不滿意，狠狠肏幾下後，便用手在肚皮上的鼓起揉兩下，內外夾擊又死死壓在敏感處，直把老東西肏得渾身顫抖，翻著眼睛半吐舌尖，半硬不硬的小肉莖不斷流出精水。

青筋虯結的大肉棒每抽出來，就會帶出一點嫩肉，被肏得爛熟彷彿都變成關山盡肉莖的形狀。吳幸子被摁在床上，雙腿無力地耷拉在兩側，他被幹得太爽，腦子早就不頂用，渾身無力連夾一夾關山盡腰腹的力氣都沒有。

關山盡見他張著嘴，舌尖半吐的騷樣，忍不住俯身去吻。

他幾乎整個人都壓在吳幸子身上，用力吸吮粉色的舌尖，又用舌頭翻攪，細密黏膩嘖嘖有聲，吻得狠了幾乎能舔上咽喉的小舌，把老東西弄得嗚嗚啜泣，顫抖地擺著腦袋，也不知是想湊更近些還是想躲開些。

上頭吻得如火如荼，下邊關山盡也沒放鬆力道，凶狠地直出直入，雞蛋大的龜頭不住戳在被肏得紅腫的陽心上，幾乎都快透了。吳幸子又爽又怕，嘴裡胡亂地呻吟，一會兒求饒、一會兒迎合，都被吞進男人嘴裡，沒幾下連氣都喘不過來，在男人身下痙攣，腳趾頭都蜷曲了。

小肉棒受不住關山盡的猛肏，很快又洩了一回，這次吳幸子直接厥了過去，男人這才鬆開他的嘴，愛憐地舔掉眼尾被逼出來的眼淚，大龜頭還戳在陽心上磨，就著這樣的姿勢把人翻了個面。

腸肉被如此操弄，直接把吳幸子給肏醒，他張著嘴，發出破碎的呻吟，簡直不知道自己是死了還是正在被操死，吳幸子低聲嗚嗚地哭起來。

「乖了。」關山盡叼著他後頸上的軟肉啃，拉高他的腰，手掌按在微鼓的肚皮上，也不等他緩過氣，又狠肏起來。

這個體位關山盡能進得更深，也更方便用力，簡直要把陽心都給捅漏。

吳幸子側臉壓在床褥上，張著嘴流著唾沫，叫都叫不出來，穴肉卻還是不知羞恥地迎合男人的肉棒幹得實在太深，肉穴痙攣顫抖，穴口又紅又腫，隨著肉棒的進出，嫩肉被翻進翻出，淫靡得不可思議。

男人，噗噗地往外噴水。

吳幸子整個人已經被肏壞了，他哆嗦著摸自己的肚子，掌心不斷被龜頭戳到，沒一會兒就有什麼熱呼呼的液體噴過來，整個肚皮跟床褥都濕淋淋一片。

關山盡感受到他又高潮了，堅硬如鐵的肉棒非但沒緩下，反倒更加粗暴，硬生生逼得吳幸子綿延不絕地高潮，自己也被痙攣不已的腸肉咬得喘息不止，妖豔的臉龐因極端的愉悅略略有些猙獰，美得動人心魄，又如同擇人而噬的妖魔。

抽搐不止的穴肉絞緊粗大的肉棒，關山盡幾乎動彈不得，手上的動作也粗暴起來，狠狠按著吳幸子的細腰，啪啪又幹了上百下，直把高潮中的穴肉肏得無力反抗任憑施為。

不久，關山盡也到了極限，他凶狠地在吳幸子白細的後頸上咬出一輪泛著血絲的齒印，結實的腰身又深又重地往裡挺動，把圓潤挺翹的臀肉幹得紅腫，抖出一陣陣臀花來，最終低吼著抵著陽心噴薄而出。

吳幸子被一股股精液射得又哭叫起來，肚子裡熱烘烘的，彷彿被灌得有三月懷胎那麼大，他抖了抖一口氣喘不過來，又暈了過去。

關山盡壓在他身上好半天才平息下來，抽出自己仍半硬的肉棒，精液與吳幸子的淫汁便從紅腫爛熟的穴口噴了出來，流了兩人腿上都是，身下被褥更加慘不忍睹。他也有些累了，眼下也不想與吳幸子分開，索性直接摟著人倒在床上，親親熱熱地交頸而眠。

吳幸子睡得很熟，儘管性事之後渾身黏膩，床褥都濕了大半，他依然縮在關山盡懷裡睡得人事不知。

倒是關山盡原本就愛潔，小睡片刻就醒了，喚來小廝送熱水，將自己及懷裡的人收拾乾淨，換去被褥，才摟著人又躺下歇息。

第二章　卻道故人心易變

「主子這麼打扮起來可真好看，
大將軍要是見到，肯定捨不得錯眼。」
薄荷笑吟吟地調侃兩句，把吳幸子說得老臉微紅。
他自是明白倆丫頭擔心他是否舊情未了。
哪能呢？姑且不說二十年不見是誰辜負了誰，
他前些日子才與關山盡互通心意，
心裡都還宛若浸在蜜糖中般甜蜜，
就是移情別戀也沒這般快啊。

也算偷得浮生半日閒，關山盡身邊許多要事等著他辦，更不提顏文心已經出手，既然已經順利捋了他的差事，接下來便是收攏他手中曾握有的那二十幾萬大軍了。

忍不住冷笑，人心不足蛇吞象，他帶出來的兵也不是誰都能驅使得了，雖說明知道對方打著什麼主意，偏偏證據未全，要是動得太早，那頭老狐狸定會斷尾求生，這些日子來的排布可就功虧一簣了。

心裡儘管明白，卻不免有些厭煩。關山盡緊了緊手臂，好不容易才又與吳幸子肌膚相親，他實在不想輕易把人放走。

似乎被他摟得有些難受，吳幸子悶哼兩聲，惺忪地睜開眼。

他尚未完全清醒，一臉疑惑地盯著眼前赤裸精實的胸膛。關山盡半生軍旅，體格自然好得出奇，胸膛上的肌肉鼓起但不猙獰，天生膚色白皙，所以吳幸子靠睡的那一片肌膚被體溫暈得泛出粉色，難以言述的妍麗。

吳幸子很快就紅了臉，不自覺用指尖刮了刮那片粉色，立刻感覺到那片肌肉猛一下繃緊，摟著自己的手臂也收得更緊了些。

他心頭一跳，連忙縮回手，試圖擺出若無其事的模樣，就怕男人年輕氣盛不經撩，他腰還痠痛著呢，若再來一場，他的老腰恐怕經受不了。

關山盡忍不住輕笑，點點他的鼻尖笑道：「瞧你這小模樣，還怕我真吃了你不成？你又瘦又柴，都不夠我剔牙。」

「嘿嘿……」一說到吃，吳幸子肚子突然咕嚕一聲，他連忙按住自己單薄的肚皮，都不敢看關山盡一眼。

眼下明明正是溫存的好時間，兩人好不容易把話都說開了，偏偏他肚子不爭氣啊！

關山盡倒不意外，這會兒確實是用飯的時間，雖然想繼續抱著人溫存，但也捨不得吳幸子餓肚子。

「我讓人準備午膳，吃飽了再回去。」摟著人從床上起身，關山盡體貼地替吳幸子穿衣穿鞋，吳幸子想拒絕都被輕易化解，只能滿臉通紅地任由關山盡施為，氣息裡都是那抹好聞的薰香味，恍若身在夢境之中。

他愣愣地瞅著關山盡，看著這人的眉、這人的眼、這人的一切，熱切的視線就連關山盡都有些受不住，忍不住伸手撥了下他的眼皮，把老鵪鶉嚇了一跳，差點往後摔倒，臉上都是窘迫與狼狽。

「看什麼呢？」關山盡嘆口氣把人又抱進懷裡，不然總覺得胸口空蕩蕩的。

「我在想……自己是不是在做夢。」吳幸子眉頭半蹙，神情嚴肅，眼神卻透著些許悍然，「也許我壓根沒同染翠拿藥，也沒騙你吃藥，一切不過南柯一夢。」

「若是夢，那不是正好嗎？在夢醒前，我都是你的。」

關山盡低頭吻了吻他的額際，輕柔地哄著：「這是你的夢，也是我的夢，也許人的一生都不過是場夢。既然如此，何不在夢中好好過日子？浪費了多可惜，嗯？」

也是這個道裡，可吳幸子就是忍不住有些患得患失，沒有老實藥的作用，他瞬間就變回原本那個鄉下地方的老實師爺，安分守己不敢有一絲妄想，就算寂寞得要瘋了，也只會自己吞下。

「那要是突然醒了怎麼辦？」

「我就陪你一塊兒醒。」關山盡瞇著眼笑答，拉起他的手按在自己胸口上揉了揉，「怎麼？你醒了就不要我了？那我可得纏著你不放才行。」

「噯……我哪裡能不要你呢……」吳幸子被撩得面紅耳赤，那些個自憐都像三月殘雪，很快就消融光。

兩人親親熱熱地膩在一塊兒說些不著調的話，吳幸子頸子上又多了幾個被啜出來的紅痕，整個人縮在關山盡懷中輕顫。要不是小廝端著午膳來了，保不定兩人又往床上滾。

平家廚娘手藝倒是挺好，幾樣家常小菜葷素各半，米飯也燜得顆顆晶瑩剔透宛如珍珠，都是吳幸子喜歡吃的菜式，一頓飯吃完饒是吳幸子胃口大，也有些撐了。

「你要是喜歡，以後咱們都一塊兒用午飯吧。」關山盡溫柔地替他揉肚子，順便提議，吳幸子羞羞澀澀地同意了。

照關山盡的說法，也只有在平一凡這個院落中他能卸下偽裝，但凡出了院子都得繼續戴上平一凡的面具，直到端了顏文心。

吳幸子喜歡平一凡本就是因為不敢喜歡關山盡而移情，這會兒兩情相悅了，老是看著平一凡的臉溫存也未免太尷尬。

無論是平一凡還是關山盡，身邊都有許多要事要忙碌，雖然想與吳幸子多膩歪一些時間，卻無法如願。儘管天色尚早，關山盡還是讓人把吳幸子送回去。

「明兒我再讓人去接你過來，嗯？」

看著關山盡又套上了平一凡的面具，吳幸子心裡總有些刺刺的疼，他張口想說點什麼，話到舌尖又忍住了。

「別再寄飛鴿交友了，以前那些鯤鵬圖你可以留下，但平一凡的鯤鵬圖扔了吧。」

吳幸子剛上馬車，關山盡突然掀開車簾竄進來，啃著他的嘴威脅：「你要是敢留平一凡的鯤鵬圖，我就敢把你的鯤鵬榜一把火燒掉。」

「噯……」吳幸子躲都躲不開，舌頭被纏著狠狠啜了幾下，氣都快喘不開了才被鬆開嘴，關山盡卻猶不滿足，一下一下地啄著他被吻腫的唇。

「快別……唔……」

「乖了。」關山盡才不管他受不受得住，本性上他霸道占有欲又強烈，當年沒與魯先生有個首尾時，都能把人鎖在身邊不給任何人見，眼下吳幸子身心都是他的人了，更是恨不得日日夜夜相伴左右。「我會盡早把顏文心給處理了，我們便回馬面城過日子。」

「嗯……」吳幸子被吻得昏昏沉沉，舌尖都被吸疼了，依然乖順地張著嘴任由關山盡掠奪，人都快化了。

「主子……」小廝最後不得不硬著頭皮出聲提醒主子，語尾隱隱發顫。

他是關山盡身邊的親兵之一假扮，自然熟悉主子脾氣，也明白吳先生已經等同於夫人，他打擾主子與夫人溫存，跟拈虎鬚差不了太多。

但他也沒辦法啊！這都兩刻鐘過去了，馬車裡仍不住傳出親吻的嘖嘖聲，隱約還有吳先生軟軟的呻吟，這裡雖然是後巷，往來行人還是不少的，他受不住這麼多探究的白眼啊！

再說，依照主子的秉性，知道夫人的聲音被那麼多人聽去了……小廝縮起肩抖了抖，深喘了口氣再次開口：「主子，再不送吳先生回去就晚了。」

今日顏文心的義子懷秀與平一凡有約，眼看約定好的時間也差不多要到了，於公於私小廝都得將主子拉出馬車才行。

馬車裡傳來關山盡不悅的冷哼聲，又過了片刻才撩開車簾出來，他動作很快，半點沒讓人窺視到車裡的另一個人，一落地就交代車伕離開，小廝則假裝自己沒看到那一柱擎天的部位。

過了幾日，關山盡不知在忙碌些什麼，京城中關於護國公及世子的傳言更加沸沸揚揚，都說牆倒眾人推，先前關山盡在京城中風頭有多盛，眼下就有多少人藉機踩踏一腳。

更有甚者，連酒肆的說書人，都正大光明地說起關山盡與自己的夫子魯澤之有違人倫的來往，總是座無虛席，讓護國公府的名聲又更臭了幾分。

這些事，吳幸子如往常那般全然不知。

他原本就不愛探聽茶餘飯後的閒碎言語，加之先前關山盡特別提醒過他，接下來京城中恐怕會有些不利於護國公府的傳言，要他別掛念免得心裡難受，吳幸子也就老老實實地兩耳一捂，全不關心窗外事，安安分分把自己關在染翠屋中的小客院裡過日子，等著關山盡或平一凡有了空閒來找他。

這一日，吳幸子與倆丫頭正在翻小院裡的土，在京城恐怕還得過上好一段時日，吳幸子天生閒不住，徵得染翠同意便規劃幾畦地，打算種點韭菜、黃瓜、白菜什麼的打發時間。

昨日主僕三人上街買了些菜苗菜種，一上午忙碌下來，客院的前院霎時多了幾分趣味，菜圃整整齊齊，種子菜苗也都落土，澆上水後菜苗嬌嬌嫩嫩，在殘夏的日光中說不盡的可愛。

「唉呀，我們應該晚些時日再種大白菜，聽說經霜的白菜更好吃呢。」薄荷抹去臉上的汗，卻沒注意到手上還有泥土，一眨眼就把自己弄得像隻小花貓。

桂花看著姊姊的模樣，忍不住摀著嘴嗤嗤輕笑。

「噯，以後有的是機會呢。」這回，吳幸子還見到地胡椒的種子，他想起關山盡在馬面城的吃食偏辣，忍不住買了些回來種，等種成了再用地胡椒炒菜給關山盡吃，想著就不由得心裡發甜。

「主子，要不要替您燒點水抹身子啊？一上午渾身都是汗水，怪難受的。」桂花隨意用打上來沒用完的井水將手腳與臉都洗了，轉頭詢問比她與姊姊更熱中農事的主子。

「嗳，別燒了，日頭還很暖，用井水抹抹便是。」

「好吧，那主子您等等啊。」薄荷顧不得自己還是一張花貓臉，提著水桶打算去打些水回來給主子用，然而，她人才跑出客院，黑兒後腳就走進來。

「黑兒，你怎麼來了？」說起來吳幸子也好些日子沒看到黑兒，欣喜不已地迎上前，「是染翠有事找我嗎？」

「不。」黑兒聽見染翠的名字後隱隱透出些許窘迫，但他臉皮黑又沒啥表情，吳幸子倒是沒看出來。

「顏文心顏大人派人送帖子來，邀請您今日未時一刻至天香樓一聚。」

「顏、顏文心？」沒料到會聽見這個名字，吳幸子縮起肩顫了顫，張口就想拒絕，話到舌尖卻硬生生吞下，垂下腦袋躊躇地問：「他、他怎麼突然邀請我？海望怎麼說？」

「大將軍不知道。」黑兒眉心微蹙，這些日子平一凡與顏家的合作越發緊密，連黑兒都看不明白主子打算做什麼，幾日前滿月扔了句讓他一切看著辦就不見人影，連大街上的流言似乎都沒打算處置。

他也試著從染翠口中打探，可那隻小狐狸口舌何其靈活，沒幾句話就將他繞暈了頭，自然什麼消息也沒問到。

適才，顏文心派人送請帖時染翠也在，竟直接同意這個邀請，還讓他不用擔心，吳幸子肯定不會拒絕——這讓黑兒心煩得不行，主子肯定是不希望吳幸子與顏文心接觸，再說當年那件事黑兒也知曉一二，自是更不願意吳幸子與顏文心單獨見面。

「他不知道啊……」吳幸子點點頭，目光落在整理好的菜園子裡，似乎有些恍然。

「您要是不願意，黑兒就替您回絕了。」

「噯……也不是不願意……」吳幸子嘆口氣，對黑兒露出一抹不自在的笑容，「我就是心裡有些介意，他這是認出我了，所以找我敘舊呢？還是因為平一凡的關係，想從我嘴裡問些什麼呢？」

當然也可能是認出他了，又因先前在白公子那兒看到他與平一凡行為親密，所以想藉機打探點什麼吧。

吳幸子說不清心裡現在是什麼滋味。若顏文心真認出自己，會怎麼同他解釋當年的事情？被認出了反而煩心哪！還不如只當自己是平一凡的契兄弟來得乾脆。

「那吳先生的意思是？」

「去見見也沒什麼不行，畢竟二十年不見了……」他實在好奇顏文心的來意，心裡貓抓似的難受。

「黑兒會暗中護您周全，明面上您讓兩個丫頭陪著吧。」

既然吳幸子已有計較，黑兒便不會多勸說什麼。他身為關山盡身邊的親兵之一，自然不能光明正大地跟在吳幸子身邊，儘管當初帶走吳幸子時他看似已叛出關山盡麾下，可凡事謹慎為上。

「那就麻煩你啦。」吳幸子感激地對黑兒笑了笑，定下出門的時間，便先回屋子裡梳洗了。

請帖是午時二刻左右到的，如此緊湊的時間邀約者可說是毫無誠意。

儘管如此，吳幸子仍好好打扮一番，穿上了很少穿的淺色儒服，色澤清清彷彿五月的溪流。

「主子還是頭一回穿這個顏色呢。」桂花輕聲讚嘆。

吳幸子慣常穿的都是不染髒的顏色，衣箱裡幾件淺色的衣衫都是平一凡前些日子買給他的，用的料子細柔針眼細緻，吳幸子卻從沒想過要穿。

如今打扮起來，平凡的面孔被襯出些許淡雅，恍若一陣清風般宜人，更顯得斯文秀氣。

「主子這麼打扮起來可真好看，大將軍要是見到，肯定捨不得錯眼。」薄荷笑吟吟地調侃兩句，把吳幸子說得老臉微紅，人都侷促起來。

「噯，小丫頭不要亂說話。」他拉拉衣襬，退了幾步從銅鏡中檢視自己，想了想又翻出一個香囊繫在腰間，這才點點頭滿意了。

「不過，主子要見的人是顏文心呢！嘖，真是白白便宜了他。」提到顏文心，薄荷與桂花一模一樣的小臉同時苦了起來。她們從大街上聽到的消息可多了，對顏文心那是恨不得見到人就上前撕打幾頓洩憤。

吳幸子聞言淺淺笑了笑沒回話，不自覺用手指撥了撥腰上的香囊。

他沒告訴倆丫頭，當年他刻意打扮了一番替顏文心送行，那套衣衫的顏色也差不多是這樣，就是料子粗糙，針線普通，而且陳舊了。

那時候的顏文心一身墨色儒服，背著書笈的身影如今回想起來竟恍如昨日。他送得很遠，直到離鵝城半天路程遠，才依依不捨地目送顏文心遠去，看著那修長卻被背上雜物壓得有些佝僂的身影，慢慢消失在官道上。

本以為至多一兩年總會再相會的，未曾想一別經年，匆匆二十寒暑，險些就此生不見了。

看出薄荷及桂花欲言又止，他揉揉鼻尖無奈笑道：「畢竟是故人又是一品官員，總不能輕慢了。」自是明白倆丫頭擔心他是否舊情未了。

哪能呢？姑且不說二十年不見是誰辜負了誰，他前些日子才與關山盡互通心意，心裡現在都還宛若浸在蜜糖中般甜蜜，就是移情別戀也沒這般快啊。

主僕三人收拾好，時間也所剩不多，略顯匆忙的往外走。吳幸子打算步行過去，天香樓與染翠的住所距離稍遠，但掐緊時間還是夠的。

然而，他才走到大門邊，染翠已經站在那兒等他，一雙明媚的眸子上上下下打量一番，別有深意地笑了笑。

「吳先生要外出了？」染翠問。

「噯，再不出門就晚了，總不能讓顏大人等我這一介白衣。」被染翠瞅得侷促不已，吳幸子不自覺從頭到腳又整理了一回衣著。

「沒事，你這樣打扮挺好。」染翠擺擺手，「既然是去見『顏大人』總不好太寒酸，你是鯤鵬社掌櫃的密友，又是平一凡的情人，耍耍派頭還是需要的，莫不要讓人看輕了去。」

「確實是這個道理。」吳幸子深以為然地點點頭，正打算開口告辭，染翠又道：「坐車去吧，我正好要去鯤鵬社一趟，順路捎你一程。」

染翠叩叩門板，外頭立刻有人推門而入，恭恭敬敬地叫聲大掌櫃。

門外的馬車可不是平時染翠家裡常備的那般樸素窄小，而是一輛寬敞精緻、在日光下彷彿會發光似的馬車。

吳幸子瞠大眼愣了片刻，連忙擺手，「這這這……這太、太……」就連在馬面城關山盡刻意寵他的時候，也沒讓他坐過這般華貴的馬車啊！這輛車指不定都比他清城縣那棟小木屋要貴得多。

「顯擺顯擺，別讓人輕慢了。再說啦，顏文心對一個不復初心的老鄉，總是更放心些。」

話說到這個份上，吳幸子自然聽明白了。

他低頭瞧了眼自己身上奢華的衣料，那輛金碧輝煌的馬車也不算太出格了。

「那就麻煩大掌櫃了。」

「吳先生請吧。」染翠擺出邀請的手勢，讓吳幸子與薄荷、桂花先上車，自己才慢吞吞地在車伕的攙扶下坐入車中。

京城的路修得好，馬車又大又穩，幾乎沒感受到什麼顛簸，眨眼就到了天香樓。

飯菜香味透過車簾瀰漫在空氣中，吳幸子忍不住抽動著鼻子，深呼吸了好幾口氣。

「染翠兩個時辰後再來迎接先生，要是顏大人先離開了，您就在天香樓用飯吧。天香樓最知名的是玫瑰蒸餃與天梯鴨賞，甜中帶鹹、滿口鮮香，單獨吃或拿來配飯都是頂好的，既然來了就別錯過。」染翠倚靠在車內軟墊上，慵懶地與吳幸子主僕道別，一雙狐狸眼彷彿睜不開似的，吳幸子有些擔心他是不是昨夜沒睡好？

最終還是沒問，吳師爺趨吉避凶的本能還是挺強，腦中莫名閃過黑兒的臉，隱隱有些了然。

一進天香樓，店夥計便迎上來熱情地問候：「這位爺，您是用飯還是喝茶呢？」

「啊，在下與人有約……」還沒將顏文心的名字說出口，店夥計已露出了然的神色，顯得更加殷勤，「您一定是吳先生了？」

見吳幸子面露無措地點頭，夥計笑得親切，「請同小的來，顏大人交代過有貴客來訪，在後院的長樂軒等著呢，吳先生快請。」

「噯……」吳幸子掌心都冒汗了，偷偷在腿側磨蹭，感覺自己彷彿是摔進御花園裡的大番鴨，險些連路都走不順。反倒薄荷及桂花氣定神閒，不動聲色地上前攙住他，兩雙一模一樣的靈秀大眼好奇地四處打量。

天香樓占地頗廣，分前院後院，後院小橋流水，透著江南水鄉的詩情畫意，錯落著幾間小屋，精緻又不會太過造作，比起前院的人聲鼎沸，後院極為清靜，顯然是專供達官貴人使用的包廂。長樂軒的所在處更是清幽，被竹林合抱，清風吹過時彷彿能掃去滿身塵俗。

夥計叩了叩門，還未開口門便打開了，走出一位年輕公子，相貌極好儒雅溫文，一身月白直裰，腰繫胭脂色絲絛，袖口衣襬等處繡有暗紋，更襯得男子風采絕俗、宛如謫仙。

吳幸子不禁退了兩步，眼前之人絕對不是顏府下人，這身穿著肯定是主子之一，顏文心讓這樣一個人來應門，與其說是看重他，不如說是刻意威壓他。也算是在官場打滾半輩子，吳幸子立即判斷出顏文心肯定是不認得他了，今日邀請他，定然是為了平一凡的事兒。

「吳先生嗎？」年輕公子眉眼帶笑很是親切，聲音柔和彷彿琴音悅耳，吳幸子卻沒能輕鬆點，心跳都提到嗓子口了，背心冷汗涔涔。

「小人吳幸子，承蒙大人召見，不勝惶恐。」他長長做了個揖，語尾都藏不住緊張顫抖。他也不明白，自己怎麼就緊張成這副模樣。

包廂內傳來一聲輕笑，白衣公子也浮出友善的笑意，「吳先生太過多禮，大人只是想與您平輩相交，無須拘束。」

二十年前倒是交得夠久的了，二十年後吳幸子可沒這個膽子。

他好不容易直起身，夥計早被打發走，白衣公子也轉身擺出邀請的姿勢，先一步走進去，吳幸子才顫顫巍巍地抹去額頭上的汗水。

唉，朝中一品大員真不是他這平頭百姓仰望得了的，不由得希望關山盡能在身邊陪著。

「吳先生快請進。」包廂內又傳來聲音，並不是白衣公子所出，雖柔和卻威嚴，聽得吳幸子心頭一顫。

是顏文心的聲音。

他躊躇片刻，最終深吸一口氣，義無反顧地走進包廂裡。

儘管不是頭一回再見，吳幸子在看到顏文心那張熟悉又陌生的面龐時，仍不由自主地抽了口氣，臉色蒼白。

眼前的人不若前兩次見到時那樣帶著朝中大員的威儀，而是穿著一身粗布直裰，暗青顏色毫無雕飾，饒是如此仍掩不住其人絕倫風采。

顏文心唇帶淺笑，替吳幸子斟了一杯茶，眸光半掩，「長安，許久未見了。」

吳幸子足下蹣跚，恍如回到二十年前，竟一時傻愣住了。

吳幸子渾渾噩噩地，也不知道自己怎麼走到顏文心對面坐下，端起茶一口氣灌進肚裡。

長安，是顏文心替他取的字，也只有顏文心用過。他們在一塊兒的那段時間，總是這麼叫他。長安長安，長長久久、平平安安……

吳幸子瞅著顏文心的眼神可說是五味雜陳，他想問顏文心是不是為了平一凡找自己？又想問當年為什麼給了香囊？也想問為何又叫他長安？各式各樣的問題堵在胸口，最後一個字也問不出口。

「這是六安的雲霧茶，喜歡嗎？」顏文心對吳幸子的欲言又止視若無睹，語態親切彷彿兩人並未分別二十年，也並非身處京城一隅，而仍留在那一年那一處，桃花雖落盡，斯人依然在。

「欸……頂好的、頂好的……」吳幸子晃著腦袋，又喝了一杯茶。

隨侍在側的懷秀不知何時把薄荷及桂花帶走了，再回來時手上端了一個作工細膩的食盒放在吳幸子面前。

「這是我讓家裡人做的小點，嚐嚐？」顏文心說著便打開食盒，吳幸子朝裡頭一張望，不由得輕輕抽口氣。

食盒裡不是什麼特別精緻的點心，就是幾個酥餅，小巧渾圓酥皮上一點桃花印，餅皮透著點粉，一半是炸的、一半是烙的，香味撲鼻隱隱帶著點桃花芬芳，每個都只有四分之一個掌心大小，一口一個恰到好處。

這個點心名為「春日常見」，名稱取得很是直白，也就是以桃花入料的豬油酥餅，中間夾著薄薄一層桃花汁糖飴，濃稠醇厚的飴味雖厚卻不黏牙，與柔軟纖薄的餅皮和在一起，咀嚼中恍若吞了一片桃林。

此種點心是鵝城一間老點心鋪子的招牌，不但好吃，用料實在，價格又頗為親民。炸的那種比較便宜，大約一文錢七個，烙的就貴得多了，八文錢只能買到兩個。二十年前吳幸子總會帶上七個炸的春日常見去拜訪顏文心，自己吃三個，四個給顏文心，配上從茶坊買來的粗茶沫子泡的茶，苦澀的茶水也變得好入口了。

他們兩人吃著油炸的春日常見，聊些詩詞文章，時間彷彿都被籠罩在柔和的日光下，就算日子過得普通甚至有些窮困，卻像踩在蜜糖中。

吳幸子恍然記起某一天，那日下著雨，時序已接近冬季，清城縣雖然冷得慢，但也在一場一場的細雨中逐漸寒風刺骨。

那日，最後一鍋春日常見炸出來，老板便貼告示說保存的桃花已經用盡了，到明年桃花開為止，這款點心暫時停賣。街坊將那最後一鍋春日常見搶得精光，只剩最後一個，吳幸子顧不得其他，難得拉開嗓子吼了聲：「我買了！」

老闆被吼得一個哆嗦，險些摔了手上剛出屜的綠豆糕。

這孤苦伶仃的春日常見怎麼賣是個難題，老闆與吳幸子也熟，索性大掌一揮直接包好送給他。吳幸子揣著還熱呼呼的春日常見，撐著油紙傘在大街上奔跑，他今日因為衙門的工作晚了些才到鶵城，十分擔心顏文心掛念。

果然，剛到顏文心住的小屋不遠處，就見到一抹頎長的身影悠然立於門前屋簷下，不知透過層層屋棱看向何方。

「載宗兄，我來晚了。」吳幸子匆匆迎上去，卻沒注意腳下踩進了個淺水坑，一踉蹌眼看就要摔個五體投地。

「小心！」顏文心也瞅見了他，連忙上前伸手便扶，剛好將人接入懷裡。

「啊呀！」吳幸子的鼻尖撞在顏文心肩頭，瞬間整張臉都痠麻了，眼尾染了一片紅，眼淚差點掉出來，可他顧不得揉，一雙眸子萬份惋惜又自責地落在水坑裡一個小油紙包上……是春日常見，泡了髒水了。

沒等自己站穩，吳幸子慌慌張張彎腰想將油紙包撿回來，顏文心卻攔住他。

「算了，既然都弄髒了，何不直接供奉天地？蟲蟻蚊蚋皆是生命，你餵養了牠們也給自己掙來大福氣。」說著，顏文心解開前襟，將他濕漉漉有些冰涼的手納了進去，「快進屋子來，瞧你手冰涼的，怎麼不好好照顧身子？」

吳幸子掌心一陣溫暖，那股熱氣順著血液直往上竄，整張臉都紅透了。

他吶吶低語：「沒事的，我身子骨好，載宗兄你無須為我掛懷。」

聞言，顏文心回頭睨他，直到把人帶進屋子裡斟上一杯茶，這才神態嚴肅地說：「我樂意疼你。」

吳幸子先是一愣，接著大為害臊，手指微微顫抖幾乎端不住茶杯，直到把一杯茶抿完，才抬頭紅著臉認真回道：「我也樂意、樂意對你好……」

顏文心並沒有回應，吳幸子也羞得說不出話，低著頭靜靜聽著窗外雨滴聲，小小靜室猶如天地之間僅餘兩人，並不讓人畏懼，反倒靜謐得使人安心。

半晌，顏文心悠悠吁了口氣，帶笑道：「待我金榜題名之時，必定帶長安去買一籃烙出來的春日常見嚐嚐。」

「噯……」

吳幸子以為自己早將前塵往事忘盡，卻原來記得這般清晰。

第二年顏文心便赴京趕考了，最終還是沒能買上一籃烙的「春日常見」。他欠了縣裡一筆銀子，勤勤懇懇地把扣除生活所需之外的俸祿都拿去還債，連一文錢七顆的炸「春日常見」都嫌貴了，自然再也不曾吃過這種點心。

那日之後五年，點心鋪子的老闆長子在北方某個大城市開了店，聽說生意火熱朝天，忙不過來，又想就近奉養父母，便舉家遷走了。

「我以為這輩子都無緣再吃到這種點心了……」吳幸子低聲嘆道，小心翼翼地掂起一塊春日常見，躊躇了一會兒才像小老鼠般用門牙蹭了一塊下來嚼。

這是烙的餅皮，層層疊疊宛如綢緞，柔軟又鬆酥，咬的時候不會掉屑，入口瞬間就散開了，也不黏牙，桃花香氣撲鼻。

原來烙出來的春日常見是這個味道，莫怪八文錢只能買兩個。

顏文心見他吃得香甜，也伸手掂了一塊細細品嘗。又是半晌的沉默無語，吳幸子吃了一塊又一塊，眨眼間竟將食盒裡的春日常見都吃完了。

「長安還是和過去一樣。」顏文心見狀輕笑，眉宇間滿是懷念的柔情，「你的食量明明不小，可為了我總是委屈，我心裡難受卻又不想說出口讓你窘迫，時過境遷我現在也沒有資格再心疼你了。」末了一聲嘆息。

回以苦笑，吳幸子摸出帕子將手上的油膩給擦乾淨，心下也有了計量。

「載宗兄今日找小弟來，只是為了敘舊嗎？」

「嗯？」顏文心笑睇他，神情中半分訝異也無，反倒極是坦然道：「自然不只是敘舊而已。長安一直都是玲瓏七竅心，這世事看得比誰都明白。咱們二十年不見，當初也是我負了你，為兄又何來顏面見你？」

那段過去輕輕巧巧被帶過，吳幸子彷彿被千萬根針扎在心口上似的，向來平淡柔和的面龐冷了幾分，看起來有些懨懨的。

「載宗兄原來還記得。」吳幸子嘆口氣，「往事已矣，載宗兄不用放在心上。」

他心知顏文心要他問二十年的事，可對吳幸子來說過去都過去了，問又有何用？總歸是辜負了，算也算不清，多說也無益。

若為了過往自亂陣腳，他今日與顏文心這個會面可就浪費了。只是，乍然得知顏文心並未遺忘前塵往事，心裡又難免有些氣憤。可他生性柔和，很容易便壓抑下來。

見吳幸子不上套，顏文心也不介意，他確實想藉二十年前的往事握住吳幸子的心思，不過眼前人性情柔和，拿捏起來倒也不費勁。

他揮手讓懷秀退下，替兩人又斟上茶，「長安胸懷寬大，為兄甚是羞愧。當年是為兄對不起你，放榜後我中了榜眼，本該修書一封與你同喜。但……唉，京城繁華迷了我的心志，老師也看重我欲將女兒女配給我，前思後想我到底被私慾蒙了眼。這些年，我總是想起你……說這些又有何用呢？」顏文心苦笑，身上那股因久居高位而養出來的威嚴，散得乾乾淨淨，竟有些頹唐。

吳幸子聽著他叨叨絮語，萬般滋味和在一起，喉頭一陣發苦。

「載宗兄，如今你過得好，這便好了。」他看不透顏文心這般作態意欲為何，只能出聲暫且寬慰幾句。

「那你過得可好？」顏文心看過去的眼神滿是關懷與疼惜，吳幸子幾乎都要被迷惑了。

「挺好……」有個鯤鵬蘭陵王陪著呢。

「前些日子，我在白公子的琴會上見著你，看你身邊有人了，所以不方便招呼，你可別怪為兄。」

「不怪的、不怪的，我以為你沒認出我，畢竟都二十年了……」再說，有平一凡又有關山盡，他哪兒來的心思給別人？

「為兄這裡恐怕要冒犯你幾句了，先請長安見諒。」顏文心說著起身作揖，吳幸子也趕忙起身回禮，心裡偷偷咋舌。

這應該是要說正事了吧？莫名的，有些雀躍興奮。無論他與顏文心先前有什麼淵源，如今早都毫無關係，反倒關山盡與顏文心正不死不休，吳幸子的胳膊可從不往外彎。

「載宗兄請別如此客氣，任何指教小弟都洗耳恭聽。」

「唉，長安真正未曾變過啊。」顏文心又感嘆了一回，隨即整肅神情，凝重地開口：「為兄不得不問，那日在你身邊的平一凡，與你當真是契兄弟的關係？」

「這……」吳幸子臉色一紅，想起前些日子與關山盡的纏綿甜蜜。

回家後他又整理了一回鯤鵬榜，乖巧地依照關山盡的交代，把平一凡的鯤鵬慕容沖給燒了，儘管心裡倍覺可惜，那粉粉的顏色上得可真好！然後將屬於關山盡的那張鯤鵬圖給端端正正擺在眾鯤鵬之上，有種望盡千帆回歸恬靜的釋然感。

見他羞澀的模樣，顏文心就是再活兩輩子也猜不到吳幸子心裡滿滿的鯤鵬，只以為他是想起平一凡而害羞，顯見感情已經很深。

「看來確實是了。」顏文心蹙起眉神情更為凝重，斟酌再三才又開口：「你可知平一凡的身分？」

「啊？」別說，知道得還挺清楚。吳幸子端起茶啜了口，努力擺出隱帶困惑的表情，「這自然是清楚的，他是京城人士，出生在城南連堂曲徑，家道中落但身世清白，現在是個南北雜貨商人……有什麼不對嗎？」

「沒什麼不對。大夏朝確實有這麼一個叫平一凡的人，身世背景與你口中這位一模一樣，但十數年前在南蠻失蹤過一段時間。」話到此處，顏文心突然閉口不言，沉默地撥弄燒水的紅泥火爐，裡頭的炭色澤略白，火光也溫和許多，看起來懶洋洋的。

這一手吊胃口的手段，顏文心可謂爐火純青，即便吳幸子早有所防備，依然被吊著心口貓抓過似搔癢難當，他忍不住有些急躁地問道：「載宗兄的意思是？」

「為兄沒什麼意思，只是好奇這段往事，平一凡是否同你述說過？」乍聽之下只是閒聊一二，但吳幸子畢竟不是不知世事的嬌花，哪裡能聽不出顏文心字裡行間的隱諱挑撥呢？

於是他也皺起眉頭，一臉心存僥倖地搖頭，「說倒是沒說過，想來那段過往對他來說也不欲回想，現在他也好好地待在京城裡不是嗎？」

「你說得對，眼下他在京城過得可挺好的。」顏文心瞇眼一笑，話鋒突然一轉：「你許久沒吃春日常見了，為兄讓人做點送來給你帶回去？也讓平一凡嚐嚐味道。」

「這怎麼好意思。」吳幸子連忙推拒。

「欸，怎麼不好意思？當年要不是你的大力幫助，為兄哪能赴京趕考？這點小事，聊表心意而已。」顏文心擺擺手，也不知用什麼方法叫回懷秀，低聲交代他回府裡讓廚房再做兩食盒春日常見送來。

吳幸子吞吞口水，他心裡防著顏文心不假，卻是不會防著好吃的。

在點心送來前兩人又獨處了一個多時辰，顏文心倒是沒再提平一凡與過去的事兒，拉著他說些京城的名人逸事，低柔的聲音與過去別無二致，吳幸子都不禁聽入迷了。

等懷秀把點心送來，就見秀麗的年輕人一臉嚴肅地附在顏文心耳側嘀咕了幾句，吳幸子也不好奇他們說什麼，一門心思都在剛烙好的春日常見上，忍不住掂了一塊吃，別說還真香。

「這消息當真？」那頭顏文心突然出聲，吳幸子被嚇了一個哆嗦，險些嗆著，連忙啜口茶潤喉。

「回義父，千真萬確。」

這是讓他問嗎？吳幸子睜著眼斟酌片刻，略顯扭捏地開口：「怎麼啦？」

「這……一點茶餘飯後的閒談罷了。」顏文心神色帶些譏誚：「長安對護國公世子應也有所耳聞吧？那日在白公子的琴會上還見過一面。」

「啊，我知道他，以前駐守在馬面城。」他的大腿內側近鼠蹊部還有一顆小小的紅痣，他們可熟了。

「懷秀聽到消息，白紹常被接進護國公府了，國公夫人打算讓世子與白公子共結紅鸞。」說著冷冷哼笑，「看來是打算最後一搏了。」

白紹常要嫁進護國公府？吳幸子一愣，接著滿臉困擾。

「長安想些什麼？」顏文心看不懂他的表情，只能開口問了。

「啊……我就是想，白紹常是男子，究竟算不算嫁入呢？」

最終，誰也沒開口回答這個疑問。

第三章 知子莫若母

國公夫人隨意擺擺手，「好了，你回去吧。既然已經打算和人好好過，就別把人當雀鳥似的養起來，吳先生這人不簡單的，你別看輕他。」

也不知道兒子能聽進去多少。

關山盡隨意點點頭，他並未看輕吳幸子，只是想替他擋住一切風雨罷了。

從顏文心那兒告辭後，吳幸子才知道適才薄荷、桂花被強留在另一處包廂，兩個小姑娘心也大，合計對方既然是大官，若打算對主子不利，就不會這樣把會面弄得人盡皆知。

也就安心地在包廂裡吃吃喝喝，還用手絹包了幾塊蜜糖糕、杏子糕要分享給主子吃。

主僕三人在天香樓外會面後，吳幸子分了一食盒春日常見給丫頭們，並交代：「我要去見平一凡，妳們兩個先回去吧！不用擔心。」

適才顏文心的意思已經很明確了，雖不知他為何要挑撥自己與平一凡的感情，但春日常見既然還熱呼著，他也幾日沒見到關山盡了，何妨順適而為呢？

「從這裡走去城南太遠了，要不先回去一趟同大掌櫃借車？」薄荷捂嘴偷笑著建議，她哪裡猜不到主子這是想大將軍想得緊，這才迫不及待。

被這樣提醒，吳幸子也不免赧然，他揉揉鼻子，「也是，還是妳們小姑娘細心。」

走回染翠的宅子約兩刻鐘，很容易便借到車，薄荷、桂花心知主子定然不希望與大將軍見面時拖著小尾巴，站在門邊把主子送走。

一路上吳幸子心情雀躍，將食盒捂在胸口就怕涼了走味，熱呼呼的春日常見別說多好吃了，又香又甜，關山盡這些日子勞心勞力，吃點甜的最好。

過了一會兒，他猛然察覺自己在哼歌，老臉瞬間脹得通紅，暗想自己年紀也不小了，要是娶妻生子這會兒孫子都不知道幾個了，還像個性情不定的年輕人成什麼樣呢！

端坐一陣子，吳幸子忍不住掀開車簾往外張望，馬車在城裡自然不能亂跑，喀啦喀拉的車輪滾動聲怎麼聽著這麼慢呢？馬伕察覺他的動作，回頭問他有什麼交代，吳幸子靦腆地抿著唇搖搖頭，又縮回車廂中繼續孵他的春日常見，食盒都被悶得暖呼呼的。

又一陣子，車外人聲越來越熱鬧，馬車不多時終於停下。

「吳先生咱們到了。」車夫掀起車簾道，表情卻有些怪異。

吳幸子一心掛念著關山盡，全然沒察覺馬伕的不對勁，興沖沖地摟著食盒跳下車，一抬頭便看到頂著平一凡面皮的關山盡，心中一喜正想上前，卻猛地停住腳步，臉上的微笑僵在原處，瞪著一雙眼看來古怪又滑稽。

原來，平一凡並不是獨個兒站在鋪子外，身邊還站著一位頭戴帷帽的女子，儘管女子的臉龐被薄紗遮擋，但纖細高䠷的身材婀娜多姿，僅僅站在那兒就宛如一株帶著露水的花枝。

平一凡比女子高了許多，為聽清楚女子說的話而略側身低頭，神情很是專注也很警覺，隨時關注女子的安危。城南的巷弄狹窄，人行又多，不時有扛著貨物或提著籃子的男男女女經過，但凡有人稍微靠近那個女子些許，平一凡就會立刻伸手虛虛地阻擋，那動作別說有多親密了。

吳幸子一時不知道自己該不該上前，那位女子是認識平一凡還是關山盡呢？這時候他該擺出朋友還是情人的姿態才是？春日常見夠不夠三個人分呢？

馬伕已經先駕著車走了，吳幸子稍稍往牆角站了站，心裡滿是糾結。平一凡仍與女子竊竊私語，似乎沒有進店裡說話的意思，看來女子應該不會久留，也許再等等就是了。

可不一會兒，與平一凡說話的女子似乎發現吳幸子的目光，轉頭朝他望了眼，接著拉拉平一凡袖子讓他看。

這下就有些尷尬了。吳幸子窘迫地往牆角又縮了縮，但他人再纖瘦也是個成年人了，哪個旮旯藏得住？更何況這還是光天化日之下呢。

平一凡自然瞧見了他，瞬間蹙了下眉彷彿有些茫然，接著幾大步逼近，吳幸子壓根都來不及逃走。

「怎麼自己來了？」關山盡壓低聲音問，同時警覺又不動聲色地往四處觀察。

「我、我……送點心給你。」關山盡靠得很近，幾乎把吳幸子的臉藏在懷裡，那熟悉的冷香讓老傢伙醉了似的，腰都有些軟。

「點心？」關山盡在他懷裡看到一個食盒，心頭軟成一片，唇角勾起一抹笑，「什麼點心？看你寶貝的。」

「噯，這還真是寶貝呢！叫做春日常見，又香又甜又好吃呢，你快嚐嚐，才做好不久還熱呼呼的呢。」吳幸子獻寶似打開食盒，掂了一塊春日常見湊到關山盡嘴邊，「來，吃點。你這些日子勞心勞力的，吃些甜食舒舒心。」

關山盡自然不會拒絕，不但直接就著吳幸子的手吃下那塊春日常見，還順道含了含戴著油酥香氣的手指，舌尖纏綿地掃過指腹，舔得吳幸子縮起肩一個激靈。

「這是什麼好東西？」一陣悅耳柔媚的聲音猛地插入兩人之間，吳幸子嚇了一跳，整個人往後一竄，要不是關山盡眼明手快摟住他，吳幸子肯定得糊在牆上。

開口的自然是戴帷帽的女子，她不知何時湊了上來，薄紗下隱隱可見眉宇如畫、紅唇帶笑，是個不比關山盡本人失色的美貌女子。

「是、是一種點心，叫做春日常見……」儘管模糊，吳幸子卻覺得女子長得親切，也就沒那麼羞澀了。

「哎呀，這不是仙臨居傳說中的那款點心嗎？一盒二十個，要價五兩銀子呢。」女子往食盒中探看後訝異地輕叫：「這點心我記得叫做尋春，還不如叫春日常見有趣。」

「一盒五兩銀子？」不管叫尋春還叫春日常見，吳幸子都被那殘酷無情的要價給驚得抽了下，接著問道：「姑娘您要不要嚐一塊？也許不是相同的東西，這是我老家那兒的點心，兩個才八文錢呢。」

「姑娘？哎呀！你小嘴甜的，還叫我姑娘。」帷帽女子笑得眉眼彎彎，帶些得意地瞅了關山盡一眼，「你還說我徐娘半老，嘴那麼貧，也不知像誰。」

關山盡不客氣地白了她一眼，伸手掂了塊春日常見塞過去，「吳先生這是客氣，他天性和軟，妳別嚇著他。」

「我怎麼嚇著他了？我連臉都沒露呢。」帷帽女子咕噥，輕輕掀起薄紗一角露出宛如花瓣似的嘴唇道：「好凡兒，餵我一口唄。」

「嘖，懶死妳了。」嘴上雖抱怨，關山盡的動作卻很溫柔，小心翼翼地將點心餵進女子口中，「如何？」

女子細細品了片刻回答：「味道一模一樣。說起來，我上回吃到尋春還是沾了首輔夫人的光呢，首輔為了拉攏你爹，送了一盒尋春來，還有一盒炸的見春，見春的價錢便宜多了，一盒一兩銀子。」

一兩銀子？吳幸子瞠大眼，完全不敢相信自己聽到了什麼。

敢情，自己今天竟然吃掉了五兩銀子嗎？

「這……這……」他喘了喘，雙手都在哆嗦，將食盒塞給關山盡，「你快吃，不能讓五兩銀子涼了。」

關山盡哭笑不得，他還沒問起吳幸子哪裡來的點心，總不能現在就把證據給湮滅了。

「你要我站在街邊吃嗎？」他擰了老傢伙臉頰一把，一手接過食盒，一手牽起吳幸子的手，「先進去吧，你可得交代清楚，這點心是誰給你的。」

「是載宗兄給的。」吳幸子絲毫沒有掩飾的意思，大大方方就招認了。

「載宗兄？」關山盡還沒回話，自動跟在一旁的帷帽女子先驚叫：「這名字可真耳熟啊，似乎是顏文心顏大人的字……哎呀，你認識顏尚書？」

「噓！什麼話不能進屋裡再說嗎？」儘管附近沒有打探的馬仔，平一凡的身分也不適合在大庭廣眾之下議論朝廷一品大官。

也驚覺自己大意了，帷帽女子縮起肩老實地道歉，灰溜溜地跟在兩人身後走進鋪子後院。

等幾人在平一凡所住的院子裡落坐後，女子便拿下帷帽，吳幸子這才看清楚眼前的人。

這一看可謂是驚為天人，吳幸子這小地方出生的人，一輩子也沒見過如此美人。一張瓜子臉，細細柳葉眉，一雙杏眸含煙帶雨，顧盼之間彷彿有千言萬語，這會兒正笑吟吟地瞅著他，看得人害臊不已。

不過，總覺得這張臉有哪裡透著些許熟悉啊……吳幸子別開頭躲了躲女子的視線，又忍不住偷偷歪頭打量，一不小心四目相交，老傢伙猛地一聳肩，連忙又垂下頭避免唐突佳人。

「哎呀，這孩子可真逗，耳尖都紅透了。」女子捂著嘴笑，伸手就想捏吳幸子的耳尖，關山盡見狀伸手就給擋下了。

「你這孩子，怎麼老這麼護食啊？讓娘摸一下未來的半子也不行嗎？」女子……也就是護國公夫人、關山盡的親娘，一個年近半百依然清麗不可方物，活跳跳像個小姑娘似的貴夫人。

「娘？」吳幸子猛地抬起頭，不可置信地盯著國公夫人不放。

是了！眼前的女子眉眼口鼻都與關山盡有七八成相似，就是關山盡身為男子，五官較為硬朗些，另外也許是性格關係，關山盡的俊美帶著鋒芒與妖媚，眼尾更為上挑，看人都像有小鉤子，把人鉤得心猿意馬的。就像現在啊，關山盡似笑非笑瞅著吳幸子，把老傢伙看得手腳發軟，腰也軟綿綿的，就想往他身上靠靠。

「慢著慢著，雖說為娘也不是個不識趣的人，但這五兩銀子眼看就要涼了，不吃嗎？」國公夫人哪裡看不出眼前這對小鴛鴦都快纏上了，竟把她這麼個大美人晾在一旁，食盒裡的點心都要哭了。

「對對對，海望，國、國公夫人，快吃快吃，涼了就可惜了。」吳幸子立刻回過神，滿臉侷促地縮回攀上關山盡肩頭的手，將食盒打開。

「叫我娘吧，反正以後你也是要與海望結契的，稱國公夫人多見外哪。」國公夫人親熱地擺擺手，接著拈起一塊春日常見，對兒子交代：「兒啊，快把你珍藏的茶泡來給娘潤潤喉，在外頭站了半個時辰竟連杯茶水也不給。」

「妳怎麼就這麼會使喚人呢？」關山盡擰著眉抱怨，但依然轉身進屋裡拿茶葉泡茶。

見兒子離開，國公夫人對吳幸子笑得更親熱了，直把本性羞澀的師爺笑得手足無措，幾乎要從椅子上跌下去。

「你今年多大了？」這一開口問的就是硬傷。

吳幸子臉色微白，可依然老老實實回：「年已不惑。」

「不惑啦……」國公夫人聞言點點頭，又拈起一塊點心接著問：「哪裡人士啊？」

「清城縣人士。」

「清城縣？嗯……我聽過這個地方，大約四十多年前吧，有個未及弱冠的狀元郎，似乎就是清城縣出身的。可惜他在京城才待了兩年，眼看是要進內閣了，皇上可賞識他啦，我爹爹也對那位狀元郎讚不絕口，說其人不只學問好，品性更是百裡挑一的優秀。要不是他後來辭官回鄉了，顏文心大概也沒現在的風光吧。」

「啊……那位狀元郎，是、是我父親……」吳幸子沒想到能從他人口中聽到自己的父親，眼眶微微酸澀。

他記憶裡的父親很嚴肅，幾乎稱得上不苟言笑，只有在面對母親的時候會露出一些靦腆的笑容，眸底都會發光。

他知道父親疼愛自己，也是盡心盡力教導自己為人處事的道理及書本上的聖賢言論，可父親卻從不強迫他考取功名，秀才還是他自己想考的。

父親教他的道理，吳幸子一點兒都不敢忘，大半輩子一路走來都小心翼翼地遵守，從不敢有些許違背。可惜他對父親瞭解不深，連父親考中過狀元的事情都是母親說給他知道的。

大概對父親來說，與母親攜手共度的日子，比過去那些人人稱道的功名，都要來得更加踏實美好吧。

「是了，適才盡兒喊你吳先生。」國公夫人露出懷念的表情，細細將吳幸子從頭到腳看了一回，「那時候我才五六歲，還是個小姑娘呢，卻也記得那位哥哥的模樣，你的眼睛長得倒是挺像他的。」

「噯，是嗎？」吳幸子抬手摸了摸自己的眼眶，他的長相也不知隨了誰，明明他爹斯文俊秀，他娘清秀溫婉，偏偏自己是個貌不驚人的。

「吳先生，身為一個母親我必須得問，你看上盡兒什麼了？我這個兒子啊，從小就是個寡情的人，他對我及他爹確實尊重，那也只是出於兒子對父母應當要有的孝道，再多些便沒有了。我花了好多年的時間，一點一點讓他打開心房，那些心力啊，讓花果山再孵出一個孫行者都綽綽有餘了。」

國公夫人長吁短嘆了幾聲，接著神色一整，嚴肅道：「吳先生，盡兒對你是不一樣的，我知道先前你給他下過藥，他不但著了道，甚至都未曾動上一點肝火，反倒覺得是自己虧欠你。要是你真和誰一起設計陷害盡兒，即便盡兒看出不對勁，也會義無反顧踩進去，心甘情願地粉身碎骨。」

吳幸子輕輕顫抖，他明白國公夫人為何要對自己說這些話，卻壓不下心底湧現的絲絲甜蜜與竊喜。

關山盡對自己的心意竟然有這麼深了嗎？噯，還好他同染翠討了藥，否則兩人話都沒說清楚，不是浪費時間嗎？

「吳先生，你究竟看上盡兒什麼？」國公夫人已沒有先前的親切俏皮，眉宇間是屬於高門貴冑才有的威儀。

吳幸子吶吶張口，遲疑了半晌，才含糊回答：「主要是他的鯤鵬。」

國公夫人自然知道鯤鵬是什麼。

想當初她與護國公兩人為自己兒子的終身大事操透了心，就怕兒子真的吊死在魯澤之這棵歪脖子樹上，前思後想之後替兒子參加了鯤鵬社。

還真別說，那本《鯤鵬誌》簡直讓人目不暇給，國公夫人看誰都滿意。但畢竟飛鴿交友前所未見，身為母親國公夫人自然要先替兒子把關了，於是她冒充兒子的身分寄了幾封信交友，當看到回信都是一隻隻環肥燕瘦的鯤鵬時，國公夫人愣神了好久。

她還有什麼好不放心的？男人們交友如此坦率直爽，總有一隻鯤鵬能入兒子的眼。

倒沒想到自己兒子的鯤鵬先入了吳幸子的眼。

「別的我這個母親不好說，但若論這種天賦，我老關家的男人應當不會丟祖宗的臉。」國公夫人神色如常地咬了一口點心，心下反而踏實很多，對眼前人老實的秉性也放心不少。

這下反倒是吳幸子愣神了，國公夫人還真是個妙人啊。

雖說兩人談話的聲音不大，但關山盡內力高，又擔心母親對吳幸子說些不著邊的話，儘管人在屋中，依然將兩人的交談聽了個七八分，霎時不知道自己究竟該不該出去。

姑且不論他娘那信誓旦旦的語氣怎麼回事，吳幸子這老傢伙對他的鯤鵬遠比對他的人上心，委實令關山盡滿心不是滋味。

他翻出茶葉，交代小廝備上爐火熱水，這才慢吞吞回到院子裡，在母親及吳幸子之間坐下。

「你看上的主要是我的鯤鵬，嗯？」既然愛侶之間沒有隔夜仇，那現在就要把話問個清楚明白。

聽見關山盡這麼問，吳幸子訝異地瞠大雙眼，「你、你都聽見啦？」不知怎麼就覺得背後寒毛直豎，心底湧起一抹心虛的慌張。

「嗯。」關山盡將茶葉扔給母親，笑吟吟地瞅著吳幸子一臉大事不妙的表情。

「怎麼，你適才說的話不記得了？當著我母親的面，臉皮倒是夠厚的。」說著上手擰了老鵪鶉臉頰一把，留下三個紅印子，好一會兒才消。

「我、我不是這個意思……」吳幸子連忙捂住臉，雖說關山盡沒用上多大勁，但還是捏得他臉頰刺麻，也知道眼前這人又吃上了醋。

噯，醋勁兒怎麼就這麼大呢？

「那是什麼意思？除了鯤鵬，我沒別的好讓你看上了？」關山盡倒沒認為自己老和自己吃醋有什麼不對，語氣很是咄咄逼人。

被晾在一旁的國公夫人聽見兒子傻得無可救藥的問題，偷偷翻了個白眼。她這兒子生而知之、天資聰穎，從小就是個聰明得有些過度的孩子，怎麼也想不到在情愛上卻是個傻大個。

「不是啊，除了鯤鵬你還有很多、很多地方我、我喜歡的。」吳幸子面紅耳赤地辯解，關山盡可以不介意自己的母親在一旁聽著，他可不行啊！這些情人之間的絮語，他哪兒來的臉說給未來的岳母聽？

「哪些地方？」關山盡卻跟他不死不休了，非得要問個清楚不可。

「這、這……」吳幸子偷偷看了國公夫人一眼，夫人低頭吃點心只做不見。

「嗯？」關山盡擋住吳幸子的眼神，光天化日之下都能走神看其他人了？哼！

「你、你別這樣啊。」吳幸子耳朵尖都紅得要冒火了，期期艾艾道：「我看上你的地方可多了，像是、像是……你的臉。」

「噗！」國公夫人死死捂著嘴，費好大的勁忍著，才沒把點心噴出來，一雙美目藏不住笑意，直往吳幸子臉上溜。

「娘！」關山盡面子有些掛不住地低喊了聲。

「要為娘說，吳先生很識貨啊！你這張臉長得是真不錯的，像我。」國公夫人不禁得意上了，忍不住自誇。

「是啊是啊，你和你娘有七分像呢。」吳幸子連忙點頭應和，被關山盡狠狠地瞥了眼，吶吶地垂下頭，不明白自己又說錯了什麼。

「要是我長得醜，你就不喜歡了？」

啊？「怎麼會，平一凡的臉我也喜歡啊。」吳幸子搖頭擺手，趕忙表示自己的忠心。卻不想，關山盡的臉色又黑了幾分，讓吳幸子更加茫然失措，想向國公夫人求助，偏偏關山盡擋在兩人之間，他連夫人的一根頭髮都瞧不清楚。

「平一凡？」關山盡冷笑，他這下可想起來吳幸子與平一凡才照面，就敢邀人合葬了！那塊小破地方，他都沒能躺呢，平一凡什麼東西！

吳幸子真是欲哭無淚，他都沒弄清楚關山盡氣什麼，平一凡不也是關山盡嗎？鯤鵬不也是關山盡身上的一塊肉嗎？關山盡的臉那可是頂頂好看的啊！

「噯，你、你別氣了，是不是這些日子載宗兄給你找不快了？」吳幸子靠近關山盡幾分，羞臊地拍了拍他的手安撫，「吃點甜的舒舒心好嗎？今晚、今晚我留下來陪你？」

關山盡聞言心裡那抹酸味立刻淡了許多，老傢伙倒是乖巧，他又如何會推拒？

「你倒懂得哄人了。」他輕哼，小廝也恰好將火爐及茶具送來，心情大好的護國公世子著手燒水泡茶。

「我也不是哄你啊。」吳幸子揉揉鼻尖，總算鬆了一口氣。他可還記得過年那時候關山盡撕了他的鯤鵬榜呢，「你要我燒了平一凡的鯤鵬，我也燒了。」

「乖了。」關山盡不能更滿意，親親熱熱地刮了一把吳幸子的鼻頭，長臂一伸將人攬進懷裡，「再掂塊春日常見我嚐嚐，顏文心還真敢用這種小玩意兒打發你。」

「噯，這可好吃啦！二十年前在鵝城可是最知名的點心，後來店主收了店北上依親，我可再也沒吃過了。」吳幸子說著，小心翼翼掂了塊春日常見餵進關山盡嘴裡。

男人柔軟的舌尖在他指腹撩了撩，吳幸子被啜得指尖發麻，滿臉通紅地縮了縮肩，「別這樣，國公夫人在呢。」

「別介意我，你們倆孩子該怎麼就怎麼，我只吃些點心、喝些茶，看看盡兒過得好不好就成了。」國公夫人大方擺手，她還是頭一回見到兒子對一個人如此上心，連當年魯澤之最受重視的時候也沒這般光景，實在老懷大慰啊！

既然國公夫人都這麼說了，關山盡自然不再客氣，大大方方地對吳幸子上下其手搓揉一番，把老傢伙弄得手忙腳亂，又想推拒又想親近，最後把臉一捂，權當國公夫人不在，滿身通紅地埋在關山盡頸窩裝死。

終於喝到茶水的國公夫人冷眼旁觀，又怎麼不知道兒子這是存心展示？除了吃自個兒的醋，連她這個老母親的醋也灌了滿肚子，不過就是問了兒媳婦喜歡什麼，不小心問出一隻大鯤鵬罷了。

她怎麼就生出這麼個情愛上的傻東西呢？可回頭想起自家夫君，得，這是老關家祖上傳下來的，合該躲不掉。

眼看兒子那頭開始啃媳婦的嘴了，國公夫人心再大也待不住，只得摸摸鼻子告辭。

總算關山盡還記得自己當兒子的道理，交代吳幸子在院子裡等著，轉身將母親送走。

國公夫人並未坐車而是一路走過來的，關山盡原本想替母親備車，卻被阻止：「你陪娘走一段吧，老是待在後宅裡悶也悶壞了，國公夫人聽起來風光無兩，可不是什麼輕鬆的身分。」

國公夫人雖出身世家大族，卻是個天性跳脫的，小姑娘的時候就愛扮男裝在江湖上遊走，家裡頭管了幾次管不動，也就任由她海闊天空。

本以為這個女兒將來只能低嫁，誰知她卻在邊城遇見那時候的護國公世子，一見鍾情、再見傾心，反倒很快共結連理，驚得娘家人眼珠子滾了一地。

這麼些年端著護國公夫人的身分，得端莊賢淑、嫻靜溫雅早就悶得不行，難得有機會在外頭鬆鬆氣，根本不想這麼快回去。

「爹恐怕等得心急了。」關山盡藉口一套一套，身為母親還能看不透？分明是自己念著屋裡的媳婦，想回去抱著人親熱。

「哼，跟娘也別說這些虛的，你爹既然肯讓我出門不陪著，自然明白我沒這麼快回去。有些話咱們娘倆本就該說說，別想裝傻充愣躲過。」國公夫人說著挽上兒子的手，一副打算說貼己話的架式。

關山盡無奈，再怎麼說母親總歸是特別的，總不能甩手離開。

「兒子乖乖聽訓就是了。」

「你把白紹常接入後院裡的事，同吳先生說過了嗎？」這件事在京城傳得沸沸揚揚，誰不知道白家深受青眼，在皇上跟前很不一般，儘管是布衣平民，說出口的話卻極有分量。

前陣子關山盡被皇上厭棄，不但收回兵權還捋了職務，要不是護國公一脈單傳，恐怕連世子地位都不保。大家猜測，莫不是為了重燃聖眷，關山盡這才搭上白家公子，要以正室的名分與之結契。

關山盡眉頭一蹙，不甚樂意道：「沒有，也不必要。這件事很快就揭過了，白紹常心裡有人，也不會對我動真心，我不過藉機利用一把罷了。」

「兒啊，娘怎麼就看不明白，你明明是個聰明的，怎麼遇上情愛就傻成這副模樣呢？你們老關家除了那方面好之外，還真是半點找媳婦兒的本錢都沒有啊，怪不得吳先生只看上你的鯤鵬。」國公夫人懟起兒子來向來不客氣，幾句話把臉色本就不好的兒子說得更加面色沉如水。

「他看上的不止我的鯤鵬。」關山盡陰沉沉地反駁。

「喔，還有臉。娘沒忘。」國公夫人隔著帷帽薄紗對兒子一笑。

「您究竟想說什麼？」被母親挑撥得心裡鬱悶，關山盡口氣也開始變差。

「為娘是想告訴你，白紹常的事兒你固然有自己的打算，但還是應當同吳先生交代一聲，免得他心裡膈應。」再說，顏文心既然找吳幸子會面還送了幾盒點心，保不定早透了什麼口風試探。

「吳幸子不是這種小心眼的性子。」關山盡不以為然，他向來都把事情掌握在手中，半點不想愛侶摻和其中，那會顯得自己無能。

「小不小心眼娘可不知道，但……」國公夫人嘆口氣，意味深長道：「魯澤之這前車之鑑，你心裡要掂量掂量。」這話說得就挺白了，畢竟國公夫人從魯澤之未及弱冠之時便認識他，看著一個原本還算有風骨的年輕人如何被自己的兒子養廢，可不希望重蹈覆轍。

關山盡默默無語，他心裡知道吳幸子和魯澤之是不同的，可又想起數日前吃了老實藥的吳幸子那一番話，莫名有些心疼。

「好吧，我掂量著透露一二。」勉強鬆口，也將母親送出了城南，「您別四處悠轉，爹兩個時辰後再看不到您怕是會瘋，趁早回去吧。」

「嗐，不是還有兩個時辰嗎？」國公夫人隨意擺擺手，「好了，你回去吧。既然已經打算和人好好過，就別把人當雀鳥似的養起來，吳先生這人不簡單的，你別看輕他。」也不知道兒子能聽進去多少。

關山盡隨意點點頭，他並未看輕吳幸子，只是想替他擋住一切風雨罷了。

送走母親後，關山盡剛回到鋪子便被掌櫃拉著報告了幾件大小事，遲了將近一個時辰終於又回到小院。

遠遠的，他便瞅見吳幸子單薄瘦弱的身軀孤零零坐在涼亭中，木桌上擺著幾樣小點心和一壺茶水，茶應當是剛換上的，還能看見裊裊熱氣。

照說吳幸子眼前只要有食物，無論如何不合時宜，他都要吃上幾口的，就怕沒吃了浪費。小鄉城出來的人是萬萬不願意浪費糧食的。

然而，眼下，老東西卻握著杯子，裡頭的茶水不知是涼了還是喝光了，就見他一個勁兒的轉杯子，也沒灑出來。

關山盡有些好奇，也就沒急著上前，隔著一段距離偷看吳幸子。

小院雖說是依照平一凡的性格擺設，但使用者畢竟是關山盡，看來平凡樸素的用品，處處透著隱而不顯的精緻，也正是這點習慣，坐實了顏文心與懷秀對平一凡身分的猜測。

吳幸子坐了片刻，突然站起身放下杯子。

他朝關山盡躲著的方向看了幾眼，自然沒見到人。這是小院連接往外頭的石板路，鋪著上好的雨花石，厚實但觸感溫潤，踩在上頭幾乎不出聲音，雨水一打卻會發出微弱輕脆的叮叮聲，響成一片時別有風情。

大概是等得久了心裡不安，吳幸子在涼亭裡走了兩圈，轉過身反著又走了兩圈，最後停在石板小徑邊上，眉心微蹙心裡不知想些什麼，沉吟片刻後，小心翼翼地踩上小徑，又很快縮回腳，繼續在涼亭裡繞了一圈。

關山盡以前可能看不懂吳幸子什麼想法，但如今不同以往，吳幸子做什麼在他眼裡都透亮透亮的無比可愛。

大抵是吳幸子擔心關山盡在前面遇到麻煩，想出去瞧瞧。可又擔心萬一自己猜錯，甚至不小心誤了關山盡的事怎麼辦？於是又連忙縮回涼亭裡。瞧瞧桌上點心，動都沒動，在老鵪鶉心裡指不定有什麼嚇人嚇己的猜測。

關山盡心裡柔軟一片。

他是個太過強大的人，也習慣照顧人，雖說父母長輩、友人親信也會關懷他，但誰也不認為他需要被人寵、被人疼，一開始魯澤之還沒瞭解他的時候，也曾將他當個普通的孩子一般寵愛，可惜要不了多久發現關山盡反倒更有能力照顧人、寵愛人後，他們的關係就徹底顛倒了。魯澤之心安理得地接受他的疼愛，如同菟絲般盤纏在巨樹上

吳幸子卻是不同的。這老傢伙知道關山盡強大，是有肩膀、有實力的人，知道關山盡對人好的時候就非把人寵壞不可，他不會拒絕關山盡的寵疼，只會努力伸展自己的細瘦手臂，要將對方納入自己懷裡也給寵起來。

關山盡說不上自己的心情是怎麼樣的，只知道這輩子絕不能把手從吳幸子身上放開，要是放跑了這隻看起來怯怯懦懦的老鵪鶉，他上哪兒找人心疼自己？

第四章　山雨欲來

「再過幾天，關山盡就會被抓入天牢。」

此話一出，吳幸子瞠大雙眼，抓緊了關山盡的衣襬。

關山盡心疼地摸了摸吳幸子的臉頰，

「不是什麼大事，進天牢是與皇上商量好的。」

「與皇上商量好的？」吳幸子抓著關山盡衣襬的手又緊了緊，

「你打算自己進天牢？」

沒料到他會問得如此一針見血，

關山盡眉心微蹙，竟一時未能回答。

關山盡理了理衣襬，再次確定小院裡除了自己的親兵外沒有其他人，便摘去臉上的平一凡面具，緩步從隱藏的地方走出來。

吳幸子正好往這兒看，臉上神情隨之一亮，略顯粗魯地把手掌在身側擦了幾把，腳步有些急促地迎上前，「怎麼現在才回來？外頭出事了嗎？」

「和我娘多說了幾句話，又被掌櫃的拉著講事情，這才耽擱了。」關山盡幾個大步走到吳幸子身側，長臂一攬將人收進懷中，「等得心急了？」

「嗯……」吳幸子乖順地靠在他懷裡，毫不隱藏地點點頭，「我有話想跟你說，卻老等不到你回來，就擔心是不是顏文心那兒……」說著抖了抖，再怎麼說，吳幸子先前才與顏文心交鋒過，心裡難免有些畏怯。

「放心，顏文心對平一凡的身分深信不疑。」關山盡揉了揉吳幸子皺起的眉心，調笑道：「嘖，你瞧瞧，你年紀都不小了，還老愛皺著臉，是存心提醒我敬老尊賢，別辣手摧花嗎？」

吳幸子聞言連忙伸手揉自己的臉，臉上混著緊張跟羞臊，「嗯，我就是擔心了，平時也不這麼皺臉的。」

「別怕，就算你皺成梅干菜了我都喜歡。」說著，關山盡低頭在吳幸子臉上親了一口。

老東西雙肩微微一顫，臉頰一口氣紅到耳尖，關山盡怎麼看怎麼喜歡，索性抱著人一通親吻，直把吳幸子親得喘不開氣，眼眶都發紅了才停下。

「嗯，怎麼突然就……」白日宣淫什麼的吳幸子倒是不排拒，甚至有些欲迎還拒，就是這小院實在空曠，又有親兵在暗處把守，上回關山盡可都告訴他了，委實不適合露天席地讓鯤鵬們相見歡。

「嚐嚐老菜乾味道如何。」別看關山盡這人漂亮得有如九天玄仙，實則兵痞子氣習極重，當他存心耍流氓的時候，還真沒什麼話說不出口。

吳幸子被說得害羞，低柔地哼哼兩聲，垂著腦袋暫且裝死。

看老東西害臊了，關山盡也不再逗他，把人摟進屋子裡，一塊兒擠在太師椅上膩歪。

「你想和我說什麼？」關山盡把玩著吳幸子帶繭子的細細手指，這些日子肯定又種了不少菜，拿筆的繭子薄了，種地的繭子厚了。

被這麼一問，吳幸子唔了聲，輕輕拍了拍關山盡的手背，看樣子是想抽回自己的指頭。但關山盡不放，還笑吟吟地拉到唇邊嘖嘖有聲地親了幾下。

那意思是很明顯的：你要不就直接說了，要不我可不會只親兩下就放過你。

指尖被親得發紅，吳幸子縮起肩抖了抖，眼神有些無奈。

「是這樣的，剛剛你送……你送國公夫人……」

「叫娘。」關山盡打斷他。

「啊？」吳幸子眨眨眼，似乎愣住了，「叫你娘嗎？」話問出口，他才恍然大悟，窘迫地對關山盡瞪眼。

關山盡哭笑不得，清了清喉嚨一本正經：「你硬要叫，我也認下了，不過我更想聽你喊我娘為娘。」

「嗳……那多丟人哪……」國公夫人才大他沒幾歲呢，當姊姊差不多，當娘輩分就差了啊。

「你現在不叫，以後也是要叫。怎麼？在我娘面前，對我的鯤鵬跟臉信誓旦旦說此生不離，我娘一走你就後悔了？」

「你的鯤鵬那是真的生得好呢……」吳幸子連忙摀住嘴，可惜為時已晚，關山盡似笑非笑地瞅他，大掌往他渾圓肉臀就拍下去，雖說力氣不大，隔著衣衫也只發出輕微鈍響，但老傢伙還是羞得無地自容，擺著手忙不迭道：「你緩緩！你緩緩啊！我有話要說！」

「你說，我緩著。」關山盡一臉和氣疼愛，兩手都揉上了吳幸子肉臀，確實動得挺緩，吳幸子半張著嘴，人都快燒起來。

「別這樣啊……」他想伸手阻止關山盡下流的動作，卻不得不承認自己被揉得挺舒服，男人手掌寬厚溫暖，幾乎一掌就能包住大半臀肉，一會兒往外扳、一會兒往裡擠，不輕不重、不急不緩，幾乎把吳幸子給揉化了。

老傢伙在床笫上向來大方，面對慾望可沒什麼自控能力，軟綿綿地哼唧幾聲，差不多把自己想說的話忘得精光，只覺得後穴滑膩膩地開始動情，恨不得關山盡的鯤鵬戳過來蹭蹭舒服。

「你究竟想同我說什麼，嗯？」關山盡把人往自己下腹按了按，緩緩挺起來的巨物磨蹭在細嫩腿側，也讓吳幸子的小鯤鵬在自己硬實的腰腹上磨蹭。

「噯……」吳幸子喘了幾口，眼神都迷濛了，腦袋靠在關山盡肩頭，「再蹭蹭我……」

「騷寶貝。」關山盡瞇眼一笑，俐落地將吳幸子的褲子給脫了，露出一雙細白纖瘦的腿，同時掏出自己硬了大半的巨物，貼著吳幸子敏感的會陰使勁磨兩下，直把老東西弄得唉叫，顫抖的呻吟聲含糊又迷醉，伴隨熱氣吹在他耳側，騷得不行。

「你這小東西生得倒是可愛。」關山盡玉白的肌膚也染上豔紅，額際微微沁著汗，還游刃有餘地撥弄吳幸子貼在自己腰腹肌肉的小鯤鵬。

雖說吳幸子的物什稱不上龐然大物，和一般男人相較起來也稍有些秀氣，但生得乾淨清秀，粉嫩嫩的一根，前端鈴口閉得緊緊的，和主人一般看著羞臊。

但那也只是看起來。

一旦動手摸上去，很快就不矜持了。關山盡就喜歡把弄這隻小鯤鵬，帶著厚繭手指一會兒搓揉那嫩嫩的前端，弄得鈴口微張汨汨沁出淫汁；一會兒用寬厚溫熱的手掌裹著莖身上下滑動，可謂是花樣百出，還壞心眼，總能掐著時候揉兩把囊袋，接著在根處稍使勁一捏。把老東西捏得顫抖哀吟，剛想噴薄而出的精水被掐回卵囊裡，鈴口可憐兮兮地張著收縮兩下。

「還是這麼不經玩？」關山盡調笑，將被汁水沾濕的手舉到吳幸子嘴邊，壓著聲音哄道：「來，都舔了，告訴我什麼味道？」

那可是自己的東西啊！吳幸子勉強還留有一些神志，滿臉赧然地瞅瞅關山盡，又瞅瞅那隻漂亮的手。

他老臉通紅，遲疑地伸出舌尖，在舔上關山盡指腹前迅速縮回去，抓起自己的衣襬抹掉濕漉漉的淫汁。

關山盡也不阻止，笑吟吟地看他又羞又窘地連連擦拭自己的手，細細舌尖不住舔著嘴唇，那模樣說不出有多騷。

「你說，這都什麼味道？」關山盡一手攬著吳幸子的細腰往懷裡按了按，小鯤鵬又在腹部結實的肌肉上留下濕痕。

他側頭叼住吳幸子手上的衣襬一角，刻意發出吸吮的聲音。

「嗳……你別這樣……別這樣，髒啊……」吳幸子彷彿又更紅了幾分，一雙濕漉漉的眸子又躁又慌，手上用力想扯回衣服，關山盡卻咬得很牢，他根本扯不了，急得眼眶都有些紅了。

「騷味。」關山盡在衣物上吮出一塊痕跡才鬆開牙關，意猶未盡地舔舔唇，評論道：「還帶點甜腥。」

吳幸子聞言愣了愣，舌尖再次滑過唇縫，彷彿在品嘗什麼滋味，關山盡一眼看出這騷寶貝正在好奇那到底什麼味道。

緊接著老東西瞪大眼，似乎被自己的想法嚇著了，垂下腦袋就想從關山盡懷裡溜出去，理所當然被扣著腰死死按著，小鯤鵬反倒使勁在關山盡堅硬的肌肉上蹭了好幾下，直接把自己給蹭軟了，攤在男人懷裡抖了抖，淌了些許白濁的精水出來。

呼吸裡都是關山盡的味道，既有熟悉的白檀混合橙花，還有一種專屬於男人的味道，彷彿毒藥似地讓他腦子空白一片，只想往男人身上蹭，後穴的水流得更歡快了。

關山盡今天似乎心情極佳，沒有往日的急躁粗魯，雖然呼吸沉重、臉色泛紅，但依然好整以暇地擺弄懷裡的人。他這會兒握著吳幸子的陽物套弄，吳幸子舒服得仰起細白的頸子呻吟，關山盡手掌大而寬厚，溫度又高得有些燙人，他不自覺就擺動著腰，開始操起男人的手掌。

見他亂擺亂搖，毫無章法地磨蹭，關山盡低聲輕笑，手上一個使勁很快就榨出老傢伙的精水。吳幸子尖叫一聲倒在關山盡懷裡喘著氣顫抖，還沒緩過氣來就突然被翻身，從男人懷裡被移到太師椅上，雙腿還被架在兩邊的扶手上，後穴直接暴露出來，他嚇得抽搐了下，穴口也跟著緊縮，看得人眼熱。

「海、海望……」吳幸子想縮回腳，他是不介意在床上露出自己的私處，但也沒臉這麼展示啊！

但關山盡的手牢牢按在他肚子上，讓他完全動彈不得，撲騰了幾下後就累得直喘氣。再說他才剛泄過身，這會兒手腳發軟，腦子也還是糊的，連話都問不清楚，只能可憐兮兮地瞅關山盡。

「乖了……」關山盡對挑逗地笑笑，接著矮下身去，除了頭頂青絲外吳幸子什麼也看不到，更增添不少慌亂，還想開口再叫他，剛泄過的小鯤鵬突然被溫熱濕軟的東西裹住了。

「啊——」吳幸子腰一抖，滿臉通紅地尖叫，掛在太師椅扶手上的腿猛地緊繃，一口氣爽得腦門發暈。

他的肉莖被關山盡吸進嘴裡，濕熱的口腔裹著肉莖擠壓吸吮，舌頭將肉莖往上頂，讓吸吮的力道更大，幾乎把吳幸子的魂都給吸出來。

他咿咿啊啊的哭叫，小肉棒不斷抽搐，他拚命伸手要去推胯下的腦袋，但被關山盡擺成這個姿勢，雙手根本碰不到那顆作亂的腦袋。

吸了幾口後，關山盡的舌頭開始不安分，靈活地纏在小肉棍上，順著吸啜的動作上下舔舐，最後抵在鈴口上用舌尖挑開半閉的細孔往裡頭鑽。

吳幸子扭著腰尖叫，簡直快被吸死了，尿孔裡的嫩肉被舔開，有些唾沫還滑進去，麻癢得他不知如何是好，小腿緊緊繃著，腳趾頭都蜷曲起來。

「海望、海望……你快住口、快住口啊——」他哭叫哀求，男人卻充耳不聞，反倒用牙齒在敏感的冠頭處輕咬，爽得吳幸子兩眼翻白，眼淚與汗水在臉上糊得亂七八糟，舌尖半吐著只剩唉叫了。

關山盡對嘴裡的小東西簡直愛得不行。

糯中帶硬、軟中帶韌，前端恰好抵在他咽喉前，整根吃進嘴裡也不會太難受，他啜得嘖嘖有聲，變著方法吮咬嘴裡的鯤鵬，直把老鵪鶉啜得渾身抽搐，仰著頭卻再也叫不出聲來，一股一股的淫汁從鈴口泄出，全被他吞進肚子裡，還不肯罷休地伸手搓揉後頭兩個小球。

「嗚嗚——」吳幸子的呻吟悶在喉頭，幾乎喘不上氣，他才剛射過一回，沒辦法立刻又射，尿孔可憐地抽了幾下，只流出透明黏稠的汁水，他覺得自己彷彿是風雨中的小船，被拍打得東搖西晃，愉悅的巨浪將他推高，以為要到頂點了，誰知後頭還有更高的浪打來。

他流著口涎，繃著身子痙攣，尾椎突然一陣酸麻癢，尿孔大開卻什麼也沒射出來，還被關山盡藉機舔了進去，雙手都快把扶手給摳碎，腦子空白了一瞬，接著他爆出一聲崩潰般的尖叫，抽搐得關山盡幾乎壓不住他，硬生生高潮了。

眼看吳幸子被自己玩弄得汁水淋漓、神情茫然、舌尖半吐的模樣，關山盡真是愛得不行，胯下巨物也更加蠢動，不但把褲子頂出一大塊，前端還濕了。

心想吳幸子年紀也不小了，這樣輕易被玩泄了三次也不知道會給身體留下什麼隱患。

關山盡起身把老東西摟進懷裡，翻身讓自己坐在太師椅上，讓吳幸子坐在自己大腿上。還沒從情慾裡緩過神的吳幸子，身子微微痙攣顫抖，軟綿綿地窩在關山盡懷裡，呼吸中都是好聞的冷香味及一絲腥騷的氣味。

關山盡拍了拍他完全脫力的腰，動手解了自己褲頭，大鯤鵬剛一出鞘，啪一聲打在吳幸子渾圓肉多的臀上，打得裡邊的穴口抽抽，整個人也猛顫了下。

吳幸子的腦子還是糊的，一時間竟沒查覺關山盡到底要幹麼，還縮在男人頸窩小口小口喘氣，臀肉被扳開時他仍茫然，緊接著粗硬滾燙的大鯤鵬就扎進他濕熱柔軟的北溟海中。

「啊——」吳幸子驚叫，下意識地推了推關山盡的胸膛，儘管他的後穴已經濕得騷聲連連，猛然被又大又燙的肉棒肏進去，依然有些受不住。還沒完全平撫的快感又往上掀了一個浪頭，他覺得自己連一根毫毛都敏感得碰不得。

關山盡摁著他後腰上的凹陷往自己的巨物一壓，原本還露在外頭的部分這會兒幾乎全根沒入，老東西的呻吟顫抖又騷浪，黏糊糊的彷彿有小爪子，可憐兮兮地往關山盡心尖上撩。

吳幸子人瘦巴巴的，雖說在京城這些日子好吃好睡被養出了肉，抱在懷裡沒那麼硌手，但腰還是很細，彷彿輕易就能折斷，關山盡手臂一伸就能環住大半。說真的，這老鵪鶉除了屁股夠翹夠肉，渾身上下沒一處吸引人，可就是這副模樣，卻總能把關山盡勾得心如烈火，恨不得把人囫圇吞進肚子裡，一輩子不給人看見。

「騷寶貝，你不自己動動，嗯？」關山盡往上頂了頂，含著吳幸子耳垂笑問。

「嗳……」吳幸子扶著男人的腰，他大腿軟得跟麵條似的，跪都跪不住，不時顫抖，根本沒力氣支撐自己，但又怕關山盡等不及，狂風暴雨地肏自己，眼下自己的小肉棒還硬不起來，要是又被狠肏難講會不會又被肏尿了，光天化日之下這點臉他還想要呢。

不得已，他只能抖著雙腿，哆哆嗦嗦地撐起身子，讓關山盡的肉棒滑出些許後，吸了口氣往下坐。堅硬的龜頭宛若槍尖瞬間戳在腸道裡柔軟的那塊敏感處，吳幸子啊啊的喘息呻吟，身子一歪力氣全失，直接跌在關山盡大腿上，男人兩顆飽滿的囊袋直接打在濕乎乎的肉臀上，龜頭更是直接往裡戳穿了陽心。

「啊啊——好燙、好燙——」吳幸子哭唧唧抱著肚子，手掌下是被男人戳鼓肚皮，關山盡也爽得悶哼，握著他的腰開始一輪粗暴地肏幹。

「慢一點啊——」吳幸子被肏得雙眼翻白，叫得幾乎喘不過氣來。

可男人卻半點沒有饒過他的意思，好不容易又進了這舒服的地方，關山盡像頭失去理智的猛獸，粗大滾燙的肉棍被緊緻潮濕的肉穴裹著，那似迎還拒的吸吮與擠壓，帶來無上的爽快，讓他只能遵循本能地往裡幹得更深更狠。

吳幸子被頂得東倒西歪，唉叫著趴倒在關山盡寬厚的胸膛裡，口水眼淚糊了滿臉，身子隨著關山盡一下一下的猛幹不停抽搐，舌尖吐在唇外，彷彿要被肏壞了。

男人的巨物真不虧是鯤中蘭陵王，凶殘、勇猛還執著，感覺都要把他肏穿了，薄薄的肚皮不時挺出一塊龜頭的痕跡，陽心幾乎要被操腫。

「騷寶貝。」關山盡的雙眼因為快感而顯得赤紅，彷彿一頭不饜足的猛獸，然而他勾起吳幸子下巴的動作卻十足溫柔，彷彿捧著最珍貴的寶貝，心裡愛得都不知道該怎麼辦才好。

「壞蛋……」吳幸子感受著身下狠辣、棍棍到肉的頂動，雙眼含淚地乜了關山盡一眼抱怨。

這小模樣說不出的勾人，關山盡低頭含住他的舌尖，進而扎扎實實地吻上，兩人唇舌交纏，關山盡的吻就跟肏幹的動作一樣凶狠，掃過吳幸子嘴裡柔軟的部位，勾纏著他的舌吸吮啃咬，接著往裡直戳咽喉，把人吻得悶聲哭喊，差點要喘不過氣來才退開些許，在他被吻腫的唇上啃了幾下。

吳幸子幾乎要被玩厥過去，關山盡吻了一次不夠，扣著他的下巴沒等他把氣喘勻又密密實實的吻上，大肉棒也沒閒下，肏幹得一次比一次更重，陽心都被肏成一個小口，濕糊糊地噴了又噴。

突然，吳幸子身子繃起，僵直片刻後狂亂地抽搐，幾乎要從關山盡腿上跌下，男人鐵臂收緊把人牢牢地鎖在懷裡，沒一會兒兩人交合處一灘熱意泛濫開來，關山盡低頭發現吳幸子果然被自己給肏尿了。

老傢伙痙攣了好一陣子兩眼完全失神，而關山盡依然迅猛地操幹。

看了他的模樣，關山盡也不敢做得太過，便也不刻意延遲自己的快感，趁著吳幸子還沒回過神，啪啪啪又肏上幾百下，直把老鵪鶉幹得又開始低低哭叫，這才略有惋惜地戳入陽心，馬眼大張將滾燙的精水全射進吳幸子肚子裡……

關山盡這回確實做得有些過火了，吳幸子暈過去後直接睡到第二天巳時過了才醒。

醒來時人也沒完全緩過來，傻楞楞地坐在床上，被關山盡摟著，小心翼翼餵了大半碗粥才總算完全真的回過神來。

「粥好吃嗎？」關山盡做的是魚片粥，魚肉入口即化、腴爽香甜，裡頭還有切得細碎的白菜葉，碧綠青翠又好入口，味道自然是頂頂好，畢竟是關山盡親手熬的。

吳幸子紅著臉點點頭，羞澀地任由關山盡餵完一整碗粥，肚子暖呼呼的，精神也好了許多，但總覺得肚皮還是空蕩蕩的，他至少還能再吃上四、五碗。

關山盡自然深知他的食量，區區一碗粥給老傢伙墊胃都稱不上。

見他臉色恢復紅潤，關山盡捏捏他的鼻頭，溫聲道：「我再盛碗粥來給你，等胃暖了再吃其他菜，嗯？」

「噯。」吳幸子乖巧地點點頭，他從關山盡身上嗅到令人食指大動的香味，心下不由甜絲絲的，明白身邊的男人肯定一大早就起來替他張羅吃食。

果然，關山盡又一次端來粥後就讓他自己吃，轉身回廚房忙碌片刻，一一將做好的菜端上來，總共十件大菜，雞鴨魚肉蔬菜都齊備了，全是吳幸子喜歡的菜色。

喝了兩碗粥，吳幸子腸胃也活絡起來，才發現自己真是餓得不行。想來也是，昨日從顏文心那兒離開後就啥也沒吃，春日常見再美味也只是點心，只夠塞牙縫而已。

後頭他又被關山盡摁著白日宣淫，這會兒要不是有兩碗粥，肯定得餓得胃疼。

關山盡看他舔著唇貪吃的模樣，不禁笑了：「來，很久沒做飯給你吃了，快嚐嚐味道是不是一樣好。」

吳幸子連連點頭，貼在關山盡身邊坐下，端起飯碗風捲殘雲。

一桌子菜雖然豐富，但在關山盡和吳幸子眼中就不夠看了，沒到一炷香時間連菜汁都被吳幸子拌飯吃光，老鵪鶉心滿意足地摸了摸肚子，端起剛泡好的茶水啜了口。

「你啊你。」關山盡見自己的手藝有人如此捧場自然得意，掏出帕子替吳幸子抹了抹嘴，這才招來僕從將桌上的碗碟都收拾好。

飯後點心是關山盡特意從京城有名的百年老舖買來的杏仁豆腐，方方正正沒什麼花巧，就是雪白得可愛，香氣四溢。

吳幸子喝了兩杯茶才端起杏仁豆腐吃，杏仁味兒濃重，吃進嘴裡噴香撲鼻，他瞇起眼喟嘆。

關山盡沒他這麼好的胃口，便把自己眼前的杏仁豆腐也推過去。

吃飽喝足了，吳幸子打個飽嗝，有些害臊地捂著嘴，偷瞧關山盡。

「陪我去院子裡走走？」關山盡自然不會嘲笑他，他向來偏心，疼愛一個人的時候，任何缺點在他眼裡都是可愛的。

吳幸子點點頭，將手伸進他遞給自己的手，緊緊交握。

午後的日光並不炙熱，眼看快到重陽了，早晚的風都涼了許多。

兩人在院子裡散步，雖然一句話也沒說，心裡卻都滿是溫柔與甜蜜，交握在一起的手又握得更緊了些。

「你昨天想同我說什麼？」關山盡突然問。

吳幸子愣了愣，老臉微紅，支吾道：「噯……這不，昨兒在你娘面前，我說喜歡你的鯤鵬跟臉……」

「怎麼，反悔了？」關山盡好笑地低頭逗他。

他早知道吳幸子一開始喜歡上的就是自己的鯤鵬，要不是老關家祖傳的寶貝夠上臺面，他現在還拐不到這個騷寶貝。

沒成想吳幸子竟然點點頭，這讓關山盡臉上的笑容瞬間垮掉，腦中第一個念頭就是燒了鯤鵬社，再把那勾引吳幸子的鯤鵬給揪出來收拾了！

不知道身邊男人滿心的血光凶殘，吳幸子停下腳步，認認真真地握著關山盡的雙手，臉上帶著一絲羞澀，卻坦然地道：「我其實喜歡的就是你這個人，不管你是好是壞我都喜歡，與鯤鵬沒有關係。」

突如其來的告白，雖然笨拙卻令關山盡彷彿吃了一口糖，連心口都是甜蜜的。

他愣了片刻，接著無法自抑地露出傻笑，要是國公夫人看到自己兒子現在的表情，保不定以為兒子腦子被敲壞了。

吳幸子看著關山盡的傻樣，也抿著唇笑了，兩人你看看我、我瞅瞅你，怎麼樣都捨不得把目光移開。

「等事情過了，我帶你回馬面城，你要是不想待在將軍府，也可以去衙門找差事，馬面城也缺師爺，你看好不好？」關山盡忍不住把吳幸子摟進懷裡，恨不得揉進骨血裡，又捨不得的小心翼翼捧著。

「嗯。」吳幸子反手回抱關山盡，臉頰在他胸膛蹭了蹭。

溫馨的氣息瀰漫在兩人之間，若能長久下去該有多好？可惜關山盡畢竟不是個沉溺於私情的人，不多久也將心情收拾好，鬆開吳幸子退開半步。

吳幸子不解地抬頭看他，見到男人臉上的歉意，心裡也明白有正事要說。

「再過幾天，關山盡就會被抓入天牢。」

此話一出，吳幸子瞠大雙眼，抓緊了關山盡的衣襬，一時茫然失措。

關山盡心疼地摸了摸吳幸子的臉頰續道：「不是什麼大事，進天牢是與皇上商量好的，別擺出這種表情，嗯？」

「與皇上商量好的？」吳幸子這才如大夢初醒，但臉色依然蒼白，抓著關山盡衣襬的手又緊了緊，「你打算自己進天牢？」

沒料到他會問得如此一針見血，關山盡眉心微蹙，竟一時未能回答。

吳幸子哪裡還不明白？這態勢分明是自己猜中了！關山盡為了不在關鍵之時出錯，天牢是實打實要自己進去的，他的心口不禁陣陣泛疼，遲疑片刻才期期艾艾問：「能不能……能不能……」讓其他人進去呢？

可吳幸子最終還是沒問出口。

他心裡清楚，身為主帥，必要的時候還是得自己深入險境，否則如何服眾？如何帶兵？外頭有皇上，有滿月盯著，關山盡有什麼理由不自己入天牢？再說了，若是顏文心在天牢裡安排了什麼試探之法，也只有關山盡能破解。

他心裡焦急，嘴上又說不出什麼安慰，眼眶不知不覺微微泛紅。

關山盡看了心疼，連忙把人圈入懷中拍撫：「別擔心，我是在戰場上衝殺出來的，什麼傷、什麼苦沒受過？顏文心的爪子在天牢中也沒那麼利索，就算有些許拷問也不是個事兒，你別掛懷，別哭啊。」

在背心上拍撫的手掌溫柔似水，又暖如春風，吳幸子縮起肩悶悶地點頭，卻還是無法放下心，忍不住又問：「天牢裡有你的人嗎？事情會不會有什麼變故？」

關山盡聞言輕笑，低頭點了點他的鼻尖承諾道：「天牢裡有皇上的人，也是我的熟人，自然不會有什麼大變故。你要相信我，要是連區區天牢都出不來，我又有什麼臉鎮守南疆？」

「話不是這麼說啊……」吳幸子皺眉輕嘖，這和那半點關係也沒有，史書上多得是死在天牢裡、同僚手上的邊疆大將。但這話他沒說出口，實在太不吉利了。

「對啦，那平一凡怎麼辦？」

「平一凡暫且由他人偽裝，關山盡下獄後，他也差不多得離開京城，去南疆一趟了。」關山盡依然摟著吳幸子輕拍，說出口的訊息卻讓老傢伙一陣寒顫。

「你是說……平一凡其實與南蠻有牽扯？」

關山盡沉吟片刻搖搖頭，「這件事你別參與，知道得越少越好。平一凡走後，顏文心一定會派人盯著你，你暫且躲在染翠宅子裡，多種些菜、多看些書，先前那把琴我讓人給你送去，練幾首曲子，我出天牢後彈給我聽吧，嗯？」

「欸……」吳幸子心裡千言萬語，但也明白關山盡不會聽的，他嘆口氣，狀似無意開口：「那天白公子的琴會戛然而止真是可惜，也不知還有沒有機會再受邀呢？」

環在他腰上的手不動聲色地緊了緊，但很快又鬆開。

關山盡低聲笑答：「你要想聽琴，我彈給你聽就是了，白公子、黑公子、黃公子都忘了吧！鯤鵬榜外要是再來個琴人榜，我可要喝醋啦。」

「噯，喝什麼醋呢……」耳際被男人呼出的熱氣燙得發紅，吳幸子瞥了他一眼，乖順地回答：「我等著聽你的琴。在天牢裡一定要小心……」頓了頓，吳幸子壓低聲含糊道：「其他人怎麼著都好，我就希望你平平安安。」

也許自私了些，卻是最坦然的心願。

關山盡心頭震顫，片刻後才啞著聲承諾：「我省得，你切勿掛念。」

兩人又膩歪了一陣，關山盡交代他這些日子別再來找平一凡，若有意外黑兒會保他平安，便將人送走了。

回到染翠的住所，吳幸子整個人有些失魂落魄，屋子裡擺了一張琴，赫然是當初在馬面城時關山盡送他的那張。

古樸溫潤的琴面觸手生暖，他的手在琴弦上徘徊數次，最後緊捏成拳，彷彿不敢觸碰。

關山盡決定要做的事便會貫徹到底，吳幸子心裡明白自己無法挽回什麼，只能依言過好自己的小日子，靜待事件發生。

果然，幾日後，京城中一石掀起千層浪，

護國公世子、前鎮南大將軍關山盡，因為私通南蠻一案被下了天牢。

這個消息剛在京城裡傳開時，吳幸子正和兩個丫頭蹲在菜園子裡摘茄子，中午打算做茄盒子。丫頭們像兩隻小麻雀，嘴巴一會兒也停不了，東家長西家短的，一上午就將京城裡昨天發生的大小消息都說個遍。

吳幸子慣常帶著笑容聽兩個丫頭叨叨，從平一凡那兒回來後已經過了幾天，大街上似乎沒傳護國公府什麼事，頂多就說白公子進護國公府後深受國公夫人喜愛，已經在與白家大爺商量結契的事兒。

而經常在風尖浪口上的關山盡卻沒消沒息，彷彿在京城徹底消失了似的。

眼看一竹籃茄子都快滿成尖，吳幸子捧著籃子起身，「好啦，瞧妳們兩個小丫頭，嘴巴不乾嗎？」他笑罵了聲，薄荷、桂花同時吐吐舌頭，一人手中端著豆角、一人手中端著黃瓜，起身拍了拍裙襬。

「誰讓主子不愛出門呢。」

倆丫頭也可以說煞費苦心，就怕主子在京城過得不開心。

「就妳們機伶。」吳幸子伸手替桂花抹去鼻尖上一點泥巴，心中熨貼。「把菜都拿去洗了吧，中午釀個豆角和茄盒子，我去問問大掌櫃要不要一塊兒吃飯。」

「知道啦！」桂花將手中的豆角一股腦兒倒進姊姊手中裝黃瓜的簍子裡，接過吳幸子手上的茄子，倆姊妹步履輕盈地跑去廚房。

吳幸子用剩下的水洗洗手、抹抹臉，轉身正想前去染翠的院子，不想一回頭卻正好見著染翠帶著黑兒走過來。

他莫名心頭一跳，猛地回想起前些天關山盡對他說的話，不由自主擰緊袖口，臉色微微發白。染翠見了他的模樣，心中已有較量，恐怕前些日子關山盡就與吳幸子說過今日的事，也算省了他一些工夫。

「染翠。」吳幸子的聲音小心翼翼，深怕大聲了會嚇著自己。

「吳先生。」染翠依然帶著風華絕代的笑容，揚揚手上的提籃，「桂花糕。」

黑兒很快就將提籃接過去，恭敬地對吳幸子揖了揖，「吳先生。」

「黑兒。」吳幸子露出一抹緊張的笑容，又用力扯了扯袖口，「我剛還同丫頭們說呢，剛在菜園子裡摘了許多豆角、茄子、黃瓜，午膳菜色可豐富了，要請你們來同樂呢。不知道染翠、黑兒喜不喜歡釀豆角和茄盒子？」

「這可真巧，我不挑嘴的，先謝謝吳先生了。」染翠一拍手，眉角眼尾都是風情，襯著他柔和的語調，頗能舒緩人心。

黑兒沒說話，徑直將桂花糕擺在不遠處的竹桌上，這是吳幸子乘涼的地方，一張桌子、幾把椅子，樸素但舒服。

染翠親親熱熱地拉了吳幸子的手走到桌邊分別坐下，還想開口說點其他的瑣碎事情，吳幸子卻先開口了：「海望怎麼了？」

好吧，吳先生一貫直來直往，染翠半張著嘴，最後掂起一塊桂花糕塞嘴裡嚼了嚼。

「這是剛發生的事兒，大概下午就會傳遍京城，兩三天後就會傳遍大夏了。」

染翠對黑兒打個手勢，黑兒面帶不滿，但看了看渾身緊繃、滿臉焦急的吳幸子，還是輕嘆口氣暫時離開。

黑兒走後，染翠拍拍吳幸子幾乎要在桌面摳出痕跡的手，「關山盡沒先同你提提？他半個時辰前被皇上用通敵叛國的罪名給帶走，直接扔進天牢裡，明日開堂審訊。因為情節重大，皇上派了幾位老臣、重臣負責這件事。」

「有顏文心嗎？」吳幸子問完才發現自己的聲音都在顫抖。

「沒有，顏文心是吏部尚書，這事不歸他管。」染翠又掂了一塊桂花糕進嘴裡，見吳幸子似乎微微鬆了口氣，才有些壞心眼地繼續道：「不過，兵部侍郎、刑部侍郎和大理寺丞都是顏文心的人，關山盡這件事可能會動到的幾個地方，顏文心早都把控住了大半。」

吳幸子猛地抖了下，唬地從椅子上站起，立刻要往外衝，卻被染翠眼明手快地拉住，「吳先生，你別心急啊！」

「這、這怎麼辦？海望告訴我一切都在掌握中的。」

吳幸子眼眶微紅，急得都快哭了。

他一輩子在衙門裡工作，對訴訟的眉角知之甚詳，雖說大夏朝重視司法，鞫讞各有嚴格的規定，大夏律可說是古今數一數二的嚴謹，但再如何嚴謹的條例，當中都有許多可操縱的孔縫，但凡只要顏文心有心要弄死關山盡，眼下的局勢可謂甚是嚴峻。

「莫怕，關山盡頂多受些皮肉傷，只要皇上不點頭、不批示，他的命就絕對保得住。」染翠很是神定氣閒，將吳幸子又推回椅子上，撇撇嘴道：「護國公一脈雖然世代純臣，在朝中無黨無派，可他們是皇上的左膀右臂，皇上的人也都是護國公一脈的人，顏文心再厲害也鬥不過皇上啊。」

「這不是鬥不鬥得過的問題……」吳幸子不停摳掌心，他這幾天刻意不回想那日關山盡告訴自己的話，假裝關山盡一切安好，沒消息就是最好的消息。然而世事哪裡能准許他當縮頭烏龜呢？

關山盡那日顯然是將危險往輕裡說，就是怕他擔心吧。

然而事到如今，他除了安安靜靜等待，也別無他法。

中午染翠與黑兒留下來吃了飯，吳幸子卻顯得心不在焉，菜幾乎都沒怎麼動，低著頭猛扒飯，連吃了五大碗才稍停。

染翠有些看不過去，抿了一口酒後嘆道：「吳先生，要不這些日子你同我學琴吧？等關大將軍從天牢裡出來，你好彈給他舒舒心？」

吳幸子聞言臉色一亮，想起之前對關山盡的承諾，他連連點頭說好，心裡的焦躁也總算淡去了些許。

日子就這樣一天天過去，吳幸子上午弄他的寶貝菜園子，吃了午飯睡了午覺後，去染翠的院子學琴一個時辰，之後回自己住的院子練琴到晚膳時分才肯停。

京城裡護國公世子的案情一日數變，大夥兒茶餘飯後談論的都是這件事，曾經的大英雄在眾人口中成了奸邪巧詐之輩，為了自身利益，鑽了天高皇帝遠的空子，把大夏賣給敵人，簡直罪無可赦！人人得而誅之！

倆丫頭一開始還會去大街上打聽消息，幾日後她們也不願上街了。

大將軍在馬面城駐守時做了什麼，她們哪裡不知道？這些京城人信口雌黃、血口噴人，把髒水一盆盆往大將軍身上潑，誰又真的去問過馬面城的百姓了？她們心裡那個憋屈啊，恨不得上街抓著那些汙衊大將軍的人賞他們大耳刮子！

眼看闕山盡下天牢不知不覺過了半個月，吳幸子的指頭也因為練琴受了些傷，染翠看不過眼索性收了他的琴，等他傷好了再還。

吳幸子沒法子，一整天都坐在院子裡發呆。

「主子，有人想見您。」一日，薄荷提著裙襬從外頭悶頭衝到他面前，小臉紅豔豔的滿是緊張。

「誰？」

「是……」薄荷抿抿唇，壓低了聲音：「是滿副將。」

滿月？吳幸子從椅子上慌亂地跳起，他知道滿月不可能在這麼多人盯著的時候還特意來見他，肯定是闕山盡出了大事。

「快、快讓滿副將進來。」吳幸子不知道哪裡有人盯著自己，即使急得恨不得直接跑出去見滿月，還是得拚命喘氣平撫心情。

「知道了。」薄荷連連點頭，小兔子似地跑出院子。

吳幸子在屋子裡轉起圈，後悔自己當初沒有多勸勸闕山盡謹慎，顏文心是個心狠的，朝中勢力又大，就算關山盡身後有皇上護著，但為了套到狼，也不過就是顆可以捨掉的棋子罷了。天牢裡關山盡孤立無援，還有顏文心的爪牙虎視眈眈，該不會、該不會……吳幸子被自己腦中胡亂的猜測給嚇著了，腿一軟跌回椅子裡。

此時，滿月也正好走進來。

「滿副將？」吳幸子的聲音顫抖，整個人像是被雨水淋濕縮成團的鵪鶉，蒼白又憔悴。

滿月一身簡單的短打，圓潤臉上的笑容仍在。

「吳先生。」他拱拱手，見吳幸子嚇得不輕，連忙倒了杯茶水遞過去，「您緩緩，要是讓大將軍知道我嚇著您了，定要扒我一層皮。」

「多謝多謝。」吳幸子哆嗦著接過茶水連啜幾口，這才算定下心，滿月臉上熟悉的笑容讓他安心不少。

見他穩定下來，臉上也恢復些許血色，滿月才在他身邊落坐，大大方方也替自己倒了杯茶。

「滿副將……」

「吳先生不用客氣，叫在下滿月即可。」畢竟吳幸子以後是自己的主母，老是滿副將的叫，滿月有點生受不起啊。

「欸，」吳幸子也沒心情與滿月多禮，他心裡只想知道關山盡是不是遇到什麼麻煩：「滿月，你今兒過來是……」

「噢。」滿月瞅著他瞇眼笑笑，牛飲掉手中的茶水，抹了抹額上隱約的汗水，這才說：「沒什麼大事，就是大將軍擔心您等得心急，讓我來同您報個平安，就說他一切安好，天牢還算舒適。」

「一切安好？」吳幸子聞言就皺眉，要真的一切安好為什麼讓滿月冒著被顏文心發現的危險來見他？

他這些日子把整件事都掰碎了細想過，平一凡與南蠻有關，顏文心又陷害關山盡通敵下天牢，最可能的解釋就是顏文心與平一凡合謀與南蠻私相授受了什麼，並將髒水潑到關山盡身上。而皇上與關山盡將計就計，想藉此揪出顏文心的狐狸尾巴。

而自己身為平一凡明面上的愛侶，顏文心為免平一凡反咬，肯定是要拿捏自己的，這眼下外頭也不知有多少眼線盯著。

滿月這麼精明強幹的一個人，關山盡能安心把自己的後背交給他看照，絕不可能明知危險還硬要來見他，萬一被顏文心手裡的人發現，保不定會功虧一簣，關山盡身上的髒水也難洗了。

想得越明白，吳幸子心裡越焦急，他盯著滿月眼眶發熱，卻說不出什麼重話，只柔柔地問了聲：「海望當真一切安好？」

「至少死不了。」滿月又笑笑。

這可不是什麼令人安心的回答，吳幸子表情都垮了。

「吳先生莫急，既然滿月來見您了，就表示沒到山窮水盡的時候。」滿月見桌上放了幾樣乾果點心，問了聲吳幸子自己能不能吃，得到首肯後便安安心心、大大方方地吃了起來。

「雖未到山窮水盡的地步，但也窒礙難行了吧？」吳幸子勉強自己定下心，也捏起一塊松子糖吃。

「是。」滿月大方承認，圓潤的下巴抖了抖，嘆了口氣：「認真說起來，硬要走也不是走不了，但皇上希望我們多留些餘地，皇命難違啊。」

「多留餘地？」吳幸子不免有些氣憤，擱在膝上的手緊捏成拳。

關山盡進天牢是說進就進，京城裡及大半個大夏，現在誰提到護國公世子不唾罵幾聲？以後就算皇上把人撈出來，下詔替關山盡平反，已經損害的名聲也回不到過去啊！怎麼就沒見皇上對關山盡留點餘地？

滿月瞥了吳幸子一眼，看穿他心裡的埋怨，臉上的笑更真誠了幾分。

「吳先生知道白紹常白公子嗎？」滿月端正了坐姿，目光灼灼地盯著吳幸子。

「知道，他不是被接進護國公府了嗎？」關山盡不肯告訴他為什麼要刻意與白公子糾纏，他也想不透。

「原來吳先生知道這件事。」滿月眉心微皺，不動聲色地打量他，依然沒在吳幸子臉上看到擔心以外的情緒，這才小心翼翼問：「在下以為大將軍沒有與吳先生說過白公子的事。」

「海望是沒說過，這事兒是顏文心告訴我的。」吳幸子一貫的坦蕩。

「顏文心？」滿月聽了，猛地冷笑一聲，「這廝手倒是伸得挺長。」接著撇撇嘴，「吳先生別在意，大將軍與白公子沒有私情。」

「我知道。」吳幸子認認真真地點頭，他絕不會去懷疑關山盡對自己的承諾與喜愛，他不是傻子，關山盡真心與否怎麼會看不出來？「白公子怎麼了？」

「白公子……」滿月長長嘆口氣，圓滾滾的身軀都有些癟了，「不知吳先生是否聽過白公子與鎮國公世子的閒談？」

「薄荷、桂花同我說過，所以白公子與鎮國公世子真的有私情嗎？」吳幸子大吃一驚，可傳言中白公子與鎮國公世子清清白白，鎮國公世子還因此吃了皇上的訓斥。

「不全是。」滿樂揉揉下巴，語氣有些厭煩：「鎮國公世子杜非心悅白紹常不假，但白紹常對杜非厭惡得緊，自然不可能對他假以顏色。那次當街搶人確有其事，不過杜非其實並未成功，中途被人給壞了好事，心悅之人的心也丟落了，杜非算是賠了夫人又折兵。」

「所以，是誰救了白公子？」吳幸子心裡已有猜測，但還是希望自己想多了。

滿月瞥了他一眼，唇邊帶笑，「吳先生也猜到了不是？顏文心。」

吳幸子輕輕按住自己心口，半天才喘出一口氣來。

真是顏文心！

「所以，海望明知道白紹常心裡的人是顏文心，卻還刻意將他接入府裡？」吳幸子柔軟的聲音顫抖，猛地一鼓火氣湧上心頭，「海望那些通敵叛國的罪證，都是白公子偷偷安放的？」

滿月訝異地看了吳幸子一眼，沒料到他這麼快就想清楚了。

「是，大將軍假意與白紹常親近，並漏了空子給白紹常鑽，那些與南蠻往來的書信信物等等，都是白紹常偷偷放進大將軍書房密室中的，最後一方面自己寫信密告，一方面顏文心那兒也假意得到消息給皇上透露口風，一舉成擒。」

吳幸子半癱在椅子上喘氣，他又氣又心疼，恨不得去關山盡面前罵他，怎麼敢這樣給自己下套？只要當中一環出了錯誤，顏文心總有辦法將他弄死在天牢裡的。

「白紹常不肯承認自己做的？」話都說到這種地步了，吳幸子還有什麼不明白？一開始關山盡的打算應當是先套著白紹常，逼他說出背後指使的人，藉機拿到顏文心的罪證口述。

畢竟平一凡與南蠻有關係不假，但顏文心很謹慎，都由懷秀出面，自己從不露半點馬腳，之前樂家搜出的往來文件，甚至還牽扯不上懷秀。

若是沒有個人證能實打實的指控顏文心，頂多斷了懷秀這隻手臂，而顏文心又怎麼可能只有一隻手？

「白紹常偷進密室偽造信物、書信的證據是有的，但他不肯招出身後的人，咬死一切都是自己鬼迷心竅。他不願意與大將軍結契，可父親卻逼著他接受，所以在大將軍書房中發現這些信件後，便想辦法把消息透露給皇上知道，就是為了想回家。」滿月說著嗤笑，眼底流洩出狠意，「白大爺與皇上私交久遠，第一琴人的讚美也是皇上給的，全大夏誰不知道白大爺在皇上面前不同一般？白公子也算皇上從小看著長大，對小輩皇上畢竟心軟啊。」滿月這段話酸溜溜的，吳幸子心裡也跟著泛酸。

關山盡也是皇上看著長大的，但白紹常在京城中蜜罐子裡長大，關山盡從十二歲就在戰場上拚殺，最後還為了大夏的安寧，自願當皇上手中的棋子，什麼刀山火海都沒皺過眉頭，吳幸子心疼啊，疼得他差點掉眼淚。

「我幫得上什麼忙嗎？」

眼看都大半個月過去，怪不得關山盡要滿月來同他報平安，這分明是意圖安撫他。

「大將軍的意思是，要您別掛懷，平一凡那兒還能作用作用，顏文心為人雖然謹慎，但手腳伸得太長，總有鞭長莫及露了怯的時候，就是大將軍恐怕得繼續在天牢裡再待上些時日。他過得挺好，吳先生可以不用擔心。」

怎麼不掛懷？吳幸子心裡急得，滿月要是就這麼回去了讓他繼續龜縮在染翠這兒，沒兩天就能急出滿嘴泡。

他看滿月有意思告辭了，連忙伸手把人拽住，「慢著慢著，你讓我偷偷見白紹常一眼，我也許有辦法能幫得上忙？」

既然知道白紹常與顏文心之間有私情，吳幸子心裡起了個猜測，就差當面見見白紹常證實了，若猜測屬實，事情也許有轉機。

「這……大將軍並不希望吳先生攪和進來，您要是有三長兩短，大將軍恐怕要掀了大夏半邊江山。」滿月期期艾艾地推託，憨厚的臉上都是糾結，讓人完全沒注意他眼底的暗芒。

「不會有事的，你能偷偷來見我，就肯定有辦法讓我偷瞧白紹常幾眼。滿副將，吳某不是不經事的少年，絕對不會扯你們後腿。」吳幸子仍拉著滿月不放，他知道關山盡想保自己平安，但覆巢之下焉有完卵？他也不想自己被摘出去。

「這……讓您偷看白紹常幾眼是辦得到的，不過，您打算做什麼？他對顏文心情根深種，寧死也要保全住情郎的。」滿月撇撇嘴，顯然對白紹常的愛意深不以為然。

「情根深種的人我見過許多。」吳幸子見滿月鬆口了，唇邊微微露出苦笑，「都是在衙門裡見到的。」

第五章　一個香囊的故事

「我不信……」
他還記得顏文心對自己的溫柔及晏晏笑語，
還有那天將他救下的神情動作，
「他、他說過，此生定不負我……」
吳幸子沉吟片刻後仍道：「他已經負你了。」
白紹常怔怔地看著眼前滿面同情的人，
自嘲似地苦笑出來。

時隔數月再次見到白紹常，吳幸子莫名生出一股人生無常的感慨。

白紹常被關押的地方就在護國公府內，審問是私底下進行的，主審關山盡叛國案的幾位大臣都不知道這場審問，是皇上與關山盡君臣攜手設給顏文心的圈套，就期盼能從白紹常嘴裡問出點有用的證據。

滿月身為關山盡的左膀右臂，自然肩負起這等重責大任，他也算做得不錯，至少逼得白紹常承認信件、物證都是假造的。

可惜白紹常人雖溫雅，嘴巴卻很硬，幾次拷問被嚇白了臉，然而即便渾身顫抖，依然咬死口供不肯更改。

滿月也是真沒辦法才把腦筋動到吳幸子身上，他可不像自家主子那樣捧著吳先生就怕不小心摔了。在他眼裡，吳幸子能在衙門二十年，心性手腕肯定都不一般。

有路不走那是傻子的行為，他可不願意因時日拖得太久而旁生枝節，萬一功虧一簣怎麼辦？大不了關山盡出天牢後，他立刻躲回馬面城就是了。

兩人從密道進入護國公府，顏文心派去監視吳幸子的眼線都沒察覺不對，還以為他如同往常，安安靜靜地躲在染翠宅邸中過自己的小日子。

白紹常住在護國公府西邊的暢幽院，事發後也沒挪地方，雖說出入有人監視且不能離開護國公府，然別的一切都看似照舊。

顏文心想來是很放心白紹常的，滿月與親兵們私下排查過府中眾人幾回，都沒抓到顏文心的眼線，暗衛回報也都說未見顏府密探。

心還真大，也真夠瞧不起人的，滿月硬生生被氣笑。

他明白這表示顏文心對白紹常抓得挺牢，壓根不怕反水這種意外出現。可也正是顏文心的托大，讓滿月找到可突破的弱點。

「國公府裡是安全的，您就躲在窗外看幾眼，察覺有什麼不對儘管對在下說。」滿月帶吳幸子縮在關押白紹常的臥房外，這個時候白公子多半在琴桌前發呆，已經多日未曾彈琴了。

「好的。」吳幸子用力點點頭，將手上因緊張而冒出來的汗抹在腿側，食指沾了些唾沫後，小心地戳破窗紙往裡偷瞧。

果然如滿月所預料，白紹常坐在琴桌前，盯著愛琴發愣，臉色很不好，隱約泛青。他仍然一身白衣飄然出塵，身形略為單薄，在寬大的衣袍中更顯羸弱。也不知道他對白色是不是有什麼執著，吳幸子瞧著瞧著不禁好奇，否則怎麼會連一絲其他顏色都不上身呢？袖口衣襟處都是用月白色絲線繡的暗紋，不仔細看根本看不出來。簪髮的是通體盈潤的雪白玉簪，細細的腰帶也是雪白的，與其說公子如玉，不如說白得嚇人。

白紹常露出來的肌膚也幾乎沒有血色，雙唇抿得緊緊的，勉強透出些許肉粉色。大概只有一雙眼跟一頭黑髮，黑得發亮、黑得扣人心弦。

吳幸子喜歡看美男子，他心裡是擔心關山盡不假，可不知不覺還是被白紹常不染塵俗的凜然模樣給吸引。

「吳先生？」滿月等了片刻，看吳幸子完全沒有回應，忍不住低聲問了句。

「啊，」吳幸子猛地回過神，連忙轉頭看了滿月一眼，滿臉羞愧自責，「對不住啊，我、我……」他揉揉鼻尖，提醒自己振作。

再次往戳破的窗紙偷看，這回吳幸子總算發現了，白紹常手中似乎捏著什麼，他原來並不是盯著琴發呆，而是凝視著手裡的物什，臉上神情似悲似喜。

可惜那東西並不大，在白紹常手中護得好好的，隔了這麼遠的距離看得不真切，只隱約能看出那物什帶著顏色，並不特別鮮豔，好像還有些老舊。

吳幸子皺眉思索片刻，從窗邊離開，招呼著滿月退開一段距離才開口：「滿月，我有個不情之請，得麻煩您找人跑一趟。」

「吳先生儘管說，護國公府就算什麼都缺也不會缺人。」滿月聽吳幸子這樣一說，精神都振奮了幾分。

看來有戲了！

「鵝城北邊五十里遠有個小鎮子叫通口鎮，鎮南住著一個賣雜貨的行商名叫夏大根，請您派人將他與他媳婦兒帶來，還有他貨裡的香囊也都帶上，就說清城縣吳師爺想請他幫忙，他定會跟著你們來的。」吳幸子仔細交代。

聞言，滿月露出些許疑惑。

然而滿月並沒有多問，順手招來一個小廝交代幾句，就見小廝一臉感激地對吳幸子拱拱手，轉身一溜煙跑了。

「放心，快則六七日，慢則八九日，定能將人帶到的。」滿月的保證並沒讓吳幸子安心，想到關山盡還得在天牢裡待上好些日子，他的心就無法抑制地煩亂。

大抵是也瞧出了他的焦躁，滿月將人帶到自己住的客間，斟了杯茶水推過去，「喝點，緩緩心神。」

「嗳。」吳幸子心不在焉地端起茶啜了口，接著用力嘆口氣，彷彿都要將肺給嘆出來。

「吳先生，滿月能問問嗎？」

「啊，請問請問。」吳幸子正了正坐姿，臉上略透出赧然。

「這位夏大根與吳先生您有什麼關係嗎？」這名字聽起來有些引人遐思啊，特別眼前這位的興趣還是蒐集鯤鵬圖。主子在天牢裡一時半會兒不會有危險，滿月倒有了閒情逸致。

「他欠我一個人情。」吳幸子抿唇笑笑，神情略顯不好意思。

「人情？」滿月這下更好奇了，微微傾身向前，雙眼亮得吳幸子下意識躲閃。

「噯，一點小事，不足掛齒。算是、算是我做得有些不地道，幫他坑了別人一把。」說起這件事，吳幸子就不由得臉紅。倒不是覺得自己當年做了壞事，而是這種小謀小計在滿月面前恐怕有些端不上臺面，只能騙騙沒見過世面的鄉下人而已。

可奈不住滿月旁敲側擊，加上剛蒸好的桂花糕適時端上桌，吳幸子的嘴還是被撬開了。

這不過是鄉里鄉親們的小衝突。

吳幸子羞赧地咬了一口桂花糕，這才全盤道來。

原來，將近二十年前，清城縣這小地方也不知是走了大運還是撞了霉運，有個陽城這個大夏南方最繁榮城市的大富戶，看上清城縣東邊那塊傍著水的地，富戶帶著七八個風水先生聽說走遍江水以南，才找到了這塊風水寶地。

要吳幸子看，這塊地風水好不好一介門外漢看不出來，但離水是夠近的，雨下得多些還會淹出來。

本著良心，吳幸子勸說縣太爺別把這塊土地賣給不明白深淺的外地人，可縣太爺自個兒也是個外地人，更不明白那條河淹出來時有多嚴重，於是還是賣了。

勉強算是皆大歡喜，縣裡有了一筆收入，富戶拿到了他所謂的長生地。於是富戶很快就動土興建別館，亭臺樓榭造得恍如仙境。

大概也是老天可憐清城縣長年困苦，別館從動土到蓋好花了七個月，富戶帶著幾個美妾入住兩年，其間竟一次水也沒淹過。

就是富戶住在清城縣，非但沒給鄉里鄉親帶來好處，甚至還惹了不少麻煩。先不說吃穿用度，原本大夥兒想啊，清城縣離哪兒都遠，儘管山窮水惡，但種出來的蔬菜可是挺好的，在鵝城能賣到不錯的價錢，就是量太少了，對生活杯水車薪。

現在可好，有個大富戶，一間別館少說七、八十口人，總要吃飯吧？菜價也許能再提一提？想得雖美好，可惜富戶壓根沒想過要吃小地方的土菜，他一車一車從外地運來諸如一顆五兩銀子的大白菜、一把七兩銀子的豆角、一隻五兩金子的彩羽雞等等和許多看都沒看過的食材，天天有吃不完的菜往外倒進河裡，聽說連米都是一斗一兩金子的瑩玉米。

雖說這條河不是清城縣主要吃穿灌溉用的河，但依然有靠這條河生活的人家，天天看著水面上不時飄著吃剩的飯菜及油膩，都不知怎麼用這些水了，自是苦不堪言。

用水之外，更讓清城縣百姓痛恨的，就是富戶帶來的那些僕役，明明是奴才卻自覺高人一等，偶爾到街上吃吃玩玩，都要搞出點或大或小的事，今天東家攤子被砸了，明天西家姑娘被調戲了，後天南家奶奶被推倒，大孫子氣得打人反被打傷等等，簡直亂得一鍋粥。

縣太爺倒是兩耳一摀就當沒這些事，他年紀輕輕才剛弱冠，才學普通、家世普通，被派來這鳥不生蛋、狗不拉屎的地方只想混六年趕緊走，往哪兒調任都好過清城縣。

夏大根這個行商，每年都會到清城縣待上一個月賣東西，還就這麼趕巧地碰上富戶帶著十九如夫人上街散心，被掀了攤子打了一頓。

這夏大根算挺有骨氣，被打得遍體鱗傷也不吭一聲，可把富戶給氣壞了，覺得沒能展現自己的威嚴，被個小雜貨商人看輕了，氣血往腦門一衝，立刻決定報官整死這隻螻蟻，顯顯自己的威風。

「所以他找上你替他寫狀子？」滿月聽得津津有味，桂花糕都忘了吃。

吳幸子點點頭，柔柔地回道：「富戶找上我，那是因為清城縣識字的人不多。他自己其實也是不識字的，後來我才知道，他跑來清城縣不只因為風水，還是因為在陽城待不去了。他本就是暴發戶，渾身一股子草莽氣，富裕後很快找不著北，欺男霸女不說，身上也背了不少官司。不過，他正妻是個厲害的女人，替他把事兒都給掃了，最後索性把丈夫趕走成為真正的掌家人，所以這還是他頭一回上官府。」

滿月撫掌大笑，「還真是個妙人兒，您怎麼收拾他的？」

被問起往事，吳幸子搓搓鼻子，垂著腦袋怪不好意思地回答：「我告訴他，吳某身上雜務繁多，怕不能立即替他包攬此事，否則縣太爺交代下來的工作沒完成，大家都要吃板子。他心裡急，一口氣憋著難受，硬要我替他找個能人代替，我推託幾次推託不過，就告訴他清城縣裡識字讀書的人不多，李大娘的二兒子據說學問不錯，街坊都有耳聞。」

李大娘的二兒子？滿月腦子裡搜了一圈，不禁雙眼圓瞪，忍俊不住又不可置信地看向吳幸子。那李大娘便是清城縣中最愛嚼舌根的婦人，還總抓著吳幸子懟，什麼渾話都敢說，與柳大娘勢同水火。確實有個兒子讀過書，一直想讓自己兒子取代吳幸子成為師爺好光宗耀祖，可那李老二字是識得，書卻沒讀好，都年過而立了連個童生資格都沒有，遑論考上秀才。

吳幸子這是給富戶下套啊！

後頭的事就順理成章了，富戶也不傻，自然先去問了街坊李老二才學如何，清城縣識字的人十根手指就數完，能識字對清城縣百姓來說，那都是不得了的讀書人，加上李大娘明裡暗裡踩著吳幸子捧自己兒子，還真有不少鄉親以為李老二確實才學好，甚至被吳師爺給忌憚了。

富戶心裡一喜，捧著錢就上李家請先生寫狀子。

而吳幸子送走富戶後，轉頭找了夏大根，言明替他寫狀子告富戶，保證一定替他出一口氣討來醫藥費。

夏大根雖略有遲疑，但吳幸子看起來太過誠懇，腦子一熱也就答應了。

第二天，富戶興沖沖拿著李老二寫的狀子，扯著自己新聘的狀師——也就是李老二——上衙門狀告夏大根以次充好騙人銀錢，被揭穿後還憤而打人之事。本以為有清城縣首屈一指，連吳師爺都暗自妒恨其能力的李先生為後盾，加上自己的銀彈攻勢，肯定能把夏大根整治得生不如死。

誰知，縣太爺看完狀子後面露遲疑，下意識往吳幸子看去，吳幸子身為師爺立刻靠上前與縣太爺交頭接耳了一番，接著富戶與李老二都被各自打了十大板，叫得殺豬似的，被不耐煩的縣太爺堵了嘴扔出衙門。

「大夏律明文規定，正式公文、訴訟、述職報告等官家文書，有相應的書寫規格，不得有誤。若有錯誤，輕者杖刑十數，重者禁錮罪連三代。」吳幸子說著拿起一塊桂花糕用門牙蹭，頗不好意思地含糊道：「我做得有些過分了。」

後來富戶與李老二之間怎麼掰扯，吳幸子就沒再關心。他將寫好的狀子給夏大根後，替他介紹了鵝城一個隱退養老的厲害狀師，一舉告倒富戶，拿到幾十兩銀子償金，而後吳幸子再把這件事輾轉捅給富戶的正妻，要不了多久富戶就舉家搬離清城縣，也不知被正妻給如何整治了。

夏大根平白得了好處，也出了一口怨氣，對吳幸子自然千恩萬謝，拍著胸脯願意為他赴湯蹈火，只要吳幸子一句話，任何要求都絕不推辭。

吳幸子笑著領下這個情，卻沒有想過要從夏大根身上索要什麼。他自認身為清城縣師爺，靠街坊的善意過日，替鄉里間解決煩勞是理所應當。夏大根感謝他，但他也不過藉機利用夏大根，不該應承太多的感謝。

卻不想，時間一晃二十年，他畢竟還是得討要人情了。

滿月倒是安慰了吳幸子，既然夏大根這二十年都沒忘記當初的恩惠，如今也算藉機了卻一樁因果。

喝完茶說完往事，桂花糕也一掃而空。

滿月又悄悄將吳幸子送回染翠的宅邸，說好等夏大根到了，再一起去護國公府解決白紹常這個麻煩。

事關主子安危，護國公府的眾人絲毫不敢怠慢，本以為怎麼著也得四五天才能將夏大根帶來京城，沒想到第四天一大早，吳幸子都還沒醒呢，滿月就已經找上門了。

吳幸子被喚醒的時候嚇得險些從床上滾下地，傻楞楞地盯著在黑暗裡，只有一口白牙及一雙眼眸熠熠生輝的滿月。

「吳先生，夏大根已經到了，滿月帶您去護國公府？」

「已經到了？」吳幸子揉著眼，心上懸著的大石頭落了地，急匆匆地抓起床邊的外袍套上，連臉都來不及洗就催促道：「快，快帶我過去，噯，海望這幾天也不知多吃了多少苦頭，得快讓他離開天牢才行。」

滿月大為贊同，他倒不怕關山盡吃苦頭，就是不想看顏文心繼續蹦躂。

留了字條要倆丫頭別擔心，吳幸子跟著滿月摸出了染翠宅邸。

夏大根夫婦往年去清城縣做生意的時候都會順道拜訪吳幸子，說起來也是挺熟悉的，自然也知道吳師爺被神仙公子帶走的消息。他不是碎嘴的人，也不想聽李大娘散布的謠言，心想吳師爺那麼好的人，遇上好事是老天有眼。

兩天前的大半夜，他家的門猛地被敲得震天響，隔壁鄰居都被吵醒了。

他開門後才知道，原來是吳師爺需要他幫忙，這有什麼好推辭？當年要不是吳師爺幫了他一把，也沒有現在老婆孩子熱炕頭的好日子，當下捲了所有的香囊，拉了自己媳婦兒，孩子交代老娘照顧，就跟著敲門的人走了。

這一路緊趕慢趕，吃飯睡覺都隨便打發，眨眼就來到京城，被帶進一棟他這輩子看都沒看過、連做夢都夢不到的豪華宅子，直到見著吳師爺，夏大根夫婦才鬆了一口氣。

兩邊寒暄了幾句，吳師爺拿走香囊時滿嘴都是感激，聽得夏大根手足無措，他不認為自己值得師爺這般感謝，他只是報恩。

對吳幸子來說，無論夏大根怎麼想，這個忙都遠遠比報恩要重要得多。他拜託滿月安頓夏大根夫婦，這幾天趕路肯定累得不行，等休息好了，在京城多待兩日再回去也無不可。

滿月招呼國公府管家去操辦這件事，轉頭將吳幸子帶到暢幽院。

「吳先生，您當真要直接與白紹常對質嗎？」滿月看來有些不放心，倒不是怕吳幸子出錯，而是擔心自己得用多快的速度逃離京城，才不會被關山盡毀屍滅跡。

「是，你要是擔心就在一旁看著也好。」吳幸子點點頭，他沒少審問過犯人，清城縣雖小，沒發生過什麼大案子，偶爾還是有些鬥毆矛盾需要審案。

滿月想了想，他挺放心吳幸子，就是好奇這溫溫潤潤的老師爺要怎麼策反對顏文心死心塌地的白紹常。

「若吳先生不介意，滿月就在邊上看著。」

「嗳，哪有什麼好介意。」吳幸子笑笑，眼看滿月就要推開白紹常所在的房門，不由得攥緊雙拳，深深吸了一口氣，這才讓紊亂的心跳稍微安分了些，用力對滿月點點頭。

屋子裡，白紹常已經被滿月派人叫起，也許幾天都沒能睡好，他看起來比前些天要憔悴許多，柔和溫潤的眸子下方泛青，因為面色蒼白更加顯眼。他聽見有人進來，也沒表現出慌張或不安，靜靜地抬頭看了滿月及吳幸子一眼，似乎有些疑惑。

顯然他已經不記得自己見過吳幸子，隨意瞥了眼後又垂下頭。

吳幸子見他不記得自己很是鬆了口氣，拉了椅子在白紹常對面落坐，滿月則站在一點距離之外，抱著雙臂嘲諷又厭煩地瞪了白紹常一眼。

彷彿感受到了毫不掩飾的厭惡，白紹常微微縮起肩，眉心輕蹙，那傲然又脆弱的模樣，很招人心疼。

可吳幸子雖喜歡美男子，卻更疼惜自己的海望，並將他的姿態看進心裡。

吳幸子為人和順親切，個性也溫吞絲毫不急躁，這會兒不急著和白紹常說話，而是斟了兩杯茶，先推給白紹常一杯，自己才端起一杯啜飲。

白紹常這些日子已經習慣被訊問了，儘管眼前的陌生人看來老實誠懇，半點威嚴也無，他依然暗暗地提防著。

誰知，等了半天，這個中年男子卻自顧自喝茶吃點心，像隻老鼠似地抓著一塊核桃酥一點一點用門牙啃，小心翼翼又謹慎窘迫的模樣，很快讓白紹常生不出絲毫防備，甚至還有些鄙視。

「啊，對不住啊，這一大早的還沒用早膳，我不大耐餓所以……」吳幸子被白紹常瞥了眼，脹紅老臉赧然不已，「你餓了嗎？要不要吃點東西？」

「不需要。」白紹常搖頭拒絕，嚴肅地鎖著眉，盯著眼前仍吃個不停的中年男子。「你是誰？來問我話的？」護國公府看來已經走投無路了，竟然找來這種人訊問自己嗎？白紹常鬆了口氣的同時，又覺得自己被小看了。

「問話？」吳幸子連忙嚥下嘴裡的核桃酥，先搖搖頭，接著又猛然用力點點頭，「在下吳幸子，曾有幸聽過公子彈琴。」

「喔。」白紹常神色未變，漠然地垂下眼盯著自己空落落的掌心。他不好奇吳幸子在何處聽過自己彈琴，他經常在茶樓酒館彈琴，販夫走卒都可是他的聽眾。

「白公子琴藝高超，餘音繞梁，在下聽過一次後就無法忘懷了。」吳幸子一臉誠懇地睜著眼直瞅著白紹常，那打心眼裡出來的崇拜跟喜愛，看不出絲毫作假。

就算白紹常也不禁露出淺笑，畢竟誰能對喜歡自己才華的人冷臉呢？

「過獎了，白某還有不足之處，多謝你賞識。」

「在下一介俗人，既不會說話也沒有白公子的靈性，還望白公子別在意。」吳幸子總算把核桃酥吃完，有些緊張地擦了擦手上的碎屑，喝了一口茶潤喉。

白紹常對他自嘲似地笑笑，「能在這個地方與白某會面，也不能算是俗人了。」這是哪裡？這可是護國公府啊！

聞言，吳幸子侷促又窘迫地搔搔臉頰，半垂著腦袋，後頸耳尖都是通紅的，看來也發現地點不對了。

「吳公子，明人不說暗話，白某知道自己要離開護國公府恐怕很難了，但求一個痛快，你有什麼話直接說了吧。」白紹常背脊挺直，姿態恍若一株傲然挺立的翠竹，他不能說毫無畏懼，卻願意為了心裡的那個人豁出去。

吳幸子看著眼前的年輕男子，在心底輕輕嘆了口氣。

然而，他面上依然有些慌亂無措，張口似乎想說什麼，又很快閉上嘴巴，幾次後才終於一咬牙從懷中掏出一個小東西，侷促地推到白紹常面前。

「這、這個香囊是、是……一點小小的心意！望白公子不嫌棄！」

香囊？原本懶洋洋靠在牆上閉目養神一般的滿月，這時挑起眼皮，往桌上的小東西瞥了眼。確實是個香囊，這可太有趣了。

要知道，送香囊這等貼身物什，可是有表達情意的意思，一般來說是定情用的，吳幸子這是在他眼皮子下轉投他人懷抱了嗎？哎呀，他可憐的大將軍，天牢還沒出，頭上就要長草了。

白紹常也面露驚愕，並未想過會聽到這個答案。但他很快皺起眉，張口正想嚴厲拒絕，視線落在桌上的香囊時，聲音卻卡在喉頭，只發出了嘶嘶聲。

那個香囊，用料不算太好，還有些半新不舊的，上頭繡著普通的花鳥圖案，繡工並不細緻，有些針眼也藏得不好，與其說樸素不如說有些粗糙，就是形狀較為特別，一般香囊要不圓形、方型、葫蘆型等等，這個香囊卻是朵梅花的形狀，圓圓胖胖的很討喜。

「這香囊……」白紹常啞著聲，手指哆嗦地想碰桌上物什，卻又彷彿被火燒著似地猛縮回手，目眥欲裂地盯著香囊不錯眼。

「這香囊？」吳幸子一改適才的謹慎偈促，雲淡風輕地重複了白紹常的話。

「你、你為何有這個香囊？」白紹常慌亂地掏了掏自己袖子，在確定手上摸到熟悉的物什後，抖得牙齒喀喀作響，臉色乍青乍紅，彷彿一翻眼就要暈死過去。

「這是在下從一走商手中購得。」

吳幸子目帶同情地瞅著白紹常，該說的話卻一句也沒落下：「敢問白公子，手上是不是也有個一模一樣的香囊？」

白紹常猛抽一下，險些要從椅子中翻落地，他顫顫巍巍地掏出袖中的物什，緊緊攢在掌心裡，雙眼通紅地瞪著吳幸子，張了幾次嘴卻一個字也沒說出口。

「他是不是曾說過，這是他娘死前留給他的？梅花，代表文人風骨，那隻鳥是慈烏，就算娘不在了，也永遠陪在身邊？這是他娘留下的唯一想念了……」語尾一陣嘆息，白紹常抖了抖，幾乎暈厥過去。

一字一句如此熟悉，娓娓道來有如千刀萬剮，他腦子空白一片，喉中喀喀兩聲，一抹血絲從唇角溢了出來。

沒料到白紹常的反應會如此激烈，吳幸子愣了愣後嚇得跳起來，正想繞過去看他情況，滿月動作更快，黑影一閃便去到白紹常身邊，摸出藥丸塞進他嘴裡，再一杯茶水把藥灌下。

雖說藥給得即時，白紹常泛青的臉色一眨眼變紅潤不少，可動作卻粗魯，白公子剛恢復點血色，就被茶水嗆得險些背過氣，咳了好一陣子才緩過來。

吳幸子拍拍胸口，他知道白紹常肯定難以接受從自己嘴裡聽到的消息，卻沒料想到會吐血，這身子是不是也太虛了些？晚些應該提醒滿月多照料一二，熬點補湯什麼給白公子養養身子才是。

這頭老傢伙還在胡思亂想，白紹常已經緩過來，他咬咬牙，嘴裡混著鮮血的腥味、藥丸的苦澀及茶水的芳香，真正是五味雜陳，然心緒卻莫名平靜不少，張口便質疑起吳幸子。

「你為什麼知道他說的那些話？」那個「他」是誰，不言而喻。

「載宗兄與在下是同鄉。」吳幸子嘆口氣，不自覺摳著掌心。

「同鄉？」白紹常吃了一驚，更加狐疑地打量眼前平凡無奇的中年男子，「他來京城已經二十年，從未提過家鄉還有親近友人。」

吳幸子聞言苦笑，「換作是我，也不會提起啊。」語尾又嘆，端起茶連連吞了好幾口，心緒似乎很受震動，更令白紹常驚疑不定。

「你的意思是，你們曾經有過……」私情？雖說在蜜罐子裡長大，但白紹常畢竟是生長在京城與貴冑之間，陰私謀略看了不少，腦子也算好使，吳幸子的暗示一下子便聽出來了。

白紹常並不是以貌取人，但不得不說，顏文心長得好，與他親近的人也都有好相貌，想來在家鄉時也是，多少人能挑，怎麼會與這麼個過目即忘的平凡男子有私情？

吳幸子被質疑的目光看得無措，垂下腦袋搔搔臉頰，全沒適才逼得白紹常心緒大震乃至吐血的銳利，又恢復到原本的羞澀窘迫。

「若你們真有私情，他又為何沒回去見你？」這問得就很扎心了。

話裡話外的意思，是懷疑吳幸子自作多情，顏文心壓根未曾對他有過任何踰矩，兩人頂多就是熟識的友人，而吳幸子戀上了顏文心，也許多次糾纏並屢勸不聽，才導致顏文心中狀元後再也不回故鄉，都是為了躲避曾經友人的「盛情」。

而這件過往不知怎麼被護國公府的人探查到了，所以找來吳幸子，刻意陷害顏文心，打算從自己口中套話。

白紹常越想越是這麼回事，神情不禁鄙夷起來。

滿月一眼看透他的心思，沒忍住嗤一聲笑出來。

吳幸子自然也聽懂白紹常話中的意思，卻依然神色如常輕瞥他一眼，溫溫柔柔回答：「若我們沒有私情，又如何知道香囊及那段情話？吳某口拙，學問也做得不好，哪裡比得上顏大人的才情。」

滿月噗地又笑了。

真看不出吳幸子平時羞澀得過分，人又謹慎寡言，在關山盡面前像隻鵪鶉似的，原來口舌也能凌厲如斯啊！

白紹常也大出意料，他沒見過吳幸子這樣的人，面上看來窘迫謹慎，語氣柔順卻銳利如刀，懟得他啞口無言，半天說不出話來，面色乍青乍紅。

不知不覺間，他也發現自己心裡動搖了。哪怕顏文心真的對自己有情意，卻也包藏了不少心眼，並不若自己本以為的那般濃烈。

「我不信這個香囊是假的。」白紹常捏緊手上的香囊，勉強自己開口，把「假的」兩字咬得異常重，也不知是說服自己還是說服他人。

「您可以再細瞧幾眼，或是……」吳幸子將桌上的香囊又往前推了推，臉上是有商有量的溫柔神情，「我有人能在您面前直接繡一個，好嗎？」

白紹常猛地又抽搐了下，這才發現自己已經被請君入甕，再也躲閃不掉。前些日子滿月的訊問，他還能堅守陣地，從未對顏文心有一絲懷疑。

可吳幸子潤物細無聲的柔和，卻讓他全無招架之力。

「我不信……」他還記得顏文心對自己的溫柔及晏晏笑語，還有那天將他救下的神情動作，都還歷歷在目啊！

「他、他說過，此生定不負我……」

吳幸子於心不忍，沉吟片刻後仍道：「他已經負你了。」

白紹常怔怔地看著眼前滿面同情的人，自嘲似地苦笑出來，他笑著笑著，眼淚一滴滴掉落，砸在桌面上、砸在水杯中，砸在那與他掌心中一模一樣的香囊上，靜默無語。

吳幸子這才看向滿月，滿月對他感激地點點頭，心知白紹常這一關已經攻下了。情字正如一把雙面刃，足以令人無所畏懼，也足以令人神魂俱裂，白紹常先前的硬氣，全源自對顏文心的愛意，現在的眼淚也算是一種祭奠吧。

「白公子，想想白大爺，切莫讓自己悔恨一生，一切都還不遲的。」吳幸子見白紹常哭得可憐，忍不住出聲寬慰。

「他……欺了你什麼？」白紹常哭得眼眶鼻尖都是紅的，但已經抹去眼淚，努力維持著原本的風采。

被這般問起，吳幸子顯得有些慌，他低垂腦袋沉默了好半晌，滿月正打算替他把話接下來時，啞著嗓子開口：「那是二十年前的事了，他是個貧困的書生，正打算進京趕考，但手上銀子不夠，所以我把自己的身家都給了他，還借了十幾兩銀子給他。」

恩恩怨怨其實幾句話就帶過了，他抬起頭以一種前所未有的灑脫看著眼前年輕俊美的男子。

「我不怪他移情別戀，吳某與載宗兄之間說到底是你情我願，人往高枝飛並無過錯。可，白公子，想想南疆百姓，顏文心這次要你拿出來的，不只是二十三兩銀子，是大夏百姓的安樂與性命，這筆爛帳你能替他還清嗎？」

這個問題，一口氣劈開了白紹常心裡的迷戀與替顏文心犧牲的滿足，他腦子彷彿撥開迷霧般醒了過來，接著後怕得冷顫不已。

是啊，滿月前幾天訊問他時已經說過，那些他嘴裡自己假造的往來書信，肯定有真實的範本存在，多半是些有機可循且已經發生的事件，他長住京城又無官職，從何處知道這些隱密情報？再說了，就算他真的因緣際會知曉了某些軍國機要，南蠻王的印鑑又是如何複製得分毫不差？

先前白紹常不願多想，這些信件自是顏文心替他準備的，他想顏文心身為吏部尚書，在朝中人緣又好，知道些私密也是應當，至於印鑑肯定也是假造，只是滿月沒看出其中機關罷了。

如今一想，假使他咬緊原本的說詞不放，那唯一的解釋就是白家嫡長子的自己，與南蠻有千絲萬縷的關係，可他生活單純哪可能接觸到南蠻？到頭來，這些書信還是牢牢栽贓在關山盡頭上，他反成為了救關山盡而說謊，當真是跳到黃河也洗不清了，即便父親能把自己撈出來，與顏文心之間卻也再無可能……看來顏文心一開始就已經這麼打算好了。

話說回來，顏文心又如何能假造這些滿月嘴裡有原始範本的書信呢？

「載宗他……」白紹常被自己的猜測嚇得面色無人，不敢置信地看向滿月。

「白公子，滿某一直提點您，顏大人用心險惡啊。」滿月憨厚地瞇眼一笑。

用心險惡？白紹常茫然地回望滿月，無措地露出苦笑。

他自認不是個傻人，也一貫潔身自愛，不曾想卻在情字上摔了大跟頭。

「我、我都說了……」白紹長挺直的背脊佝僂著，從容的風采竟消失得無影無蹤。

他這輩子活到今天皆順風順水，即使有鎮國公世子的糾纏，也因喜歡他及畏懼龍顏而小心討好，先前在大街上突然對他粗魯，大抵也只是一時挫敗激動罷了，他雖嚇著了卻未覺被欺侮，只覺得厭煩厭惡。

顏文心在那時候出現在自己面前，風度翩翩、仙人之姿，說不出的美好，他心甘情願地將自己的真心捧上去，明知道一生難有名分，也許東窗事發還要背負罵名，卻也甘之如飴。

卻原來，一切不過是自己的錯信錯愛，顏文心在身後究竟是怎麼嘲笑自己呢？

第六章／患難見真情

「怎麼來了，嗯？」關山盡低頭看懷裡的人。
「想你了……」吳幸子咕噥，
按著自己臉頰上的大手，依戀地蹭了蹭，
「你怎麼受這麼重的傷？」
「不算重，一些皮肉傷罷了。」
吳幸子哼哼幾聲，顯然不以為然，
卻又不願意把時間浪費在爭論上。

白紹常神態空茫，彷彿隨時會昏死過去，但依然抖著聲逐一回答滿月的問題，最後在供詞上簽字畫押。

顏文心不虧是修行得道的老狐狸，與白紹常有了私情後似有意似無意地提起南疆局勢，關山盡在南疆是人人尊敬的戰神，百姓們敬畏其殺戮果斷的血性，儘管仍有些嚇唬人的謠言，但對於這保有南疆安寧的大將軍也打從心底崇拜敬愛。

可京城就不一樣了，離西北遠，離南疆更遠，關山盡少時才華縱橫又任性驕傲，木秀於林則風必催之，偏偏這棵樹根深粗壯，風想催都催不了，反把自己搞得元氣大傷，面上京官貴冑們奉承者眾、交相讚美，私底下的壞話卻一句也沒少說過。

再說了，白紹常聽過關山盡的琴，被其中的殺伐之氣嚇得掩耳避逃並非謠傳，原本對關山盡就恐懼厭惡，輕易便被顏文心引導，相信關山盡對顏文心、對大夏都有不軌心思。他心疼顏文心，自然願意對其言聽計從。

顏文心嘴裡說心疼他，本不欲讓自己心愛的人涉險，可越是如此，白紹常就越不捨，硬是說服了顏文心，藉機接近關山盡，照著顏文心的交代把一切辦妥了。

傻傻把自己套入陷阱中。

「多謝白公子大義，請您寬心在國公府再做上幾天客，待世子回來了，便送您回府。有什麼需要，儘管吩咐下人，勿要為顏文心那種人憂思過度，世子定會替您討回公道。」滿月收起供詞，圓胖臉上的笑容誠懇了幾分，轉身正要帶吳幸子離開，卻又被白紹常喊住。

「你、你們打算怎麼對他？」

「這……」滿月歉然笑答：「國有國法、家有家規，顏大人如經查證確與南蠻有往來，危及大夏國祚，皇上自有定奪，還請白公子不需多掛懷。」

滿月看起來溫和，言外之意卻在警告白紹常不要妄想替顏文心求情，且求情也無用。人總是自私不假，若只是單純朝堂上的權力爭奪，也不能說顏文心多不可原諒。但，為一己私利拿大夏百姓的命去填，便是神仙也難諒解吧！

白紹常顫了顫，臉色又白了幾分，雙唇動了動，最終沒再多說什麼，失魂落魄垂下頭。

滿月帶著吳幸子離開，交代守在門外的小廝服侍好白紹常後，直回到客居才對吳幸子行了個大禮，「吳先生，護國公府、關家軍欠您一份大情，將來有任何用得著我們的地方，請千萬讓我們盡一分心力。」

「別、別，我這也是為了海望。」吳幸子嚇了一跳連忙避開，慌得老臉通紅，掌心都是汗。

「大將軍也定然感激您的。」滿月這下是真的鬆了一口氣，他沒想到吳幸子能做到這種地步，為了關山盡連自己的過往都能拿出來利用，也是個狠得下心的。

吳幸子又搖搖頭，欲言又止地瞅著滿月。

「吳先生莫非是想去天牢探望大將軍？」滿月看穿他未出口的請求，倒也並不意外。

「噯，我就是想，不知道海望這些日子過得好不好，心裡總是掛念……不過，畢竟是天牢，顏文心肯定也有眼線盯著，我這是強人所難了。」吳幸子實在想關山盡想狠了，又怕他在天牢裡受苦，這幾天飯都吃不香。

「若是見一面倒也不是全無辦法。」滿月沉思片刻後下了決定，果斷道：「左右您已經在護國公府了，顏文心那頭尚未發現，何妨趁機帶您去一趟天牢呢？那廝恐怕也猜不到您竟然如此大膽吧！」

「能嗎？哎呀，太感謝您了，滿副將！」吳幸子臉色發亮，當即對滿月行了大禮。

滿月側身避開，一箭步上前，一手扶住吳幸子手臂，一手揉著下巴沉吟：「再半個時辰天牢守衛換哨，剛巧是我們的人，不如就趁那時候摸進去吧。就是您這張臉……還是稍微遮擋一下為上。」

話不多說，滿月開門喚來了一個暗衛，兩人嘀咕片刻後，對著吳幸子露出討好的笑容。

天牢裡幽暗陰濕，但環境還算整潔，羈押的犯人並不多，都隔了一些距離分別關押，隨著不知何處吹入的陣陣陰風，偶爾夾雜些許唉嘆悲鳴。長而曲折的走廊兩側油燈光暈昏暗搖擺，令人背脊發涼哆嗦不已。

外頭守衛剛換哨，比平時要吵雜了一些。獄頭便外出詢問了幾聲，不久後神色不耐地帶著一胖一瘦兩個人折回。

胖的那個，是護國公府的滿月，獄頭還算熟悉。

瘦的那個應當是隨從，臉上有塊黑醜的胎記，讓人沒胃口多看一眼，半垂著腦袋，一副唯唯諾諾的模樣。

「滿副將，小人吃的是公糧，這次給您一個方便，還望您也多多擔待。」獄頭皮笑肉不笑地對胖乎乎的滿月拱手，滿月連忙回禮，並將手中裝著酒菜的提籃遞上前。

「多謝王大人，滿月決不會讓您難做！」

得了好處，獄頭表情也舒緩不少，抬抬下巴，「喏，你們自行去吧，半個時辰後就得走，明白嗎？」

「自然自然，多謝王大人。」又謝了一回，滿月才帶著乾瘦醜陋的隨從往裡頭走。

關山盡被關押在天牢最深處，因他武功高強又個性張狂，竟被一條玄鐵鍊拷著脖子扣在牆邊，鍊子不長，恰好夠他走到門前與人說話而已，但要把手穿過牢門做些什麼，卻萬萬不能。

「海望！」打扮成小廝的吳幸子一見到關山盡便忍不住撲上去，努力把手伸進牢門中，想觸碰許久不見的心上人。

「吳幸子！」關山盡也大吃一驚。儘管吳幸子臉上被弄得又醜又怪，他仍一眼認出對方。顧不得脖子上的玄鐵鍊發出刺耳的碰撞聲，也顧不得被勒得生疼的脖子，一閃身來到牢門前，緊緊握住吳幸子伸向自己的手。

儘管這是個陷阱，但為了迷惑顏文心及其黨羽，該做的戲都是做足的。

關山盡下大牢後沒少吃苦，每隔幾日被拉出去上刑拷問，若非皇上暗示不許傷他性命，更不許過度拷打，今日吳幸子見到的恐怕就不是這般完整的關山盡。

牢中燈火昏暗，關山盡囚衣上沾染的血污更顯得怵目驚心，暗黑的色澤，斑斑點點飛濺的血痕，有幾處衣物似乎都黏在傷口上了。

吳幸子咬著牙，忍耐著不敢哭出聲。

他早猜出關山盡先前把危險往輕裡說，若非凶險如斯又何必要自己進來受這一遭罪？皇上對護國公府未免太狠心。

「你怎麼來了？」激動過後，關山盡蹙起眉，惡狠狠瞪了努力把自己縮在吳幸子身後的滿月一眼。

滿月抖了抖，索性假裝沒發現關山盡恨不得活剝自己的目光，低聲問吳幸子：「吳先生，滿月送您進牢房中與主子敘話可好？」

「能嗎？」吳幸子仍握著關山盡的手不願意鬆開，乍聽如此好消息臉色頓時一亮。

「別胡鬧，這是什麼地方？裡頭髒亂，進來做什麼？」關山盡厲聲斥責，正想抽回自己的手，吳幸子企求似地更使勁握住。

關山盡怕扯傷了吳幸子，只得停下動作，凝著臉色瞪滿月。

「主子別擔心，您是大夏第一罪人，這左近都沒有羈押其他犯人，這會兒守門的是咱們手裡的人，稍微與夫人訴幾句衷腸也不妨礙。」滿月現在就盼著吳幸子能消消主子的氣，讓他把主子撈出來後還有時間逃走。

既然有滿月保證，吳幸子就忍不住了，他又握了關山盡的手一把，立刻移開身把牢門前的位置讓給滿月。

滿月圓胖的十指俐落如飛，才一眨眼就將牢門弄開，鎖頭完好無損，晚些再扣上，便半點看不出曾被打開過的痕跡。

「主子，滿月就在轉角邊候著，您與夫人打算做什麼我都聽不見的。」

滿月對被鐵鍊套著，除了用眼神劈砍自己外，全然無能為力的關山盡無賴地笑笑，圓滾滾的身子一閃就藏起來了。

吳幸子回頭看了看滿月說的那個轉角，約莫離了有六間牢房遠，也就沒那麼害羞，連忙踏進牢房中，瞅著關山盡好一會兒，躊躇地問：「我能、我能抱抱你嗎？」

他恨不得撲進男人寬厚溫暖的懷抱裡，但囚衣上那些血漬又令他不敢輕舉妄動，心痛得眼眶、鼻頭都泛紅了。

關山盡瞅著吳幸子半晌，才嘆口氣，張開雙臂，「過來。」

吳幸子立刻靠上前，謹慎地把自己窩進關山盡的懷裡，感受到一雙鐵臂密密實實將自己環住，滿足地鬆了一口氣。

呼吸中，關山盡慣有的冷香味淡得幾乎嗅不到，取而代之是鮮血的腥臭及汗水的味道，混著塵土與隱約焦炙味，絕不是什麼好聞的味道，吳幸子仍深深吸幾口，心痛依舊但焦躁的情緒卻因此撫平不少。

牢房裡並沒有太過髒汙，鋪著當床墊的乾草也算乾淨，兩人就摟抱著靠在草堆中，也免得關山盡脖子被勒得太難受。

「怎麼來了，嗯？」關山盡低頭看懷裡的人，老東西臉上被弄得醜怪難看，他用手指戳了戳那些痕跡，感覺出是張面具後，乾脆就掀開來，疼惜地撫摸其下屬於吳幸子的臉龐。

「想你了……」吳幸子咕噥，按著撫在自己頰上的大手，依戀地蹭了蹭，「你怎麼受這麼重的傷？」

隔著薄薄囚衣，他都能隱約感覺到胸膛上幾道交錯的鞭痕，擔心自己這樣靠著弄疼關山盡，吳幸子想退開些，卻反而被摟得更緊，彷彿擔心他一眨眼就消失無蹤。

「不算重，一些皮肉傷罷了。」關山盡安撫地在吳幸子的鼻頭上親了親，他並非逞能，雖說前胸後背都有不少鞭傷，但比起過去他在戰場上受過的傷來說，與搔癢也沒太大差別了。

「動手的都是皇上的人，看起來流了不少血，傷口也猙獰，其實沒動到筋骨，抹了藥後幾乎不留疤的。」

吳幸子哼哼幾聲，顯然不以為然，卻又不願意把時間浪費在爭論上。

關山盡看著懷裡鼻尖及眼眶還泛著紅，一雙眼濕漉漉的老鵪鶉，心軟得幾乎化成水。

「滿月那壞東西，是不是找你幫忙了？」他捏捏吳幸子鼻尖，又撥撥短細的眼睫，壓著內心不合時宜冒出來的熱切，笑問。

「噯，滿月也是擔心你。」吳幸子任由關山盡搓揉，臉頰靠在男人肩膀上，輕聲道：「白紹常招了自己是受顏文心指使，才在你書房裡放了那些書信物品。」

關山盡耳垂被吳幸子嘴裡噴出的氣息弄得滾燙，險些沒聽清楚他對自己說了什麼。待聽明白後，關山盡眉峰冷酷地蹙起。

「滿月讓你見白紹常？」這傢伙仗著與自己青梅竹馬的情誼，越來越大膽了！入天牢前他還不放心刻意交代了滿月一番，切不可讓吳幸子摻和進來，那小渾蛋全然沒當一回事啊！

感受到關山盡身軀繃緊，吳幸子知道他對滿月的行為動氣了，連忙捧著關山盡臉頰，羞怯地湊上去吻了吻安撫：「你別氣滿月，是我硬要他帶我去見白紹常的。你讓他帶話給我，要我多等一些時日，我怎麼等得了？天牢這麼凶險的地方，顏文心恨不得把你弄死在這裡，我這些日子怕得吃不香、睡不好。好不容易有機會幫幫你，我怎麼能放過呢？」說著，吳幸子難以自持地冷顫幾下，顯然是回想起前些天焦慮又無能為力的恐慌。

就是有再多火氣，也全都煙消雲散了。關山盡顧不得地點不合適，緊緊抱著吳幸子吻上去，彷彿在乾柴上點了火，兩人唇瓣相接後就再也分不開，唇齒相依、舌尖交纏，恨不得將對方吞進嘴裡含著，一生一世再也不分離。

關山盡的吻總是熱情濃烈，他叼著吳幸子溫順的舌吸啜，舔去他口中甜美的津液，掃過幾個敏感的部位，強悍得幾乎吻到咽喉，把懷中的老東西弄得幾乎背過氣，仍不肯放鬆。

唇舌交纏的水澤聲纏綿黏膩，在幽暗封閉長廊的回聲下，就連躲得遠遠的滿月都聽得臉紅，暗暗站得更遠點。

眼看懷裡的人真要被吻暈過去，關山盡才依依不捨地抽離片刻，讓吳幸子喘幾口氣，一雙妖媚的眸子狼似的盯著被自己吮得紅腫豔麗的唇，吳幸子剛緩過氣，就又被吻住，綿綿密密地往復數次後，關山盡才勉強紓解了些許思念，把臉埋在吳幸子頸側，深深地吸口老傢伙乾淨的氣味，順道在他耳後啜了個印子。

不過就是幾個吻，已經把吳幸子弄得渾身顫抖，滿臉紅霞，軟綿綿地癱在關山盡懷裡，一時動彈不了。

半晌後他總算緩過神，也感受到貼在自己下腹上的硬挺。

他臉紅得更厲害，悄悄伸手想去摸一把，男人動作卻快過他，溫柔但堅定地擋開他的手。

「你、你……我用手替你弄弄？」吳幸子仰頭看關山盡，這沉甸甸又滾燙的大鯤鵬就貼在自己下腹上，老夫老妻了哪裡還有什麼可害臊的？他也捨不得關山盡忍耐。

「只顧著我？你的小鯤鵬就不管管，嗯？」關山盡一個擒拿，用巧勁單手扣住吳幸子雙腕，另一隻手則熟門熟路地摸進吳幸子的褲襠，握住因為吻而動情的肉莖揉了揉。

「嗚嗯——」吳幸子被揉得控制不住，黏糊糊地哼了聲，眼眸也迷濛不少，半張著紅腫的唇輕喘。

關山盡手掌寬大滾燙，又因為長年習武布滿厚繭，隨意搓揉兩下就讓吳幸子從尾椎一路痠麻到頭頂，舒服得腦中一白，細瘦的腰隨著關山盡的動作輕擺，看得男人心頭火熱，口乾舌燥，手上的動作也漸漸粗野起來。

一會兒用拇指在頂端鈴口磨蹭，把流出的淫汁抹開；一會兒收緊手掌，上下套弄軟中帶硬的小物件；一會兒用指甲往鈴口中的嫩肉輕搔，盈了一手汁水後都抹在莖幹上粗魯地搓揉。

狹窄牢房中混合著男人細柔騷浪的呻吟，和汁水咕啾咕啾的聲音，以及粗重隱忍的喘息聲，旖旎又香豔，哪裡像是關押重刑犯令人膽寒的天牢？倒像是春宵帳暖的青樓。

「海望……海望……」吳幸子本就不是個持久的人，關山盡的手上功夫又靈巧，不多久就將他送上浪尖，雙腿在乾草堆上摩擦，抽搐著腰、淚眼模糊地輕聲哭喊男人的名字。

「乖了。」關山盡忍著下腹的火熱，低頭在吳幸子額上親了親，又親了親鼻尖，最後含住嗚咽著喊自己的唇，伸舌進去勾纏攪弄了一番，直把老東西弄得一瀉千里，幾乎厥過去。

「你這些日子憋壞了。」噴濺在掌心的白濁很快失去熱度，關山盡鬆開束縛吳幸子的手，刮刮他紅通通的鼻尖，調笑道：「看看，出來得又多又濃，怎麼不用我送你的角先生紓緩紓緩，嗯？」

提起角先生，尚未從快感中回過神的吳幸子似乎又羞澀幾分。

那一套角先生原本留在馬面城，前些日子他倆真正互訴情衷後，關山盡又把東西送回給他，還在盒子裡頭放了首香豔的淫詩，一方面調侃他一方面對他訴情，看得他又羞又喜又不知該拿角先生怎麼辦，東西是真好，形狀多好看啊！可他要是真用了，難保關山盡不會連死物的醋都喝，把自己一陣整治。

看出他眼中隱隱的埋怨，關山盡笑得如春風怡人，刻意攤手把掌心白濁展示給吳幸子看，接著伸出豔紅的舌，一點點當著他的面把涼掉的精水舔吃了。

關山盡原本就長相妖美，這會兒因為受傷有些憔悴，加上天牢中燈火昏暗，陽光下天仙般的人物，眼下彷彿是個吸食人精髓的魔物，一個眼神就能把人看得神魂顛倒，心甘情願將自己的心都剜了奉上。

吳幸子自然別不開眼，天下美人再多，也比不上自己眼前的人。

他身體因為過度的愉悅隱隱顫抖，仍伸出手撫摸關山盡的臉龐。

「海望……我真喜歡你……」

「那是，我老關家祖上積德，臉也好，鯤鵬也好，都投你所好了。」關山盡笑著調侃，豔紅的舌尖似無意地將殘留在唇上的精水舔去。

吳幸子呼吸一滯，總算懂得長恨歌中說「從此君王不早朝」是什麼心情。不過比起貴妃，他的海望肯定是更加好的。

「我也替你緩緩？」自己的鯤鵬是被馴服了，可關山盡的鯤鵬還暴躁著呢，比先前只硬不軟，直挺挺地戳著他，幾乎要燙紅下腹那塊皮肉。

可不等他伸手握住，關山盡依然將他的手擋開，要不是眼裡的慾望太過濃烈，吳幸子都要以為他絲毫沒受影響。

關山盡搖頭，「你來了太久，讓滿月盡快送你回染翠那兒。吳幸子……幸子，你放寬心等我，白紹常既然反水了，收拾掉顏文心也不會太久，南疆那兒也很快會有消息回來，你無須過度憂思，我會心疼。」

「可是……」吳幸子瞄了關山盡的褲襠一眼，那個簡直如參天老樹，隔著布料都能感覺出有多猙獰。

「你這騷寶貝，淨看這種地方。」關山盡哭笑不得，捏了把他鼻頭，「等我出去，你自然有得吃，乖了。」

明白自己拗不過關山盡，吳幸子也只能不情不願地接受。

摟著老鵪鶉又親吻了一會兒，關山盡鬆開手把人帶到門邊，拍了兩下門板，滿月圓胖的身影很快就出現在門前。

「吳先生，滿月這就放你出來。」滿月瞄了主子一眼，很乖覺地沒去捋虎鬚，利索地開了門讓吳幸子出來。

「幸子，你暫且到一旁去等著，我有話對滿月說。」

「嗳。」吳幸子回頭又握了握關山盡的手，才戀戀不捨地走遠幾步，乖巧地等待。

「主子。」滿月控制不住又往關山盡顯眼的褲襠鼓起看去，管不住嘴貧：「您這是對夫人沒興致了？」他可都做好等上兩時辰的準備，誰知竟才用了不到一個時辰，主子也夠能忍的。

「哼，你小子打算被我剝皮了？」

關山盡自然是情慾難耐，恨不得把吳幸子剝乾淨了好好吃上幾回。可這裡是天牢，他進來這些日子雖擦過澡，但味道畢竟太重，他哪裡捨得也拉不下臉讓吳幸子難受，逼不得已才硬生生忍住了。

這滿月還有臉調侃他，這是跟天借的膽？

捋一回虎鬚是捋，捋兩回也是捋，左右撈出主子後都得跑，滿月眼下是債多不愁啊。

他嘻皮笑臉地向關山盡聳肩，「主子，您畢竟是護國公世子，顏文心這一手不只打算除掉你，還打算把護國公府連根拔起，時間不多了，滿月自是以您的安危為重。再說，吳先生並不是魯澤之，他能擔起的重量可不少，您把他的羽翼攏著未免可惜。」

關山盡皺著眉卻沒回話，他明白滿月的話刺耳卻實在，就是心頭怒火仍難弭平，待他出去了非得整治滿月才行。

「滾吧你，以後沒我允許再敢動吳幸子，就別怪我下手狠辣了。」

話雖狠，滿月卻鬆了一口氣，笑得更真誠了。

「以後，我肯定不會讓您發現的！」話畢，不敢多待，滿月一竄就帶著吳幸子跑了。

最近顏文心總感覺有些心神不寧。

早朝時皇上絲毫不隱諱地數次凝視他，卻又偏偏對他的奏摺沒有任何疑問，如往常那般慰問兩句後，又轉向下一個朝臣，半刻鐘後卻再次往他看了兩眼。

顏文心彷彿能聽見滿朝文武心裡的疑惑不解，有些人控制不住地偷覷他，讓他如坐針氈，面上卻依然波瀾不興，低眉斂眼彷彿毫無所覺。

總算熬過早朝，應付完幾個同黨的詢問，顏文心正打算回府，好好斟酌皇上的態度，不想卻被人叫住了。

「顏大人，萬歲爺有請。」喊住他的，是皇上身邊的內侍，皺巴巴的老臉笑容可掬，饒是顏文心長於識人，也未曾看透過這服侍了兩個萬歲爺的老公公。

「春公公。」顏文心拱拱手，本想打探幾句，但轉念一想，皇上今早的舉動確有所指，他要是多問了，反倒顯得自己心虛，索性沉默地跟著春公公身後走。

本以為皇上會在御書房見自己，卻不想春公公將人帶進花園。

這個時節荷塘已經枯萎，也早命人清理乾淨，池水有些蕭瑟，湖心的白玉亭罩上幃幔，此時半遮半掀，明黃色的身影隱隱綽綽，慵懶地靠在亭側長椅上品茗。

大夏的皇上年齡已經不小了，再過三個月便是萬壽節，到時皇上即年滿五十五歲，儘管如此他的外貌卻不顯絲毫老態，一雙細長的眸總是懶洋洋地半瞇著，鼻若懸膽、眉若飛劍，雪白的面皮上沒有半點褶皺，只在笑的時候眼尾才劃拉出痕跡。

遠遠的，皇上已經見著顏文心的身影，抬起手臂招了招，春公公立即加快腳步竄上前，顏文心一介文人追得有些辛苦，待行完禮他也忍不住喘了兩聲。

「愛卿坐吧，看茶。」長椅上都鋪了柔軟的墊子及靠枕，皇上愜意地半坐半躺，沒有半點架子。

已經習慣皇上私下的隨意，顏文心口中謝恩，端正地在皇上身側的凳子落坐，舉起春公公奉上的茶水啜了口後，好生讚揚一番。

「愛卿如果喜歡，朕讓春四弄些茶葉給你帶回去吧。」皇上單手撐著頰側，眉眼都是笑意，卻令顏文心莫名心口一抽，後頸寒毛直豎。

「謝皇上恩賜。」

本想起身謝恩，皇上卻先一步擺擺手要他免禮，緊接著命春公公上了點心。

顏文心食不知味地吃了一塊鳳眼糕，一刻都不敢放鬆地思索皇上究竟有何打算。

他自認近日沒犯什麼過錯，頂多是半個月前設計了關山盡，這事他做得可謂滴水不漏，只要白紹常嘴巴夠緊，無論如何牽扯不到自己身上。

而白紹常心悅自己，愛戀已深，恐怕拚著命不要都不可能出賣他。

皇上的態度令人難以捉摸，顏文心也只能暫且按兵不動。

君臣二人就這樣吃吃喝喝，閒聊起京城裡幾件沸沸揚揚的風流韻事，不知不覺便說到家中瑣碎。為官數十載，顏文心自然懂得如何適度地在皇上面前掀開自家私密，一則表示忠心，一則也是自保。

當顏文心說到打算讓義子懷秀娶自家小女兒時，皇上並未回應，眉心微皺地沉吟片刻，顏文心一個激靈，頓時也有了猜測。

「皇上認為不妥？」他試探問。

「載宗啊，你替朕分憂也有二十載了吧？」皇上示意春公公將自己扶起，瞅著顏文心嘆氣：「朕一直很相信你啊，你也替朕辦了不少差事，這點點滴滴，朕都記在心裡，你是什麼樣的人，朕心裡都知道。」

「皇上折煞微臣了。」顏文心斂眉垂首，不勝惶恐地跪倒，「臣替皇上分勞解憂乃本分應當，萬不敢有什麼他想，請皇上安心。」

「起來起來，朕知道你心繫大夏，忠誠於朕，自然是安心的。」皇上擺手要顏文心起身，沒等他站穩又接著嘆了口氣：「想來，你也知道這些日子朕為關家那小子的事煩心，海望是朕從小看到大的，雖說性格有些驕傲，卻並不是個是非不分的孩子，與南蠻私通更是難以想像，唉，朕這些天都睡不好啊。」

「皇上，護國公一脈世代純臣，世子替大夏出生入死十數年，斷不可能與南蠻私通叛國，也許是有人陷害？」顏文心索性以退為進，他就是個人精，明白皇上肯定已經掌握了能讓關山盡離開天牢的證據。

「那麼，載宗認為是誰陷害了海望哪？」皇上似乎就等著顏文心這麼說，語氣沒了原本的慵懶，反倒咄咄逼人。

「這……微臣認為，朝中與護國公府最不對付的就是臣了。」顏文心即便心中警醒，依然未露半點破綻。

此時此刻，與其將自己撇清，不如反其道而行。

「哈哈哈，載宗倒是老實啊！你和關家的小子也沒見過幾次面，怎麼偏就水火不容呢？」皇上撫掌大笑，顏文心苦笑了兩聲沒有回答。

很快，皇上止住笑聲，語重心長道：「載宗，你是個懂事理的，與護國公雖有心結，但這些年來並未對其有過妨害，這些朕都看在眼裡。可是，你身邊有些人心思就多了，難說沒有背著你幹些什麼。你那小女兒是你掌心寶，可別嫁錯人了。」

「皇上的意思是……」顏文心面露驚愕，很快轉變為羞憤：「微臣明白！這件事微臣明日就給您答案。」

「你明白就好。你是朕的左膀右臂，海望是大夏的肱骨利刃，朕實在不願意你們有任何損傷。身邊的閒雜人，該清理的便好生清理，朕就不問你治下不嚴的罪責，就罰你半年俸祿，以後要謹慎啊。」

言外之意，皇上這是打算大事化小，也是對顏文心的敲打。

顏文心面上自然千恩萬謝，信誓旦旦回頭就把涉案的義子綁去大理寺。得了他的承諾，皇上看來很滿意，又寬慰了幾句便讓春公公把人送出皇宮。

顏文心一出宮立即趕回家，誰知剛進家門小女兒就撲上來抓著他的手一疊聲道：「爹，不好了，有好幾個禁衛軍抓了懷秀大哥！」

「禁衛軍？」顏文心心頭暗道不妙，眉頭深鎖，安撫地拍拍女兒的手臂，「別慌，妳回房待著，這件事爹會處理。」

「可是爹，為什麼禁衛軍要抓懷秀大哥？」顏采君心慌不已，更用力抓緊父親的手，彷彿抓的是救命稻草。

她與懷秀親近，也對這個義兄有那麼點少女情愫，見他被凶神惡煞般的禁衛軍制住，自然嚇得六神無主，好不容易盼到爹回來，提到嗓子眼的心才勉強回到肚子裡。

「妳不用管這件事，回房去。」顏文心這會兒也沒有心思安撫女兒，甩脫小姑娘的手讓管家把小姐帶走，便匆匆趕去自己的書房。

書房門是大開的，外頭站了兩個身著暗色官袍、腰側懸刀的禁衛軍，裡頭隱隱傳出說話聲，顏文心一時分辨不出到底是不是懷秀。

見他走來，門外兩個禁衛軍拱拱手，做了個請進的手勢，面無表情看不出任何訊息，顏文心躊躇片刻，他們也不催促，甚至連看都沒看他一眼，這等請君入甕的姿態，顏文心不禁在心裡冷笑，理了理袍角，神色如常地走進書房。

書房中，總共有四個人，顏懷秀被其中一人按倒在地，額頭都磕出血痕，灰頭土臉滿是狼狽，卻仍硬挺頸子盯著在書房裡大肆翻查的兩個人。

「顏大人。」見顏文心走入，三人都拱拱手。

「敢問副都統，這是什麼意思？」顏文心憋著一口氣，入朝為官以來他從未受過如此污辱，就算心裡明白禁衛軍是奉皇上的命令，仍有種老臉被火辣辣地搧了幾巴掌的疼痛。

「這是皇上的意思。」為首的禁衛軍算是顏文心的老熟人，身為禁衛軍副都統，極受皇上信任。他笑笑，割斷手中書本的縫線，一頁頁檢查。

顏文心被哽了一下，臉色終於失去從容，眉宇含怒，質問道：「皇上授意副都統拆了顏某的每本書嗎？」

「自然不是。」副都統瞇著眼笑，「每一張紙都要掰碎了檢查，這也是為了還顏大人清白。畢竟，您的義子是在這兒被我們逮到的，就怕他連您也要構陷啊。」

「顏某以為，這件事皇上讓顏某自行解決。」顏文心睨了眼見到自己後垂下腦袋的懷秀，心裡早已做出取捨。

看來，關山盡手上的人已經逮到懷秀與南蠻私通的證據，幸虧平一凡早早離開京城，這時候已經回到南蠻境內，他倒不認為關山盡連平一凡都逮住了。否則，皇上哪裡會找他過去說了那麼一席話？

平一凡與懷秀之間千絲萬縷，要是逮到人，根本無需在他這裡翻證據。

不過，懷秀恐怕是要捨掉了，儘管是斷臂之痛，也只能咬牙痛過。

懷秀在顏文心身邊多年，又是他的親信，自然懂得顏文心細微的表情代表什麼意思。他瞥見顏文心陰沉的眼神，心頭微微一痛，但很快又堅定起來。

義父這是打算斷尾求生了。

他不再掙扎，明白這是自己對義父的最後一點功用，絕不能出任何差錯。

懷秀是個孤兒，打有記憶開始便在街頭流落，五歲前有個老乞婆照顧著，每天勉強能分到一塊半餿不餿的饅頭充飢，他一心就盼望自己快快長大，到時候靠自己找東西吃，也換自己照顧奶奶。

可惜這個心願沒有機會實現，五歲那一年，大夏邊關吃緊，南疆與西北戰事連連敗退，即便是京城都能感受到一股不安與無聲蔓延的恐慌，護國公的嫡子在那年也上了戰場，皇上帶頭撙衣節食，首善之都的乞丐們這下便很難乞討到食物，雖說善堂依然會固定煮粥發放，但像懷秀這樣的孩子跟瘦弱的老乞婆，根本搶不到多少粥水。

冬天剛到不久，老乞婆先凍死了，懷秀孤零零縮在一處牆角，小小身軀幾乎被白雪遮掩。

顏文心就是在這時候路過，順手把人帶回家。從此，懷秀有了遮風避雨的住處，有件軟綿綿又溫暖的襖子，每天都可以吃香噴噴的飯菜到小肚子鼓起……他從一個將死的小乞丐，成為顏文心的養子。

顏文心對他是很好的，不但收養了他，還教他識字讀書。

顏夫人為人溫婉嫻淑，從不質疑丈夫的行為，自然對這個小義子也疼惜有加，即使後來孕育了自己的孩子，不論顏文心或顏夫人都從未改變過親善的態度，更未曾有一絲蹉磨。

懷秀那時候就想，這一定是因為入冬前老乞婆特別帶他去拜過菩薩，讓菩薩保他安寧，才會遇上這麼好的事。對於顏文心，他自然萬分崇敬，把對方視為自己的天，任何髒事、醜事，懷秀都甘願為義父分勞，只希望自己能成為義父身邊的影子，也是最後一道城牆，保得顏家永世安寧、長盛不衰。

而眼下，就是他該為顏家赴死的時候了。

總算禁衛軍並未在顏文心的書房裡搜到什麼見不得人的東西，嘴上隨意道了幾聲歉，就要把懷秀帶走。

「且慢，老夫能與懷秀說幾句話嗎？」

「請。」副都統並不介意，大方地讓人把堵住懷秀嘴的布條給抽了。

「義父……」懷秀被堵了大半天嘴，聲音嘶啞難聽，卻仍有濃濃的孺慕之情，及一些難以釐清的情愫。

「懷秀，義父這些年待你不薄，就是親生子女都沒像對你這般上心，你心裡應當也是明白的。」顏文心矮下身，憐惜地替懷秀擦去臉上的塵土，眼中含淚彷彿有千般不捨與心痛，似乎無法理解，為何這自己費盡心思養育的孩子，卻走上這麼一條不歸路。

「懷秀明白……」懷秀癡癡地凝視顏文心眼中的淚水，身子掙了掙，似乎想抽出手替義父抹去眼尾的淚光。

他何德何能，竟讓義父為自己傷心了？

「懷秀對不起義父……」

「唉，為人不可一錯再錯，義父希望你懂得這個道理。」顏文心悵然地嘆氣，似乎再也不忍直視起身背過去，「義父會去看你的。」

懷秀怔怔地盯著顏文心，看著他隱含悲傷的背影，似乎還伸手抹了抹眼角，心中不由大痛，也更堅定自己的心意。無論之後會遇到多大的拷問與嚴刑，懷秀都要為義父擋下，維持顏府榮盛！

不多久顏文心的義子被抓入天牢，而護國公世子洗刷汙名被放歸的消息，在京城中如野火燎原般傳遍了。

第七章

終日打雁，終被雁啄

此時此刻，顏文心再次盯著吳幸子，
這個曾經全然無法遮掩愛意的老實男子，
如今站在他面前，溫潤黑眸中卻是他看不懂的情緒。
「載宗兄。」吳幸子這時候叫了他一聲。
「長安。」顏文心回了聲，臉上的笑意卻已經完全消失。
他霎時間明白了，吳幸子是靠自己狠狠絆了他一跤。

懷秀才入天牢不久，顏文心也上辭表言明自己德行有缺，乞骸歸田。該有的作態分毫不漏，姿態擺得挺足。

朝中大臣也動起來，有人奏請皇上嚴查顏文心是否有牽涉其中，有人則上書保人，一時間朝內煙硝瀰漫，皇上卻未曾表態，甚至駁回顏文心的辭表，僅僅將之禁足一個月。

至於懷秀所犯乃叛國之罪，證據確鑿無可辯解，盤問審查之後被判凌遲，鎖在天牢中開春後行刑。

顏采君終日在家以淚洗面，她不懂懷秀怎麼就與南蠻牽扯上了，甚至還瞞著父親？更不懂，為什麼父親沒有幫襯懷秀一把？

她想去天牢探望懷秀，然而死囚牢是不能探監的，就是送東西進去也都會先拆開檢查。眼看天氣漸寒，顏采君擔心懷秀牢裡冷著，送了兩件襖子，都在眼前被拆了翻出棉絮，氣得小姑娘一路哭回家。

顏文心這段時日來韜光養晦，他並沒有翻動自己手中的勢力替自己謀事，而是放任朝中風雲自動，也順便摸清了皇上的意思。

要知道，叛國可是大罪，誅連九族也不在話下。如今，皇上明顯偏心，除了懷秀以外，全然未曾打算對顏家動手，這個禁足的責罰不痛不癢，就算護國公在朝上多次奏請嚴查，皇上僅僅慰問幾句，輕飄飄把事情揭過，氣得護國公大病告假，連七八天沒上朝了。

關山盡在天牢中吃了苦，據說將養十數日才緩過來，這會兒也隨著父親告病謝客，顯然是對皇上失望至極。

翻看密探傳回來的各種線報，再看著桌上氤氳茶香的瓷杯，那茶葉是皇上命春公公送來的，隨附了幾樣點心，滿是安撫的意味。

顏文心不禁笑了，這場危機他可以說毫髮未損、全身而退，雖說少了懷秀一時無人可取代，顏文心不得不暫時由自己與南蠻聯繫，但關好的路並未被堵截上，仍暢通無阻。用一個懷秀，換皇上的愛護與南蠻的通路，也不算虧了。待懷秀伏法，風頭過去，顏文心便可將關山盡徹底從南蠻拔掉，換上自己的人鎮守邊關，雖然沒能真的傷到護國公府根骨，卻也狠狠咬下一塊肉了。

思及此，顏文心總算放下緊繃許久的心弦，終於願意見見這些天把自己哭成豆餡包的女兒。

「爹！」顏采君好不容易見到父親，腫如核桃的大眼又嘩啦啦流淚，哭得滿臉豆花，早沒平時的嬌俏明朗。

「怎麼哭成這個模樣。」畢竟是父親，顏文心仍柔聲安撫了女兒幾句。

「爹，你去看看懷秀大哥好不好？天氣越來越冷，我想送幾件保暖的衣服給大哥，獄卒卻攔我！」顏采君哭得聲音微啞更顯可憐，興許是哭得頭疼眼花，話都說不清楚了，翻來覆去要父親去探望懷秀。

「胡鬧！懷秀那是叛國大罪！若非陛下聖明，我們一家都沒有好果子吃，這等吃裡扒外的白眼狼，妳還念著做什麼？為父現在還在禁足中，若是去天牢見了懷秀被人知曉，妳明白顏家會遭逢多大危險嗎？」

顏文心難得對女兒板起臉，氣得拍桌數下，把顏采君嚇得瑟瑟發抖，吶吶張著嘴一時作聲不得。

「么兒，父親知道妳與懷秀自幼親密，原本還想待妳及笄便與懷秀定親，也算是成全你們兩小無猜的情誼。可如今，懷秀給家裡帶來如此巨大的危險，為父頭頂上的烏紗帽姑且不提，但凡一著踩錯，明年開春上刑臺的，就是我們整家人了！」顏文心半是安撫、半是責備地牽起女兒的手拍了拍，「妳是顏家的女兒，好好想想吧。」

顏采君怔怔瞅著父親，不知為何一陣冷顫。她的眼淚還是流乾了，失魂落魄地胡亂點了幾下頭，明白自己再也救不了懷秀。

又隔數日，顏文心解禁返回朝堂，仍與過往一樣倍受皇上信任，若非密探告訴他護國公進了一趟天牢，他早就把懷秀給忘了。

護國公為何去天牢？顏文心感到一絲不安，沉吟片刻後把女兒叫來。

「近日大寒，為父也掛心懷秀，妳準備兩件襖子，為父……去探探懷秀。」

顏采君一聽臉色就亮了，她知道父親在朝中的勢力並未因懷秀通敵一案受影響，甚至皇上聖恩更勝以往，本就思量著要再哀求父親去一趟天牢探望懷秀，這下正中心意，顏采君連忙將做好的兩件棉襖整理好，又弄了一個三層高的食盒，全交給父親。

顏文心臉上滿是無奈，卻也沒掃女兒的興。

天牢裡有他的人手，想見什麼人、帶什麼東西進去，都並非難事，只是女兒仍心心念念著自己的棄子，為人父者難免有些鬱結。

距離懷秀被抓已將近兩個月，京城雖名長夏，冬天卻來得偏早，秋末時就冷了，隨著斷斷續續的秋雨，一日冷過一日。

趁著一個下雨的夜晚，顏文心在確認自己沒有驚動到任何人的情況下，來到天牢，很順利便帶著東西進去。

帶路的獄頭是他安插的人手，來到囚禁懷秀的牢門前，便恭恭敬敬地退開。

「懷秀。」顏文心看著裡頭的青年，柔聲喚了句。

身著單薄囚衣，因寒冷而把自己縮成一團窩在草堆中的青年猛地一震，難以置信地轉頭看向他。

「義、義父！」剛喊完人，懷秀便落下淚。

他相貌清俊，也許是出生街頭的關係，總帶著一種楚楚可憐的神采，這會兒憔悴了，神態更加惹人憐惜，就算斗室簡陋，囚衣甚至還有些髒汙，反而將他襯得纖細脆弱，看得人心疼。

這要不是身負重罪，被單獨關押，天牢的獄卒裡有不少顏家的棋子，否則難保懷秀不會出什麼大事。

「是，義父來看你了。」顏文心對他淺淺一笑，接著長嘆一聲，壓低聲道：「懷秀，是義父對不起你。」

懷秀顧不得冷，連撲幾下跌跌撞撞來到門前，用力搖頭，「不，義父，是懷秀的錯，是懷秀沒能回報義父恩情，還、還……給顏家惹禍了。」

懷秀言詞懇切，話語間仍未露絲毫馬腳，顏文心便明白，無論關家父子怎麼威脅利誘眼前的青年，都無法從他嘴裡撬出任何不利自己的言詞。

「唉，你別怪義父不救你，通敵叛國是大罪，義父還得顧念家裡幾十口人的安危。」顏文心說著，把手伸進牢門內，心疼地摸了摸義子瘦得凹下去的臉頰，「你這都餓瘦了，義父看得心疼。」

觸手是冰涼的肌膚，但他輕撫過後隱隱染上淺淡的薄紅。

「義父……」懷秀彷彿有千言萬語，出口的卻只是一聲聲滿是孺慕與思念的輕喚。

「來，吃點東西。這是么兒替你準備的，還有這兩件棉襖穿上吧。」顏文心抽回手，將棉襖塞進牢房中，催促著懷秀穿上，笑地讚了句：「好看。」

懷秀臉色更紅，正想接過筷子吃點東西，顏文心卻推開他的手，滿臉柔情道：「讓義父餵你吧。」

青年無法拒絕，他心目中的天，他從小景仰敬重的對象，即使在這種時候都沒忘記自己，依然溫柔的呵護自己，彷彿一汪春水，密密實實裹著他，甘甜似蜜。

顏文心一口一口餵著義子，速度不緊不慢，懷秀滿臉通紅吃得頗是舒心。他一錯不錯地看著義父，彷彿恨不得把眼前一幕永遠烙進腦子裡，就是喝了孟婆湯也不忘。

看食盒吃了大半，懷秀也飽了，顏文心才放下筷子，拿出一壺水餵給懷秀，最後替他抹去唇邊的殘漬。

「你剛來家裡的時候，為父也這樣餵過你幾次。那時候你又瘦又小，就是一雙眼睛燦爛得像天邊的星子，那時候為父心想，這孩子將來肯定能做出一番大事，為顏家掙得臉面。」顏文心無比懷念地嘆口氣，溫情地拍了拍懷秀的肩，「義父明白，你是個念舊情的孩子，不會存心傷我顏家。」

「義父……」懷秀盯著顏文心，他唇角彷彿還殘留義父撫摸過後的溫度，「關山盡就是撕了我的嘴，也不能讓我再對不起顏家。」

數日前關山盡的副手，那個胖得跟球似的滿月來見過他一次，話裡話外提醒懷秀，顏文心這個人心狠手辣、薄情寡義，就算他把命雙手奉上，顏某人也不會感激，只會早早忘了他。

懷秀怎麼可能信滿月？他的義父這不就來見他了嗎？

「義父自然是信任你的，但是……」顏文心安撫地拍了拍義子的手，沉吟道：「這次顏家全身而退，惹得關山盡那群小人心裡不快，恐怕將來在朝中也不會放棄給義父使絆子。你兩個弟弟在官場上還未能站穩腳步，關山盡一定不會放過他們……唉，義父同你說這些又有什麼用？你不用放在心上。」

懷秀一聽就急了，壓低聲音慌忙道：「義父不要這麼說，無論在何處，懷秀只要能替顏家盡一分力，就絕對不會推辭！」

「就算身在天牢中，就算……」顏文心頓了頓，才彷彿萬般不忍地痛心輕語：「你已成了棄子？」

懷秀猛地一顫，掩藏不住痛苦地瞅著義父，眼中隱隱泛著淚光卻沒有落下來，而是咬咬牙點頭，「是。」

顏文心長嘆一聲：「好孩子。」

「義父，您讓懷秀做什麼？」懷秀眼中的淚水還是落下，滴在顏文心覆蓋在手上的手背。

「等關山盡再來找你，你替義父打探他們的消息，嗯？」顏文心看著手背上的淚痕，輕輕抹去，「別哭，義父心疼。」

「嗯……」懷秀乖巧地忍著，甚至還對顏文心露出一抹笑，「義父放心，懷秀省得，定不會再給顏家惹禍。」

顏文心看了義子一眼，張口欲言卻欲言又止，沉默半晌，最終嘆息一聲，拍了拍懷秀的手背，起身離開。

而牢房中，懷秀攀著木格子，癡癡地目送顏文心遠去，直到那溫雅的背影消失無蹤，也並未回神……

之後數日，也不知是護國公府認清懷秀不可能反水，或者有其他打算，並未派人再去天牢。

顏文心也不急躁，他本也不認為關山盡會在這麼短的時間裡再去找懷秀，再說，懷秀本就是棄子，他當天那席話主要是穩定懷秀的忠誠，是否能打探到消息倒是順帶而已。

皇上與護國公府之間的矛盾已經無法緩和，關山盡身上的職務被捋了之後一直沒恢復，看皇上的意思，駐守南疆的大任恐怕要另尋他人，而朝中能取代關山盡的，只有鎮國公手下的人。

果不其然，在京城飄起第一場雪的時候，也就是關山盡從天牢裡出來的第三個月，馬面城駐軍大將的責任落在鎮國公以前一個部下的肩上，該將軍戰功比不上關山盡，但勝在為人聽話，一直以來留在京城的時間比在邊疆久，擔任兵馬指揮使十來年，算得上是皇上心腹。

這下，顏文心徹底安了心。

也就在這個時候，他收到一封來自白紹常的請帖。

請帖中沒多說什麼，僅用白紹常那清雋的字跡簡單邀請他前去參加琴會，說是上一次琴會半途中止的補償。

上一次的琴會？顏文心思索片刻才憶起，那次關山盡帶著魯澤之，平一凡帶著吳幸子，在他的授意下刻意半途中止，也無人再關心這件事。

這都幾個月過去了，白紹常怎麼突然又提起琴會？

先前關山盡與白紹常即將結契的謠言，在京城裡傳得沸沸揚揚，在關山盡打入天牢後，白紹常的消息再無人提起，彷彿在京城中靜悄悄地消失了。前些日子皇上留顏文心用膳的時候無意間提起白琴師之子，語中不無感嘆，覺得自己耽誤了小輩的姻緣，以前關山盡是多麼亮眼張揚，眼下就有多鬱悶沉寂，可不是白紹常的良伴。

「朕讓白琴師接那孩子回家，待風頭過了，再替他尋覓一個好姻緣。」皇上最後憐惜地說。

看來護國公府也放棄藉由白家再奪回聖寵，哼，這姓關的一家子背頸又硬又強，寧可打折了也不願意彎的，他倒想看看護國公府還能硬多久。

放下請帖，顏文心決定赴約，也該與白紹常見個面了。

很快就到了與白紹常約好的日子，前夜下了一場大雪，放眼所見銀白一片，直到顏文心準備出門赴約時都沒停，很快就在傘上積起厚厚一層鵝毛般的雪。

從巷口走到白府，顏文心連鞋都有些濕了。他面露不豫，站在門簷下收起傘，稍微理了理衣物後伸手敲門。

靜待片刻，竹編門被緩緩拉開，白紹常穿著一件披風，臉色蒼白地站在門後，見到顏文心後才露出一抹淺笑。

「顏大人。」白紹常退開半步好讓顏文心進門。

「白公子。」顏文心拱拱手，往門內看了眼，雪地上只有白紹常一個人走出來的腳印，

「顏某打擾了。」

「不打擾。」白紹常搖搖頭，也往顏文心身後看了一眼，發現他沒帶任何僕從後，似乎有些疑惑。

「既然是來參加白公子的『琴會』，也就不須太多閒雜人等驚擾您的安寧。」顏文心體貼

地解釋，這才走進竹門內。

「顏大人有心了。」白紹常露出羞澀淺笑，將竹門關上後，猛地轉身扎進顏文心懷中，蒼白的臉頰依戀地磨蹭著他的胸口。

顏文心連忙伸手將人摟住，柔情百轉地拍了拍青年纖細的後背，「唉，我也想你了。」

白紹常沒回話，只是用纖瘦的手臂緊緊環抱顏文心，彷彿乳燕投林。

「是我對不起你，讓你在護國公府熬了這麼些日子。」

雪花依然紛飛，眨眼就在兩人肩上、髮上積了薄薄一層，顏文心卻絲毫不以為意，柔聲細語地哄著懷裡的人。

「是我自己願意。」白紹常悶悶地回道，他鼻間都是顏文心的氣味，清淡溫雅混了些紙香和墨香，就算身子被雪花沾得有些發冷，氣息卻是溫熱的。

「讓你受苦了。」顏文心嘆息，將懷中的人緊了緊，細心地替他撣去髮上的雪花，免得化成水後被凍著，「雪太大了，我們先進屋吧。」

「嗯……」白紹常似乎有些不樂意，他忍不住又蹭了蹭顏文心的胸膛，這才依依不捨地退開，依戀地主動牽起他。

白紹常的大方讓顏文心有些訝異，過去這個溫潤如玉的青年總是很克制，即使兩人交換了信物，也從未表現出一絲過於孟浪的行為，便是偶爾牽個手，也都只敢在自己的院落這麼做。

然而，儘管疑惑，顏文心又想，大抵是他太久沒與白紹常見面，所以想他想得狠了吧。說到底，白紹常再矜持也是個年紀不大的青年人，數個月未見表現得親暱些也不過分。

任由白紹常牽著自己的手往內院走，顏文心撐起傘擋著兩人，也不忘說些甜蜜的情話安撫。白紹常不時抬頭看他一眼，原本蒼白的臉上隱隱染上紅暈，動作也有些侷促起來，顏文心不禁在心中暗笑，白紹常向來是很好哄的。

白大爺看來並不在府中，這樣的大雪天，皇上喜歡賞雪賞琴，恐怕早派人將白大爺接入宮中彈琴。白府的僕役本就少，訓練也嚴格，這會兒更彷彿消失在風雪中般，半點人聲氣息都見不到。

白紹常並未引顏文心前往琴樓，而是將他帶到自己住的小院裡，雪地上除了他適才踩出的腳印外沒有其他痕跡，顏文心卻倏地停下腳步，凝視著那道覆蓋薄薄一層雪花的腳印，心中莫名有些躊躇。

這種躊躇混雜著謹慎與不安，恬靜如畫的小小院落，不知怎麼透著一股磣人的涼意。

「載宗哥哥？」見他停下，白紹常不解地瞅著他，握著他的手掌緊了緊。

「嗯？」顏文心勉強回過神，溫柔地對青年笑笑，不著痕跡地觀察眼前人的神態。

白紹常臉色又白了幾分，堅持不了太久便移開視線，披風下的肩膀抖了抖，乍看下似乎是冷著了。

顏文心如此精明的人，又怎麼可能看不懂呢？白紹常這不是冷得發抖，卻是因畏懼而發抖。畏懼什麼？而他也明白自己心中的不安從何而來。

那一串腳印子顯然是白紹常不久前踩出來的，所以還很清楚，尚未被鵝毛般的雪花掩蓋。也就是說，在他敲了白府大門後，白紹常才從屋子裡走出去替他開門。白府雖說不大，卻也並非立錐之地，從白紹常的小院要聽見敲門聲並不容易，若他真交代僕役不要開門，刻意前來通知他去開，那就應當要有第二道甚至第三道腳印。

而今，小院中除了孤零零的一道腳印外，雪地纖塵未染。

若說白紹常是因為等不及見他，所以在大門附近的屋子等，那麼這道腳印就應該被雪埋得更深才是。

「你還有其他客人？」顏文心垂眼，詢問溫柔地彷彿要化出水般，白紹常卻猛顫了下，別開頭不肯看他，也沒有回答。

「是護國公府的人？」顏文心反倒笑了。

「不……」白紹常迅速瞅了他一眼，眼眶泛紅。「你……你說，那個香囊……你娘真不會介意我是個男子嗎？」

香囊？顏文心抽回手，白紹常連忙要再握，那隻手已經撫上自己的臉頰，萬般溫柔猶如對待最珍貴的寶物。

「怎麼會介意呢？那是我娘留給我唯一的念想，我只想給你。」顏文心將飄落在白紹常睫毛上的雪花抹去，雪花化成水，糊了青年的視線。

「你說，梅花是文人風骨，慈烏是你娘……」白紹常喃喃輕語，彷彿在夢境一般。

「是。」

「你說，那是你娘死前撐著最後的力氣替你繡的，就算娘不在了，也會永遠陪伴在你身邊……」白紹常又道，聲音微微發顫，眼中一片朦朧，幾乎要落下淚來。

「是。」顏文心依然笑著，疼惜似地輕撫他的眼尾。

「我信你的、我信你的……」白紹常一眨眼，淚水就順著臉頰往下滾落，冰涼冰涼的，又痛又癢，但他控制不住，帶著哭腔道：「你說等么兒成親後，你就能和我長相廝守，你說你對夫人沒有愛意，只有尊重。你說，當年岳家對你有提攜之恩，儘管你身為吏部尚書也不能輕易撇下，免得落人口實……我願意等你的，等么兒成親、等你離開朝堂……」

「我明白，你這般可愛，我也是真心憐惜的……」顏文心的指腹從白紹常唇上擦過，青年絕望地閉上眼。

「那為何還有第二個香囊？」白紹常以為自己永遠也問不出這個問題，不成想卻如此輕易就出口了。

他哭得鼻頭泛紅，淚痕被夾帶飛雪的寒風吹得刺痛，卻停不下眼淚。

即使心狠如顏文心，也不免生起一抹真情實意的心疼。

「是吳幸子同你說的？」顏文心在朝中能占有一席之地，成為皇上跟前的紅人，靠的不是岳家勢力，而是他的腦子。

看了眼前一切，他還有什麼不明白？稍微一想，差不多也摸透七八分了。

他低低笑著，感慨萬千。

終日打雁，卻被雁啄了眼，莫過如斯吧。

白紹常愕然看著他，顯然沒料到他能猜得這麼準。與此同時，眼前的房門也被推開，一個高大男子帶著個瘦弱的中年男人，緩步走出屋子，兩人雙手緊握，高大的那個還不放心，低頭替中年人緊了緊大氅領口，確定對方不會凍著了才抬起頭冷冷望著顏文心。

「護國公世子，久違了。」顏文心對關山盡露出得體的笑容，彷彿兩人之間的氣氛並未劍拔弩張，而是在街上意外照面罷了。

「顏大人。」關山盡似笑非笑地彎彎唇，也不意外他的冷靜，「本將軍就喜歡和聰明人說話，請吧！雪又大了，皇上燒了地龍等候我們前去，別讓他老人家好等。」

「皇上……原來如此。」顏文心笑著搖搖頭，接著嘆息了聲，「顏某年紀還是大了，細細回想皇上的種種作為都是提醒，我到底是托大了。」

是啊，皇上對護國公府從來信任有加，又是打小看著關山盡長大的，在護國公絕對忠心的前提下，皇上不會那樣偏心才是，椿椿件件都異常袒護自己，把顏府高高捧起，麻痺了自己的警惕。

而自己也漏了一個人，一個故人的厲害。

顏文心把視線轉向關山盡身邊的吳幸子，他被裹在一襲銀狐皮氅中，整個人還是顯得弱不禁風，平凡的臉上有歲月的痕跡，眼尾的皺紋很是明顯，然搭配上他淺淡的五官，看起來像是笑痕，親切溫柔還帶點畏縮。這會兒興許是冷了，下巴都縮在毛領中，看起來有些可笑

「長安。」顏文心開口喚道。

聽見他的聲音，吳幸子神情困惑地看了他一眼，並沒有回應。

「我以為，你是平一凡的人了。」顏文心刻意這般問，滿意地察覺關山盡神色一暗，冷峻的黑眸中閃過怒火。事到如今，顏文心不會天真到以為和自己合作的平一凡是南蠻的人，肯定也是關山盡與皇上安排的棋子，他被步步誘導走入陷阱中，如今已經無法脫身了，但給關山盡添點堵還是可以的。

吳幸子剛想開口，就被毛領子搔得連打三個噴嚏，關山盡低低罵了聲蠢寶貝，摸出帕子替他抹去臉上的口水和鼻水，那疼得不知該怎麼疼才好的模樣，著實膈應人，顏文心唇邊的笑容都淡了。

「唉呀，我自己來就好。」吳幸子紅著臉，連忙要去接帕子，卻被關山盡握著手腕按下，仔仔細細替他抹乾淨。

「讓你在裡頭等，偏要出來。」關山盡收起帕子，咬牙露出凶狠的模樣，擰了吳幸子鼻頭一把，把老傢伙擰得沒臉見人。

「唉呀，這不是……這不是……」吳幸子搔搔臉頰，與二十年前一般羞澀，就這樣看向顏

文心，「和故人見見面嘛。」

恍如隔世。

他們先前見過一面，那時候顏文心高高在上，蔑視眼前平凡的男人，嘲笑他菟絲花般的行徑，連自己的身分、枕邊人的真心都看不明白，就算過去他倆曾有什麼糾葛，也不足以讓顏文心放在心上掛記。

此時此刻，顏文心再次盯著吳幸子，這個曾經傻愣愣看著自己，全然無法遮掩愛意的老實男子，如今站在他面前，溫潤黑眸中卻是他看不懂的情緒。有憐憫、有嘆息、有懷念、有悵然……獨獨沒有憤怒。

「載宗兄。」吳幸子這時候叫了他一聲，帶著南方口音的官腔又柔又糯，和二十年前一模一樣。

「長安。」顏文心回了聲，臉上的笑意卻已經完全消失。他霎時間明白了，吳幸子的作為不是關山盡的指使，而是靠自己狠狠絆了他一跤。

「二十年了，有句話長安一直想同你說。」

「什麼話？」

「恭賀您入玉蟾宮。」說著，吳幸子眉眼帶笑，端端正正地對顏文心行了個大禮，溫聲道：「光耀門楣。」

顏文心看著吳幸子，頭一次知道自己小看了眼前人。

顏文心通敵叛國一案在朝堂掀起驚天大浪，一開始還有同黨想替他說話脫罪，卻不想皇上手上證據確鑿，人證物證俱全，甚至連顏文心親筆給南蠻王親信的手書都有，頓時什麼聲音都沉靜了。

為官二十載，顏文心朝中勢力錯綜複雜宛如參天巨樹，但這棵樹仍然躲不過天雷，一口氣從樹冠到樹根被劈成兩半。

同黨謹小慎微地縮頭做人，就怕被天威波及，一口氣十幾個人告病，又十幾個乞骸，再次被提拔上的都是一批沒有背景、為人又規矩嚴謹的青年才俊。

朝中打滾的誰不是人精？先前皇上對顏文心寵信有加，朝中民間都隱隱流傳君臣兩人斷袖分桃之癖的謠言，畢竟前些日子顏文心義子的案子，顏家可是完完整整被摘出不說，顏文心還被大加慰問了一番。

現在回頭一看，皇上竟然是捧殺啊！手段雷厲風行不說，肯定籌謀已久，瞧瞧護國公病都好了，世子又被封回鎮南大將軍，該有的恩寵一個不落，皇上真心信任誰不言而喻。

於是，不到七天，所有蠢蠢欲動打算試探的聲音都偃旗息鼓。顏文心已經廢了，顏黨也被兵不血刃地剷除大半，朝中勢力一番震盪，卻如古井無波，悄無聲息地結束了。

顏文心本就靠岳家站穩腳步，自己並無其他親人。事情一發生，顏文心尚未被定罪的時候，顏夫人就拿著和離書去公證，帶著女兒隱居去離京城僅一天車程的觀音寺帶髮修行，把自己摘得乾乾淨淨。

至於兒子，顏夫人心有餘而力不足，只能任憑兩人被摘去所有功名，一起入了天牢，也不知最後能不能保住一條小命。

皇上對顏家倒是留了最後一絲仁慈，顏家二子的命都保下，但入了賤籍被發派到西北邊疆為奴，待開春就走。

而顏文心的處置具體什麼章程，皇上卻遲遲沒有發落，也無人敢問，半個月過去，彷彿全大夏朝堂都忘記曾有顏文心這位權臣存在過。

這日，吳幸子早上種完菜，正抱著湯婆子陪國公夫人話家常。

關山盡一從天牢裡出來，就把他接回家，過上甜甜蜜蜜的小日子。

吳幸子本來還擔心護國公及夫人對自己的年齡有芥蒂，雖說與國公夫人有過一面之緣，對方看來也頗滿意自己，但吳幸子仍沒法兒安心，想到護國公更是哆嗦。

誰知，護國公壓根懶得管自家兒子看上誰，左右不是他的夫人，與他何干？再說了，關山盡也不是他管得了的。

至於國公夫人與吳幸子可親近了，什麼婆媳齟齬都是不存在的，兩人無事就湊一塊兒喝茶說話，吳幸子聽到了不少他爹以前在京城的逸事。

管家這時候卻走來，拱手道：「世子夫人，白紹常白公子求見，請問您見他嗎？」

世子夫人這個稱呼讓吳幸子下意識縮起肩抖了抖，鼻頭臉頰都泛了紅。

「白家的孩子？」國公夫人面露訝異。

「是。」

「他找幸子什麼事啊？」國公夫人是知道白紹常與顏文心有首尾的，再說護國公府還利用了他一回，照說應該想躲得遠遠的吧？怎麼反倒還找上門來了？

「白公子沒說。」管家臉上也有些疑惑，「世子夫人想見他嗎？」

「見見見。」吳幸子用力點頭，看著窗外銀裝素裹的院子擔心道：「天氣這麼冷，快讓白公子進屋子裡暖暖。」

管家領命而去，國公夫人心思一轉，白家公子臉皮薄、心性高，也不知想和吳幸子說些什麼，但有她這個外人在肯定憋死都憋不出話來，看這孩子也可憐，國公夫人索性體貼地告辭。

不久，白紹常由滿月領著進來，雖然還是一身纖塵不染的白衣裝扮，卻沒了原有的淡雅脫俗，彷彿一片雪花終究落入塵土中，灰濛濛失去曾有的剔透。

吳幸子下意識起身迎接，白紹常卻冷淡規矩地對他拱手行禮。

吳幸子有些訕訕地回了禮，侷促地招呼對方坐。

白紹常落坐後，兩人一時無語，滿月也未離開，懶洋洋地站在一旁瞅著白紹常，直把人看得窘迫不已，臉色忽紅忽白。

「白公子來訪是為了？」吳幸子連忙出聲解圍，他知道滿月厭惡白紹常，而白紹常恐怕對滿月也驚懼厭惡，似乎隨時都要奪門而出。

「呃……這……」白紹常侷促地挺了挺腰，迅速瞥了吳幸子一眼，細白的牙啃著紅唇，別有種倔強脆弱的風情。

吳幸子最愛看美人，自然不願意美人露出這種表情，心裡有些慌，便往滿月看去。

滿月自然當仁不讓，笑吟吟上前兩步。

「白公子，夫人心慈看不得有人在面前落淚，不如滿某先帶您去找個地方哭夠了再回來？」絲毫沒打算給白紹常留臉面，畢竟眼前人可是陷害過自家主子，沒轟他出去全看著皇上的面子。

白紹常一哽，羞憤地瞪了眼滿月，咬牙低語：「在下想同吳先生單獨說話，是否請滿副將暫時退開？」

「當然不。」滿月皮皮地笑道，他長得敦厚，人又圓潤，看起來像尊彌勒佛，也只有吃過他虧的人才知道這完全是笑裡藏刀。

「滿某對您想說的話半分興趣也無，不過大將軍有命，要在下看顧好夫人，別讓閒雜人等給趁隙挑撥，滿某也是萬不得已啊。您要是不想說，我送您出去吧。」

話都說到這個地步，白紹長饒是氣得滿臉通紅，咬得嘴唇都快破了，也拿滿月絲毫沒辦法。他眼前的吳幸子看起來好拿捏，那也是看起來罷了，這眼下絕對不會為了顧及他的臉面把滿月打發走。

果然，吳幸子一臉歉然，卻什麼也沒說。

不得已，白紹常也只能開口：「吳先生你……為何篤定載宗哥哥會再用上香囊？」

那日與顏文心一別後，白紹常總被這個心思困擾，他腆著臉求見皇上，問出吳幸子幫助賣香囊的行商，換來一個承諾的經過，讓他心驚不已。

眼前這看來羞澀平凡的中年男子，竟然從多年前就排布了這步棋，而他傻傻地踩入陷阱，他指證顏文心難道是被利用了？他輾轉反側，心情怎麼樣也定不下來，畢竟愛戀顏文心是真心實意，實在不忍看他一朝翻落雲端。

白紹常說不清自己心裡為何有這麼多糾結與痛苦，他想著也許顏文心並沒有騙自己，而是他太傻，成了別人手中的利刃。

各種想法紛呈，直把他煎熬得形銷骨立，大病一場將養了月餘才養回些許精氣神，再也坐不住，非要來向吳幸子問個清楚不可。

聞言，吳幸子一愣，浮現些許困惑，接著恍然大悟。

「白公子是以為，吳某設計陷害載宗兄嗎？」

被如此直白的反問，白紹常臉色乍青乍紅，一口氣險些沒喘上來。他生活在京城權貴圈裡，從小浸泡在蜜罐子裡，誰說話不是七彎八拐、隱晦謹慎，就算要懟人也會給個臺階讓人下，哪像吳幸子這般？

「不，我……」白紹常咬咬牙，沉吟片刻想起顏文心現在的狼狽，心疼地下定決心點頭道：「是，畢竟都二十年前的事情了，怎麼會這麼巧，那個香囊還、還在賣？」

吳幸子同情地瞅著額上冒汗，雙拳緊握，身子繃得彷彿一根弦隨時會斷掉的白紹常，嘆了口氣，「一開始，吳某確實心有怨念，二十年前載宗兄向我討了二十三兩路費，那是我全部身家還要多，還借了縣裡的銀子。這是我心甘情願給的，怨不得載宗兄……白公子，您知道十兩銀子有多少嗎？」

意料之外的問題讓白紹常愣了愣，茫然地搖搖頭，聽到身後滿月嗤地一笑，滿滿諷刺，他臉色一脹，羞憤地點頭，「知道，不是什麼大錢。」

而這又有什麼關係？

吳幸子將懷裡的湯婆子緊了緊，神色平淡道：「吳某在家鄉的衙門當了一輩子師爺，月俸四百錢，另有大米布疋些許，一個人過日子還過得去。然吳某不才，直到這把年紀才有了十兩銀子的家底。」

白紹常愕然地瞅著他，不明白為什麼說這些。

吳幸子顯然也不認為他能想明白，語氣依舊淡淡地續道：「我剛得到消息，聽到載宗兄一舉中了狀元，在京城娶妻做官，再也沒回故鄉的打算時，心裡難免還是怨懟。您說得是，吳某發現香囊出自何處時，是有了些計較，但說到底是我識人不清，總要想辦法把日子過下去，替夏大根打官司並無其他用心，也未曾想過真能承下這份情。」

吳幸子說起官話來語調軟糯，溫和得像燒不開的水，有些音總會糊在一起，更顯得性子和順不爭，白紹常卻莫名縮起肩抖了抖，臉皮還隱隱有些麻痛。

他算是懂了，吳幸子正在告訴他，顏文心原本就是頭白眼狼，在最窮困的時候也要從對自己好的人身上剮下一層皮，卻半點沒想要回報一二，而吳幸子卻賠上全部身家及大半生，就為了顏文心曾經的幾句甜言蜜語，他是真沒有心力去恨顏文心，只能勉強把日子過好。

「可是……」白紹常仍想掙扎，他前幾天求著父親好不容易見到天牢裡的顏文心一面，曾經溫潤如玉、風采令人心折的男子，在逼仄黝暗的牢房中彷彿明珠蒙塵，傲然得腰骨未被折斷，卻讓他心疼不已。

顏文心並未與他說上一句話，只是靜靜地瞅著隔著一扇木條門，卻猶如天涯之遙的他，淺淺地露出一抹笑。白紹常狼狽地逃出天牢，茫然地回到家中後在屋裡痛哭一場。

他想，也許能從吳幸子這邊找出點什麼，說不定能幫上顏文心。

吳幸子開口道：「白公子，吳某只問您一句話，您要是能回答我，我願意在海望面前提兩句話保一保載宗兄。」

這不啻是個好消息，白紹常精神一振，不錯眼地盯著吳幸子無聲催促。

吳幸子微微垂下腦袋柔聲細語道：「當年載宗兄對我說的一席話，他為何一字不差地說與你聽呢？」

白紹常睜大眼，粉唇半啟卻發不出聲來，倒是滿月在後頭又嗤地笑了。

「我、我不知道……」好半晌，白紹常才憋出一句回答，整個人彷彿都失了魂。確實，他再怎麼想替顏文心開脫、再怎麼想指責吳幸子利用他，都回答不出這個問題。

那個香囊，是顏文心送給他的，那句愛語也是顏文心親口對他說的。

「白公子，請回吧。」吳幸子心裡嘆息，他不好再多說什麼，眼前的男子肩膀已經垮下，搖搖欲墜的模樣太過可憐。

「那你說，你告訴我，他為何說了一樣的話？」白紹常卻不肯走，他眼眶通紅，雙目布滿血絲，彷彿要瘋魔似的。

吳幸子被看得抖了抖，求助地看了滿月一眼。他性格軟糯，在明知道對方只差一根稻草就要被壓垮的狀況下，真的不願意把話說清楚，白紹常年紀還輕，過個幾年總會看透顏文心的用心險惡，總能慢慢恢復本心的。

誰知滿月卻故作不見，專心致志地盯著窗外雪景，簡直能從雪地裡看出一株花來。

吳幸子沒法子，只得自己送客，總不能告訴白紹常，顏文心會說同樣的話，是因為在他心裡不論白紹常也好，當年的吳幸子也好，都是一樣的，在當下有顏文心需要的價值，等得到他要的轉頭就能把人拋下，再也不見。

若不是皇上需要白紹常反咬顏文心，若皇上當真打開始就被顏文心瞞在鼓裡，若皇上真的信任寵愛顏文心，在白紹常藏匿了通敵文書後，在護國公府的報復下，如今也得落得和顏懷秀一樣的下場，死得不明不白。

面對一個總歸要死的人，顏文心哪裡會多費心思想什麼愛語呢？二十年前他用來麻痺吳幸子的話語就挺好用，對付毫無城府、被養得純粹天真的白紹常，動之以情是最簡單的，一只香囊定情，足以把白紹常的心緊緊抓在身邊。

即便事已至此，白紹常不也仍懷抱一絲希望？還盼著顏文心對自己確有情義嗎？

「你、你真不能……」白紹常咬著牙眸光瀲灩，妄圖垂死掙扎。

「白公子，吳某明白你的心意。你想替載宗兄謀生天，是人之常情，可……」吳幸子眉頭緊鎖，質問道：「你為何不直接求皇上，反來找海望呢？謀逆通敵是大罪，滿朝文武無人敢替載宗兄說上一句話，皇上恐怕也正等著沒眼色的人撞進來，好一網打盡的，你這是要陷海望於不忠不義。」

白紹常猛地抽顫了下，臉色先是煞白接著脹得通紅，張著嘴吶吶無法成語。

「你想護著載宗兄，而在下只想護著海望……你……回去吧。」吳幸子起身送客，態度是少見的強硬，連滿月都露出訝異的表情。

「我不……你幫幫他！他當年與你也有一段情，你難道完全不念舊情嗎？他在京城為官，必須娶妻生子，你為何不能體諒他？他沒回去找你，也只是不願意你傷心罷了！你為何要恨他？恨到現在還拉著我陷害他？你……」白紹常瘋了一樣哭吼，全沒有原本的風采，狼狽可憐。

吳幸子憐憫地瞅著涕淚交錯的白紹常，對他的哭喊彷彿聽而不聞。

倒是滿月不再袖手旁觀，乾脆俐落地點了白紹常的啞穴，拎小雞一般把人給抓走了，省得繼續擾人安寧。

第八章　一生一世一雙人

吳幸子縮進關山盡懷裡蹭了蹭，

「這是我們在一起的第二個新年了。」

「是啊。」關山盡想起去年，忍不住低低笑了。

「我有好東西送你，你想不想看？」

「送我？」吳幸子眼裡都是好奇。

「你肯定喜歡。」關山盡撇撇嘴，眸底有些許鬱悶。

關山盡回府時，見到的就是一個人捧著涼掉的湯婆子、坐在椅子上發呆的吳幸子。

「怎麼了？」關山盡連忙上前將湯婆子拿走，握住吳幸子凍得指尖嫣紅的手，小心翼翼用內力烘暖。

「噯，沒什麼。」吳幸子搖搖頭，皺了皺鼻尖後冷不丁打個噴嚏。他雖然穿得暖和，屋裡燒了地龍，但北方太冷了，手老是冰涼冰涼得用湯婆子溫著，氣喘得稍微大一些還容易鼻腔發癢，可憐兮兮地一串噴嚏打完，人都蔫了。

「嗯？」關山盡哼笑，把人摟進懷裡，一塊兒窩在椅子上，一邊搓著掌心裡的手指，「我聽滿月說了，白紹常來見你，要你在我面前替顏文心求情？」

兩人心意相通後，關山盡就不大會對吳幸子隱瞞什麼，說話也少拐彎抹角。

「噯。」吳幸子點點頭，不自覺往關山盡懷裡縮了縮，「他年紀輕，一時半刻想不通也在所難免。我就是想回馬面城了，還有過年祭祖的事兒……」

「我知道你想回去，京城冷又無聊，馬面城你那院子裡的菜圃也不知怎麼樣了。當初離開時還記得把能吃的都摘走，也只有你這老東西能想到這些。」關山盡忍不住打趣。

「噯，生得那麼好不摘走吃多可惜，你那時候看我走了肯定生氣，要是看到那些菜還在，還不一口氣踩爛了撒氣？」吳幸子舔舔唇，親暱地用手指摳了摳關山盡的掌心。

「哼，你知道就好。」分明只是大半年前的事，卻恍如隔世，關山盡還記得自己看到吳幸子離開後，在空無一人的臥室中茫然痛苦，他氣得腦門發痛，咬得牙齒喀喀作響，恨不得立刻把吳幸子抓回自己身邊，卻又擔心嚇著了他。

兩人摟著親熱，關山盡低頭吻住吳幸子，舌頭靈巧地在他口中搜刮舔弄，直把人吻得喘不過氣了才退開。

吳幸子才剛吸了口氣又被吻住，綿綿密密弄得他渾身發軟，目光朦朧，而關山盡的手也摸進他衣服裡，隔著中衣搓揉一頓，直把人摸成一攤春水，倒在寬厚懷抱中喘不過氣來。

「來，摸摸，這大寶貝可想你了。」關山盡拉著被自己的體溫炙得發燙的手按向自己胯下，那兒早就鼓起一大包，手剛摸上去就興奮難耐地動了動。

吳幸子低低叫了聲，卻捨不得把手移開。這些日子發生太多事，他可想念關山盡的鯤鵬了。掌心底下的大東西顯然也想他想得緊，還沒上手揉呢，就氣勢洶洶地又抽了幾下，沉甸甸地敲在掌心上，燙得像團火。

「不見見他？」關山盡含著吳幸子的耳垂低笑，滾燙的氣息吹入耳廓中，燙得人渾身發癢，氣息都亂了套。

「想見……」吳幸子哪裡抵擋得了如此赤裸裸的誘惑？他咕嘟嚥口唾沫，依然覺得口乾舌燥，抖著手解開關山盡的褲腰帶，正想摸進去，卻突然有些近鄉情怯，一手隔著褲襠布料小心翼翼虛握著大鯤鵬，一手羞羞澀澀地轉個彎，按在關山盡肌肉精實的下腹部揉了揉，老臉紅通通的，雙目濕漉漉地瞅著關山盡，期期艾艾不敢真往下摸。

「騷寶貝，你這是害臊還是存心吊著為夫呢？」

吳幸子軟軟地瞪了他一眼，貼著下腹的手往下滑了半寸又停下，剛好停在鯤鵬上方的毛髮邊上，關山盡忍不住低喘一聲，目光如餓狼似地瞅著懷中看似羞澀其實大膽的人。

「你膽子肥了。」惡狠狠的話語中滿是寵溺，吳幸子這會兒連耳尖都紅透了，卻依然只用指尖在毛髮的邊際上輕搔，撩撥起漫天慾火，關山盡真恨不得直接把人推倒辦了。

可他正打算動手，房門卻被敲了敲，滿月的聲音在外頭響起：「主子、夫人，俗話說冤有頭債有主，不是滿月不懂得看臉色，實在是……唔，魯先生想見主子，鬧起來了。」

魯澤之回到京城後的日子可以說過得很不舒心，無論外頭沸沸揚揚傳了什麼，打他回護國公府後，便幾乎見不著關山盡了。

國公夫人與他是同鄉，也是因著國公夫人當年的引薦，他才成了關山盡的老師。然時隔經年，他與關山盡分開一次，重逢後國公夫人便從未掩飾過對他的不待見。

在吳幸子出現前，國公夫人疼愛兒子，對他的存在睜隻眼閉隻眼，有了吳幸子這個老東西後，國公夫人連敷衍都懶了。

魯澤之儘管被關山盡護得太好，養廢了，腦子不夠好使，性格又如菟絲花般，可畢竟不是個傻人，哪裡感受不到自己的尷尬處境？

他原本等著，等關山盡再回到他身邊，他就不信這十幾年的感情，比不上一年不到的新人深厚。關山盡是依戀自己的，魯澤之總這麼說服自己。

可看他等到了什麼？白紹常入國公府他並沒放在心上，他明白這是個陷阱，自己甚至還添了磚瓦。

可他的本意絕非陷害關山盡，畢竟他後半生的榮寵都與這個男人牽扯不清，讓他再回家鄉當個教書匠，魯澤之是萬萬不樂意的。

他只是想把關山盡的心拉回自己身邊，即使手段有些見不得人，可結果是好的就行。

果然，白紹常害關山盡打入天牢，護國公府一時風雨飄搖，吳幸子銷聲匿跡也不知是不是逃回清城縣了，他總算把關山盡身邊的人清理乾淨。海望是他從小看大的孩子，什麼樣的品性魯澤之能不知道嗎？薄情寡義、愛憎分明、殺伐果斷，誰人犯他，必千百倍報復回去。一旦恨上了，今生都不會回頭。

吳幸子先逃了一次，已經惹得關山盡痛恨，這回又攀上別的高枝，在護國公府遇險的時候都沒出面表示一二，關山盡還能愛他疼他？

所以魯澤之安心地躲在護國公府後院等待，滿月不讓他去天牢探望關山盡，說是主子的交代，那種地方汙穢陰森，不想髒了魯先生的眼。

魯澤之知道，海望總是心疼自己的。

然而他等了又等，數個月過去，京城飛雪連天，白紹常已經被逐出國公府，關山盡也拿回原本的差事，顏文心通敵案沸沸揚揚，就是總蝸居在自己小院裡的魯澤之都知道得鉅細靡遺，卻怎麼也等不到他心心念念的那個人。

這日，魯澤之醒來，外頭銀裝素裹，前夜下起大雪，他的院子積了層厚厚的雪，屋子裡燒著地龍暖得彷彿陽春三月，他披了外袍走到窗邊，推窗往外看，雪地纖塵不染、潔淨可人，竟然連一個腳印子都沒有。

他明明住在京城裡、明明住在護國公府裡，整個大夏朝首屈一指的權臣世家，天子之下幾乎無人可及。他卻發現自己彷彿被天地給遺忘了，猶如一座孤島，無人關心、無人探問……

「來人！」魯澤之握著手，明明暖得後頸冒汗，卻從骨頭裡直顫抖出來。

等了半晌，並無人回應，他拉高聲音又喊：「快來人！」

這次總算有人遠遠跑來。

直到這時候魯澤之才驚覺，自己身邊竟然已經沒有所謂的貼身侍從了！

來的是個大丫鬟，臉色冷淡，微微喘著氣，看來她跑了段距離才趕過來，大冬天的鬢角卻隱隱汗濕。

丫鬟抹去了汗，恭恭敬敬地福了福，「魯先生，請問有何事吩咐？」

「叫海望來見我。」魯澤之已經端不起高潔冷淡的架子，他心裡現在很慌，慌得口不擇言。

大丫鬟輕皺了下眉，語氣依然冷淡：「魯先生，不是奴婢不替您轉告，實在是世子不是誰都能輕易見得到。」

「我難道是隨便的人嗎？去，去把海望叫來，一日為師終身為父，他能有什麼藉口不見我？」他做了那麼多、等了這麼久，怎麼能忍受關山盡的疏離？

似乎沒料到他會這麼說，大丫鬟訝異地抬頭瞥了眼魯澤之，答道：「好吧，奴婢替您將話帶給管家。」

「無須透過管家，我想見海望還需要管家傳話嗎？妳直接將他叫來！」過去在馬面城的時候，他身邊隨便一個奴僕都能直接帶話給關山盡，有誰敢阻攔？魯澤之完全不認為今時不同往日，海望將自己從喜堂上帶走了，還能不喜愛自己嗎？

大丫鬟不多廢話，她也是見多識廣的，這種一朝失寵還不願意面對現實的人太多了，她該怎麼做就怎麼做，用不著多勸解什麼，省得惹禍上身。

見大丫鬟領命而去，魯澤之仍無法安心地摳著自己掌心，他心裡隱隱約約明白，對方並不是真的去見關山盡，而是依然把話帶給管家而已。

他今日是否能見到關山盡，還是個未知數。

但，他又能怎麼辦？

魯澤之憮憮地關上窗，在桌前坐了好長一段時間，心裡紛亂異常，一點主意都沒有。

直坐到腰都痠了，他才猛然回過神，失魂落魄地望著窗外。此時他一咬牙，穿上與當年和關山盡在燈會上重逢時一樣的衣裳，將自己打扮妥貼，也不穿氅衣襖子，就這樣一身單薄地走出房門，一腳將雪地踩出痕跡。

雪花很快化為水滲入鞋襪中，沒幾步路魯澤之就凍得臉色慘白泛青，嘴唇都微微發紺，纖細身軀宛如雪中幻影，在不甚明朗的冬陽下罩著一層粉金。

這下沒人敢再晾著他，實則小院外就站著兩名親兵，聽見裡頭傳來聲響，入內一看，嚇得臉色大變，連忙上前想勸魯澤之回去。

「我要見海望，見不到他我就不回去。」魯澤之已然凍得四肢發僵，但仍硬著頸子站在雪地裡，一字一句說得緩慢卻清晰。他知道自己不能退縮，今天再見不到關山盡，他一輩子都會被軟禁在這個地方。

「這……魯先生，小的立刻就替您帶話給大將軍，只是外頭太冷，您還是回屋子裡等吧。」親兵之一溫聲勸解，回頭對同袍揮揮手，看來確實是去叫人了。

然而魯澤之現在的腦子前所未有地清楚，不會輕易被唬弄過去，關家軍有事一向先報給滿月，滿月再決定需不需要呈報給關山盡，這點小事肯定直接被滿月給攔下。

魯澤之太過清楚滿月有多不待見自己，他要是真回屋去等，就沒有下次機會了，畢竟滿月有的是手段讓他好吃好住地活著，卻一生離不開這個院子、那個房間。

「沒見到海望，我不回去。」饒是魯澤之已經連呼吸都覺得痛苦，他仍不肯妥協。

親兵沒辦法，從外頭叫個小廝讓他灌幾個湯婆子進來，順道把魯澤之的堅持帶給滿月。看來，這位魯先生算是硬頸了一次。

滿月得到消息著實厭煩，這魯先生好好的日子不過，時不時整些么蛾子，到底求什麼？都不回頭瞧瞧自己幹些什麼嗎？但，再厭煩也不能真讓人凍出好歹，滿月只好硬著頭皮去找關山盡。

果然，關山盡幾乎忘了自家後院還有這號人物，要不是吳幸子就在邊上聽見稟報，關山盡會不會心軟還難說。

總算，魯澤之盼到關山盡的探望，卻也同樣盼到另一位他從未想過的人。

關山盡並非獨自前來，他一身暗色狐裘，襯得他更加面如冠玉、丰神朗俊。

魯澤之雖然抱著湯婆子，卻早已經凍僵，連想掙脫親兵的扶持，迎上前都沒辦法，也因此慢了幾步才注意到關山盡身邊的人。

「你、你怎麼會……」他牙關喀喀作響，打從血液中竄出一股比外頭白雪更冷的氣息。站在關山盡身邊的是吳幸子。

魯澤之自然早已不記得這個人的姓名，卻忘不了那張平凡無奇的老臉，小眼睛，一張厚嘴唇，看起來親切又畏縮，眼下裹在一襲毫無雜色的銀色狐裘中，臃腫得可笑，在雪地裡一腳高一腳低走得岌岌可危，關山盡卻很有耐性，溫柔體貼地摟著他慢步而行，眼中的疼愛歡喜藏都藏不住，彷彿盯著眼前的人就擁有了三千世界。

就是魯澤之再傻，也知道怎麼回事，關山盡這段日子陪著的人，就是眼前的老傢伙！

「海、海望……」魯澤之幾乎出不了聲，他感到一陣暈眩，前所未有地慌亂起來。

「老師怎麼不在裡頭等？」關山盡這才施捨般朝魯澤之睞了眼，隨即將視線轉回吳幸子身上，柔聲問：「冷了吧？要不我抱你走一段？」

魯澤之的院落因被刻意冷落，竟無人記得替他掃掃院子裡的積雪，吳幸子一個南方人肯定走得萬分艱難，關山盡哪裡捨得？

「別別別，就幾步路而已，我能行的。」吳幸子老臉一紅連忙搖手拒絕，還有外人看著呢，他也不是孩子了，哪能讓人抱？

「踩進雪裡鞋襪都得濕，你會凍壞的。」關山盡不樂意地皺眉，二話不說在吳幸子的驚叫中輕鬆把人打橫抱起，「這才幾步路而已，抱著不礙事……話說，你是不是又瘦了？怎麼感覺輕了？」說著掂了掂手上的重量。

吳幸子羞得渾身僵硬，細聲辯解：「哪裡瘦了？這些日子你也好、薄荷及桂花也好，都緊著餵我，大冬天的哪兒也沒去，腰上都長肉了。」

「我先前怎麼沒摸出來？」關山盡低頭用鼻尖蹭了下吳幸子的鼻頭，就他看來吳幸子就是瘦弱，怎麼養都養不胖，在京城裡不趕緊補補怎麼成？待回了馬面城又得瘦了。

「還沒摸到那兒……」吳幸子老實答完後才驚覺自己說了什麼，連忙摀住嘴，臊得不敢往魯澤之在的地方看。

噯！這還有外人呢！

魯澤之赤著眼看兩人親熱膩歪，卻無能為力。

關山盡也似乎才想起還有人等著自己關注，總算又瞅向魯澤之，「老師凍壞了吧，老胡還不快扶魯先生回屋子。」

親兵得令半點不敢怠慢，半扯半抱著將魯澤之拖回屋子裡，看眼前這人癡癡地看著大將軍，忍不住嘆了口氣低聲勸：「魯先生，命中無時莫強求，將軍會保你最後的臉面。」

「誰讓你說話了！」魯澤之根本聽不進這句話，虛弱地將親兵推開。

既然如此，親兵也懶得多言，他也是一路看著以前大將軍如何寵愛魯澤之，而這魯先生又是如何惺惺作態，吊著大將軍不說，心還挺大意圖攀附上樂家，可惜人心不足蛇吞象，大將軍這樣的男子，還能被如此耽誤玩弄嗎？活該兩頭落空，恐怕連最後的體面都保不住了。

關山盡很快就抱著吳幸子進屋，顧不得自己鞋襪褲腿都濕透了，小心翼翼把人放在椅子坐好後，將內力逼於掌心烘了烘吳幸子有些凍著的臉頰，等老傢伙臉上透紅了，才吩咐親兵叫人送新的鞋襪來，順便把院子裡的積雪給掃乾淨。

一切交代好，關山盡貼著吳幸子身邊坐下，笑吟吟看著魯澤之問：「老師今天找學生來有什麼吩咐？」

「海望……」魯澤之一身單薄的衣物濕了大半都黏在身上，他本就長得清麗宛如水月觀音一般，雖被凍得嘴唇發紫仍楚楚可憐，眼底滿是克制的哀怨與期盼，要是一年前的關山盡見了肯定心疼。

然而往事已矣，他竟連最後一點憐惜的尾巴都抓不住。

關山盡嘆口氣，「老師，你身上的衣服都濕透了，這麼冷的天，何苦如此苛待自己？不如換件衣裳再與學生敘話？」

魯澤之聞言咬咬牙，硬著頸子不回話也不肯動。

屋子裡暖得很，吳幸子已經脫下身上的狐裘，瞅著魯澤之髮上的雪花化成水滴往下落，既狼狽又脆弱。他開口想勸，但又想魯澤之恐怕不待見自己，只能訕訕地閉上嘴，拉了拉關山盡的袖子讓他勸。

沒成想關山盡竟作不知，他本就是個薄情寡義的，除了放在心尖上的幾個人以外，對誰都沒多少真情。魯澤之這般作態他只覺膩味得緊，哪有心思柔聲細語的勸？

對於關山盡的冷情，魯澤之可比吳幸子清楚得多，他不敢置信地盯著曾經那般寵愛迷戀自己的男人，拚命想從那雙看著自己卻冷情甚至帶著嘲諷的眸子裡，尋找一絲往日對自己的依戀。

可惜他注定要失敗了，關山盡顯然沒什麼耐性應付他，開口就道：「若老師無話想說，那海望便先行告辭。都說一日為師終身為父，護國公府供養老師一生也還辦得到，你不用客氣，好好住下吧，開春後學生將回馬面城戍守，你要是覺得護國公府住得尷尬，這些日子就挑選個地方，學生會為你置產，保你下半生衣食無缺。」

魯澤之聞言，腦中轟的一聲，克制不住地渾身顫抖。

他沒想到自己等了大半年卻等到這個結果，關山盡這是要撇清兩人間的關係啊！他怎麼能讓這樣的事發生！

「海望！你難道忘了嗎？是誰，在樂家喜堂上搶了我？是誰，把我拘在身邊十多年？又是誰，承諾過要與我攜手白頭？」魯澤之顫巍巍地起身，眼前赤紅一片，一步一步走向關山盡質問他。

「是學生在樂家喜堂搶了你，也是我將你留在身邊十多年，都是我。」關山盡嗤的一笑，眉眼邊的豔色足以迷得人神魂不屬，卻又凌厲得令人膽寒，「原來老師都記得。」

如何忘得了？魯澤之明白自己才華平庸，撐死了只能是個縣城裡的私塾先生，他本來可以安心過自己的小日子，沒見識過錦衣玉食的生活，他也是個安分守己的人。

但，為何偏偏讓他嘗到甜頭呢？關山盡又為何要招惹他？他離不開的，無論是關山盡的溫柔也好，護國公府能給他的富貴權勢，他每一樣都放不下！若讓他回去當私塾先生還不如、還不如……

「你是不是怪我？」魯澤之愴然問。

「怪你什麼？」關山盡已經懶得維持表面上的尊重，他知道魯澤之捨不下曾有過的榮華富貴，卻沒料到他能這麼不識好歹。

「怪我不肯給你……」魯澤之含首斂目，露出一截修長的頸子，彷彿承受不住風雪卻苦苦支撐著驕傲的翠竹，讓人恨不得將他摟入懷中，替他擋風遮雨。

「噢，你這麼想嗎？」關山盡笑了，他看著眼前仍矯揉作態的人，心裡除了厭惡，更多是感到噁心。

過去，他不介意抬舉寵溺魯澤之，就算知道魯澤之貪慕的是錦衣玉食的日子，對他雖不能說完全沒有愛戀，但終歸及不上貪婪與慾念。而眼下，明知道自己已經暴露了，卻仍想端著塵俗不染的架子，妄圖再次獲取他的關照，他堂堂鎮南大將軍還真是被當成一個傻子對待了。

「海望，不是我不願意接受你，而是男子之間畢竟有傷人倫，我魯家就剩我一支獨苗，我不能任性斷了血脈，這是數典忘祖啊！」

「巧合了，我關家也只有我一支獨苗。」關山盡撫掌大笑卻笑不達眼，厭棄地睨著一臉悲切無奈的魯澤之。

沒料到他會這麼不客氣地噎住自己，魯澤之惶然抬頭看他，被那雙豔得銳利的眸子燙得渾身顫慄。

「海望……你當真……不顧念我們過去的情誼了？」魯澤之悽悽惶惶地問，那模樣關山盡不心疼，吳幸子卻有些同情他了。

「魯先生，海望……」誰料，吳幸子才開口，魯澤之就惡狠狠剜去一眼，猛一箭步上前，伸手就朝他臉上搧去。

這巴掌魯澤之顯然是豁出去，用了全力，硬生生把吳幸子打得摔落椅子，臉頰高高腫起，整個人都懵了。

關山盡沒料到魯澤之敢在自己眼下爆起傷人，竟被他得手，一時反應不及甚至沒來得及伸手穩住吳幸子。他臉色瞬間沉下，猙獰得彷彿地獄修羅，恨不得將眼前人剝皮剔骨，伸手就扼住魯澤之咽喉將他往地上摜。

魯澤之渾身顫抖，他血氣還沒完全恢復，這一巴掌幾乎令他脫力，又被關山盡毫不克制地摜倒，霎時眼前一黑險些暈厥過去，卻還是撐著最後一絲自尊才勉強保持意識，可頭昏眼花的根本爬不起身，眼睜睜看著關山盡如珠如寶地扶起還沒緩過神的吳幸子，碰都不敢碰臉上的五指痕。

吳幸子還是頭一回被打得這麼嚴重，他伸手想捂臉，可一碰到那熱辣辣的痕跡就疼得直抽抽，怪不得以前有一個縣官愛罰人打嘴巴，除了羞恥之外還疼，比其他地方都疼得多了。他有些暈乎乎的，耳朵裡嗡嗡作響，眼前看東西都略有些模糊，甚至都沒反應過來打他的人是魯澤之。

關山盡俐落地將他扶起，臉上表情看起來比他還疼，手掌虛虛撫過腫起來的地方，顯得不知所措。

「我、我沒事嘶——」吳幸子才開口就扯到臉頰上的傷，直麻疼到肩膀，眼眶都濕了。

「別說話，這能不痛嗎？」關山盡心疼又氣惱，他緊緊把人摟入懷裡，又小心翼翼避免壓到傷處，心中恨不得把魯澤之給千刀萬剮，更氣自己太過托大，忘記被逼到絕境的兔子也會咬人，魯澤之不敢對自己放肆，可對吳幸子撒氣卻是敢的。

「魯澤之，原本看在你陪過我幾年的份上，想給你留些臉面，保你下半生衣食無缺，你就是這麼報答我，嗯？」關山盡輕手輕腳把吳幸子安置回椅子上休息，一眼沒看魯澤之，輕柔的低語纏綿如情話，卻足以令人膽寒震顫不已。

魯澤之咽喉上半圈紅腫，簡直像套了圈繩，足見關山盡剛剛對他起了殺心，恐怕是擔心嚇著吳幸子才收斂些許力道。他現在渾身散架似地疼，咽喉腫起，呼吸也顯得困難，嘶嘶的吸氣聲，粗嘎得像破風箱，要不是扶著桌沿根本站不穩。

饒是如此，魯澤之仍不甘心，也不願意相信，他滿是哀怨地瞅著關山盡，淚水順著蒼白臉龐往下滑，又一滴滴落在地上。

他們在一起十多年了！他最好的年歲都在關山盡身邊，關山盡怎能說不要他就不要了？

「你怎麼能如此狠心？我自認沒有對不起你什麼，當你最艱苦的時候，是我陪在你身邊的！是我，讓你離開那西北那吃人的大地！是我，讓你活得像個人！你又是如何回報我？」魯澤之拚著嗓子不要，終於捨去了長年來高高在上、不染塵俗的架子，指著關山盡哭吼。

他怎能不哭？他真恨不得再打吳幸子幾巴掌！看那老東西現在什麼作態？一臉畏縮可憐，像屋簷下躲雨的雜毛雞，憑什麼讓關山盡上心？這老傢伙甚至勾搭了別的男人！

「你沒對不起我？」關山盡聞言挑眉，彷彿聽到了天大的笑話般縱聲大笑，笑得魯澤之心慌，咬著嘴唇強撐，卻藏不住瑟瑟發抖。

「魯先生，我的好老師，你再說一次，你真沒對不起我過？」關山盡的笑聲戛然而止，輕柔地又問一次。

魯澤之下意識縮起肩，他心虛了，他知道關山盡現在氣到極點，就等著他回答出錯要出手整治了。但……魯澤之咬咬牙，那件事滴水不漏，關山盡肯定不知道的。

所以，他搖搖頭，愴然道：「要說為師對不起你的話，也就曾動過與樂三小姐結親一事，可你也知道，為師心裡頭掛記的是你，樂三不過是娶回來為了傳宗接代罷了。你能任性不延續血脈，我不行啊！時至今日，你竟然仍不肯理解為師的苦楚？海望，你能怪為師無法信任你嘴裡的深情嗎？」

如此情深意切又苦澀無奈的訴說，著實打動人心。可關山盡唇邊掛著淺笑，依然連個眼神都懶得給他。

吳幸子臉上的掌印腫得厲害，這會兒被抹上一層薄薄的藥膏，長年軍旅關山盡習慣在身上攏些外傷瘀傷的藥救急，藥膏帶著沁人的香氣，恰到好處地鎮住腫脹與疼痛，吳幸子的神情也舒緩了許多。

關山盡捧著老傢伙的臉細細檢查，唇角有些許裂傷，也敷上藥，萬幸沒咬傷舌頭或臉頰肉，他這才鬆口氣，安慰似地在吳幸子唇上啄了幾個輕吻。

魯澤之氣得肝疼，直想衝上前撕開兩人。

「海望！」

「老師，您別急，學生不會忘了你。」關山盡淡瞥一眼，又仔細搓揉了吳幸子一回，才滿意地把人安置在離魯澤之較遠的椅子上，自己擋在兩人之間，看來是打算好好把這筆爛帳算清楚了。「老胡，讓人端茶點進來。」

「是，大將軍。」屋內的騷動外頭親兵聽得清清楚楚，可沒有大將軍吩咐，他們不敢擅自進入，只能守在門外等消息。老胡手腳俐落，很快就送來茶與點心，目不斜視將東西放下就跑。

嘖嘖嘖，看來魯先生這回要倒大楣了，大將軍看來氣得不輕啊！是不是該通知滿副將一聲？老胡關上門前偷偷打量了下屋內情勢，決定還是先通知滿月，免得後頭的事不好處理。

姑且不管老胡究竟為何擔心，屋裡確實氣氛詭譎。

吳幸子見到茶水點心眼睛就亮了，他被打，受了驚嚇，正需要點甜的東西緩緩神呢，雖然臉頰還疼，可阻止不了他拿起棗泥糕一點點用門牙蹭著吃。

關山盡也端起茶啜了口潤喉。

「老師，過去種種，那是學生心甘情願的，是誰負了誰，都隨前塵往事忘了吧。你心裡清楚，當年你對我有多少情意，又有多少是攀附利用，只能怪學生自己目障了。」關山盡全然不打算留一絲情面給魯澤之，他們之間的感情債誰都不乾淨，一筆爛帳索性忘得乾淨。

魯澤之開口想替自己辯解，關山盡卻懶得聽，果斷舉起手阻止魯澤之說話，一雙鳳眸冷冷凝視眼前人，「可，回京城後，你做了什麼，自己心裡沒有數嗎？」

聞言，魯澤之猛地抽搐一下，不可置信地瞪大眼，看向關山盡的眼神簡直跟見鬼似的。他抖著嘴唇，發出幾個不成調的嘶嘶聲，咽喉的傷太重，適才又吼了幾句，這會已經發不出聲音。

「本將軍一直在想，白紹常如何能知道那個密室的位置，還知道怎麼進去？他剛進府，我怎麼可能讓他進書房？你說，在馬面城那幾年，你進過本將軍的書房嗎？」關山盡端起茶撇去浮沫，施施然啜了口，而魯澤之抖如篩糠，蹒跚地退了兩步，腳下一踉蹌幾乎摔倒。

他什麼話也說不了，只能搖頭，一開始是不可置信地緩緩搖動，接著越搖越用力，搖得髮絲亂了，臉色蒼白得像是死了一般。

「別晃了，你就是把腦袋晃落在地，做過的事也不會憑空消失。」關山盡一臉厭煩，長指敲了敲桌面繼續道：「馬面城的書房本將軍沒讓你進去過，怎麼會在京城漏這麼大一個空隙讓你鑽呢？魯澤之啊，你若是要榮華富貴，本將軍可以給的，就當念在那十多年的情誼上，護國公府養個廢人也不費勁。你為什麼，要背叛本將軍，替顏文心暗害護國公府呢？」

這其實是個測試，關山盡想知道魯澤之會自私自利到什麼地步，才刻意與母親聯手用白紹常刺激魯澤之，為的就是想看看，當自己的地位受到威脅時，魯澤之究竟會不會背叛他？

結果令人心寒，魯澤之還真咬上了顏文心的餌，透露了密室的位置。

魯澤之哭得梨花帶雨，他張口想辯解，想告訴關山盡他只是怕自己被白紹常比下去、怕關山盡不要他了，他並沒有想害護國公府的意思！他只是不想離開關山盡！

可魯澤之什麼話也說不出來，嗚嗚啊啊，好不容易才擠出嘶啞的一句：「海望……」

關山盡看著他可憐的模樣，似乎有些心軟，嘆了口氣起身去扶他，魯澤之彷彿溺水的人抓到浮木，死死反握他的手臂不敢放。

「老師，我知道你只是想陷害白紹常，讓他被逐出護國公府，讓我身邊只有你一人。」關山盡柔聲細語道，憐惜地伸手替魯澤之將散落的髮勾回去，那模樣，和過去幾乎沒有分別，宛如一碗濃郁的蜜水，可以把人溺死在其中再也不願離開。

魯澤之點點頭，一聲又一聲粗嘎地喊著海望。

「魯澤之啊，我知道你不聰明，但卻從不知道你這麼蠢。」明明仍是彷彿情話般的絮語，包裹的卻是冷礪如淬了毒般的詞句，魯澤之瞬間就懵了。

關山盡不等他回神，動手將他摜在地上，勾唇笑道：「你用護國公府的安危換自己的前程，最後不都是鏡花水月嗎？你這把槍不但好用，又沒有麻煩，怪不得顏文心願意用你啊！護國公府垮了，你拿什麼繼續你的錦衣玉食、風花雪月，嗯？」

魯澤之張著嘴，吶吶無法成言，他直到這時候才終於轉過彎來，終於懂了自己做出多愚蠢的決定。

「魯澤之，你好自為之吧。滿月會安排你的去處，以後別再出現在我面前了。」關山盡摸出帕子擦了擦雙手，彷彿碰了什麼髒東西，厭惡地將用過的帕子扔進一旁的火盆裡燒掉。

魯澤之仍痴痴傻傻地坐在地上，雙眼無神地看著關山盡抱起吳幸子，推門離去……

「海望——」

魯澤之離開得無聲無息，也再沒見到關山盡一面，全由滿月安排。

滿月也並沒有苛待他，給了一筆錢，替他在故鄉買了宅子與幾畝良田，後半輩子就算不教書，收田租日子也都過得去。

倒是吳幸子恰巧見到魯澤之離開，那日關山盡被皇上叫進宮去，他偷偷摸摸想上街買剛出爐的梅餡糕，好巧不巧就這樣撞上了。

魯澤之已不再是一身纖塵不染的白衣，他裹著看不出是灰色或米色的大襖子，臉色蒼白、雙頰凹陷，沒有了曾經那種翩然出塵宛如謫仙的模樣，眼尾刻著細細的皺紋，並不顯眼，卻也難以忽視，憔悴得讓人難以直視。

他也瞅見了吳幸子，目光直直落在前些日子自己打了一巴掌的部位，神色扭曲地勾起唇角，既像怨恨也像嫉妒，還有濃濃的後悔與不甘心。

魯澤之身後跟著一個小廝、一個丫鬟，不遠處停著輛牛車，正催促他趕緊上車，否則出發太晚，趕不上鄉鎮歇息打尖，這大冬天的也太折磨人。

吳幸子張口想問候魯澤之兩句，他心裡明白對方有多怨恨自己，可他對魯澤之卻沒有太多厭惡，無論如何，當年確實是魯澤之讓關山盡不再沉溺於西北慘烈戰事留下的鬱鬱。

可魯澤之卻側身很快躲進牛車中，小廝和婢女對吳幸子告了聲罪後，匆匆駕車上路了。

吳幸子目送牛車遠去，久久沒有回神。

「主子？」薄荷拉拉他的袖口，輕聲問：「主子，巧食軒的梅餡糕已經出爐了，再不去就買不到了，咱們去嗎？」

「啊，去，去去去，唉……」吳幸子這才如夢初醒，收回視線朝薄荷笑笑：「薄荷啊，妳說我是不是太心軟了？也不知道魯先生以後的日子過得如何。」

「甭管他過得如何，都與主子您沒有干係了。」薄荷沒有吳幸子那麼多軟和的想法，在她看來魯澤之完全是自作自受，當初大將軍那般疼寵他，卻把這種真心任意揮霍，活該到頭來空夢一場。

「是啊……」吳幸子個性雖軟，卻不是個拎不清的人，感嘆幾聲後就恢復了精神，興沖沖帶著薄荷往巧食軒的方向小跑去，就怕再晚些真的啥也買不到了。

冬天就這樣和和美美地過去，關山盡趁著還有空閒，整天與吳幸子膩在一塊兒，有時候早晨起來用過早膳，關山盡就摟著人窩在暖洋洋的書齋中，他自己手上拿著一本書，吳幸子手上也拿著一本書，兩側桌上擺著茶水糕點，各看各的、各吃各的，肆意消磨時光。

也因為關山盡得空，一日三餐都經他的手，他怎麼看吳幸子的身形就是不滿意，可勁地搗騰補品吃食，硬是把老傢伙餵胖了兩圈，兩頰都長肉了，抱在懷裡軟綿綿的，這才算滿意了。

護國公及夫人都懶得管這妻奴似的兒子，老關家的種騙不了人，甭管定下來前多瀟灑肆意，一但認定了心尖上的人，就恨不得把自己拴在對方腰帶上走到哪兒都要帶著。

吳幸子過得滋潤，就是有件事讓他心裡發堵，幾次想與關山盡敞開心扉說道說道，臨到頭又畏縮起來，拖著拖著竟過了年。

這個年他沒能回家祭祖，關山盡倒是都安排好了，派人替他回清城縣盡孝心，待開春南下再好好祭一次祖，順道稟報兩人打算結契的安排。

京城的年特別熱鬧，大年三十鄰近子夜時，半個京城天空都是燦爛耀眼的煙花，一叢一叢火樹銀花，有百子圖、倒春圖、福祿壽喜、百蝶穿花等等，看得人眼花撩亂，吳幸子腦袋越仰越高，張著嘴半天都合不上，還險些一個踉蹌仰頭摔倒，多虧得關山盡眼疾手快一把將人摟住，索性雙雙席地而坐，半仰半躺將天上煙花看個仔細齊全。

「海望，我從沒看過這麼漂亮的煙花。」吳幸子嘆息。

煙花整整放了半個時辰，空氣中隱隱夾帶著火藥的焦味，待子時一到滿大街都是鞭炮劈裡啪啦的聲響，震耳欲聾又歡快非常，護國公府外也掛了兩串鞭炮這時正放著，但關山盡和吳幸子並沒有走出去查看，兩人摟抱著坐在自己院落中，凝視著重回黑暗的夜空，星子過了好一會兒才又點點亮起。

「你喜歡？」關山盡低頭啄了啄吳幸子髮頂，用大氅將兩人裹得密密實實，遠遠看過來彷彿一個人似的。

「喜歡。」吳幸子連連點頭，不捨地將目光收回，縮進關山盡懷裡蹭了蹭，「這是我們在一起的第二個新年了。」

「是啊。」關山盡想起去年，忍不住低低笑了。那時候他和吳幸子兩人壓根沒交心，他甚至都沒查覺自己對吳幸子早已心生愛戀，否則怎麼會吃那麼大的醋，撕了鯤鵬榜呢？

關山盡摟著已經打起哈欠昏昏欲睡的吳幸子搖了搖，柔聲哄著：「我有好東西送你，你想不想看？」

「送我？」吳幸子用臉頰在他胸口磨蹭幾下，眼裡都是好奇。

關山盡從不吝惜送他東西，卻不會特意邀功，畢竟對關山盡來說送點小東西連心意都算不上，沒什麼好說嘴。

「你肯定喜歡。」關山盡撇撇嘴，唇邊雖帶笑，眸底卻有些許鬱悶，吳幸子看出來了，心裡更加好奇，瞌睡蟲一股腦兒都跑乾淨。

抱著人起身，關山盡摟著吳幸子回房，先塞了個湯婆子給他暖手，又交代他在椅子上坐好別亂跑，這才走進裡間鼓搗一陣，再出來時手上拿著個紅漆木盒。這盒子別說多精緻了，一層層紅漆絲色澤飽滿，四面用金絲鑲嵌出梅蘭竹菊四君子，圖案並不大卻很細緻，好比那張梅花圖，米粒大小的梅花開了滿樹，連花心都清清楚楚，彷彿是真的梅花縮小了直接嵌進漆盒。

這盒子是漂亮，可吳幸子讚嘆過後不禁有些疑惑，這樣的東西不像是關山盡會特意拿來獻寶的。

「我要給你的不是盒子，是盒子裡的東西。」關山盡還能看不出老東西眼裡的迷茫嗎？他寵溺地笑笑，捏了把吳幸子的鼻頭，這才將盒子打開塞進他手中。

裡頭，是一沓紙。

吳幸子困惑地又看了關山盡一眼。這沓紙上似乎寫了什麼、畫了什麼，他躊躇了下，才伸手把紙拿出來攤開來看。

「這是……」接著吳幸子倒抽口氣，眼裡頓時浮現一抹淚光，感激又感動地瞅著關山盡，「海望這些都是……鯤鵬圖？」

「是。統共三百六十張，是我從大夏各地精挑細選出來的。」關山盡心裡既得意又悶氣，眼看吳幸子感動地落了淚，連忙伸手替他抹，「哭什麼，喜歡不喜歡？」

「喜歡，很喜歡……」吳幸子連連點頭，怕自己的眼淚滴下來沾濕鯤鵬圖，連忙將三百多張圖都塞回盒子裡蓋起來。

「噯，海望……海望……」他早就對鯤鵬圖沒有那麼大的興趣了，都記不得自己多久沒去翻那個寶貝藤籠，卻沒想到關山盡還記得他這點羞人的小興趣。

胸膛脹得滿滿的，卻什麼話也說不出來，吳幸子本就口拙，只能一聲又一聲輕喚關山盡的字，整個心神除了眼前的男人之外，再無其他。

「我知道你喜歡看這些小玩意兒，以後咱們可以一起看。」關山盡捧起吳幸子的臉親了親，接著把人摟入懷中，「咱們年年歲歲都在一起，嗯？」

「好。」吳幸子用力點頭允諾，他的心是滿的，早已不需要這些鯤鵬圖了……不過，還是有些在意就是了。

外頭鞭炮聲已停，兩人耳中聽到的唯有眼前人的呼吸及心跳，綿綿長長……

（正文完）

番外一　滿月之記得當時年紀小

「我是想……你……明天要去西北了？」蘇揚躊躇著問道。

「是，明天要去西北找主子了，你有話想我替你帶去嗎？」

「我沒什麼話想同他說。」蘇揚撇撇唇，「我是、我是……擔心你。」

「擔心我什麼？我人還沒去西北呢。」

這麼多年了，滿月總摸不透蘇揚的心思。

（一）

從百年前，滿家嫡系長子就一直跟在當朝護國公身邊。一開始，護國公關家替皇上打天下的時候，關家軍的二把手就是滿家，向來忠心耿耿。後來皇上禁私兵，滿家嫡長子就進了正規軍，繼續跟在主子身邊衝鋒陷陣、出謀劃策，總是不離左右。

不過養兵實在傷元氣，後來幾位皇上又重文輕武，兜兜轉轉後儘管擔心幾個大將軍擁兵自重，但仍然對豢養私兵睜隻眼閉隻眼，只要別鬧出事來，在邊防養幾百幾千甚至幾萬私兵，皇上都只裝做不知道。

也因此，滿家與關家無論公私都關係緊密，可謂是唇齒相依。

在這前緣下，滿月五歲不到就跟著父親去拜會未來的主子。畢竟，護國公嫡子向來在十二、三歲便被扔進軍中替自己掙前程，身為滿家嫡子就算年紀比較小，要晚幾年追隨過去，這輩子也注定要和主子共進退的。

關山盡頭一回見到滿月的時候，是個暖洋洋的春日。

他正和皇商蘇家的二公子蘇揚喝茶，說實在話他並不大喜歡應付蘇揚這個人。關山盡天生薄情，偏偏又天資聰穎，儘管對誰都少了幾分真心，卻連護國公夫婦都沒察覺兒子的孺慕之情多半是裝出來的。

蘇家儘管只是皇商，地位差護國公府有如天塹，可卻很受皇上信任重視。護國公身為天子近臣，自然要和主子喜歡的人打好關係。

再說，蘇家家主為人謹慎謙和，與人交際的手段高明又令人如沐春風，這樣的人是可以結交的，一來二去，關蘇兩家倒真成了世交。

蘇揚可以說是蘇家的異類。

當了幾代皇商，地位一直很穩固，蘇家在教導子孫上自然花了大心力，雖不敢說每個孩子都是英才，但都是謙遜慎微、懂得看人臉色的人精，京城裡提到皇商蘇家，誰不是豎著大拇指滿口稱讚？儼然是皇商中的第一世家。

卻不知為何，蘇揚明明與兄弟們接受同樣的教誨，性格卻極為張揚任性，隨著年歲漸長非但沒有收斂，反到更加鋒芒畢露，幾乎誰都入不了他的眼。雖說，蘇揚能這樣肆意妄為，最大的原因在他有能力這麼驕傲。

不到十歲的年紀，看起帳本來已然頭頭是道，甚至抓出幾筆有問題的帳目，免除了之後會有的數個麻煩。更有甚者還攛掇著大哥開了間食鋪子，只賣豆腐做的菜，不但口味令人驚嘆，陳設布置也打中京城貴人們的軟肋，沒幾個月就熱火朝天地成為京城中最有名氣的幾家食鋪之一，每日往來都是達官貴人，賺個盆滿缽滿。

蘇家家主一看，這孩子性格上雖短處甚多，可幾乎有點石成金的能力，那麼……好吧！隨著他去了！蘇家要保一個人也還保得起。

而這樣的蘇揚，能和關山盡結交上，也著實出人意料。

關山盡倒是沒特別喜歡或厭惡這個比自己小一歲的朋友，蘇揚卻顯然很喜歡關山盡，不時就往護國公府跑。

這天，蘇揚帶著一盒點心來找關山盡。不得不說，在吃上頭，蘇揚也頗有天分，他自己雖十指不沾陽春水，卻很有些奇思妙想，嘴也挑剔，盯著廚房做出來的菜餚點心都引人食指大動，能放到餐館裡賣。

兩個小少年在院子中喝茶吃點心，關山盡有點心不在焉，蘇揚卻絲毫不在意，自顧自講著京城近日發生的大小事，頗自得其樂。

滿月就是在這時候跟著父親出現在兩人面前。

時年四歲多的滿月還差三四個月才滿五歲，小小一個，粉嫩嫩、軟乎乎，他比一般同年齡孩子來得豐腴些，露出來的手臂像白白胖胖的藕節，嫩得彷彿能掐出水來，一張圓圓的小臉上，眼睛、鼻子、嘴巴、耳垂也都是圓潤圓潤的，肌膚白裡透著粉紅，看起來簡直像顆紅豆餡兒的湯糰。

他看起來膽子不大，小手緊緊抓著父親褲腿，小身子大半都藏起來，為了黏著父親，他走得跌跌撞撞、步履蹣跚，卻說什麼也不肯鬆開手。滿父試了幾次想將兒子從小腿後頭抓出來，卻次次被靈巧地閃開，最終只能無奈放棄。

關山盡多看了兩眼，他倒是挺喜歡這個討喜的小東西。

蘇揚反應就更直接了，一雙桃花眼瞅著小滿月，幾乎捨不得移開視線。

「少主人。」滿父拱手對關山盡問安，接著低頭對滿月道：「還不快向少主人問好？」

滿月躲在父親腿後，只探出小腦袋奶聲奶氣地叫了聲：「關家哥哥好。」

關山盡不冷不熱地嗯了聲，轉頭對蘇揚說：「我與滿叔叔有要事商談，你先回去吧。」

關山盡此時也才八九歲，還是個小豆丁，氣勢卻很夠，嫩嫩小臉上的淡漠，充滿威儀，讓人不敢輕待。

蘇揚心不在焉地應了聲，指著滿月，「那這個娃娃怎麼辦？」

「他是關家軍以後的副領，自然要跟著見識見識。」關山盡理所當然地回道，對蘇揚失望又不甘心的表情置若罔聞。

「滿月跟著爹，不會亂跑的。」滿月也連忙開口，藕節般的胖嘟嘟小手，更使勁地抓住父親的褲腿。

「這麼個小豆丁能懂什麼事？他連要叫你少主都不知道，聽聽他叫了啥？關家哥哥。」蘇揚卻不肯輕易放棄，對滿月露出一抹壞心眼的笑，「小胖子，你說你叫啥名字？」

顯然沒被叫過小胖子，滿月瑟縮了下，圓圓的大眼一眨立刻水霧瀰漫，但仍乖乖地回答：「我叫滿月。我不是小胖子。」

「你還不胖？見過滿月嗎？」蘇揚笑得更壞了，也不管滿月的父親就在眼前，說話一點遮攔都沒有。他對滿父也算熟悉，知道眼前這名高大強壯、彷彿一頭黑熊似的男人性格內斂溫和，斷不會因為孩子的幾句戲言生氣。

「見過……每個月十五都有滿月，娘會帶著滿月坐在院子裡看滿月。」小滿月臉上滿是認真，可半張小臉卻縮在父親腿後，成了個半月。

「哦，既然如此你應該知道，天上的滿月是圓圓的，而地上只有小胖子是圓圓的。」蘇揚一席話似乎說得小滿月啞口無言。

就見嫩嫩的粉糰子，半張小嘴彷彿想說什麼，可卻因為年紀小，搜腸刮肚也想不出反駁的話來，怯生生的表情慢慢皺在一塊兒，幾乎快哭出來。

滿父也好，關山盡也好，儘管就在一旁，卻對眼前一切恍若未見，更給了蘇揚使壞的底氣。

「怎麼就要哭了？這麼嬌貴，一句重話都說不得？」

「不是，滿月沒有想要哭。」小粉糰子抿抿唇，奶聲奶氣地又強調了一回：「滿月沒有想要哭。」

「哼，傻胖子，當我是瞎子？」蘇揚撇撇唇，忍著沒出手捏滿月脹紅的小臉蛋，那雙濕漉漉的大眼睛瞅得他心肝顫，嘴裡卻依然半點不留情。

「滿月不傻也不是胖子。」滿月看來真的快哭了，細細的白牙咬著嘴唇，圓嘟嘟的鼻尖抽了抽，眼眶紅通通的。

至此，蘇揚總算滿意，他也不是真想弄哭滿月，只是想逗逗這個小粉糰罷了。他輕咋舌，掂起一塊核桃糕在滿月面前晃了晃，「喏，給你甜甜嘴，小胖子這麼愛哭可不行，你還是不是男子漢呢？」

「滿月是男子漢大丈夫。」滿月挺了挺胸，眼裡滿是渴望地看著蘇揚手上的核桃糕，可又害怕眼前這個壞心的哥哥，躊躇著不敢上前接下糕點。

「男子漢大丈夫連塊點心都不敢拿嗎？」蘇揚嗤的一笑，瞇起眼，惡狠狠道：「喏，你要是再不來拿，我可就把點心都吃光啦！」

滿月聞言終於鼓起勇氣，小心翼翼地從父親腿後走出來，圓滾滾的小身子穿著一套粉青色的衣衫，整個人都像顆皮薄餡兒滿的湯糰，一點一點挪向蘇揚。

蘇揚真恨不得把眼前的小豆丁抱進懷裡搓揉，他也是有幾個同族的弟弟妹妹，四五歲年紀的兩個，卻從沒認為那兩個弟弟可愛，每回看到都覺得煩，壓根沒興起過想親近的心情。

「哥哥，多謝你的糕。」滿月怯生生地站在蘇揚跟前，他人小腿短，小腦袋剛比椅面高出一些，恰好能把整張小臉擱在蘇揚膝頭，這角度看得蘇揚再也忍不住發癢的手指，想都不想就狠狠擰了滿月肥嫩的臉頰一把。

簡直像是剛發好的白麵糰！手感好得蘇揚又捏了兩把，直將滿月兩頰上捏出兩道指印，小豆丁彷彿被嚇懵了，瞪著大眼睛要哭不哭，全然不知所措。

「叫我蘇哥哥。」蘇揚還沒捏夠，但又怕把滿月捏哭了，這小團子可憐兮兮的，他可捨不得一開始就把人嚇壞了。

「蘇哥哥……」滿月癟著嘴，卻還是乖巧地叫他，目光直往蘇揚手上的核桃糕溜。

「哼，你啊你，都成滿月了還這麼愛吃，以後可得少吃點啊！」蘇揚說著，總算把手中的核桃糕塞進滿月嘴裡。

這核桃糕是他拉著家裡廚師，多次嘗試後才做出來的，打算之後開點心舖子時當招牌。核桃泥篩得又細又糯，吃進嘴裡有些細沙般的口感，用舌尖一壓就如春雪化在口中，甜而不膩還帶點桂花香氣，就連關山盡都多吃了兩塊，更何況滿月？

他摀著小嘴，驚奇又開心地瞪大眼，核桃糕做得小巧，但對四歲多的孩子來說還是大塊了些，臉頰被撐出一個小鼓包，然而不用費勁咀嚼，啜幾下就化了大半，從嘴裡甜到心裡。

「怎麼？好吃吧？喏，都給你。」蘇揚看著滿月露出笑容，越看心裡也越甜，他都說不清楚自己怎麼就一眼看上這個小豆丁，把剩下半盒的核桃糕塞進滿月懷裡，「別吃太快啊，小心你吃得太胖，哪天就飛上天真當了滿月。」

「謝謝蘇哥哥，滿月會慢慢地吃。」小粉糰緊緊抱著盒子，圓圓的小臉笑開來，臉頰上的指印突然變得異常惹眼。

蘇揚在心裡嘖了聲，隱隱有些後悔，可表情仍漫不經心的。

「玩夠了？」關山盡此時終於開口，他若有所思地看了滿月一眼，才瞥向蘇揚，「你先回去吧。」

「回去就回去。」蘇揚再怎麼不捨得，也知道不能踩關山盡的底線。他有些不甘地瞅著滿月，到底沒忍住開口：「滿月，你以後還來找關家哥哥玩嗎？」

滿月瞠大眼，先回頭看了看爹，接著望向關山盡，小嘴動了動躊躇道：「滿月以後要跟著關家哥哥帶兵打仗，自然不會找關家哥哥玩了，我們要做大英雄。」

「嘖，你繼續胖下去只會成為一輪明月，當什麼大英雄？」蘇揚出手又擰了滿月一把，

「好吧，我就當你會常來了，以後看到蘇哥哥，也要記得問聲好啊！」

「噢……」滿月晃了晃小腦袋，也不知是敷衍還是沒聽懂。

「蘇揚，你走吧。」關山盡沒耐性繼續讓蘇揚浪費時間，招來管家要他送客。

不得已，蘇揚只能悻悻離去。

接下來的日子，蘇揚幾乎天天上護國公府找關山盡，那熱乎勁彷彿恨不得直接把窩給挪到護國公府裡。

關山盡也懶得問他原因，還有什麼看不透的？打那日看過滿月後，蘇揚的目標是誰一目了然，倒是苦了滿月這個小娃娃。

原本吧，為了讓滿月與關山盡更熟悉親密些，小小年紀就被扔進主人家侍候了，儘管因為年紀太小，住半個月就讓他回家半個月，可對個不足五歲的孩子來說，離開父母家人，突然從大家掌心裡的珍寶，眨眼成了主人家的奴僕，再乖巧的孩子都受不住。

更別說身邊還有個虎視眈眈的壞心眼哥哥了。

蘇揚倒不是個壞的，就是性子彆扭，又任性妄為慣了，他喜歡滿月這個粉糰子，喜歡得不知如何是好，一開始還只是嘴巴上占些便宜，說些惡毒的話弄得小娃娃又氣又茫然無措，眼眶老是紅成一片，偏偏就是不肯哭。

一來二去幾個月，滿月習慣了蘇揚的惡毒口舌，被罵小胖子、笨胖子也只會眨著一雙大眼，奶聲奶氣地回答：「蘇哥哥，你要是不喜歡小胖子，滿月以後會躲著點的。」

這怎麼可以！蘇揚簡直要氣死了，要是見不到滿月，他天天跑護國公府又是為了啥？這笨團子怎麼能傻成這樣？可再怎麼生氣，蘇揚也不能真讓滿月躲著自己，只得消停些，絞盡腦汁想了幾樣特別的點心盯著廚子做出來後，全拿來餵給滿月，硬是把紅豆餡兒湯糰餵成了皮薄餡足的肉包子。

蘇揚這下可得意了，滿月真成了小胖子，他變著法餵，嘴上越來越惡毒，除了「胖子」兩個字沒再出口，什麼難聽話都沒少說過。大半年過去，滿月真開始躲著他了，關山盡也終於忍不住出聲警告他別再招惹滿月。

好好一個粉糰子，在主人家吃成肉包子，滿家夫妻還以為自家孩子不守規矩、好吃懶做，氣得罰滿月跪了兩晚上的祠堂，寫了上萬字的自省書，最後齊齊上主人家負荊請罪，國公及國公夫人勸了大半天才把人勸回去，再看到滿月時人已經瘦了一圈，那乖巧可憐的模樣，就是關山盡也有些過意不去。

乍然聽聞此事，蘇揚愣了愣，臉上神情五味雜陳，似乎想同關山盡辯解什麼，可嘴是張開了，卻好半晌也沒憋出句話來。

「你要是喜歡滿月，可以對他好些。」關山盡可沒客氣，唇邊諷刺的微笑別說多刺眼了。

「呿！我蘇揚什麼人，看得上那隻小豬仔嗎？還喜歡上了？哼！關海望，你眼睛還好使吧？我蘇揚能讓那樣的東西落我的價？」這一針又狠又準，扎得蘇揚一跳三丈高，氣得臉頰通紅，嘴上更加不饒人。

「豬仔還能論斤論兩地賣，你蘇揚什麼價我可不好說。」關山盡厭煩地擺擺手，阻止蘇揚繼續口無遮攔，臉色一沉警告道：「你喜不喜歡滿月我管不著，可，有些人最好別惹得他們真心起火，能燒出你一身血。」

蘇揚張張嘴，又恨恨地閉上，嘖了聲。

他是囂張肆意，卻不是傻子。蘇家風頭再盛，大夏再不貶抑商人，都畢竟只是平頭百姓，惹不起護國公，也惹不起關家的親信。

他仗著年少，又是關山盡為數不多的朋友，面對滿月確實有些過分了。他鬱悶地灌了幾杯茶水，見關山盡也不理會自己，專心看手上的書，更是悶得想扯頭髮尖叫。

半晌，蘇揚咬著牙問：「是滿月同你訴苦了？」

「滿月不會同我訴苦。」關山盡略帶同情地瞥了眼蘇揚，難得好心地又提點道：「你看人的本事還得再磨練磨練，滿月可沒有看起來的軟糯。」

蘇揚不以為然地嗤笑，顯然沒把關山盡的話聽進心裡。在他看來，滿月就是個軟綿好揉捏的孩子，才五歲的年紀，還能翻出他的掌心不成？

就這樣又過了半個月，蘇揚勉強忍著沒再去招惹滿月，某日他陪家中長輩來護國公府送禮，正打算去關山盡的住所找人喝茶，就這麼巧在路上遇見正坐在樹叢裡發呆的滿月。

小滿月又從包子瘦回了湯圓，比半個月前長大了些，小臉蛋紅撲撲、粉嫩嫩，沾了點泥巴隨意抹開，搞得灰頭土臉的模樣，身上穿著僕役的深褐色布衣，抱著膝蓋縮成顆小球，看起來很愜意。

蘇揚心頭一動，他忍了忍，本想裝作沒看見，可才走出兩步，就忍不住又繞回來，站在樹叢外盯著小滿月直瞧，簡直像餓了幾個月沒吃飯的野獸，眼眶都有些發紅，恨不得撲上去好好搓揉幾把這顆粉糰。

滿月彷彿對投注在自己身上的熱烈視線全然不知，他年紀尚小，手捏成小拳頭正笑嘻嘻地把玩一隻瓢蟲。儘管只是隻小蟲子，他卻玩得很開心，不時發出貓兒般細細的笑聲，一會兒讓瓢蟲順著指頭爬上指尖，在瓢蟲正要振翅飛走時，又用拳頭握住，咯咯笑個不停。

蘇揚猜想，這隻蟲子肯定是小胖子自己抓的，所以臉頰才會髒了一塊。他心頭搔癢，滿月很少在他面前這樣笑得無憂無慮，總有點畏怯害怕，他握緊雙手忍了又忍，在滿月一個不小心將瓢蟲放走，先是噘著嘴不甘心，後又瞪大眼驚喜地看著瓢蟲飛回來時，撥開樹叢走上前。

「小胖……小包子。」蘇揚才出聲，滿月就嚇得抖了抖，剛抓回來的瓢蟲又飛走了，這回越飛越遠沒再回頭，滿月可憐兮兮地抿了抿嘴，到底沒敢和蘇揚抱怨，臉上露出討好的笑，細聲細氣叫了聲哥哥。

「哼，一隻小蟲子而已，看你玩得倒挺開心啊。」蘇揚察覺滿月小身軀僵硬起來，臉上的笑容也不復先前的燦爛可愛，心裡頗不是滋味，語氣也變得酸溜溜。

「蘇哥哥別笑話滿月，滿月就是看小蟲子可愛……」滿月說著，小心翼翼地往蘇揚後頭偷瞧，似乎擔心被其他人發現自己躲在樹叢裡偷懶貪玩。

這一看，蘇揚就樂了。

「看什麼？你是不是在偷懶啊？」蘇揚說著上手就往滿月臉上擰了把，在粉嫩的臉頰上留下兩道指印，心裡別提多舒暢了。

「不是不是……」滿月吃痛也不敢伸手揉，圓亮的大眼裡擒著淚水，也不敢哭。「滿月很乖的，沒有偷懶。是王管家說我可以休息一會兒，晚些再去主子身邊服侍。」

瞧他認認真真的解釋，蘇揚心裡更是癢得不行，彷彿有幾百幾千隻小蟲在爬，他手指動了動，終於還是上前把小糰子抓進懷裡搓揉。

「嗳、啊……蘇、蘇哥哥……」滿月被揉得頭髮都亂了，手臂上也多了幾道指痕，小臉更是被掐得通紅。他被嚇得手足無措，像一隻鵪鶉似地縮著身體，儘管伸手想抵抗一二，奈何人小力氣輕，壓根不是蘇揚的對手，手指還被抓去咬了一圈齒印，驚駭得滿月連哭都不知道怎麼哭才好，整個人都僵直地傻住。

就這樣上上下下、又掐又捏又咬地搓揉了滿月一刻鐘，蘇揚總算滿意了。

「你這顆小包子身上怎麼這樣香？是什麼味道？」蘇揚仍抱著滿月，把鼻子貼在他頸側嗅了嗅，簡直像隻狗在聞肉骨頭。

滿月眨眨眼，顫巍巍地抹去眼角的淚花，渾身緊繃地回答：「滿、滿月不香，蘇哥哥別吃我，不好吃的。」

他臉頰上、脖子上、十指上都有齒印，差點以為自己就要被眼前這漂漂亮亮的小哥哥吞進肚子，這會兒嚇過頭，小聲地打起嗝來。

「別怕，蘇哥哥就算要吃了你也不是現在，你才多大？塞牙縫都不夠。」蘇揚這個年紀雖然聽過一些男女情事，但其實也還懵懵懂懂，只是隨意把以前聽哥哥調戲嫂嫂的私房話拿出來逗弄滿月。他就喜歡看小粉糰子欲哭不哭、可憐可愛的模樣，真想把這小糰子帶回家養，一輩子不給別人看。

滿月打嗝打得更凶了，聽蘇哥哥的意思，等自己長大、長胖之後還是要吃嗎？

「蘇哥哥，我、我真的不好吃，長大也不好吃的，別吃我好不好？」他鼓起勇氣哀求，求著求著眼淚就掉下來了，小小身軀抖得幾乎要散了似的，蘇揚可心疼壞了。

蘇揚這人是壞心眼了一點，也喜歡欺負滿月，可真看到懷裡的小東西這般可憐，小臉慘白掛滿淚水，就彷彿有針扎在心口上，人也有些無措。

「嘖，你怎麼就哭了呢？這大夏朝有什麼東西是我蘇家吃不起的？還需要啃你這隻小豬仔嗎？說笑罷了，你別再哭了啊！」他笨拙地拍了拍滿月的背，又用手去抹小臉上的淚，發現小東西還是哭個不停，可真的慌了，張著嘴半天說不出話，恨不得叫懷裡的粉糰子小祖宗，只求他能別哭了。

滿月是真的嚇得不輕，一時半會兒哭得停不下來，一邊哭還一邊打嗝，小臉從蒼白漸漸脹紅，幾乎連氣都要喘不勻，硬生生哭濕了蘇揚胸口的衣裳。

蘇揚自然是不敢再說什麼渾蛋話，他拍著滿月小小的背脊，反覆說他傻要他乖，承諾自己絕對不會吃了他，不管是現在還是以後長大、長胖了都不吃，他們可以拉勾的，拉了勾就是承諾，誰也不能違背諾言，否則會被天打雷劈。

「你別哭，別哭了啊……」蘇揚哄得口乾舌燥，頭一次後悔自己少不更事，竟然沒拿捏好把滿月給惹哭，就怕以後滿月更加躲著自己，可如何是好？

滿月倒是哭個盡興，他才五歲，擱在外頭還是個光屁股要猴逗狗與小夥伴們玩鬧的年紀，可在滿家已經要小心翼翼地學習如何服侍主家，稍稍頑皮些回家就要跪祠堂。

偏偏還不知怎麼招惹了蘇揚這個混世大魔王，滿月實在有些扛不住，眼淚一決堤就整整哭了兩刻鐘才抽咽地停下。

見他終於不哭了，蘇揚才鬆口氣，摸出懷裡的帕子替滿月抹臉，邊抹又忍不住嫌棄：「你說說你怎麼這麼能哭？逗一下都不行？看看，哭得這麼醜，以後誰要你？」

「滿月以後長大就不會哭了。」滿月齉聲齉氣地替自己辯解，但仍乖乖地讓滿月給自己抹眼淚。

「偶爾哭哭倒不打緊……」蘇揚收拾好滿月，也不在意帕子上滿是眼淚鼻涕，隨手又收回懷裡，鼻尖貼著滿月涼絲絲的頸側蹭了兩下，「你還沒告訴我，身上怎麼這麼香？」

滿月身上的味道極好聞，彷彿花香又不像花香，甜絲絲的又軟綿綿的，像一塊在陽光下散發著香氣的米糕，蘇揚嗅著嗅著牙根又癢了，恨不得上前啃兩口，花了一番工夫才勉強忍住。

「香？」滿月眨眨眼臉上滿是疑惑不解，他抬起手臂想聞聞自己，可蘇揚抱他抱得緊，根本動彈不得。

「是不是掛了什麼香囊……」蘇揚更用力蹭了滿月兩下後咕噥。

「啊……」滿月回想起了什麼，細細地輕呼一聲：「我娘給了我一個香囊，就掛在腰上。」

蘇揚一聽，動手就往滿月腰上摸。小孩的腰也是肥嫩肥嫩的，小肚子圓滾滾的，手感好得不行，他一寸一寸地捏，怎麼都捨不得撒手，好半天才摸到腰側上的香囊，直接扯了下來。

香囊不大，為了配合滿月的小身子才不過半個巴掌大小。布料倒是很不錯的，看起來像是從成年男子的衣物上裁了一塊布料下來做的，有些泛白的青灰色底料，上頭用淺色繡線，繡了「滿月」兩個篆體，繡工細緻飄逸，看得出做香囊的人有多疼愛滿月。

滿月似乎想搶回香囊，可蘇揚隨隨便便用一隻手就把小娃娃給制住，著迷地把香囊貼在鼻尖前，果然是滿月身上的味道。

「我喜歡這個，給我吧。」蘇揚頭一回這麼強烈地想要某樣東西，就算滿月這時候再次大哭，他也肯定不會鬆口把東西還回去。

沒料到蘇揚還能這麼強盜，滿月訝異地張大嘴，卻什麼話也說不出來。

「你要是乖乖把這香囊給我，以後哥哥就更疼你，好不好啊？」蘇揚哄誘道，已經自顧自把香囊繫在腰上了。

「可是……」滿月癟著嘴還想掙扎兩句，蘇揚瞇著狐狸眼瞅著他笑笑，小滿月立刻縮起肩膀像隻鵪鶉，討好又可憐地點點頭，「好的，送給蘇哥哥。」

蘇揚滿意了，在滿月臉上親了兩口，過足口癮後才心滿意足地放過他，飄飄然地往關山盡院子走去。

被留在身後的滿月盯著他的背影，直到看不見了，突然露出一抹燦爛的笑容。

自從得了滿月的香囊後，蘇揚就總是繫在腰上，去哪兒都不肯取下。

關山盡顯然是認得這個香囊的，第一眼看到香囊後微微蹙了下眉，盯著友人滿面春風的臉龐看了好一會兒，哼笑了聲沒說什麼。

蘇揚是真喜歡這香囊的味道，暖呼呼又甜絲絲的，一開始還只有醒著的時候戴著，後來連睡覺都要放在枕頭邊。

也不知道是不是這香囊的作用，滿月不再躲著蘇揚了，他原本就跟在關山盡身邊，說是服侍其實是跟著讀書練武，關山盡似乎挺看重這小豆丁，經常能看到主僕兩人拿著一本兵法低聲交談，或是小滿月拿著木製的刀劍，在關山盡身後跟著揮舞。

蘇揚又天天上護國公府了，他知道關山盡什麼時候休息，滿月肯定是跟著主子的，日日掐好時間，帶著點心上門。

兩個多月過去後的某天，關山盡剛練完劍，赤裸著上身拿著大巾子擦汗，一旁的小滿月也氣喘吁吁、小臉通紅，乖巧地拾掇自己，蘇揚坐在一旁的涼亭中，啜著手中的茶，人有些殃殃，臉色並不大好，細看之下隱隱泛青。

「你怎麼了？」關山盡難得關心了句。

「沒什麼。」蘇揚擺擺手，袖子往下滑了一段露出半截手臂，關山盡瞥去一眼後擰起眉頭，「手上怎麼回事？」

蘇揚這人養尊處優，渾身上下都是細皮嫩肉，連塊疤都找不著。可眼下他露出的那節手臂上卻布滿點點紅斑，令人怵目驚心。

「真沒什麼。」蘇揚連忙扯下袖子擋住自己的手臂，一邊偷偷往滿月看去，似乎怕自己的模樣嚇著了小豆丁。

滿月正在抹臉並沒有看到，這時剛抬起頭恰與蘇揚四目相接，眨眨眼後露出一抹笑容，蘇揚瞬間就心花怒放。

「我今天帶了新做的豌豆黃，豆泥特意濾了七回，糖用的是蓮香糖膏，豆香和蓮花香氣都不奪味，這會兒還是冰涼的，快吃快吃。」蘇揚說著拿起竹籤，叉了一塊豌豆黃往滿月眼前湊，大有想直接餵進嘴裡的意思。

滿月也已習慣他的舉動，看了關山盡一眼後，乖乖張開嘴把豌豆黃咬進嘴裡，蘇揚別提有多滿意，伸手把滿月摟進懷裡，一口一口餵他。

關山盡冷眼旁觀了片刻，確定蘇揚衣領下也有一片紅疹，幾顆疹子已經往頸側蔓延，要不了多久恐怕衣服都擋不住。那些疹子的模樣挺磣人，一整片都是細細的突起，紅得彷彿滴血，頂端帶些白，要是抓破了肯定會留疤。

饒是關山盡看了都覺得毛骨悚然，肌膚莫名也癢了起來。

滿月就在蘇揚懷裡，不可能完全沒看到那些疹子。但偏偏小豆丁平靜得可怕，小口小口吞著豌豆黃，乖巧地聽蘇揚說渾話也沒反駁，甚至偶爾還應和兩句，把蘇揚逗得更是心花怒放，都顧不得在大庭廣眾之下，嘖嘖地親了兩口滿月嫩乎乎的臉頰。

這可有趣了。

關山盡掂了塊豌豆黃進嘴裡，垂下眼唇邊勾起一抹充滿興味的冷笑。

又過了幾天，蘇揚突然沒有到訪護國公府。關山盡一開始沒放在心上，他本就嫌蘇揚礙眼，每天在眼皮子底下竄，看了實在心煩。

可蘇揚這一消失就消失了大半個月，關山盡才輾轉得知友人病了，儘管不是重病卻很麻煩，大夫看了幾次都沒看好，說是又發燒又發冷，身上大片大片嚇人的疹子怎麼抹藥吃藥都好不了，聽說那些疹子還癢得不行，一抓就破皮，一破皮就流出微稠的汁水，要等三天才會結痂且肯定得留疤，蘇家沒辦法只好把蘇揚暫時綑在床上，避免他忍不住搔癢。

直到皇上知道蘇揚病了，便派御醫去給他看病，御醫倒是看出來蘇揚身上的疹子是因為銀花芷，對症下藥後確實好了不少，誰知過沒兩三天突然又猛地發出更嚴重的疹子，這回蘇揚連喉嚨都腫了，癱在床上哼哼唉唉，就剩半口氣的樣子。

如此往復了四回，蘇揚整個人真正脫了一層皮，病情才終於穩定下來，疹子也退了，可人也廢了一半，沒十天半個月恐怕將養不好，暫時沒能再去叨擾關山盡。

「唉，也不知道這孩子怎麼就受了這種罪。」國公夫人忍不住感嘆，她是挺喜歡蘇揚這孩子的。

關山盡沒回話，低頭吃了幾口菜，心裡已經猜到蘇揚受罪的原因。

用完飯，他與父母告辭回到自己的小院，滿月正在院子裡蹲馬步，小臉上都是汗水，衣服也濕了大半，但仍認認真真，不敢有半絲馬虎偷懶。

關山盡看著眼前這粉糰子好一會兒，才出聲道：「今天就到這裡為止吧，去小廚房吃了飯後就回來，我有話問你。」

「好的主子。」滿月聽話地收勢，抹了抹身上的汗便跑去吃飯了。

關山盡泡了壺茶卻沒喝，卻用手指沾了些茶水在桌上寫了「銀花芷」三個字，盯著水痕漸淡字也消失了，似笑非笑地勾起唇角。

滿月吃飯一直挺快，不到兩刻鐘就吃飽又跑回來了。

「主子。」他乖乖地喊了聲，關山盡抬頭乜他一眼。

「坐。」指了指身邊蘇揚慣常坐的位置要滿月坐下。

「好的主子。」滿月也不客氣，他扭著小屁股跑過來，利索地爬上了有自己一半高的椅子，規規矩矩地坐好，「主子，您想同滿月說什麼？」

「你知道蘇揚前陣子病了嗎？」關山盡懶得拐彎抹角，劈頭就問。

「蘇哥哥病了嗎？」滿月顯然吃了一驚，圓亮的雙眼眨了眨，掩飾不住擔憂地問：「那現在蘇哥哥病好了嗎？要不要滿月替主子去探望他？」

那情真意切的模樣，看得關山盡忍不住笑了。

「你倒關心蘇揚。他兩天前好了，雖然脫了一層皮但小命保下了……也不能這麼說，他本就沒有性命危險，只是那病麻煩了些。」關山盡用指尖敲了敲桌面，沉吟：「御醫說他這病是因為銀花芷造成的。銀花芷雖是常見的草藥，但有些人對銀花芷會有排斥，一旦沾上了草汁就會起疹子，輕易好不了。」

「所以蘇哥哥排斥銀花芷嗎？」滿月摀著小嘴驚呼，大眼裡都是驚惶後怕。

「看樣子是的。」關山盡深深覷了滿月一眼接著道：「但很奇怪，蘇揚小時候就因為沾過銀花芷的草汁而病了好一陣子，從此之後自己也非常謹慎，從不會接觸銀花芷，連銀花芷的共生物也絕不會隨意碰觸，這回沒人知道他究竟是在何處沾上了銀花芷。」

「銀花芷的共生物？」滿月臉上都是好奇與求知若渴，關山盡勾了勾唇笑道。

「銀花芷的共生物叫做綠核果，這兩樣東西總是長在一塊兒，對銀花芷排斥的人，也不能吃綠核果，咱大夏有很多糕點裡的隱味都是綠核果，這也是為什麼蘇揚特別愛搗騰吃食的原因。他愛吃，卻不能吃綠核果，只好自己想辦法做。」

「原來如此啊。」滿月受教地點點頭，接著一臉坦然誠懇地瞧著關山盡道：「主子您放心，滿月都記下來了，以後也會替蘇哥哥多留心。」

「滿月，你是個聰明的，咱們明人不說暗話，我就直問了吧。」關山盡端起茶啜了口，目光如箭地鎖著又軟又嫩的滿月，「你不是早知道蘇揚不能碰綠核果與銀花芷嗎？」

聞言，滿月訝異地瞪大雙眼，小臉上都是無辜，反問道：「主子，您說的話滿月怎麼聽不明白呢？」

「聽不明白？」關山盡嗤笑，手指用力敲在桌面上，把滿月驚得縮起肩，皺著鼻頭，可憐兮兮的。

「你雖然才五歲，心性可不一般，也只有蘇揚那蠢蛋才會被你的模樣給騙了。在我面前用不著裝模作樣，省得我看了心煩，有的是辦法整治你。」

話都說到這個份上，滿月但凡不是個自作聰明的傻子，也該明白自己該怎麼做。

就見向來軟糯的小粉糰子綻放出一臉燦笑，接著帶些不甘心地問：「主子，你是什麼時候發現的？」

正如關山盡所言，滿月其實並不若外表看起來的甜軟無害，他是才五歲沒錯，卻不是個普通的五歲孩子。

他一歲就能識字，剛剛三歲就把四書五經看了個遍，讚一句天縱英才絕不算過份。

除了求知若渴，滿月的城府也非普通五歲孩子該有的深沉，有仇報仇、有恩報恩，在他心裡分得清清楚楚，更懂得用自個兒的外表扮豬吃老虎。蘇揚怎麼說也算得上少年英才了，又從小見識商場陰私，仍然被滿月吞得連渣渣都不剩，恐怕對誰說了都沒人會相信吧！這麼一個粉嫩的糰子竟能這麼狠心？還懂得步步為營。

「我一開始就看出來了。」關山盡無趣地撇撇唇，他頭一回見到滿月就是在這兒，身邊坐著蘇揚。那時候蘇揚對滿月出言不遜，而滿月僅管隱藏得很好，關山盡還是看出他眼眸中一閃而逝的憤怒與陰狠，那時候他就知道蘇揚總有一天會完蛋，而且連自己怎麼栽的都弄不清楚。

果然不出所料，蘇揚這一病沒將養個大半年恐怕連床都下不來，滿月也總算替自己掙來了清淨。

「一開始嗎？」滿月噘起嘴，更加不甘心，「都是蘇揚那蠢貨才害我露餡的，是嗎？」

「你會因為蘇揚而露餡，便說明你還太嫩了。不過，香囊用得倒是巧妙。」關山盡也不吝惜讚一句，順手替滿月斟了杯茶，「你把銀花芷磨成粉，用零陵香、丁香隱匿其香味，最後混上其他香料調製後裝在香囊裡，掛在腰上。你知道蘇揚定會搶走這個香囊，並隨身攜帶不會輕易取下，如此一來起疹子只是時間的問題，你只需要靜靜等待即可。」

要說滿月的計謀也很簡單，蘇揚喜歡帶點心來餵他，吃了幾回後滿月就察覺蘇揚帶來的點心裡，一定不會有綠核果的味道，這讓他腦中靈光一現。

為了輔佐關山盡，滿月自然得多學習各種事務，醫書就看了不少，他記得曾在某本醫書中看過，綠核果與銀花芷雖是常見植栽，綠核果經常入菜，口味淺淡卻別具香氣，很適合用在糕點裡當隱味；銀花芷藥性平和中正，幾乎可與所有藥材並用，嚐起來隱隱帶甜可以壓味，也適合穩定藥性。這兩種植物在大夏隨處可見，並不是多稀罕的東西。

但，偏偏有人就是對這兩樣植物天生排斥，無論是沾到、吃到，甚至嚴重些的連香味都受不住。這麼一個大把柄，滿月還有不用的道理嗎？他實在是受夠了蘇揚這人一張臭嘴，也不知道這傢伙為什麼這麼愛找自己麻煩。

就如關山盡所猜測的，滿月察覺蘇揚的弱點之後，趁著回家纏著娘替自己做了個香囊，裡頭放的薰香則是他後來偷偷換的，他年紀雖小，腦子卻好，混了銀花芷的薰香直到做好了都沒被發現。

之後他刻意讓蘇揚發現那個香囊，不出所料，蘇揚半哄半搶地把香囊拿走了。用不著多久，蘇揚身上開始起疹子。雖說香氣不比直接吃到或沾到，需要些時間慢慢發作，也因此，蘇揚怎麼也想不到，害自己重病在床的就是這個他愛不釋手的香囊。

也因為他總是戴著香囊，所以即使後來有御醫替他用藥，疹子仍反反覆覆無法痊癒，直到薰香淡去，才終於得以好轉。

當然，這一切也在滿月的計算之中。他本就只打算給蘇揚一些苦頭吃，沒真想讓他傷身害命，薰香的氣味會隨著時間消逝，其中銀花芷的味道更因為被壓制過，會散得最快，頂多吃兩個月苦罷了。

任誰也猜想不到一個五歲的孩子會有這般城府，不但把自己摘得乾乾淨淨，還讓人跌得不明不白，至今蘇揚都想不透自己究竟怎麼碰著了銀花芷。

「多謝主子讚美。」滿月喜孜孜地端起茶啜了口，大眼咕溜溜一轉問：「您不會要我去向蘇揚道歉吧？」

「道歉？」關山盡蹙眉神情頗為不解，在他看來，蘇揚這回跌了大跟頭都是自己不夠警醒，輕易被滿月給欺騙了，他先前提醒過幾次也沒見蘇揚會過意，那就是命中該有此一劫，怨不得任何人。

「因為我害他病得那般嚴重。」滿月又露出無奈愧疚的小模樣，大眼瞅著關山盡。

「你想道歉便去，用不著過問我。但，我把話放在這兒，你想做什麼我不管，可身為關家軍未來的副統領，你必須對我忠誠，要是再使這些小聰明試探，下回我就不客氣了。」關山盡露出一抹豔色逼人的微笑，伸手拍了拍滿月的臉頰。

滿月抖了抖，一股寒意從脊髓往上竄到腦門，他討好地笑了笑，乖巧地垂下雙眸不敢再試探了。

藉著蘇揚重病一事，關山盡和滿月這對主僕反而處得越來越好。兩人都是絕頂聰明的人，耐不住身邊有傻子扯後腿，若不是關山盡，放眼大夏恐怕沒多少人壓制得住滿月；而若不是關山盡同樣驚才絕豔，滿月也不會心甘情願地服侍這個主子，但凡關山盡稍稍露點怯，都可能被滿月給連皮帶骨吞了。

蘇揚也是倒楣，他偏偏招惹了滿月，平白無故成為主僕兩人互相試探角力的對象，在床上扎扎實實躺了半年才將養好。

待他再次到護國公府拜訪時，曾經那個軟糯的粉糰子已經不在了，滿月懶得繼續在他面前示弱裝無辜，一口伶牙俐齒懟得蘇揚天崩地裂，幾乎被氣得吐血偏又拿滿月毫無辦法，甩袖離去前指天指地的咒誓，此生再不見這扮豬吃老虎的豬仔，可過不了半個月蘇揚又耐不住對滿月的想念，忍著滿心不甘與尷尬，厚著臉皮又去了護國公府，逮著滿月又吵了一架。

如此經年，關山盡壓根懶得管，一到十二歲直接去了西北，而滿月也回自己家勤練武藝，等幾年後要追隨去主子身邊。

蘇揚這下真的再也難以見到人了，心裡那一個憋火啊，卻毫無辦法。他不敢去打擾滿月，畢竟西北戰況危險，滿月若被他擔誤精進武藝，萬一在西北出事可就糟了，蘇揚一輩子都不會原諒自己。

於是，他頂多偶爾帶著僕役到滿府圍牆外頭逛幾圈，假裝自己聽見圍牆裡傳來滿月的聲音，他便心滿意足。

這段孽緣就這麼勾勾纏纏了多年，滿月前往西北前一日，蘇揚再也耐不住想念跟害怕，命令僕役替他在滿府圍牆外架了梯子，他一位養尊處優的貴公子笨拙地順著梯子，打算爬進去偷見滿月一面。

也真虧蘇揚運氣好，滿月就這麼恰巧經過此處，他聽見牆外有人喘得跟風箱似的，幾乎要斷氣了，只見此人慢吞吞地爬上圍牆頭，臘肉似地掛在那兒半天都沒動一下。

那身衣服滿月覺得有些眼熟，很像某個多年不見的討厭鬼常穿的樣式，只是比過去要花俏了許多，袖口、領口、衣襬處都用銀色繡線繡了雲紋，陽光下閃著微光，在灰藍布料上別說多顯眼了。

滿月雙手環抱胸前，頗有閒情地瞅著那一團人，雖然看不到臉，但他已經猜到來者是誰。

牆頭上的蘇揚好不容易喘勻了氣，正打算閉著眼縱身往下跳，一旁卻傳來了聲音制止住他的莽撞。

「蘇揚，你別亂跳，別在我滿府中摔斷腿。」出聲的自然是滿月，他這時已經站在牆邊，仰頭笑咪咪地瞅著狼狽的蘇揚，心情不知怎麼挺好的。

「滿月？」蘇揚定睛一看，藏不住臉上的震驚。

他一沒料到自己才剛爬牆就遇到正主兒，二沒想到久未見面的滿月似乎又圓潤了幾分，看得他心頭搔癢。

「是我。」滿月點點頭，看蘇揚在牆頭搖搖欲墜，畢竟還是心軟了，也一躍躍上牆頭，坐在蘇揚身邊用手扶著他的腰，免得他真的摔下去傷著。

「你沒事偷爬牆做什麼？你知道這裡是哪兒嗎？」

蘇揚感受後腰上一隻肥嫩的手半扶半摟著自己，簡直想跳下牆頭繞京城跑一圈，好舒發自己心頭的快意！但他表面仍裝出一副高傲冷淡的模樣，輕輕哼了聲。

「能是哪裡？不就是你們滿家的後院嗎？」

「是後院不錯，女眷都住這兒。」滿月白他一眼，早知道不該給蘇揚好臉色，這傢伙也不知道什麼毛病，老愛同他針鋒相對。

「女眷？」蘇揚悚然一驚，沒忍住後怕地縮了縮肩，若不是他正巧遇上滿月，這一下牆可就麻煩了。一個外男偷摸著翻牆進女眷的住所，誰都會覺得他是為了偷香竊玉而來，蘇家可經不起他這樣丟臉啊。

滿月笑睨他一眼，回頭看了看架在牆上的梯子，和下頭扶著梯子滿臉擔憂的僕役。

「你說吧，為什麼突然心血來潮要來偷我滿家的香、竊我滿家的玉？這會兒住在後院的有我兩位堂姊，都恰好是二八年華，你是不是看上誰了？」

「胡說什麼，我蘇揚什麼身分？要什麼女人不是勾勾指頭就有了，還需要爬牆偷香？哼！」蘇揚硬著頸子揚起下巴，配上一身顯眼的繡紋，別說有多欠打。

滿月對他翻了翻白眼，有些後悔自己的心軟。

「好吧，蘇大少，是小的有眼無珠，你不需要來我滿家偷香竊玉，又為什麼要翻牆？」滿月正想縮回自己扶著他的手，蘇揚的身子就猛地晃了兩下，眼看要往牆下栽去，他趕忙改為半摟，整個人幾乎都被罩在蘇揚的身影下。

滿月今年也不過十二歲，他並不是特別高壯的個子，比不上已經十七歲的蘇揚頎長若松，要不是武功練得不錯，還真撐不住眼前的青年。

「你別亂動，當心真摔下牆，我滿家可賠不起蘇家的掌中寶。」

「不動就不動……」蘇揚自然不會在這種地方和滿月犟，他被摟著，心裡美滋滋的，也偷偷伸手把滿月圓潤的小身軀摟進懷裡。

兩人親親熱熱地窩在牆頭，怎麼看怎麼彆扭。

「你快說到底為什麼來爬牆？我可不想同你這樣掛在牆頭丟人現眼。」滿月再一次後悔自己難得心軟，他就應該放任蘇揚摔斷腿，看兩位堂姊要怎麼處置這個登徒子。

「我是……我是想……你……明天要去西北了？」蘇揚不好繼續嘴硬，他躊躇著問道，白皙臉龐漸漸發紅。

「是，明天要去西北找主子了，你有話想我替你帶去嗎？」滿月知道蘇揚和關山盡稱得上好友，這些日子西北戰況越演越烈，他爹都險些折在西北，蘇揚也許是掛念好友？

「我沒什麼話想同他說。」蘇揚撇撇唇，他與關山盡往來過幾次信件，好友在西北如何他心裡清楚得很。

「我是、我是……擔心你。」這話說得有些氣急敗壞，滿月疑惑地瞥了他一眼。

「擔心我什麼？我人還沒去西北呢。」這麼多年了，滿月自認擅於識人，卻總摸不透蘇揚的心思，要說他討厭自己嘛，又總是跟在他身後轉悠；要說他喜歡自己嘛，偏又經常調侃他。

世人都說蘇揚張揚肆意又才華卓絕，可在滿月眼裡，蘇揚哪兒都透著股莫名奇妙與好笑。

「你才幾歲，去西北還不危險？我不能擔心？」蘇揚像支炮仗一點就著，前一會兒還期期艾艾的，這會又氣得眼眶發紅，好像受了多大委屈似的。

「你愛擔心就擔心，我管不著的。」滿月聳肩，他早習慣蘇揚說變臉就變臉的脾氣，也不知什麼毛病。

「你不怕嗎？滿月，那裡是西北，聽說冬季最嚴酷的時候，吃人也是有的。」蘇揚心裡雖氣憤滿月的漫不經心，可想到懷裡的人明天便遠離京城前往西北戰場拚殺，擔心還是勝過自己的小脾氣。

「我知道，我爹也在西北，主子也在西北，那裡是什麼景象我比你要清楚得多。」要說不害怕那是不可能的，但害怕又能怎麼樣？滿月嘆了口氣，少見地在蘇揚面前又露出曾經那個軟糯甜蜜的樣子，臉頰在他肩上蹭了蹭，「別替我擔心，也別替主子擔心，我們都會平安回來的。」

「誰替你擔心了……」蘇揚嘴硬地咕噥，卻收緊了手臂。

最後蘇揚爬牆的事依然被滿家的小姐們發現了，她們怒斥著登徒子，接著卻見到自家的弟弟與那個登徒子摟在一塊兒，一片慌亂中雙雙摔下牆頭……

萬幸，滿月畢竟是個練家子，蘇揚又剛好成了他的墊背，竟然毫髮無傷，第二天瀟灑地離開京城前往西北。

而蘇揚運氣就沒這麼好了，不但被人認出來，京城還傳出他爬牆偷香，偷得卻不是嬌美伊人而是十二歲少男，還被逮個正著的流言。又因為摔下去時墊在滿月背後，前後夾擊下斷了兩根肋骨，在床上躺了大半年才痊癒。

（二）

蘇揚秉性不壞，脾氣卻很囂張彆扭。這種張揚不是被寵出來的，是他打娘胎自己帶出來的，當他還是個娃娃的時候，性格裡的短處就表露無礙了。

他一直很喜歡自己的奶娘，可惜這份喜歡，後來給奶娘帶來麻煩。那時他才一歲多，卻已經很會說話，粉雕細琢像個玉娃娃，任誰看了都喜歡。奶娘自然也疼愛他，當小祖宗侍候著，真是疼到骨子裡。

可也不知道怎麼了，某天開始蘇揚那張粉嫩的小嘴裡，就沒說過奶娘一句好話。不管奶娘怎麼做，一歲多的蘇揚就是能挑出錯處，弄得奶娘不知如何是好，怎麼哄都哄不好，甚至都驚動了蘇揚他爹。

既然自家兒子這麼不喜歡奶娘，那就換一個吧。蘇父大手一揮，把奶娘辭退了。奶娘離開後蘇揚哭了三天，可誰也問不出他為什麼哭，他還太小說不清自己的想法，他只知道自己最喜歡的奶娘不在了。

後來，蘇揚有了個貼身小廝，這小廝比蘇揚大了幾歲，為人乖巧老實，長得有些土氣，整天笑咪咪地陪在蘇揚身邊，不說累也不嫌苦。要知道，蘇揚這人非常嬌貴，完全吃不了一點苦，他就是在廚房盯著廚子搗騰吃食，也要搬兩張凳子進去，一張用來坐、一張用來靠腳。

相處了大半年後，蘇揚那張嘴又惹事了。他開始嫌棄小廝，一會嫌小廝動作慢、一會兒嫌人長得醜，還別說蘇揚口才挺好，變著法子嘲笑小廝的模樣，可以整一個月不重複一個詞，沒多久事情又鬧大了。小廝人是乖巧，但他爺爺是蘇家頗受倚重的老僕，哪能不心疼自己的孫子呢？一狀告到家主耳邊，小廝就這樣被調離蘇揚身邊，後來也幾乎沒怎麼再見過面了。

蘇揚這個人最大的短板，就是彆扭。

他自己說不明白，為什麼面對喜歡的人，他就管不住自己的嘴，什麼難聽話都能說出口，看對方無奈又生氣的模樣，心裡還有些許竊喜。

他想，自己肯定有什麼病吧？就連關山盡那樣的人，都知道要對自己喜歡的人好，可他就是彆扭。

等九歲他遇到了滿月，他幾乎是第一眼就喜歡上眼前的粉糰子，愛到不知道怎麼辦才好，自然見天地想辦法撩撥滿月、欺負滿月，直把滿月給惹毛了。他後來發現滿月並不是軟乎乎的湯糰子，反而是隻牙尖爪利的芝麻包子，便隱隱猜測到，當年反覆起疹子病了大半年，這當中恐怕有滿月的手筆，就是不知道滿月是如何讓他沾上了銀花芷。

即使如此，蘇揚還是喜歡滿月的，與奶娘、小廝的喜歡都不同，只要見到滿月他心裡就說不出的滿足，久沒見到心頭就空落落的，幹什麼都提不起勁來。

他都不知道自己是怎麼熬過滿月在西北的那幾年，一回神才發現，他手上的食鋪竟然開了十多家，每月營收少說有數千兩銀子，賺得盆滿缽滿，成了蘇家的頂梁柱之一。

半個月前，滿月從西北回來了，混在班師回朝的軍隊中，圓圓潤潤甚是惹眼。和三年前相比似乎又豐腴了不少，明明在西北那般辛苦，怎麼會又胖了呢？蘇揚坐在臨街的酒樓上，隔著簾子偷看滿月，既安心又不解。

西北這次大捷，把蠻族趕出數百里遠，一口氣除掉了他們的王及數位王子，只有最年幼的兩位在臣子的護衛下逃脫了，短時間內大概都無力再犯大夏邊境。

百姓聚在大道兩側迎接西北軍，京城裡瀰漫著歡欣的氣氛，深閨裡不少小姐們也會在丫鬟的陪伴下，在街邊酒樓的二樓包廂裡偷偷瞧一眼保家衛國的大英雄們，過去也曾經牽起幾對姻緣。

可西北軍恐怕是沒有如此美談了。西北軍剛一入城門，肅殺之氣帶著隱隱的血腥味撲面而至，幾萬大軍風塵僕僕，臉上多是雜亂的鬍子，要不就帶著幾道歪斜刀疤，那模樣比起惡鬼不遑多讓。雖說臉上帶傷、缺胳膊少腿的軍人，百姓也見多不怪，但像西北軍這樣眼神帶著空虛與掩蓋不住的戾氣，看得人渾身寒毛直豎，打從心底畏懼而非景仰的，可就不多見了。

他們與其說是人，不如說是從戰場上回來的妖魔，彷彿能從他們身上感受到西北荒漠上的凶殘殺戮。

在這樣一群惡鬼當中，圓潤帶笑的滿月更顯得惹眼。

他看起來有些疲倦，但精神還算振作，半仰著頭一一看過每個臨街的酒樓包廂窗戶，多數已經拉上簾子，有幾個沒拉上的也不見觀望的人影。滿月抿著唇彷彿在偷笑，突然伸手拉了拉身邊同袍，湊過去說了幾句話，那面無表情的高大男子愣了愣後，竟然也露出一抹淺淺的笑意。

蘇揚心頭一顫，頓時覺得喝進嘴裡的酒苦澀噁心，扭頭吐在地上，甕聲甕氣對僕役道：「走了，有什麼好看，關山盡那傢伙不是去西北打仗嗎？臉上沒傷也就罷了，人怎麼還那般雪白？白替他擔心了。」

「啊，主子，那……禮物還送嗎？」蘇揚身邊的僕役是個十幾歲的少年，個子雖稍嫌矮小，手腳卻很俐落，被取了個小名叫左思。

「往護國公府的禮物還是照樣送去，滿府的禮物就收回來吧。」蘇揚回頭又往窗外看了一眼，滿月已經隨著隊伍往前走了一段，這會兒只能看到圓圓的後腦杓。

蘇揚更加鬱悶，抬腿踢翻了桌子，氣呼呼地離開。

滿月剛回家不久，滿身塵土還沒能洗掉，管家就拿了一封信過來給他。

「誰給我的？」滿月看著信封上的筆跡，笑得瞇起眼。那字挺好看的，筆鋒銳利、骨幹卻偏陰柔，勾畫俐落但收尾卻有些氣虛，他腦子裡直接就跳出一個人。

「大少爺應該猜出來了，唉。」管家嘆了口氣搖搖頭，他怎麼就不明白，蘇家那位到底為何纏上自家少爺呢？

「蘇揚是吧。」滿月揉揉下巴，倒是挺好奇蘇揚為何這麼急著寫信給他，「王管家你先下去吧，蘇家要是再派人來找我，也不用攔著。」

等管家離開了，滿月也顧不得澡盆裡的水會不會涼掉，動手把信拆開，果然是蘇揚寫給他的。內容倒是不長，短短兩行話：一別三年，你這顆滿月都快溢出來了，西北軍糧都被你一個人吃了嗎？今天在你身邊的是誰？

誰？滿月盯著最後一句話愣了愣，猛地笑了出來。

看來，今天進城時蘇揚就在某間酒樓的包廂中看著，怎麼就關心起他身邊的人了？不會是看上人家了吧？

笑完，滿月哼了聲，並不打算回信，他就等著看蘇揚能忍多久。

這一等，就等了半個月。

「蘇揚，你為什麼又爬我家的牆？」滿月環抱著手臂，仰頭無奈地瞪著牆頭上搖搖欲墜的人影，「而且又爬我家女眷的住所？你這次是看上我妹妹了？還是看上我表姊了？我醜話先說，表姊已經有相看的人家了，你別來添亂。我妹妹今年才十歲，你再多忍幾年吧。」

「滿月！」牆頭上的蘇揚狼狽地咬牙切齒，他身量比起三年前又高了不少，這會兒像串臘腸掛在哪兒。

「欸。」滿月看著他笑，卻沒打算幫他一把。

「你……」蘇揚不禁想起三年前摔斷的肋骨，胸口隱隱泛疼，而始作俑者這回卻連幫他一把的意思都沒有，怎能不令他氣結？

「你又要我上牆幫你嗎？」滿月裝模作樣的嘆口氣，雙手一攤，質問道：「不是我不幫你，而是……蘇二公子，你怎麼老愛爬我滿家的牆呢？」

「誰愛爬你家的牆了！我只是……我只是……活動活動筋骨罷了！」蘇揚面子掛不住，他哪裡不知道滿月分明已經猜到自己的來意了，卻存心嘲笑他？

「那你好好動吧，就是別忘了我先前的提醒。表姊已經有相看的人家了，你千萬不要唐突了佳人，我妹妹尚且年幼，還望高抬貴手。」說完話，滿月揮揮手就打算走人。

「你給我站住！」蘇揚一急，竟忘了自己還掛在牆頭，伸手想去阻止滿月離開，整個人身子霎時一歪，頭下腳上地往地上摔。

「蘇揚！」滿月聽到身後的動靜原本還頗有閒情，可一回頭卻嚇壞了，連忙提氣竄上前，在蘇揚摔到地面前驚險地把人抱住，一塊兒在地上滾了兩圈，總算有驚無險。

剛緩過氣，滿月就氣得揪住蘇揚的衣領大罵：「蘇揚你搞什麼？還記不記得自己在牆上掛著？你這肩不能擔、手不能提的貴公子要是摔成肉泥，我怎麼同主子交代？」他胸口怦怦作響，心跳得幾乎要從嗓子眼竄出去，頭一回這般失控。

蘇揚還有些暈乎乎的，可被罵了哪能不還口？他也扯住滿月揪著自己的手，含糊地回罵：「誰讓你走的？我們三年沒見了，你就這樣對我？」

滿月一聽，當場氣笑，「蘇揚，你講點道理，就是三年前，我們又有什麼關係？你是主子的朋友，又是我什麼人？要不是看在主子面子上，我都懶得理會你！」

「你吃了我那麼多點心，就是一條狗都懂得親近人！」蘇揚被激得口不擇言，他心裡知道自己和滿月實際上壓根就不熟，要不是有關山盡在，兩人還真是半分關係也沒有，但被這麼赤裸裸地揭開，心裡那股氣啊！氣得他腦子嗡嗡作響，早忘了爬牆前特意告誡自己千萬別和滿月鬥氣的決定了。

「蘇揚，你好樣的，以前說我豬仔，這會兒還罵我是狗了？就算我是狗，也是關家的狗腿子，關你屁事！」

滿月一輩子還沒被人這樣污辱過，臉上的笑都掛不住，瞪著眼恨不得咬死蘇揚。

「你……你還和我置氣？滿月，我蘇揚對你難道不好嗎？為什麼總是開口閉口的關山盡？我難得來看你一眼都要惹我生氣？」蘇揚前一刻才後悔自己口無遮攔，滿月的回應又讓他氣得險些跳起來，心裡委屈得不得了，「你以為我閒著沒事到處爬牆嗎？要不是為了見你……」

「見我就為了罵我是條狗？」滿月嗤笑，推了蘇揚一把，爬起身拍去身上的塵土厭棄道：「都是你，害我滿身都是土。蘇二公子，你是不是愛到處爬牆，滿月管不著，但這裡是女眷的住所，你還是快點滾吧。」

「我又不是來輕薄女眷的，我就算要輕薄，也輕薄……」蘇揚猛地閉上嘴，把最後幾個字吞回肚子裡，滿月疑惑地瞥他一眼，看他灰頭土臉的模樣，也不知怎麼的又心軟了。

「你想輕薄誰就去，我管不著。」看蘇揚又打算開口，滿月連忙伸手比了個停的手勢，神色嚴肅地道：「你想清楚今天來找我究竟是為什麼，若只是想惹我生氣，你已經做到了，我會讓管家送你出去，以後橋歸橋路歸路，再讓我見到你就不客氣了。不過，若你是為了別的事來找我，那就好好說，也許我還能請你喝杯茶。」

話都說到這個份上了，蘇揚也不是傻的，無論多彆扭也懂得審時度勢，當下把滿嘴壞話都吞了，遲疑片刻才扭捏道：「我今天找你確實有事……你、要不，給我杯茶喝？」

「茶是可以請你喝，但話不能亂說，約好了？」滿月算是怕了蘇揚這脾氣，也想不透自己怎麼就總是對他心軟。大概，因為蘇揚是關山盡的好友吧，人總是會愛屋及烏的。

蘇揚連忙點頭，喜孜孜地從地上爬起來將自己拾掇整齊了，又是一副翩翩佳公子的模樣，要是不了解蘇揚的稟性，滿月都要以為他是個斯文好脾氣的人。

女眷的住所並不大，主要是滿家本家的女兒，或前來作客的旁系未婚女子暫居之所，滿月帶著蘇揚離開時並沒有遇到其他人，很快就回到自己的臥房外，招呼蘇揚入內坐。

蘇揚還是頭一回進滿月的屋子，像剛進城的鄉下人，好奇地左看看、右看看，要不是滿月攔著，恐怕連被褥都要掀開來看一看才滿意。

滿月的屋子沒什麼擺設，牆上懸了一把刀、一張弓，屋內除了床以外還有一張桌子、兩把椅子、三個架子，除了一對木雕的獅子外，另兩個架子上放的都是書。衣箱擺在角落，上頭壓了整副鎧甲，鎧甲上有些暗色的痕跡與刀痕，應當是在西北時穿的，興許留做紀念了吧？

桌上擺著一壺茶，還冒著熱氣，旁邊放了一盤芝麻球、一盤杏仁糕，香氣散在空氣裡，暖洋洋地讓人心情頗為舒坦。

「坐吧，吃點。我有交代廚房別放綠核果，你吃了也不打緊。」滿月招呼道，率先拿起一顆芝麻球吃了起來。

蘇揚嘴向來是挺挑的，他遲疑了一會兒，先啜了杯茶，才掂起一塊杏仁糕放嘴裡，接著訝異地瞪大眼。

「這杏仁糕……」還真是出人意料的好吃，放進嘴裡舌頭一壓就化了大半，杏仁的香氣與淡淡的苦味混著甜味反衝鼻腔，渾身的毛孔似乎都張開了，散發著杏仁特有的濃香。

「我娘的手藝。」滿月笑笑，臉上帶了些得意，「喜歡就多吃點，我娘不輕易下廚做點心的，也算你有口福了。」

「怪不得、怪不得……我今天真有口福。」蘇揚連連點頭，一口氣吃掉半盤杏仁糕才停手，那狼吞虎嚥的模樣看得滿月直笑，心裡也不禁好奇。

「我記得你有家鋪子專賣杏仁糕，京城裡鼎鼎有名了，我娘吃過幾次都讚不絕口，怎麼你這模樣像從沒吃過杏仁糕似的？」

那能一樣嗎？鋪子裡的杏仁糕是廚子做的，眼前這可是滿月的娘做的！就算有放綠核果，蘇揚拚著在床上躺半個月也要吃。

「你娘的手藝不比我鋪子裡的廚子差。」蘇揚委婉地讚了句，總不好在滿月面前孟浪。

「承蒙讚美，我娘要是知道肯定很開心。」滿月倒沒有蘇揚的好胃口，兩樣點心都只吃了一塊，一口一口啜著茶，大眼滴溜溜地瞅著蘇揚。

「怎麼老看我？」蘇揚被看得渾身燥熱，這些年來他隱隱猜到自己對滿月的喜歡恐怕不簡單，否則又怎麼會掛念這麼久？這會兒被這樣盯著，他彷彿泡在熱水中似的，哪兒都舒暢。

「這不正在等你說話嗎？你今天來，到底要同我說什麼？」滿月從沒見過蘇揚笑得這麼傻，也不禁覺得好笑。

「噢……」蘇揚搓搓鼻尖，耳垂率先紅了，接著是頸側，他躊躇了片刻，才開口：「我想問，你在西北是不是和誰好上了？」

這也問得忒直接，滿月含著一口茶險些噴出來，愣愣地盯著蘇揚半天沒回話。

這下蘇揚可急了，他雙手用力按上滿月的雙肩，急切道：「你真和人好上了？滿月，原來你竟喜歡男子嗎？」

「啊？」滿月聰明的腦袋難得轉不過彎來，他傻傻地回望蘇揚，總算還記得要把口中的茶吞下。「你說什麼？」

「我問你，是不是喜歡男子？」蘇揚抓得更用力了，幾乎是咬牙切齒地又問了一回。

「我……喜不喜歡男子，很重要嗎？」滿月是真摸不透蘇揚了，拚著一身細皮嫩肉翻牆找他，就是為了問這沒頭沒腦的一句話嗎？

「當然！你、你原來真喜歡男子？那你……你也真和人好上了？」蘇揚氣急敗壞地捏緊了滿月的肩，雖然對滿月來說不痛不癢，卻癢絲絲地有些難忍。

於是滿月抖了抖肩，想讓蘇揚輕一點。誰知蘇揚這傢伙彷彿大受打擊，唬地站起身，踉蹌地退了兩步，臉色白得都泛青，看得滿月心頭微縮，連忙上前想伸手扶他，卻被躲閃過了。

「原來如此……原來如此……我就想，那人到底是誰，為什麼你特別說話逗他笑呢？」蘇揚失魂落魄地苦笑幾聲，那雙勾人的狐狸眼中光彩盡失，滿月這下可真的心疼了。

「我逗誰笑了？蘇揚，你還好嗎？你……你先坐下喝口茶緩一緩，你別嚇我啊！」滿月又伸手去撈蘇揚，這回蘇揚沒躲開，拖著腳步被拽回椅子上，手裡塞進了一杯茶，滿月擔憂地蹲在他身前仰頭瞧他，「來，喝茶，喝完了茶你再把話說清楚點，我根本沒聽懂你說了什麼。」

膝頭被親暱地揉了揉，蘇揚總算恢復了一些冷靜，顫抖地舉起茶杯緩緩喝乾裡頭的茶水，人也總算緩過了一些。

滿月看他臉色不再泛青，也鬆了口氣，卻不敢掉以輕心，仍蹲在他膝前哄道：「喏，咱倆好好把話說清楚了，嗯？」

蘇揚點點頭，深喘了口氣才抖著聲音詢問：「半個月前凱旋進城時，在你身邊的人是你的……契兄？」

「我哪裡來的契兄？蘇揚，你還記不記得我才十五歲，大夏律明言訂定，男子十六歲方可成親，就算是結契也得等我滿十六啊。」滿月感覺自己摸到了一個線頭，無奈地對蘇揚翻翻白眼，「你該不會以為我在西北有了對象吧？那裡天天打仗，我的命都掛在褲頭隨時會被閻羅王給收走，哪裡還有心情談這些風花雪月的事情？你賺錢賺得腦子糊了嗎？」

蘇揚一聽滿月否認，就顧不得他後頭罵自己的那幾句話，雙眼一亮整個人又生氣勃勃了起來。「這麼說，你身邊還沒有人？」

「沒有，我身邊該有人嗎？」滿月簡直莫名其妙，怪不得半個月前蘇揚寫了那封信給他，原來不是看上誰了，是以為他……這傢伙是不是傻啊？「你要是問進城那會兒誰在我身邊，我現在就告訴你，那是我一個同僚，小名叫黑兒。以後應當也是關家軍的一份子，所以我和他交情頗好。」沒想到自己有一天要安撫蘇揚，滿月無奈透了。

「那你說了什麼，逗得他都笑了？」蘇揚心裡舒暢，嘴巴又不依不饒起來。太好了，他家小豬仔還沒被白菜騙走，這下可得緊緊抓在手裡才行。

「這我真不記得了……那天剛進城，我累得不行呢，原本以為可以在酒樓上看到你，誰知瞧了一圈都沒見著人……你那天究竟躲哪兒了？」心知已經把蘇揚安撫住了，滿月鬆了一口氣，才站起身回自己座位上，好奇地問了句。

「我……我那天在無雙樓裡，看你進城就安心了。」蘇揚揉揉鼻尖，探過身小心翼翼地握住滿月的手捏了捏，「你這沒良心的，明知道我想你，卻還晾了我半個月。」

滿月看著自己被握住的手，心裡有些癢絲絲的，想抽回來又有些不捨，索性就讓蘇揚握個開心。

「誰叫你那封信沒頭沒腦的，一開頭還罵我。怎麼？看不慣我的模樣，不如就別看了。」

「誰看不慣你的模樣？我就……」

蘇揚撇撇嘴，要從他嘴裡說出喜歡，還不如讓他吞綠核果。

「你就怎麼？」滿月歪著腦袋逗他，眼前的人明明都及冠了，還比他這半大孩子傻氣，偏偏自己除了小時候那一次，竟也都放任這人肆意胡來。

蘇揚答不上來，哼了聲撇開頭，可手就是沒放開。

滿月好笑地晃了晃兩人握在一塊兒的手，逗他：「好吧，我知道你臉皮薄就不問了。不過，有件事不說不行，你姑且還是聽聽吧？」

「你說，我開心了就聽。」蘇揚把手又握緊了些，滿月的手並不細嫩，但軟胖軟胖的握起來挺舒服，還真有些愛不釋手。

「以後你想找我，不要再爬牆了，走大門，也沒人會攔你。」先不說摔下牆會不會受傷，要是哪天先發現蘇揚的不是自己而是姊妹們，蘇揚不脫層皮恐怕是無法脫身的，他可有些不忍心。

「不爬就不爬，我也不是閒著沒事爬牆。」蘇揚撇撇唇，倒是老老實實應下了。

此後，蘇揚倒是真聽話，再也沒爬那堵牆了。

那堵牆雖然不爬了，蘇揚還是沒打算走滿家大門。他問清楚滿月住的地方後，乾脆改爬滿月居所的牆。

即便滿月精明強幹，卻拿蘇揚毫無辦法，只得放任而行。

所幸這段時日西北軍在修整，滿月每日除了去軍營點卯之外閒得發慌，蘇揚不管啥時候爬牆他都能盯著，免得他真摔死在滿家的圍牆內。

這牆一爬兩個月還風雨無阻，原本手無縛雞之力的蘇二少，都鍛鍊得身體變好不少。

這日，蘇揚照樣揣著食盒從梯子爬進滿月的住所，滿月住的地方比較偏，平時也沒人會隨意進出，院子不大也沒種植什麼花草，頂多一片修剪得毛茸茸的草地敷衍了事，主屋不大也沒有側廳，孤伶伶地樸素到顯得簡陋，連個坐的地方都不好找。

原本滿月屋裡還有兩把椅子呢，後來不知是不是嫌他每天來訪煩了，某天蘇揚再來時就發現椅子只剩一把，可把蘇二少氣得腦門突突直跳，差點吐出一口凌霄血，滿月卻沒心沒肺地端坐椅子上，笑咪咪地吃點心。

蘇揚再次低聲連連抱怨，他多少次變著法子要滿月好歹在院中擺兩張椅子招待他，滿月硬是充傻裝愣，總不肯順他心意，後來蘇揚乾脆自己帶凳子，好歹歇歇腿可以待久些。山不來就他，他便去就山，蘇二少脾氣雖大，卻很能屈能伸的。

後頭，僕從小心翼翼背著凳子也翻過牆，主僕兩人熟門熟路地推開滿月屋子的門。一走入，蘇揚訝異地發現，滿月屋子裡多了把貴妃榻，滿月側躺其上，手裡抓著本書人卻已經睡著了。

蘇揚連忙擋住僕從，揚揚下巴要他放下凳子，在外頭候著，等門關上後他輕手輕腳地把食盒放在桌上，緩步朝滿月走去。這短短幾步路，蘇揚卻覺得自己走了半輩子，他口乾舌燥、掌心汗濕，呼吸紊亂，心頭彷彿有隻小鳥歡快地竄上跳下幾乎從嗓子眼飛出去。

他頭一回看到滿月這麼沒有防備的模樣。

雖說滿月人如其名，團滿如圓月，渾身上下露出來的地方都是圓墩墩、肉乎乎的，小時候像顆湯糰，長大了像顆剛出屜的大饅頭，但五官仍是端整細緻，怎麼看怎麼親切討喜。

蘇揚悄悄站在貴妃榻邊，呼吸都不敢用力，怕吵醒睡夢中的人，凝視著滿月的雙眸卻惡狠狠地像隻餓慘的狼，巴不得把看上眼的獵物一丁點、一丁點地吞進肚子裡。

滿月小時候身上帶著奶香，在芝麻露餡兒之前，蘇揚還抱過那軟軟的小身子，甚至上嘴咬過幾次，喜歡得不知道該怎麼辦才好。可惜，後來滿月露出爪子，蘇揚只得退開遠遠地觀望，心裡再怎麼癢也只能忍著，一忍忍到了現在。

滿月都快十六了，應該不會還帶著奶香吧？

蘇揚搓搓手指，躊躇了片刻，確定滿月一時半會兒還不會醒來，便再也忍不住俯下身，把鼻尖湊在滿月頸窩，對著那處柔軟的皮肉狠狠地吸了幾口氣。

溫暖的氣息衝入鼻腔後漫流開來，彷彿吃了人參果般無一處毛孔不舒暢。雖然沒了小時候的奶香有些可惜，卻依然是那樣輕輕軟軟的，讓人恨不得啃上幾口。

「滿月……」蘇揚捨不得退開，低低喚了滿月幾聲，見對方依然睡得香甜，鼻尖皺了皺更添可愛，他更安心地在貴妃榻邊坐下，把臉貼得更近，「可惜聞起來不是甜的了……」就不知嚐起來什麼滋味。

他上上下下貼著滿月的頸側嗅了一圈，目光停留在滿月的唇上。

滿月因為側著身睡，臉頰被擠得有些扭曲，連嘴唇也嘟了起來。蘇揚一樣喜歡滿月的模樣，雙眸也好、鼻梁也好、嘴巴也好，特別是那張大小適切的嘴，蘇揚這些日子一不留神就會盯著滿月的唇移不開眼，所幸滿月沒有察覺，否則肯定早就想辦法阻止他繼續爬牆了。

那張嘴形狀優美，唇角微翹恍若總是帶著淺笑，有顆小唇珠所以更顯得飽滿可愛，總有種微微嘟著唇的感覺。在一般男人身上，這張嘴略顯女氣，可在滿月身上就怎麼看都順眼，至少蘇揚喜歡得不得了，從滿月還是小奶娃的時候就喜歡。

也不知怎麼鬼使神差的，蘇揚的臉越湊越近，直到呼吸都交纏在一塊兒了，他還是不想停下來。誰知道以後還有沒有機會這樣接近滿月？又有誰知道滿月會不會哪天也瀟灑地跟著關山盡跑了，留他一個人在京城苦苦等候。

蘇揚不知道滿月喜歡女人還是喜歡男人，可軍營裡到處都是男人，滿月長得又討喜親切，難保不會有人看上他，偷偷下手把這隻小豬仔給叼走了。光想到這個可能，蘇揚心裡就像有火煎熬，恨不得跑去同關山盡把人討回家，一輩子養著這隻小豬仔，片刻都別離開自己的眼。

可蘇揚也知道這不可行，姑且不說關山盡同不同意，滿月要是知道他這麼做，轉身就能弄死自己。蘇揚煩躁得心肝疼，滿月年紀越大他便越擔心抓不住這個人。

「你知不知道我操碎了心，沒良心的傢伙。」蘇揚抱怨地點點滿月的鼻尖，「你以後會喜歡上誰？等你能婚娶了，是不是就要找個姑娘相伴一生？哼！美得你！想都別想，你是我看上的豬仔，誰都不能對你動手。」

這些話，蘇揚是不敢當著滿月的面說的，他心裡清楚滿月從不是自己拿捏得了的人，稍有不合意，滿月真能躲上一輩子永不相見的。他也只能偷偷在滿月睡著的時候說點狠話滿足自己的私心。

睡夢中的滿月不知是不是嫌耳邊有人嘀嘀咕咕，眉頭皺了皺伸手往耳邊揮去，險些一掌拍在蘇揚臉上。

蘇揚狼狽地退開了些，咬牙切齒又無可奈何地瞪著睡得開始打呼的滿月。這一看，就看了兩刻鐘，直到滿月突然發出細微的輕笑聲，蘇揚才如夢初醒。

大概是夢到什麼有趣的事，滿月眉彎彎、眼彎彎、唇彎彎，笑得那叫一個開心，蘇揚卻是看得脖子都痠痛。

眼看自己再待下去也不是辦法，他畢竟是好幾家食鋪飯館的老闆，每日抽個幾刻鐘或半時辰爬牆找滿月見面，已經是擰著工作擠時間了，實在無法再久待。捨不得叫醒滿月，蘇揚只好留下食盒寫張字條，不悅又無奈地準備離開。

推門前，他的目光不自覺又溜到滿月唇上。

蘇揚猛地停下動作，一個大膽的想法冒出腦海。

他搓著手指頗是躊躇了好一會兒，最後深吸了口氣，轉回滿月身邊，俯下身把臉貼近滿月……果然是甜的。

他的唇貼上滿月的唇親了親，果然如想像中一樣柔軟又甜蜜，恨不得加深這個吻，最好能把人整個吞進肚子裡，可蘇揚不敢，他只能強忍衝動，淺嚐輒止。

偷到一個吻，蘇揚心情大好。他摸了摸自己的唇，上頭彷彿還留著滿月的味道，他心裡的小鳥更加歡欣雀躍。

他又親暱地點了點滿月的眉心，這才滿意地轉身離開，那腳步快活得彷彿在飛。

不一會兒，蘇揚主僕兩人弄出的聲響從院子裡消失。

一直沉睡的滿月這時動了動，把手上的書猛地蓋在自己臉上，卻擋不住圓潤耳垂上的濃豔紅彩。

「不要臉的登徒子……」低罵聲從書底下傳出來，要說怒火大概只有一兩分，更多的是羞臊，滿月自己也明白。

他一直弄不懂自己對蘇揚怎麼總是心軟，這會兒總算隱隱明白了。一個幾乎都算不上吻的吻，弄得滿月心浮氣躁，臉上的熱氣怎麼樣也退不掉。

他深喘了幾口氣，依然覺得不只臉上連身子都熱辣辣的，彷彿蘇揚還在身邊，正用惡狼似的眼神上上下下啾著他不肯放。

「咕！滿月！振作些！」半晌，他拋開書坐起身子，用力拍了拍自己的臉頰，勉強把熱意拍散了些，但還是沒臉見人。

焦躁地在房裡繞了三圈，滿月突然拉開房門衝出去，瞪著蘇揚爬進來的那面牆看了許久，又搔搔腦袋一臉鬱悶地轉身把自己再次關進屋子裡。

桌上，蘇揚留下的食盒與字條那般顯眼，想裝作沒見著都不行。

滿月抱著雙臂盯著那兩樣東西快一刻鐘，這才過去打開食盒，掂起裡頭不知名的點心吃了起來。

嗯，是栗子味兒的，又甜又糯……蘇揚那臭脾氣的傢伙，沒想到嘴唇也是軟的。

念頭剛閃過，滿月險些被嘴裡的糕點噎死。

他咳嗽連連地倒了杯茶灌下，趴在桌邊氣喘吁吁。

還是先落跑吧。滿月猛地下定決心，他知道關山盡恐怕會在京城待上幾年安皇上的心，他正好可以趁機到外頭遊歷幾年增長見識……順便躲躲蘇揚。

既然意動就別再猶豫了！滿月不想深思自己為什麼走得這般倉促，也不想猜測蘇揚發現自己離開後會如何憤怒傷心，他只想先逃得遠遠地，等心情安定了，再來思索這一切。

包袱很快就收拾好，滿月家長輩對滿月的決定都很贊同，自然也沒遇到任何阻攔。離開前，滿月看了蘇揚留下的食盒與字條一眼，鬼使神差地把這兩樣東西也都裹進行囊裡，趁著夜色，像逃命似地離開京城。

而蘇揚在第二天發現滿月離開後，如何憤怒氣得暈厥過去，導致滿家人終於訝異地驚覺，原來每天都有人爬自家兒子牆的這件事，以及後頭蘇揚如何也裹了行囊打算追回滿月卻徒勞無功種種，都是後話了。

（完）

番外二

顏文心之情緣乎？孽緣乎？

顏文心踉蹌地走上前，險些拿不住那枝筆，這枝筆陪伴了他當吏部尚書的大半時光，寫給皇上的信也好、寫給懷秀的指示也好，甚至最後與平一凡的聯繫都是出自這枝筆……風光的時候、落魄的時候、得意的時候都與這枝筆息息相關……

「呵——」顏文心低笑出聲，心下卻一片惶然。

顏文心其實出生於一個富農之家，稱得上是當地的大地主，上有一位嫡兄、一位庶兄和一位嫡姊，下有兩位庶出的弟妹，他也是嫡出，從小就受父親喜愛，因童蒙時夫子發現他有過目不忘的本事，且能聞一知十，斷定其將來必定能在科考上斬獲佳績，保不定能成為一代能人臣子也未可知。

儘管夫子為了討好主人家，也許把話說得太漂亮了，但顏父仍然感覺臉上有光，對這嫡幼子充滿期待。畢竟，顏家富了兩三代，就差一個官兒提升家族地位。顏文心的哥哥們資質普通，也並不是讀書考試的料子，光宗耀祖的希望就全落在顏文心身上。

他也爭氣，九歲多就成了小童生、十二歲就成了秀才，風頭一時無兩，成為聞名鄉里的小神童。顏父對這個兒子更是疼到了骨子裡，有什麼好東西都先送到他面前，吃穿用度無不是最精緻的，家裡其他孩子在父親心裡的地位越退越遠，就連嫡長子都離這個弟弟一射之地。

顏文心在縣學裡讀書，成績一向很優秀，夫子們皆對他讚不絕口，甚至有人私底下傳，顏家以後要發達了，顏文心將來肯定能成為天子門生，是要當大官的。

雖說老顏家所在的興善鎮比不得附近的鵝城富裕，卻也是十里八鄉中排得上號的繁華之地。但因為地處偏遠，大多數靠務農或做些小生意營生，過去幾十年只出過兩位舉人、十來位秀才，再往上就沒有了，也難怪顏文心這年幼的秀才被當成神童，誰都覺得他肯定能成大器。

顏文心對自己也是很有期許的，他書讀得多了，漸漸看不上家鄉的偏遠，身邊的人都像土番鴨，終日圍繞在他這個天鵝身邊呱呱叫，久了實在煩不勝煩。他一心要離開這小地方，展翅飛往更遼闊的天地，於是拚了勁的讀書，見天讀、啥事也不做，倚恃著父親疼愛，他吃飯睡覺穿衣洗澡都不用自己動手，在縣學裡成績更是節節攀升，在十五歲那年順利參加鄉試——可惜卻落榜了。

落榜的消息傳回家裡，顏文心先是怔怔片刻，接著發出一聲慘叫，直挺挺暈厥過去，弄得家裡雞飛狗跳，請了七八位大夫才把他救醒，又在床上將養了數月才勉強養好。

養病期間，顏文心感覺自己臉皮總是火辣辣的，父親看他的眼神充滿失望，卻仍強顏歡笑地安慰他。人有失手、馬有失蹄，他才十五歲，就是再天資卓絕，一兩次的失敗也是難免的。畢竟，天下之大，能人之多，宛若繁星啊！

而那些兄弟姊妹就不說了，誰來看望他的時候眼裡不是帶著嘲笑？天之驕子也有摔落地面的一天，土番鴨的兒子就是土番鴨，一輩子也不會是天鵝。見他們一邊嘲笑自己，又一邊裝模作樣地勸慰自己，他還不得不擠出笑容謝謝大夥兒關心，顏文心簡直恨透了老天爺，日日夜夜被憤怒、羞恥、痛苦給折磨著，這才會一連病了數個月。

不過，顏文心畢竟是個心性堅毅的，都已經跌跤了，不爬起來就注定被人恥笑一輩子。要找回面子就得先爬起來！他三年後肯定不會再一次遭逢如此失敗，會讓現在嘲笑他的人，再一次仰望自己。

就這樣又過了兩年多，眼看鄉試的日子又快到了，顏文心對自己滿懷信心，他知道自己這回肯定能一舉中的，成為興善鎮最年輕的舉人。

然而……天要下雨可沒人能攔得住，這場雨越下越大，彷彿天空破了大洞，天河的水轟隆隆地往人間灌注，兩天後堤防斷了，雨水與河水混雜著衝向良田、房舍，一瞬間就淹沒了十來個鄉鎮縣城，幾個小點的鄉鎮直接被沒頂，連一個活口都沒有……

這場大水直淹了幾天幾夜，等水好不容易消退時已經過了半個月。

興善鎮也被大水給淹了，顏家自然沒能倖免於難，幸運的是顏文心和幾位兄弟都平安，可惜爹娘沒能挺過這場天災。

兄弟們在官府臨時搭建的草棚裡重逢，眼看前途茫茫，再三個月就要鄉試了，顏文心空有名額卻已經沒有錢赴考，他一瞬間從天之驕子成為身無分文的貧苦之人，身上唯一值錢的東西，竟然是他慌張逃避大水時抓在手上的一本書和一枝筆。

他都不知道自己能抓著這兩樣東西到現在也沒扔。

水退了後他才知道，大哥手上有母親塞給他的包袱，裡頭竟有幾張地契和值錢的金銀首飾，合計合計夠幾個人繼續過好日子，將來還能重振顏家。顏文心想，太好了！有了這筆錢，他還能繼續讀書、繼續赴考，還能從這些土番鴨中飛走。

誰知，大哥卻並不打算分家，也沒打算像之前那樣供著顏文心讀書了。要知道，他們顏家偌大的家產就剩下這一個包袱，哪裡還有閒錢供養一個只讀書不勞作的廢人？如若爹娘還在，也許咬著牙仍會繼續寵著顏文心，但現在……顏大哥本來就對弟弟有種種難以言述的嫉妒跟怨恨，索性把話說清楚：要住在家裡，就得和大夥兒一塊重振家業，沒有誰可以吃白飯。若顏文心不願意，那他會給這個弟弟一點銀子，看他要去哪兒就去吧，好好品嚐品嚐「寒窗苦讀」是什麼滋味。

顏文心這麼驕傲的人，怎麼願意為五斗米折腰？他索性拿了一筆銀子，和家裡人斷個乾淨，獨自前往鵝城找了間便宜的屋子住下，發誓總有一天要光耀門楣，讓今天瞧不起自己的人通通跪在他腳下磕頭謝罪。

獨自一人沒有錢又沒有親人可以依靠，顏文心度過人生中最苦的一段時日。他從小被捧在父母掌心，別說謀生了，他連自己都照顧不好，若不是後來遇上清城縣的小師爺吳幸子，他這輩子興許都沒有機會上京赴考了。

之後他考上狀元，被當時的戶部尚書看上招為女婿，顏文心的人生從此大不相同。他本性中其實頗擅於鑽營，加上性格堅忍、狠辣，別人對他好他倒不見得怎麼放在心上感謝，可有誰對不起他，就是到死他都不可能忘掉。

手上有了權勢之後，他頭一個就是將家鄉的兄弟們一通惡整出了口氣。幾年時間，大哥用爹娘留下的那些財富田產，勉強恢復顏家六成氣候，興善鎮還沒完全恢復元氣，顏家順理成章成了鄉里第一富戶，可這點成果轉眼就被顏文心給毀了。

他怎麼能讓兄弟們過得好？想想那一年，他苦得每天只有三碗白粥配又鹹又酸的醬菜，要不是身有功名能拿些縣府的貼補，他最後要不行乞要不餓死，讀書人的斯文只能被扔在地上賤踏。這個怨恨他永生不忘，一一都回報給幾位兄弟。

顏家的家產被他私下使人用各種名目充公，最後輾轉回到他手上，顏家的男人要不賣身為奴僕要不沿街乞討，一輩子沒能再回到那棟祖宅，也再沒人提起曾經的首富顏家。

顏文心總算順了心裡的氣，同時也有所領悟。人生在世，權錢缺一不可，有錢無權那就是待宰肥羊；有權無錢，不過是繡花枕頭，總有被挾制的一天。

所以錢也好權也好，他都要抓在手上，今生今世再也不讓人有機會踩在他腦袋上。

因才能出眾備受聖寵，顏文心花了十五年的時間坐上吏部尚書的位置，在朝中結黨營私，手上權勢滔天，偶爾他不禁想，要是哪天他真有心要顛覆大夏王位，龍椅上那個人，恐怕也能照自己的心意替換吧，不知何時他連皇上都已經不放在眼裡了。

通敵南蠻也是理所當然的。

南蠻手上有許多值錢的貨物，可戍守南蠻邊防的闞山盡卻絲毫不將這些利益放在心上，以一個駐邊防大將軍來說，闞山盡可以說是大夏的福氣，他驍勇善戰又手腕高超，懂得用挾制進出貨品錢糧的方式掌控南蠻，讓對方畏懼又不得不服氣，南疆確實被闞山盡管轄得如同鐵桶一般。

可這樣的人對顏文心來說就是塊擋路石，這種看著金山銀山卻無法分一杯羹的憋屈，久了顏文心決定要弄死護國公一系。對他來說，就算南疆不由關山盡鎮守也出不了什麼亂子，南蠻並不是傻的，若雙方皆能從貿易中得利，並不一定要兵戎相向。

更重要的是，他能從與南蠻的貿易中獲取大量財富，又能將南疆的戍守大將換成自己的人手，掌握實質上的兵權，整個大夏就扎扎實實成了他的囊中物，到時候誰還能動搖他的地位？誰還能不仰他鼻息？就是皇上也不過是他手中的戲偶罷了。

卻不想，顏文心最後還是栽倒在皇上和關山盡手中。

天牢裡，他細細回想自己的人生，樁樁件件陰謀詭計、背信棄義的決定，都未曾讓他有過一絲半會兒的後悔。如果他不替自己謀前程，有誰會在意一個父母雙亡後還被親兄弟蹉磨的人呢？今日他不踩著他人的血骨往上走，就會成為被踐踏的人。所以他不後悔，就算現在手中只餘一場空，他好歹曾經握著那麼多錢和權，大夏朝沒有誰比他更風光了。

真要說悔恨，他只怨自己還是不夠心狠，太晚對付護國公府，也太晚掌控龍椅上的人。早兩三年前他權力達到頂峰時，就應該把這兩系人馬毀掉，可惜人生後悔也無用，若有來生他定要掌握先機。

刑部的批示已經下來了，三月開春就行刑，他與被視為主謀之一的義子懷秀皆被判凌遲處死，至於兩個兒子數日前才來與他辭行。

皇上最終網開一面，沒有誅滅顏氏宗族，顏文心的兩個兒子被流放到西北當軍奴，將來有沒有機會再回京城都不好說，也許路上就熬不住辛苦死了也說不定，皇上看似寬宏大度，實則用軟刀子磨顏文心的驕傲與心志，再怎麼狠辣的人畢竟虎毒不食子。

顏文心看著兩個憔悴的兒子，沒有一句寬慰的話，甚至都沒有紅一次眼眶，反倒是十多歲的兩名少年哭得悽慘，跪拜在地上久久沒有起身，最後被獄卒拖走。

「唉，不爭氣的東西。」直到兒子們的哭聲遠離聽不見了，顏文心才皺眉罵了聲，他本就看不上兩個兒子的溫吞，此時又何來慈愛心疼？不過是兩個將死之人罷了。

冬去春來，顏文心在天牢雖然過得不舒服，卻也沒受到什麼折磨，他每天該吃吃、該睡睡，空閒的時間打打坐，甚至拾起以前看過的養生內息調養法，竟然還真練出一些心得，人雖瘦了幾圈，身子骨卻反倒壯實不少，氣色紅潤半點不像天牢裡的罪人。

等開春了，某天夜裡懷秀在獄卒的陪伴下，來到他牢門前，跪在地上久久沒有起身。

懷秀年紀還很輕，現在卻已白髮蒼蒼，露出來的肌膚起了些皺褶和斑點，兩隻手彷彿骨頭套著層皮，十指如爪交疊在一起，何止狼狽二字可以描述。

顏文心冷淡地看著義子，沒開口問他也沒開口叫起他，彷彿眼前的人壓根不存在。

「義父……」半晌，懷秀才緩緩抬起頭，嘶啞地叫喚他：「義父……孩兒來與您拜別了……」語尾帶著嘶嘶聲，彷彿破洞的皮囊，早沒有曾經的清亮悅耳。

顏文心這才皺了下眉，冷然道：「喔……都這個時候了嗎？」

「義父，懷秀今生無法報答義父的恩情，來生結草銜環也當報義父之恩。」懷秀看著顏文心的眼眸中，仍是滿滿的孺慕之情，對自己為何身陷如此絕境，竟未曾有一絲怨恨。

顏文心看著義子好一會兒，輕輕嘆了口氣：「懷秀啊，義父知道你對顏家的一腔赤誠，今生是義父對不住你，來生……唉，永生不見吧。」

沒料到顏文心竟說出這樣的話，懷秀整個人愣住了，他瞪大眼，淚水眨眼就滾落眼眶，慌亂不已地試圖撲向義父，卻被獄卒給攔住。

「義父！義父！您別這樣說！您別這樣說！是懷秀錯了！是懷秀沒用！您別氣懷秀、別氣懷秀啊！」永生不見四個字幾乎震碎懷秀的神魂，他在天牢中關了大半年，日日夜夜想的都是與義父見這最後一面時，要如何向義父表真心，想不到竟得了這樣一句話……永生不見？永生不見！

他乾枯瘦弱的身體也不知哪裡來的力氣，竟勉強掙脫獄卒的壓制，撲到牢門前雙手往裡直伸，卻連顏文心一片衣角都碰不到。

「義父！義父！是懷秀沒用，懷秀來生替顏家人做牛做馬，絕不讓顏家人再受此世折磨，義父您原諒我！您原諒我！」他撕心裂肺得幾乎泣血，語尾嘶啞得幾乎不成聲。

然而，不論懷秀怎麼哭喊，顏文心都沒再多說一句話，甚至側過頭連個眼神都不肯給。懷秀哭得渾身顫抖，卻仍被獄卒拉走了，哭聲迴盪在天牢的石壁間，幽幽噎噎恐怕再心狠的人都會興起幾許疼惜。

可惜那個人，並不包括顏文心。他連自己的兒子的生死都能視若無物，更何況是個早已不稱手的工具？

倒是懷秀的拜別讓他意識到自己也時日無多了，懷秀這兩日應該就會被壓上刑臺，而他至多晚個一兩天也得上刑架。不知怎麼的，顏文心沒感到多少畏懼，反倒有種鬆了口氣的暢快。

然而，一切卻與他猜測的相差甚遠。

當日深夜，顏文心本該入睡，卻莫名醒了過來，被站在床前的幾個大漢嚇得一哆嗦，剛想從床上起身喝問來者何人，卻被一隻蒲扇大的手掌直接摀住了嘴。

這隻手上的味道比他這個在天牢關押大半年的人還要難聞，帶著動物的腥羶味和一種化在骨子裡的血煞之氣，嗆得他幾乎喘不過氣來。

但顏文心沒有掙扎，他瞪大眼凝視床前幾個漢子，個個粗壯高大，一條手臂比他的大腿還粗，頭頂堆著結辮的亂髮，幾乎人人都蓄著一臉大鬍子，肌膚黑中帶紅粗糙得很，光那隻搗在臉上的手掌就滿是肉疤，蹭在唇上及頰上帶著些微疼痛。

這幾個人絕對不是大夏人。要他說，更像是西北蠻族，但西北蠻族又怎麼會出現在皇城中的天牢裡呢？

「找到人了？」此時，牢門外傳來男子壓低的詢問聲，顏文心的視線被幾個西北蠻漢子擋著看不到說話的人，那聲音卻甚是耳熟。

帶著些笑意、棉裡包針。

「找到了。」其中一個西北蠻漢操著不大標準的大夏語回應，一邊示意搗著顏文心嘴的漢子把人捆起來。

「動作還真快。」這回，聲音的主人湊上前來，一張白皙圓潤的臉龐，笑咪咪地瞅著眥目欲裂的顏文心，「唷，顏大人，好久不見了。您老看起來……過得還挺滋潤的。」果然是關山盡手下的親信——滿月！

這是怎麼回事？顏文心不禁掙扎起來，他想開口問，搗著他的手掌稍一用力，險些把他的氣息給掐滅了，他心中驚懼不已，卻也不敢再招惹這幾個漢子，只能怨毒地瞪著滿月。

「別這麼瞅著我，顏大人……唷，瞧我傻了，你已經不是吏部尚書顏大人，而是大夏的罪人顏文心，一時口誤你千萬別放在心上欸。」滿月總是笑得跟彌勒佛似的，那張嘴卻總能把人氣得恨不得撕了他才舒心。

然而，顏文心現在是刀俎上的魚肉，他連話都說不出口，遑論撕了滿月的嘴？滿月自然也不客氣，他雖然帶著幾個西北蠻族的漢子在天牢裡，人卻很閒適自在，半點也不心急，顯然這些人不是他偷帶進來的，而是有人……授意他這麼做。

顏文心不禁皺眉，他眼看是個將死之人，為何突然殺出來這些蠻人，還一副要將他帶走的架式？他可不記得自己和西北蠻族有什麼首尾，畢竟出了西北的雁回關後，就是一片凍土荒漠，掘地三尺都沒有值錢的東西，他自然也看不上眼，更不會想招惹。

滿月看來心情倒挺好，很有閒情地替他解答：「主子是勸過皇上的，不過皇上覺得怎麼也得讓你死得明明白白，我只得替主子來傳話了。」

傳什麼話？顏文心隱隱感到不妙，他接下來要面對的恐怕比凌遲還可怕。

「你仔仔細細聽清楚了，罪人顏文心。皇上說了，大夏這些年需要休養生息，等閒不可輕易與鄰近諸國開戰，避免百姓生靈塗炭。你知道十年前我朝與西北沙圖努大戰方歇，勉強慘勝，如今實不想再次與沙圖努兵戎相見，和親倒是條可以走的路子……不過你也清楚，皇上並沒有生育公主，雖說大夏與沙圖努都接受男子結契成親，但總不好把皇子給……」

滿月看著身邊幾個沙圖努的勇士笑了笑，顯然除了剛剛回話的人之外，沒有人懂大夏語，滿月才敢這般口無遮攔：「都說來得好不如來得巧，人生在世轉眼會遇上什麼法緣實在難說。那不是你剛下獄嘛，沙圖努的大汗就派人來天朝求親了，甚至連人都指明了。皇上一看，可行啊！但凡能為家國貢獻，身為大夏臣民又如何能拒絕呢？」

話都說到這個份上，顏文心哪還聽不懂？顯然，沙圖努的大汗派人來求親，求的還是他顏文心！皇上這是要將他送去和西北蠻族和親啊！

顏文心瞬間眼前一黑，險些就這樣厥過去。

他人生中遇過幾次挫折與羞辱，曾經他以為第一次鄉試未中舉，及後來被大哥逐出家門已經是他人生中最恥辱的經歷，他一輩子汲汲營營為的就是不再受人轄制，在他人羞辱自己前便把對方踏進泥濘中一輩子翻不了身。但顯然，真正的恥辱這會兒才出現在他眼前！

他，曾經是大夏最有權勢的人，稱得上一句隻手遮天也不為過的吏部尚書，往後卻必須承歡於男人身下……顏文心顧不得自己被裹得跟條肉蟲似的，扭著身軀恨不得撲上去咬死滿月，箍在他腰上的手卻宛如鐵鉗，稍稍使勁幾乎都要壓斷他的骨頭，而他的嘴到現在也還被摀著。

原來，真正的無能為力是這種感覺……顏文心此生頭一回流露出心死的表情。

「別掛念大夏了，你很快就會『暴斃』，也不用赤裸地在百姓面前被凌遲，祖墳上都冒青煙了吧。」滿月溫情地將顏文心散落在頰邊的碎髮勾回耳側，接著壓低聲音不無威脅道：「你用不著覓死尋活，顏文心，你我都清楚，但凡能活著，你就會咬著牙根活下去，待你緩過神後，肯定會想著怎麼煽動沙圖努大汗對付大夏。我勸你，安生點，能看上你這種玩意兒的人，也只會是個心狠手辣的。」

顏文心怨毒地瞪著滿月，卻沒有反駁，片刻後他垂下眼，看來是接受自己的命運了。

滿月也不再理會他，轉頭與那個會說大夏語的沙圖努勇士低聲交談了幾句，接著兩人擊了擊掌，顏文心後頸突然一痛，直接失去了意識。

顏文心醒來時感覺到頭痛欲裂，喉嚨乾澀得幾乎要冒火，嘴唇上已經浮出一層白皮。他用苦澀的舌尖舔了舔唇，感受到些許刺痛，也不知道是多久沒喝過一口水了。緩了會兒，他察覺自己正躺在一輛狹窄的馬車中，隔著薄薄的木板可以聽見外頭的交談聲，並不是大夏語而是沙圖努的語言。

「嘶——」他動了一下想撐起身子，可腦袋才一動就疼得他直抽抽，後頸也是火辣辣地疼，要不是他確定自己還活著，恐怕會以為自己現在是抹幽魂，脖子上有行刑後留下的傷口，要永生永世折磨他。

車外的人耳朵極靈，並沒有聽漏他的動靜，馬車的車簾立刻被掀開，一名男子歪著頭凝視他問：「醒了？」

「唔——」顏文心開口想回答，嗓子卻嘶啞發不出完整的句子來，四肢雖未被束縛可依然動彈不得，像隻離水的魚般躺在車板上喘氣。

男子回頭對另外幾人說了些什麼後，便鑽進馬車中，解下腰上的皮水囊湊到顏文心唇邊，說道：「喝。」

男子的動作很粗魯，顏文心來不及張嘴就被嗆了幾口水，卻虛弱得連咳嗽的力氣都沒有，任憑水在口腔鼻腔裡漫流，勉強嚥下了兩口水。所幸男子注意到他的狼狽，很快就把水囊移開，用帶著動物騷味和乾草氣味的袖口抹了抹他的臉，那粗糙的布料幾乎磨傷顏文心養尊處優已久的臉皮。

「多、多謝……」顏文心半垂眼眸擋去心裡的怨憤，心知眼前的男人有心折磨自己，但現在命脈都握在旁人手上，他暫且只能伏低作小。

不過這其實是他多想了，沙圖努生活在寒漠上，環境極為困苦，為了活下去必須得全民皆兵，女人的強悍也全然不輸給男人，騎射打獵、上陣殺敵都頗有一手，甚至出過女領軍。在他們民族中，對女人的審美是強壯健美、堅強剛毅，纖細如雪蓮花的人很難在西北寒漠那樣的環境下活下去。

在這男子看來，顏文心雖然秀美白皙更勝沙圖努的女人，但好歹是個男人吧？要不是大汗交代過大夏人天生柔弱必須小心對待，他甚至都不會來餵水擦臉。

「你餓了嗎？」男子見顏文心還癱在車板上起不了身，心中一邊詫異大夏人的脆弱，一邊也不得不小心翼翼地把人扶起來，並檢查一眼顏文心後頸上的傷。他們並沒有給大夏人下藥，只在離開前打了那麼一下，沒想到眼前的大夏人一暈就是兩天，醒來時又彷彿去了半條命似的。

這麼不經事的民族，十年前是怎麼將他們逼到絕境險些滅族的呢？男人不禁滿心疑惑。

顏文心被像小雞似地抓起來，腦袋一搖晃就噁心得要命，若不是胃裡恰巧什麼也沒有，恐怕得吐沙圖努一身。他虛弱地靠在馬車邊上，靜靜聽了聽外頭的動靜，努力平復翻攪的噁心感，半點胃口也無。

「我們……離開京城多久了？」他聽到外頭隱隱傳來大夏語，似乎還有馬蹄跟車輪滾過的聲音，猜測現在應該是在官道上。從京城到雁回關坐馬車差不多要花上三個多月的時間，官道只開到西北的隴城，從隴城到雁回關還要騎五天馬，他不知道自己是否能平安度過接下來的日子。

「兩天。」男子皺眉不解地回應他，又問了一回：「你餓了嗎？」

「你叫什麼名字？」顏文心聽到「餓」這個詞就反胃，他還沒能緩過來，臉色慘白如金，腦子卻已經靈活轉動起來。

眼前的這個男子肯定是唯一會說大夏語的人，他明白自己這種注定要成為玩物的人不可能獲得多少尊重跟服從，但起碼要建立些許交情才是。他對沙圖努幾乎全然陌生，必須趁這三個月好好計量計量該怎麼活下去。

滿月猜測得沒錯，顏文心是但凡活下來了就會奮力鑽營，總有一天要把加諸在身上的污辱盡數還回去。這次沒取走他的性命，來日就等著被他抽筋扒皮。

男子又皺了下眉，還是回道：「戈安。」

「戈安……只有你會說大夏語？」名字倒是簡單好記，顏文心瞅著他對他友善地笑了笑。

「是。」戈安眉心依然沒解開，疑惑道：「你已經餓了兩天了，若不吃點東西會撐不住。我手上還有你們大夏人吃的饅頭和包子，馬奶酒你大概喝不慣，水還有一皮囊。」說著，戈安把先前餵給顏文心喝水的皮囊解下遞過去，見他無力伸手接，索性直接放在他身側。

「大夏人吃的？那你們吃什麼？」顏文心臉上透著好奇，他知道戈安對自己很警惕，卻只作不知道，語氣裡處處透著小心翼翼的親暱。

這確實讓戈安有些許無措。儘管知道眼前的人在大夏做了些什麼，戈安心裡是很看不起這種叛國只為圖利自己的人，可顏文心的外表太脆弱單薄，長得又斯文秀美很是賞心悅目，戈安不知不覺就降低心防。

再說，顏文心問的也不是什麼不能回答的大事，他的主要任務便是照顧好這個人。

於是戈安在車內盤腿坐下，認真答道：「我們沙圖努主要吃的都是肉乾和乾奶餅，還有稞麥做的餅。你們大夏人吃的米和白麵在沙圖努是幾乎吃不著的，等出了隴城你也只能隨我們吃喝了。」

「是嗎？我對吃食倒不這麼看重……」顏文心口是心非地笑了笑，他為官二十載，後十年可以說是掌握富貴權力於一手，吃食怎麼精緻怎麼來，稞麥這種東西就是他最窮困的時候都沒吃過。

戈安冷淡地瞅著他片刻：「大夏人都像你這麼嬌弱嗎？」

顏文心一愣，「嬌弱？」

「是，兩天前沃鹿禾打了你一掌，你現在看起來和死人差不了多少。你如此嬌弱，在西北很難活下去，連女人都比你強壯。」戈安指了指自己的後頸接著搖搖頭，「你還不吃東西，這樣要怎麼把身體養起來？等你見到大汗，又要如何取悅他？」

這就問得挺直白了，顏文心臉色乍紅乍白，最後苦笑。

「顏某就是在天牢裡過了大半年，身子才比較虛弱。給幾位添麻煩了，還望海涵。」他見戈安仍一副不信任的模樣，心裡咋舌面上卻裝模作樣嘆口氣：「不是顏某不想吃東西養身，實在是這些日子吃得不好，胃氣稍弱，饅頭包子怕吃下去了傷胃，所以才……」

「那你想吃什麼？再兩個時辰我們會到達城鎮，你可以趁機吃點東西。」戈安是欣賞不來顏文心這種纖柔的男子，也不知道大汗究竟看上這個男子什麼，就是拜神都沒這麼麻煩。

「若有白粥可以墊胃，那是最好的。」顏文心畢竟不想委屈自己，他算看出來沙圖努的大汗肯定有交代眼前幾個人要善待自己，可見對自己還算上心，他可以藉機試探究竟底線在哪裡。

聽到顏文心的要求，戈安露出一絲不耐，可仍然點點頭，「知道了。」

果然，等進了城鎮後戈安就買來一碗白粥，不忘捎上幾樣清淡的小菜，顏文心終於能吃到熱食，胸口鬱積的噁心感也總算消了下去。

趁著他用飯的時候，戈安又外出採買不少東西回來。馬車裡原本極為簡陋，但大概是體悟到顏文心是個身嬌體弱的，戈安帶回幾樣褥子靠墊什麼的，還有一張臨時做出來的茶几，應當是給顏文心吃飯時使用。才一會兒工夫，馬車雖然依舊狹窄，卻舒適許多，起碼夜裡睡覺時不會硌得骨頭疼了。

「多謝。」顏文心靠在舒適的墊子上後，難得真誠地向戈安道謝。

「你快點將身子養好。」免得掃了大汗的興。後半句戈安沒說，顏文心也心知肚明。

之後的路程顏文心過得倒是頗為舒心，許是清楚他沒有逃走的意思，已經完全認命了，戈安對他的心防節節退後，也願意多說些沙圖努的事情，甚至有天還提醒顏文心：「大汗有五個安查，安查等於大夏語中的夫人，和三個安諄，安諄差不多和大夏語中的公子一樣，但現在還沒有合敦，也是大夏人口中的皇后。其中珥筊安查與舒騠安諄最為受寵，也出身沙圖努最為尊貴的兩個氏族，你進了後帳之後，記得避著點他們兩人。」

珥筊安查、舒騠安諄？顏文心默默在心裡記下這兩個人名，同時狀似無意地問起沙圖努氏族間的角力狀況。戈安並沒有立刻回答，他審視地上下掃了顏文心一眼，最後定定地鎖著他的眸子，似乎在探索顏文心這麼問的真意。

顏文心是頭老狐狸，哪裡會輕易就被看透？他臉上帶笑，似乎對戈安的探視全不放在心上，彷彿自己隨口問出的問題，有答案也好沒答案也罷，不過是順口一問，權當閒聊，也無須刻意強調自己的清白。

興許是顏文心太過坦蕩，戈安也稍稍斂下警惕，揀著把沙圖努的幾大氏族給說了一遍：「沙圖努有九個氏族，每個氏族下再分數個小族，其中珥筊安查的那爾賀氏、舒騠安諄的察朵朵氏和烏寒氏三足鼎立，與王族足以分庭抗衡。那爾賀氏與烏寒氏對大汗忠心耿耿，相較之下察朵朵氏就有不少私心。不過，大汗是天神下凡，目前沒有誰敢在大汗眼皮子底下搞風搞雨，所以你要特別留心舒騠安諄。眼下大汗尚未有合敦，察朵朵氏那些人眼睛盯的就是合敦的位置。沙圖努的合敦比你們大夏的皇后要崇高許多，大汗有任何決定都會與合敦商量，若舒騠安諄成了合敦，察朵朵氏就可以偷雞摸狗了。」

戈安的大夏語雖流利但畢竟是沙圖努人，沒辦法說得太過詳細，但顏文心卻已經完全明白，心裡不禁呵的一聲冷笑。無論是大夏還是這些蠻族，大夥兒爭奪的依然是權與利，看來沙圖努大汗之所以想與大夏和親，而非再動干戈的最主要原因，還是內部氏族不和，稍不留神就可能內憂外患，而沙圖努十年前大敗給西北軍後元氣至今還沒真正緩過來，沙圖努大汗的汗位也是坐得如臨深淵吧。

儘管戈安說那爾賀氏與烏寒氏忠心於大汗，可這些忠誠有多重？察朵朵氏的虎視眈眈中，難道就沒有其他氏族的手筆嗎？顏文心什麼陰謀詭計沒見過？他唇邊露出一抹淺笑，已經摸到沙圖努大汗的弱點了。

這時，離他們出發已經兩個多月，再過不久就要到達隴城。

顏文心感覺到離隴城越近，戈安對自己就越提防，許是猜測他會趁這最後一座城池想辦法逃走。

呵，真是想多了。他，顏文心在大夏已經是個死人，若是留在大夏，那先前遭的罪、受的侮辱反而一生都討不回來，還不如去見見沙圖努的大汗。他雖不清楚這個大汗是何時看中了自己，可這是他翻身的唯一機會，傻子才會放棄。

於是顏文心仍裝作不知，安安心心地在戈安的照顧與監視下過他的小日子。

進隴城的時候已是初夏時分，戈安和其他幾個沙圖努漢子都明顯變得愉悅起來，想來在大夏這幾個月於他們而言，過得並不如何舒坦，吃食上大概也不大習慣，就算戈安都曾咕噥著抱怨過大夏的酒沒味道、大夏的羊肉吃起來沒有肉味、大夏人還總愛吃草。

後頭的路不適合馬車行走，騎馬是最快、最方便的。顏文心也會騎馬，再說他在馬車中也悶了好長一段時日，這會能呼吸新鮮空氣，感受一下涼風吹拂，看看廣闊天地，也頗令人舒心愉悅。

幾人在隴城修整了一日，邊防駐軍已經接到京城來的密令，沒有阻攔他們的意思，甚至還派人送了幾車禮物說是皇上給大汗的心意，戈安代表幾人不挺樂意但又有些得意地收下了。

顏文心自然沒得到同胞的好臉色，他幹的醜事早已傳遍整個大夏，而他兩個兒子現在正在此處當軍奴，未來有沒有從賤籍翻身的機會都未可知。

戈安顯然也知道顏文心的兒子在隴城，還貼心地問了句要不要安排他們父子見上一面？

顏文心笑了笑後拒絕，他心裡對兩個兒子早就沒什麼情誼，現下兩方一是奴僕、一是玩物，見了面還挺折磨的，何必？但面上他還是裝模作樣假裝壓抑不住些許惆悵地告訴戈安：「未來我是大汗的人了，孩子們年紀小不懂事，還是別讓他們心裡掛念了。」

這種不亢不卑但又內蘊風骨的回應，很令沙圖努人喜歡，也對顏文心看高了些許，渾不知眼前這無害又溫雅的人，一舉一動其實都是有深意且安排好的。

第二日數人離開隴城，前往寒漠間沙圖努的王城所在。

出了雁回關後，景色完全不一樣了。

大夏就算西北寒苦之地，也還留有一絲柔軟與繁華。可進到沙圖努的領土後，放眼望去不是石漠就是一片一片的綠草，颳過的風並不寒慄，卻彷彿帶著利刃，寸寸切割寒漠上的土地與水草。

現在正是初夏，戈安說是寒漠最好的季節，放牧地就在王城左近，所以大多數的族人都會聚集起來，入秋後除了大汗，剩餘氏族又會分散開回到自己過冬的領地，小族則只能追著水草而住，冬季要不接受王城庇護，或由頂上的大氏族照顧，卻也不是人人都能獲得穩妥的照顧，不少小族得靠自己撐過嚴冬，還有些游散的牧民日子就更苦了，每次過冬都是一次磨礪，熬不過就只能死，上天半分也不會手軟。

緊趕慢趕，離開雁回關後又過了十天，顏文心前三個月養出來的氣血都磨得差不多了，人憔悴蒼白不少，才終於到達沙圖努的王城。

雖說是王城，看起來比鵝城還不如，頂多趕得上清城縣，就是地方還算大，道路房舍也算頗具規模，間或錯落著幾頂豪華的帳篷，一圈一圈圍著往外擴散。最外圈是一堵城牆，工法看來灑脫不羈，別有一種滄桑古樸的味道。

城牆外錯落著一簇又一簇的帳篷與羊馬，聚集了非常多的人，彷彿綿延到天涯海角。

顏文心眸子一掃，確實瞧出這些乍看雜亂的聚落，其實是有分群的，且還分得挺涇渭分明，應當是照著九大氏族的勢力劃分。他暗暗在心裡記下看到的幾個大氏族的旗幟圖案，打算之後把當中的利害關係都摸清楚。

王城中並沒有特別高大宏偉的建築，顏文心不禁有些疑惑。沙圖努都建出這麼座王城了，難道並沒有建造宮殿嗎？然而很快他就知道為什麼了。

戈安等人帶著他來到王城中央，那兒是一大片的空地……也不正確，應該說那裡是一大片有水草的土地，數十頂外觀華麗的帳篷錯落在水草地上，比王城外看到的氏族帳篷都要來得華麗奢靡。正中一頂最大的帳篷幾乎可以頂得上兩三棟小屋的大小。

沙圖努的帳篷無論圓形方形都會有個圓頂，圓頂中央有個突出的尖，正緩緩冒出輕煙。

戈安將顏文心帶到中央大帳前，帳外有數名親兵把守，看來是王帳無疑。戈安見到親兵後雙方激動地抱著，拍了拍肩，說了幾句話，其中一人往顏文心睞去一眼，隱約蹙起眉，轉身走進王帳內。

「大汗正忙著，也許今天不會見你。」戈安回頭對顏文心解釋：「不過你的住處已經安排好了，等會兒我帶你去休息。」

「多謝。」顏文心情緒一沉，他千里迢迢來到沙圖努，卻無法在第一天就見到大汗，看來對方也是有心給他下馬威，不是個好拿捏的。

然而，剛走入王帳的親兵很快就出來，臉上帶著不解與疑惑，對戈安招招手說了幾句話，戈安也露出訝異的表情，回頭瞅了顏文心一眼。

「怎麼了？」這態度，讓顏文心彷彿吃了定心丸，肯定是大汗決定見自己了，而這個決定出乎所有人的意料，表現出對他的看重。

「沒什麼……大汗說讓你進去見他……」戈安語帶遲疑，忍不住又向自己的同僚確認了一回，得到肯定的頷首，才轉頭對顏文心道：「你進去後不要被所見的事物驚嚇，這對我們來說沒什麼大不了，但對大夏人來說可能有些不好適應。」

戈安對大夏可以說理解得頗深入了，看著顏文心的眼神帶了些同情，讓顏文心一時頗感驚疑。但戈安顯然沒有打算陪他進帳，輕輕推了顏文心一把後就退開了。

站在帳前的親兵也沒打算進去，只把帳幕掀起一角示意顏文心進去。

這種種行動，讓顏文心越發不安起來，對自己先前的猜測也失去信心。不過是個王帳，卻彷彿龍潭虎穴，他躊躇片刻，親兵們也不催促，定定地瞅著他，瞅得他心底越發沒底，偏偏戈安已經離開，眼前的親兵看來不像會說大夏語，他連想找人打探些許都沒辦法。

王帳內隱隱傳出模糊的聲響，聽不清是不是說話聲。此時剛過申時，外頭日光正好，裡頭卻有些昏暗，這種昏暗帶著某些甜膩濃稠的氣息，莫名讓顏文心有些暈眩，就不知是因為那股淡淡的香氣，還是因為他午飯用得太少。

顏文心一輩子沒怕過什麼事，就是證據確鑿被抓入大牢，他也未曾有過些許氣短與畏縮，見到自己現在這模樣，忍不住在心裡對自己冷笑。

連王帳都進得這樣畏縮，還想替自己搏什麼前程？顏文心，想想大夏的皇帝，想想護國公那一系，想想你為何會落到如此境地，你難道甘願嗎？不甘的！

他一咬牙，踏入王帳中。

帳幕在背後被放下，他往裡走了幾步才發現，王帳並沒有他在外頭看到的那麼昏暗，相反的因為圓頂上開了窗，寬闊的帳內多數地方都是明亮而溫暖的。王帳內用幾樣家具稍微區隔了不同的空間，邊角一個有陽光照射的地方坐了五名少女，少女們聽到他的腳步聲後停下手上或編織或刺繡的工作，抬頭朝他看去。

「你就是大夏來的安諄？」裡頭一位看來年紀最長、樣貌特別姝麗且長髮已經盤起來的少女率先開口，一口大夏語雖然帶著口音，卻很流利。

「是……」戈安說過，安諄等於大夏語中的公子，但他知道這個「公子」專指男妻，臉皮不免有些微燙。

「欸……」少女上下打量他，眉心微蹙，「你看起來身子很弱，真的能取悅大汗？」聞言，她身邊的幾名少女都笑了，那笑聲中帶著嘲諷和同情，顏文心險些維持不住臉上的表情。

「我是烏寒氏的珀胭，大汗正在等你，你朝那邊走就是了。」珀胭並沒有嘲笑他，反倒有種審視與不耐煩，指了指左側隱沒在昏暗處的屏風。

「多謝珀胭姑娘。」顏文心拱拱手，緩步朝屏風走去，那股淡淡的香氣也漸漸變得濃郁，甜得人腦袋都暈沉沉的，顏文心可以很明確的感受到自己渾身肌肉不受控制的放鬆，思緒也跟著遲緩了起來……催情香嗎？

即使心裡有猜測，他也沒停下腳步，繞過屏風後落入眼中的是一張鋪著皮毛的大床，以及床上交纏在一起的兩個人。

他真被嚇住了，呆愣愣地站在屏風旁，腦子糊成一片，眼光卻怎麼樣也沒辦法移開，真正是瞠目結舌。

大床上，一具特別高大且肌肉虯結的男人壓在另一具相對嬌小且膚色細膩的人身上，底下的人幾乎被男人完全覆蓋，只能看到一雙長腿緊緊地夾著男人精實有力的腰，和一條攀在男人肩頭的手臂與半個圓潤的肩膀。

男人的動作粗魯且充滿力道，每一次撞擊都讓身下人發出抽噎般的嗚嗚，環在他腰上的腿緊繃，腳趾也跟著蜷曲，那條手臂卻死死抓著男人，彷彿溺水的人拚命抓住最後一塊浮木。

頂上灑落的陽光沒有其他地方那麼明媚，卻照得男子後背肌肉塊壘分明，隨著每一次撞擊與後退收縮，強壯又不會過度壯實，有如鬼斧神工般，光是看著就令人口乾舌燥，更不提男人因為粗暴貫穿的動作身上浮了一層薄汗，在陽光下彷彿鍍上一層金紗，宛若神祇……

被壓在男人身下的人終於承受不住似的哭喊起來，似乎在祈求男人的憐惜，回應的卻只是更狂暴的掠奪，直到那雙長腿再也無力夾住男人的腰，脫力地左右攤在大床上，時不時抽搐幾下。而男人似乎也到了最後關頭，他的動作不若先前迅猛，卻更深更重，逼得身下的人斷斷續續地呻吟哭叫，連攀在他肩上的手也攀不住而落在皮毛間。

顏文心面紅耳赤地看著眼前一切，他不是頭一次見識交媾的場面，大夏的官員偶爾也會有些放浪形骸的宴會，他參加過一兩場，回回都覺得幾條肉蟲扭曲在一起甚為礙眼，後來他成了吏部尚書，就再不曾出席過此等肉慾橫流、不堪入目的宴會了。

但眼前的交媾卻不同於他見過的，他雖然感到羞恥，卻又默默被男人神祇般的體魄給吸引，那一次次猛烈的貫穿彷彿撞在他心頭，讓他竟一時別不開眼。

「大汗……大汗……啊啊啊——」隨著幾個特別凶猛的衝刺，男子身下的人發出崩潰般的尖叫，喊出顏文心已經聽懂的「大汗」這個詞，攤在床上的長腿猛烈地抽搐了幾下，接著整個洩力癱軟，男子也總算饜足了般放過可憐的床伴，轉頭朝顏文心看去。

那是一雙狠戾帶著野獸氣息的眼眸，在陽光下是深邃的海藍色，凶猛、噬血卻又異常平靜，只這一眼，顏文心心頭彷彿被什麼勾了一把，下意識低頭躲開。

男人……也就是沙圖努的大汗從喉頭發出低低的笑聲，隨後是皮毛磨擦的聲音，一雙長腿接著踩下床。

「抬頭。」沙圖努大汗的聲音低沉微啞，還帶著性事殘留的愉悅與饜足，聽得人耳畔搔癢不已。

顏文心並不想抬頭，適才可沒聽見穿衣服的聲音，眼前的男人肯定是裸著的吧？蠻族就是蠻族，真不講究。

「抬頭。」沙圖努大汗又命令了回，聽似漫不經心的低語中氣勢強悍，顏文心本來也不是個硬頸的人，對自己的處境也早就看透，索性不矯情了，矜持地抬起腦袋。

果然，男人渾身赤裸坐在床沿，胯下的物什分明才剛發洩過，卻還是半硬著看著頗為猙獰，特別是那渾圓巨大彷彿有嬰兒拳頭大小的龜頭，以及粗壯的莖身上盤纏的青筋，都足以傲視大部分的男子，也難怪適才被他貫穿的人會哭喊得那般厲害，這麼長的東西都不知會頂到肚子裡哪個部分了。

顏文心品評了那顯眼的肉莖後，才把視線挪到大汗臉上，對上一雙慵懶帶笑的眸子，神情充滿興味，對於他先看分身再看人的選擇似乎頗感愉悅。

沙圖努的大汗年紀還頗輕，顏文心有些訝異，看起來不過才二十五歲上下，人雖然顯得很驃悍且帶著滄桑，卻也銳利得彷彿剛磨礪的刀刃，觸之即死讓人不敢看輕，反而吊著心眼提防。怪不得察朵朵氏只敢把目光看準了合敦的地位，並不敢多做其他捋虎鬚的蠢事。

「你瘦了些。」大汗用一種閒散放鬆的姿態坐在床邊，顏文心卻有種被虎豹之類的野獸盯著的毛骨悚然。

「承蒙大汗垂問。」顏文心本想垂下眼避開那太過有壓迫感的視線，他會覺得自己已經被剝光了，正被獅子粗糙的大舌頭舔著試味道，讓他幾乎壓抑不住逃走的衝動。

「過來，讓本汗看仔細點。」大汗一條粗壯的長腿踩在床上，那根粗壯的肉莖更加顯眼，他卻全然沒放在心上，饒有興致地把手肘架在膝蓋上，揉了揉自己的下顎。

顏文心不禁蹙眉，他摸不透大汗是什麼意思，要羞辱他呢？還是真只想看清楚他的模樣？這莫名親暱的態度又是怎麼回事？他可從不記得自己見過眼前的人。

「過來。」大汗又喚了聲，儘管是命令卻別有一種令人酥麻的纏綿，顏文心顫了顫，對眼前人更加防備了。

這個年輕的大汗，絕對不是個好相與的主，若是沒有足夠的計畫就想掌控這男人，恐怕爪子會硬生生被砍斷。他這一路思索了多重計謀，偏偏低估了沙圖努大汗。

但端著不靠近也不成，大汗臉上的笑根本毫不掩飾嘲諷，顏文心知道自己若不趕快做出反應，就真的什麼機會都沒有了。

不得已，他走上前幾步，這處類似臥室的空間並不特別寬敞，又放了那麼大一張床，這幾步夠他把大汗臉上的細毛都看得清清楚楚了，同時甜膩的薰香中，混上石楠花的氣味，濃烈得有些刺鼻，他不由得打了兩聲噴嚏，逗得大汗放聲大笑。

「這就受不了了？」大汗握住他的下巴，並用指頭磨搓過咽喉那塊肌膚，粗礪的指腹刮得顏文心一哆嗦。

「大汗剛流了汗，不趕緊擦乾穿衣，怕會遭風寒。」顏文心半垂眼瞼柔聲細語地勸道。

「身上都是味兒，穿了衣服多難過。」大汗笑笑，勾著顏文心的下顎將他拉向自己，直到兩人呼息糾纏不清，才語帶纏綿道：「本汗喜歡你的嘴，能說善道又長得好看，頭一次見到你的時候，本汗就想著，總有一天必須在你嘴裡塞點什麼進去才能讓人滿足。」

塞點什麼？顏文心驚駭地瞪大眼，但他和大汗離得太近，一不小心被那汪平靜又狠戾的海藍給勾住了。

「跪下。」大汗的聲音彷彿天外梵音，顏文心竟生不起一絲抗拒，雙膝一彎跪倒在男子腿間，再一回神才羞恥地發現自己的臉，就對著那半硬的肉莖，每一條血管都看得一清二楚，濃烈的氣味灌滿鼻腔。

「含進嘴裡。」

要含什麼進嘴裡自不用多說，顏文心身軀一顫就想起身逃跑，他知道自己會被當玩物，卻猜不到乍然就要給男人含那猙獰醜陋的物什！

可大汗快了他一步，手掌狀似隨意地按在他肩上，卻有如佛陀的五指山，壓得他動彈不得，腰都彎了幾分，嘴唇自然也離肉莖更近了，隱隱能感受到上頭散發的熱意。

士可殺不可辱！顏文心硬挺著頸子不肯就範，挑著眼眸怨憤地瞪著大汗。姑且不管他以後是不是總得含這玩意兒，現在是萬萬不可！男人才剛把這東西從另一個人身子裡抽出來，他要真舔上去了也夠下賤了，別說想翻身報復大夏，他甚至在後帳中都沒有地位！眼前的人是真心要羞辱自己的！

「含進嘴裡。」大汗倒不生氣他的抵抗，很有耐性地又重複了一回。可按在顏文心肩上的手卻不是那麼一回事，重若千金似乎想硬生生壓斷他最後的傲骨。

顏文心還是不肯就範，他鼻腔中都是男人的味道和濃鬱的石楠花氣味，嗆得他頭暈又噁心，就是再想活下去他也不允許自己如此卑微。

「你要是不自己含，本汗就要用強了。」大汗的低語宛若愛語，卻令顏文心冷顫不止，這言外之意是，就算要弄殘甚至弄死自己，大汗都會把肉棒塞進他嘴裡，要真想保存最後的尊嚴，顏文心其實已經沒有選擇了。

「謝大汗留情。」

顏文心迅速下定決心，他撤去所有抵抗，垂下眼瞼看來極為柔順乖巧，彷彿一個早已習慣服侍男人的妓子，只有那雙控制不住微微顫抖的手，才透露出他的不甘心與怨憤。

大汗的物什確實巨大，而且異常滾燙，為了方便含進嘴裡，顏文心伸手扶著粗長的莖身，掌心有如握在烙鐵上，燙得他心裡發虛，思緒也混沌了。

他張開嘴將碩大的龜頭含進嘴裡，顏文心的嘴幾乎都要裂了才把肉頭塞進嘴裡，接下來要怎麼辦他心裡也沒譜，雖然年逾不惑可他與夫人向來相敬如賓，床笫間未曾有過任何孟浪的舉止，當然不可能用到嘴。而他為了搏取名聲，同時也覺得麻煩，未納妾也未曾打過野食，若說以感情操縱人心他挺上手的，可情愛上顏文心其實接近白紙一張。

「動動舌頭。」

顏文心依言用舌尖舔了舔嘴裡的東西，腥羶的鹹苦味道在嘴裡蔓延開來，他不由得就想吐出嘴裡的東西，不成想大汗的手早一步按上他的後腦，扣得緊緊的，根本閃躲不了，只能屈辱地繼續舔舐碩大的肉頭，並一點點把莖身也啜進嘴裡。

「舔乾淨了。」大汗的聲音依舊溫柔得讓人心肝微顫，但扣著顏文心腦袋的力氣卻半點沒放鬆，甚至還加重幾分，沒一會兒就逼著腿間的人吞下自己大半粗壯的肉棒，略顯痛苦地哼了兩聲。

顏文心不得不努力滑動舌頭去舔舐，然而大汗的肉棒被舔得越來越硬，很快就頂著上顎，壓著他的舌頭無法靈活轉動，他很快就感受到男人的不滿足，一隻大手突然掐住他的下頷，配合後腦杓上的手掌把他的腦袋固定住，接著粗暴地把剩餘的一節肉莖全部捅入他口中。

「呃——」顏文心敏感的上顎被男人肉莖上的青筋刮弄，脆弱的咽喉則被狠狠地頂開，從外頭看喉嚨被捅得鼓起，甚至能看到碩大的龜頭在什麼位置。他無法自制地乾嘔，晃著腦袋想推開大汗，但男人實在太過強壯，他那點力氣連蚍蜉都稱不上，嘴裡的粗長猛地往外抽，顏文心還沒能喘上一口氣，又扎扎實實地一捅到底。

大汗只覺得自己的肉莖被套在一個溫暖柔順的肉腔中，顏文心連試圖咬他一口的力氣都沒有，緊致的咽喉被狠戳了數下後不甘願地屈服了，乾嘔著任由他來去自如，但仍不失該有的窄緊，一抽一抽服侍得他大為暢快，男人不禁瞇起眼，扣著咽喉的手略略往下包裹住被自己頂得突起的喉嚨，隔著一層薄薄的肌肉揉了揉。

「唔……嗯……」顏文心別說喘氣了，他彷彿一條離水的魚，有氣無力地撲騰，只能發出幾個破碎的氣音，最後依然被毫無憐憫地玩弄，喉嚨在男人越發粗魯地撞擊下幾乎要被插穿了，比一般男人要大的飽滿囊袋一下一下拍在他下顎上，打出一片通紅。

大張的嘴根本什麼也吞嚥不下，隨著粗長肉莖的進出，唾液混著男人的體液從唇角滑下，一晃眼整片胸口都濕透了，肉打肉的聲音與男人舒服的喘息聲響遍整個王帳。

顏文心已經被插得神情恍惚，那尺寸驚人的肉棒還在他喉管中狠戾地抽插，龜頭前端分泌的液體大半都直接順著喉嚨滑進胃中，舌頭則早已經被磨蹭得麻木，那原本令人不快的味道都變得可以忍受。

顏文心殘存的理智彷彿抽離了自己的身軀，從旁冷眼看著這一切，惡狠狠地恥笑道：「你還想重掌大權？你還想報復大夏？看看你現在的模樣，就是最低下的窯姐都比你高尚！」

突然，滾燙的熱液灌滿顏文心的口腔，大汗雖然才剛在床上發洩過一回，這次依然分量驚人，嗆得顏文心不停咳嗽，幾縷白濁從鼻腔溢出，但大多數都被直接灌進胃裡，想不吞嚥都不行，直到他把所有的東西都嚥下，大汗才心滿意足地抽出自己的肉棒，把上頭的唾液和體液都抹在顏文心臉上。

終於被放開的顏文心失神地歪倒在地，整個人都狼狽不堪，一時間連喘氣都不敢用力。

「你這張嘴倒沒讓本汗失望。」大汗彎腰勾起他的下顎，粗糙的長指刮了刮他唇邊溢出的白濁和唾沫，柔聲道：「都舔乾淨。」說著不待顏文心緩過氣來，下顎上的手指一用力把他的嘴弄開，手指就往裡頭抹，幾乎又捅到嗓子眼，顏文心連忙用舌頭討好地舔，仔仔細細半點不敢馬虎。

大汗就這樣把他臉上的東西都抹進他嘴裡，鹹澀苦都齊備了，顏文心心裡雖恨，也知道唯今之計只有服侍好眼前的人。

「你倒挺乖覺。」末了，大汗拍了拍他的臉頰，拉著他跪在自己腿間，枕在光裸粗壯的大腿上。「本汗喜歡你這樣的小樣子，待會兒戈安會帶你去準備好的住所，為了讓你遠道而來不感到陌生無措，本汗準備了兩個小禮物給你，你肯定會喜歡的。」

顏文心趴在大汗大腿上，眼前都是虯結強壯的肌肉，壓迫得他幾乎喘不過氣。他從未覺得這麼疲累過，只想趕緊回床上睡一覺，醒來後才有足夠的精氣神思索下一步該怎麼辦。

大汗看來也沒打算繼續玩弄他了，身後的床上還有個剛被操暈過去的美人兒，這會兒發出奶貓般的細細呻吟，似乎就要醒過來。

「你可以走了，晚上本汗再去看你。」大汗隨手將顏文心從地上托起，接著便不再關注他，回身對床上的人笑吟吟地說了些什麼。

顏文心正想走，卻有些好奇床上的人是誰。他記得路上戈安說過，那爾賀氏的珥筮安查和察朵朵氏的舒騠安諄正受寵，也是合敦的有力人選，特別是察朵朵氏最有野心爭奪合敦的位置。但，先前卻沒有提到三大氏族中的烏寒氏，可見先前烏寒氏並沒有讓子女入後帳，卻不代表這幾個月沒有變化。

適才等在外頭的女子說她是烏寒氏的珀胭……那床上的人最有可能是烏寒氏的子女了。他必須得看看是什麼樣的人，剛入後帳最需要幫手，珥筎安查與舒騠安諄已經各有勢力，烏寒氏一定迫切想要突破這兩人的平衡。

床上醒來的美人懶洋洋地坐起身，顏文心才發現那是個少年，大概才十七、八歲年紀，皮膚很是白皙且無瑕粉嫩，頭髮顏色較淡，在陽光下是亮褐色的，柔細的髮絲舖了一身，宛如絲綢般顯眼，迷濛的雙眼彷彿蘊沁著一層霧氣，純真如同小鹿卻又嫵媚得勾魂攝魄。

可即使是這般美人，裸露的上身卻依然覆蓋著一層薄而精實的肌肉，流暢的線條儘管看來柔軟，但該有的都沒少，那雙手臂如同柳條般柔韌有力，拉弓射箭肯定不在話下。

少年也注意到顏文心，他眨眨氤氳水氣的眸，好奇地用沙圖努語說了什麼，顏文心愣了愣沒有回答，大汗卻先笑了，「他是大夏人，你可以同他說大夏語。」

少年聞言輕哼了聲，驕矜地開口：「你就是那個大夏來的安諄？我聽人說過你，你在大夏做了很不好的事，不是個好人。」

被一個少年直接下了臉面，饒是顏文心這樣百毒不侵的老狐狸依然沒忍住皺了下眉，但他很快垂下頭掩飾，同時無奈地辯解道：「大夏皇帝對自己厭惡的人總是有很多說法的，有句話說『愛之欲其生、惡之欲其死』，當我對大夏皇帝沒有用了，他就恨不得我去死。」

聽了他的辯解，大汗猛然朗聲大笑，少年茫然地看著不知怎麼突然樂起來的大汗，一邊在心裡試圖理清顏文心剛剛說的意思。他的大夏語學得不夠深；稍微艱澀些的意思就需要多想一會兒才能懂。但即使如此，他也不明白大汗為什麼笑？

顏文心卻心頭雪亮，大汗的笑聲中有暢快也有諷刺，顯然沒被他輕易繞走，恐怕對他與南蠻合謀的事瞭若指掌。

就不知是大汗特意讓人調查的，還是有誰賣了他的老底。

然而，不管如何，他深知自己目前在大汗眼中就是個玩物，雖不知何時何地被看上了，但論深情大概半點沒有，只有征服的肉慾吧。他該如何在後帳順順利利地活下去，才是眼下最迫切的。

「顏文心，你下去吧。」笑聲剛停，大汗又擺擺手不客氣地趕人，「烏寒氏的小少爺不是你能拿捏的棋子，在本汗的後帳安生點，別忘了在大夏你已經是個死人了。」這聽似冷厲的警告卻帶著興味的笑意，顏文心飛快地瞥了大汗一眼，沒再久留，拱手告退了。

轉出屏風後，珀胭仍坐在原處刺繡，聽見他的腳步聲後才抬起頭，隱諱地皺了下眉，卻沒有再次與他搭話，只抬抬下巴要他出王帳。

不過是個下人，如今也不拿他當回事了。顏文心臉上帶笑地拱拱手，快步走過去掀起帳幕，外頭的親兵見著他，轉頭喚來戈安。

「顏安諄。」戈安很快出現在顏文心面前，稱呼也換了，「請跟我來。」

「多謝。」

顏文心所住的帳篷離王帳有些距離，路上繞過好幾個明顯群聚的帳篷群，最後來到一片都是約有一間茅屋大小、圓拱頂帶有一圈草綠色帳篷的地方，算了算這片帳篷群約有十二、三個，細看會發現大的帳棚旁還會有兩個小帳篷，有點像耳房的意思，大帳棚彼此不會靠得太近，但也沒能離多遠，莫名顯得有些蕭瑟。這十二、三個大帳棚大概只有一半看起來是有人住的，看來不受寵的安查、安諄大概就都住這兒。

戈安帶顏文心走到一座圓拱頂的草綠色特別鮮豔的帳篷前，「顏安諄，這裡就是您的住所了，服侍您的人就在裡頭，您請進去吧。」

看戈安說完話轉身就要走，顏文心忙開口：「戈安，路上多謝你的照拂，以後顏某定會報答你。」

「不用。都是大汗的交代。」戈安毫不客氣地回絕了，也不待顏文心反應，一眨眼就跑得不見人影。

顏文心愕然，心裡生起一種使不上勁的無力。他呆立了好一會兒，察覺左近有人住的帳篷裡隱隱投來審視的目光，才有些狼狽地轉身進帳。

帳篷裡比外頭看起來要寬敞許多，生活物什一應俱全，擺設上卻不像王帳裡看到的那樣，全然的蠻族風格，反倒處處盡顯大夏的文雅秀緻，若不是床上鋪著皮毛，乍然間彷彿回到家鄉。

桌、椅、櫃、鏡臺、書架、屏風等等都是見慣用慣的樣式，書桌上擺設的筆架上似乎還有他用了多年的一枝筆懸在上頭。

顏文心踉蹌地走上前，拿筆的時候才發現自己抖得不行，險些拿不住那枝筆，試了幾次終於成了，他就著屋頂灑下的陽光細細翻看，無論筆桿或毫毛都那般熟悉，他這枝筆用的是紫毫，色澤紫黑光亮、流暢若水，儘管用了多年，但仍挺拔尖銳彈性極佳；筆桿用的是特殊的方竹，外觀古拙大氣，竹身宛若潑墨，因長年使用被磨搓得愈加光彩內蘊。

這枝筆陪伴了他當吏部尚書的大半時光，寫給皇上的信也好、寫給懷秀的指示也好，甚至最後與平一凡的聯繫都是出自這枝筆……風光的時候、落魄的時候、得意的時候都與這枝筆息息相關……

「呵——」顏文心低笑出聲，心下卻一片惶然。

從帳篷內部的擺設和這枝筆來看，大汗對他是頗為用心的。可這樣禮物，卻又送得扎心，彷彿在警告他，過去無論發生過什麼，大汗都心知肚明，他要想再攪弄風雨怕是很難了。

怪不得關山盡沒有派人在路上劫殺自己、怪不得皇上願意把自己扔到沙圖努活著，原來……他要面對的男人，根本不是現在的他拿捏得了！這一切，京城那些人都清楚，太清楚了。

「你們以為這樣就能困死我嗎？呵呵呵……我顏文心這輩子被折辱過多少次，哪一次低過頭了？等著吧，就算是個玩物，我也總有一天要弄得你們不得安寧！」顏文心恨恨地捏緊手中的筆，低聲咒誓。

正當他陷入自己的思緒中時，帳幕被掀開，一個熟悉的聲音傳來：「爹……不，顏安諄，小的來向您請安。」

這聲音實在太過熟悉，顏文心一時間以為自己聽錯了。他連忙回過頭，腦中也想起大汗說過要送他兩樣禮物。一樣如果是眼前的筆，另一樣莫非是……背脊驀地滑過冷汗，無法抑止地輕顫了下。

帳幕外站著兩個人影，個子都不若沙圖努男人高大，身形像大夏人，纖瘦修長如弱柳扶風，而那兩張臉……

「是你們……」竟然是他的兒子們，顏斯年與顏日新！顏文心震驚得手上的筆都掉了，他沒想到會在這西北寒漠與兒子再見，這份禮著實太……太誅心了！

父子三人的重逢並沒有什麼感天動地的哭泣或一句安慰，顏文心除了驚訝外也許還有些厭煩，至於顏斯年與顏日新的表情都帶著空洞，彷彿不知道該怎麼面對自己的父親才好。

兩兄弟看來挺憔悴，他們身上穿著沙圖努的服飾，但衣服顯然太大了，鬆垮垮地壓在兩人身上，把人襯得更纖細無助。他們的肌膚帶著被風沙颳過粗澀微泛豔紅，已經幾乎看不到曾經翩翩貴公子的模樣了。相較之下，顏文心簡直好得令人痛恨，他是瘦了許多，氣色卻依然紅潤，身上穿的還是大夏的服飾，仍帶著斯文如玉的儒雅。

顏文心把目光調開，彎身撿起落在地上的筆，在桌案前落坐。

「你們為何會在這裡？」兩個兒子肯定受不住這種苦寒之地的，顏文心不免後悔自己把孩子豢養得太嬌貴，過去他不想將孩子養成狼，是怕他們不好控制。現在他卻希望這兩個孩子有一點自己的狠心，省得來拖累他。

顏家兄弟聽聞父親的質問同時抖了抖，怯怯地垂下腦袋，臉上浮現羞恥的脹紅。

「說。」顏文心不耐煩地敲敲桌面。

「父親……不，回顏安諄，我們兄弟是被……是被大汗派人從西北軍手上討過來的。」顏斯年畢竟年長一些，深吸了幾口氣後磕磕絆絆地回話。

顏文心還能聽不出他話中有隱瞞嗎？不禁冷笑了聲。

「恐怕不只是討來這麼簡單吧？說吧，你們被許給誰了？」也許沙圖努的男人多數更喜歡強壯健美的愛人，但人人皆有自己的法緣，他顏文心的兒子長得還是挺能入某些人的眼。

顏斯年與顏日新震驚地抬頭看向冷淡已極的父親，抖著雙唇遲遲無法回話，也不知是被猜中了感到羞愧，還是沒料到曾經慈藹的父親竟薄情至此。

「看來為父猜中了，你們現在也……呵呵，沙圖努的男人啊……」既然大家都是婊子，誰也不比誰高貴，顏文心扭曲地安心了。「既然如此，往後我們也無須再以父子相稱，省得墮了顏家祖宗的臉面。以後別叫我顏安諄，就叫我老爺……唉……是爹害了你們。」話到最後，顏文心垂下腦袋用手擋住了臉。

兩個兒子畢竟還年少，對父親又長年孺慕，眼看父親難過也不由得心痛，連忙跑上前一左一右跪在父親膝前。

「爹，您千萬別這麼說，您對大夏一片赤誠，是皇上被奸人迷惑了才會把顏懷秀那隻白眼狼做的事情算到您頭上！是兒子沒用，沒能替您分勞解憂。」顏斯年說著說著不禁淚流滿面，他心裡一直不願意相信父親真做了通敵叛國的惡事，顏家在大夏權勢滔天，又深得皇上器重，何苦行這般損己之事？

「是啊，爹，我和哥哥沒用……您入了天牢卻束手無策，連顏家最後一點尊嚴都沒保下來……是兒子對不起您！」顏日新今年才十六，一直到家變前都是個只知書裡春秋、不知書外經年的痴兒，對父親自然更深信不疑。

顏文心見兩個兒子哭得悽慘，便知道自己這一步棋走對了。他若獨自在沙圖努大汗的後帳生活，身邊都是不熟悉的蠻族侍從，肯定只能受大汗的挾制。

兩個兒子被送到他眼前，也許只是大汗打算折辱他的手段之一，但也無疑是把兩個人手送給他。與他身陷後帳不同，兩個兒子既然已經被沙圖努的男人給占了，比他能打聽到更多消息，他養了兒子十多年，花費多少心血，今日報答他也是理所應當的。

他假意抹了抹臉上的淚水，老懷慰藉地將兩個兒子扶起來，眼中帶著隱忍道：「爹知道你們都是好孩子，在沙圖努活下去不容易，雖說士可殺不可辱，但現在爹被蠻族的大汗給看上了，輕易不能尋死，否則恐怕這些蠻人會撕毀與朝廷的協議，再次引得西北生靈塗炭。皇上雖然聽信奸人陷害，但百姓終歸是無辜的，我父子三人必須得為大夏百姓活下去，即便受辱也只能暫且忍耐，你們明白爹的苦心嗎？」

這段話說得滴水不漏，顏斯年與顏日新神色複雜地看著父親，接著眼眶又一紅哭了起來，「爹，您放心，孩兒都懂……就是苦了您了。」顏斯年想到曾經意氣風發的父親，如今卻得為了大夏百姓拋棄尊顏承歡於另一個男人身下，他真是恨不得衝回京城提刀殺盡護國公府。

顏日新則哭得話都說不出來，眼淚鼻涕滴落在夯實的土地上砸出數個小水坑。

顏文心卻不再說話，嘆口氣替小兒子抹了臉，側過頭低聲道：「晚上大汗會過來用飯，該怎麼服侍就怎麼服侍好了，去吧，好好做準備，別在敵人面前露了怯。要是他真對爹有什麼不軌之舉，你們就去外頭耳房待著，給爹留些面子。」

顏斯年與顏日新互看一眼，張著嘴似乎想勸些什麼，但想到父親忍辱偷生本就難受，他們多說什麼又有何用呢？

「孩兒知道了，爹……不，老爺，待會兒讓日新替您送些茶水來好嗎？」顏斯年見弟弟又哭了起來，連忙拉著人出去。

不多久，顏日新果然沏了一壺茶水來，那味道竟還不錯，不是沙圖努慣喝的奶茶，而是大夏的清茶。

顏文心把兒子支走後，倒了杯茶緩緩啜飲。熟悉的茶香與口味，完全是當初顏府常喝的那種茶。

大汗究竟是什麼意思？顏文心在茶香中莫名茫然了。

晚膳時刻，大汗果然如說好的來了。

顏斯年與顏日新想來這些日子吃了不少苦，以往都是十指不沾陽春水的貴公子，如今幹起活來卻例落細心，一桌子雖多半是沙圖努慣吃的烤羊肉、烤奶餅與稞麥烙的餅，品相不多也粗糙，卻也多了一道炒百合與一道火腿燉豆腐，雖說用料簡單，但這種清淡的菜色特別考驗廚子的手藝，顏文心不禁看了兩個兒子一眼，遲疑著到底要不要下筷。

大汗可沒有他的謹慎，挾起炒百合放進嘴裡就嚼，接著舀了一塊豆腐搭著烙餅吃了，那酣暢淋漓的模樣，顏文心看了都餓，便稍稍放下心防也吃了起來。

出乎意料的，這兩道菜做得極好，百合爽脆的口感並未打折扣，調味稍重了些，特別是蔥蒜的味道明顯，應當是為了搭配烤肉特意做此改變。火腿燉豆腐則令人驚豔，就是在京城顏文心也沒吃過這麼好的味道，豆腐本味單薄，用火腿一燉霎時多了一種腴爽順口，鹹味恰到好處，而火腿竟也未過火而粗老，搭在一塊吃與單獨吃各有滋味，涇渭分明卻又宛如一體，即使配著粗糙的稞麥餅，也令人吃得口舌生香。

見顏文心吃了半飽，大汗才開口調笑：「你一路上瘦了許多，這些日子好好補回來，否則本汗怎麼疼你呢？瞧你這手腕……」大汗捏起顏文心的右手，微微使了點勁就讓顏文心痛得握不住筷子，臉色更是疼得慘白，無措地瞅著大汗。

「別這樣瞧著本汗，被這麼看著，本汗怕會忍不住捏斷你這纖細的骨頭。」

顏文心悚然一驚，連忙垂下眼。

大汗卻朗聲大笑，無比溫柔地拍了拍他的手，低柔道：「嚇你的呢，怎麼當真了呢？本汗在你眼中，就是這麼個殘暴的人不成？」

那是自然！

「不，小人只是怕不小心衝撞了大汗。既然是大汗把小人從大夏帶出來了，那小人就是大汗的人，大汗想做什麼就做什麼，小人絕無半分怨言。」

話說得討巧，大汗卻似笑非笑地瞅著顏文心，顏文心神色未變地任由他瞧著，甚至還有心情又吃了一塊豆腐。

「顏文心，你還記得十年前，沙圖努敗給大夏，投降後派了一個使團去大夏嗎？」大汗叩了叩桌面問。

「十年前？」顏文心嚥下嘴裡的豆腐，裝模作樣地思索片刻才點頭道：「記得，那時候小人也陪著大夏皇帝接見那團使節，大汗怎麼突然問起往事？」

「你還記得，當年使團中有個十五歲的少年嗎？」

少年？顏文心蹙眉思考得更久了，半晌他搖搖頭歉然道：「畢竟已經過去十年，那時候小人也只是陪客，並沒與使團的人多做接觸，實在不記得您所說的少年。」

「是嗎？」大汗伸手溫柔地撩去顏文心頰邊的碎髮，「可本汗這十年來卻一日也未曾忘記你呢。」

顏文心瞪大眼，感覺自己彷彿跌入一個挖好的陷阱裡，不可置信地看著笑吟吟的大汗，腦子飛快思索十年前與沙圖努使團所有的點滴，隱隱地他似乎想起曾見過一個少年，奈何他無論怎麼深掘，少年的樣貌都是模糊的，更想不起他們是否說過話，或相處過哪怕一時半刻……那時候他剛成為吏部尚書，有太多事情要謀畫安排，根本不會花工夫在無用的人身上，莫非……大汗是詐他的？

「你真的忘了……」大汗目露遺憾地嘆口氣，撫摸著顏文心的動作卻更是溫柔得不可思議。「那一年，我最後一個哥哥也病逝了，沙圖努慘敗幾乎滅族，忠心的部下們護著我總算勉強留下王族的一絲血脈，為了向大夏表示誠心，也為了休養生息，便決定派使團前往大夏拜見你們的皇帝議訂契約。可那時候，有幾個氏族蠢蠢欲動，想取我王族血脈而代之，老臣不放心把我留在狼口中，便將我也帶上了。」

「明智之舉。」顏文心笑得誠心，大汗卻拍了拍他的臉頰。

「顏文心，本汗第一次見到你就是在洗塵宴上，大夏皇帝有意展示天朝上國的威風，那場洗塵宴辦得很輕描淡寫，主持宴會的是護國公，大夏皇帝只出現兩刻鐘。我沙圖努被看輕了，但敗兵之軍活下來已算萬幸，無論如何恥辱都只能先受著。」大汗彷彿回想起那天種種，藍色的眼眸閃過一絲凶厲，唇邊卻是抹不在意的笑。

那一年他才十五。

沙圖努的前一任大汗有五位與合敦生下的王子，前大汗可說是沙圖努在歷代大汗終能排得上號的英明大汗，勵精圖治、文韜武略，把大夏摸得透透的，差點把西北那塊地方給咬下來，可惜……功虧一簣，不但賠上自己的性命，甚至連妻子兒女、臣民百姓都險些全保不住。

還是王子的大汗因為年紀輕，加上沙圖努向來偏向么兒繼位，被最嚴密地保護起來，勉強活下來。他眼睜睜看著家園殘破，人民流離，卻無能為力。那時候的他太弱小了，大夏雖退了兵，族中的豺狼虎豹卻才正打算伺機而動。

還好四哥天生體弱，又因為受到太大的驚嚇，儘管也跟著他一起逃走，卻沒能撐上多久就病死。若非如此，察朵朵氏和他們的擁躉恐怕會想辦法弄死自己，扶植一個傀儡大汗，最終吞下整個沙圖努。但因為四哥的死，他們暫時收斂了些，卻仍蠢蠢欲動。

於是，派使團去大夏謝恩的計畫，也是忠心臣子保他的方式之一。沒有大汗的金印，那些豺狼們就不敢輕舉妄動。

十五歲的大汗第一次見到大夏真正的繁華，他讚嘆得幾乎忘記自己身負國仇家恨，怪不得父汗想要吃下大夏，有這麼好的地方，族人們就可以不用那麼辛苦生活了。

然後，在使團的洗塵宴上，大汗一眼看到了顏文心。

他那時想不透自己為什麼會被這個年長自己一倍有餘的男子給吸引，真要說顏文心並不是長得最好看的那個，同樣在洗塵宴上還有一位與自己年齡相差不大，卻貌若天仙的少年，他一眼看出那少年身上有與自己相似的血性與狠厲，後來聽部下說才知道，沙圖努之所以輸得如此慘烈，少年居功甚偉。

哈，仇人！怪不得他怎麼看都覺得討厭，卻又不得不佩服。

至於自己怎麼就看上了顏文心？十五歲的大汗百思不得其解。要說看上，似乎也沒到那個地步，他就是好奇，這個男子面孔白皙清癯，五官彷彿他聽說過的江南山水，雅是雅到了極致，又隱隱透著風骨與嫵媚。

洗塵宴上顏文心專心作陪，沒有說太多話，但也和使團的人都敬過一輪酒、說上兩句，著實令人有如沐春風之感。他年紀最小，也是最晚和顏文心說話的人，顏文心看著他還沒開口就先笑了，「少年出英雄，沒想到使團還有你這麼年少的孩子。」接著他這麼說。

「我不年少了，用你們大夏的話來說，已經是束髮志學之年。」那時候他剛經歷家破人亡的痛苦，卻還得在大夏對那些文謅謅的討厭鬼陪著笑臉，把所有凶狠心思都按捺在心底，實在苦不堪言。

顏文心說話的語氣清淡如風、溫潤似水，讓他整個人舒坦許多。

「有志氣。要是我的孩兒能有你五成的爭氣，我就滿足了。」顏文心提到自家孩子時笑得更加溫柔，大汗心裡彷彿有貓在抓，勾得他口乾舌燥，一口悶下了滿滿一杯酒。

顏文心看他喝得急也覺得有趣，索性和他多說了幾句，問了問沙圖努的民風，問他過得可好，隱晦地指責那個靡顏膩理的少年太殘忍，竟將沙圖努逼到接近滅族，不是天朝上國該有的手段。

大汗別說聽得多舒心了。他想，之後自己回沙圖努後一定要像父汗那樣，趕緊將沙圖努再次重振起來，就算不與大夏繼續爭搶打仗，也要用平等的地位再次來訪。屆時，眼前這個叫做顏文心的男子，是否也會讚他幾句呢？

「本汗總是惦記著你當年那幾句話，一個大夏人卻對沙圖努如此上心，著實不容易。」大汗笑得意有所指，他將僵住的顏文心摟入懷中，啃了啃秀氣卻飽滿的耳垂，低柔的聲音彷彿要化成一汪春水，「察朵朵氏雖然狼子野心，到底欠了些火侯。在大夏那段時日，你教了我許多，也對我說了許多，我總想著有一天要當你的靠山，讓護國公一系不敢再尋你麻煩。呵呵，唉，本汗眼拙啊，堂堂顏文心顏大人，怎麼會缺靠山呢，嗯？」

顏文心顫了顫，偏頭想躲開大汗滾燙的氣息，可下顎猛地被扣住，半分也躲不開了。

「這麼說來……小人也算對大汗一統沙圖努盡過些許心力呢。」恩將仇報的東西！

大汗扣著顏文心的下顎將他的頭抬起，細細密密用眼光描繪他的模樣，最後定在那雙眼上，直勾勾地四目相接。顏文心很快就錯開眼神，大汗的目光太咄咄逼人，幾乎要將他吞掉一般。

「本汗也好，沙圖努也好，都只是你布下的餌之一吧。」大汗任由他閃避，粗糙帶繭的指腹柔情地磨搓顏文心的嘴唇，很快把那處柔軟的肌膚刮得泛紅。

「大汗這麼說，小人可不敢不認……」顏文心迅速瞥了他一眼，那無奈又氣硬的模樣，幾乎毫無破綻，大汗不禁笑了。

「顏文心，若不是本汗這些年仔仔細細調查過你，恐怕還真會信了你的『誠心』……可惜

了嗎？」

「試過本王替你準備的床了嗎？」

啊……」大汗總算鬆了手，雖說力道不大卻也留下兩道顯眼的指印，「試過本王替你準備的床了嗎？」

顏文心垂著腦袋不回答，身子卻明顯地抽搐了下。

「上去吧，本汗可是想了你十年呢。」大汗輕輕在他背心推了一把，顏文心才搖搖欲墜地從席上起身，踉蹌地走向那張鋪著皮毛的大床，腦子裡不知怎麼浮現出不久前在王帳看到的那場性事。

他還躊躇著要上床還是先脫衣服，後背卻貼靠上一具滾燙又強壯的身軀，燒得他微微悶哼了聲，握緊的拳頭幾乎刺破掌心。

「你要是服侍得本汗滿意了，任憑你想在後帳攪什麼風雨，本汗都准許你。」大汗摟住顏文心的細腰，把人壓上床，出口的承諾漫不經心，卻令顏文心倍感屈辱也心驚。

他惶然不已。在這西北寒漠裡，他真能累積上足夠的實力，替自己復仇嗎？或者一輩子只能在沙圖努大汀的後帳中當一隻金絲雀？

然而不待他細想，男人骨結分明的長指已經沾著膏脂毫不客氣地戳入他後穴中……

「唔——」顏文心咬著唇不願意發出叫聲，大汗卻顯然很愉悅地低笑著……

（完）

番外三　養兒記

他笑吟吟地捏了捏老傢伙的鼻頭，
「吃什麼飛醋呢？自從你這隻老鵪鶉飛進我眼裡，
你以為的那些繁花都不過是塵土罷了。
這些日子脾氣倒是見長了啊，懂得吃醋了。」
「我、我也沒吃什麼飛醋……」吳幸子臉皮薄，
被道破心緒後老臉紅得不行，結結巴巴替自己辯解。

「娘……」房門被輕輕推開了一條縫，露出一張七八歲男孩嫩白的小臉蛋，怯生生地往裡頭張望。

這是間女人的臥房，緊閉的門窗顯得室內頗為昏暗，與外頭的明媚陽光恍如兩個世界。屋內隱隱約約飄盪著薄薄煙霧，以及撲鼻的濃烈草藥味，為了壓抑略有刺鼻的藥味，房裡點上了薰香，兩種氣味混合在一塊兒後，揉合出一種令人昏昏欲睡的黏稠氣息，任誰都會不自覺摀著鼻退避三舍。

屋內的擺設極為簡陋，梳妝臺上的銅鏡黯淡無光，除了兩三把玉釵什麼首飾也沒有，格架上也空空如也，甚至還覆蓋了一層灰。屋子倒是挺寬敞的，也就更顯寂寥，尤其那張床愈加顯得大而空虛，上頭隱約躺著一個人，在聽見孩子細細的呼喚後從被窩中露出白得泛青、形容蕭索的面龐。

女人看起來已經病入膏肓，但在瞧見兒子的小臉後仍露出溫柔的微笑，幾乎只裹著一層皮的手朝兒子招了招，「小寶兒，過來。」

小男孩聽見母親的聲音後雙眼一亮，急切地推開房門，又小心翼翼把門給關好，才邁著小短腿奔向母親，乳燕投林般撲進被褥間。

「娘，小寶兒想妳了。」他不敢真往母親懷裡鑽，奶奶和二娘都耳提面命，娘的身子不好，需要休養，小寶兒是乖孩子不能打擾母親休息，也不能隨意撲在母親身上撒嬌，他都聽進心裡了。

「小寶兒長大了些呢。」女人伸手撫摸兒子嫩乎乎的臉蛋，臉上雖掛著笑容，眼中卻是掩飾不住的心疼。她的寶兒瘦了些，比三個月前見到時還要瘦了，一個七八歲的孩子照說應當越長越大才是，得是怎樣的蹉磨才能讓一個孩子反而瘦小了？

然而，她現在連自己都保不了，遑論保住她的孩子。她在這個家，是個快死的人，包括奴僕都將她視作無物，要不是有她當年陪嫁進來的嬤嬤還能照看一二，她墳頭上的草恐怕都有幾人高了吧。但嬤嬤已經老了，為了她這個主子也沒少被刁難過，實在無力照料小主子，儘管她是明媒正娶的妻子，還生了嫡長子，但失寵的女人也只能像老狗般苟活。

女人知道，這些天公爹在過大壽，嬤嬤告訴她這回她的丈夫攀上知州大人，所以大肆操辦壽宴，就為了搭上達官貴人撈些好處，提一提身分地位。女人聽了不住冷笑，一個小小知州罷了，也就這目光如豆的男人把對方當金銀財寶般捧著。

也是在聽到這個消息後，女人心裡有了主意，於是寫封信偷偷讓人捎回娘家。她保不了自己，卻一定要想辦法保下她的寶兒，而她能求助的機會眼看就來了。只是不知道，那位表兄是否願意紆尊降貴來見她呢？女人不禁有些忐忑。

「小寶兒會越長越大的，之後跟著先生讀書，學著當大夫治好娘的身子，娘妳一定要等寶兒長大。」寶兒認認真真地握著娘雞爪般的手說道。

「好……娘答應你。」即使明知不可能，女人還是點頭答應兒子。她知道自己的身子撐了這麼多年已到盡頭，早已藥石罔效。可她怎麼忍心告訴兒子如此殘忍的事實呢？

「外頭正熱鬧吧？你怎麼反而跑到娘這裡來了？」不願意再多聊自己的身子，她索性轉移話題。

「嗯，今天爺爺過壽，來了好多好多的客人呢！不過二娘說，我年紀還小，應該要乖乖待在自己的院子看書，不能去外頭衝撞了客人，寶兒是乖孩子，要乖乖聽話。」他其實偷偷看了一眼熱鬧的前廳，也看到比自己略小幾個月的弟弟被二娘帶著在賓客間周旋。小寶兒有些不解，為什麼弟弟不用待在自己的屋子裡？但他不敢讓二娘知道自己偷跑出來，所以也不敢問。

如今見到了娘，他忍不住說起弟弟的事，並沒注意到母親的神色瞬間暗了暗。

女人沒多向他解釋，只是摸著小寶兒的臉頰說他乖，母子兩人很快忘了前廳的熱鬧，開開心心地說起貼心話來。

也不知過了多久，房門突然被敲了敲，老嬤嬤的聲音在外頭響起：「小姐，關家的表少爺想見您。」

關家的表少爺？女人一聽，原本被病痛折磨得混濁的雙眼瞬間一亮，臉色彷彿紅潤了不少。她緊握著兒子的手，努力壓抑興奮的心情道：「快請表哥進來。」

「表哥？」小寶兒好奇地眨著大眼，回頭朝房門的方向看。

門被推開，老嬤嬤佝僂的身軀後頭是位身形高大的影子，小寶兒從沒見過這麼高的人，訝異地連小嘴都張開了，仰著小腦袋差點往後摔倒。高大的身影走進屋子後，他也發現對方身邊跟著另一個瘦削的身影，幾乎被罩在陰影中都看不清臉，小寶兒更用力瞪大眼，努力要把兩人的模樣看仔細。

房門再次被小心翼翼又嚴實地關上，昏暗的房中飄散著薰香跟藥草的煙霧，把那個高大的人襯托得有如幻夢。

那是個非常好看的男人，好看到小寶兒都有些害羞了，他從沒看過這麼好看的人。就算是被很多人稱讚為美人的二娘，都比不上眼前的男人，這一定就是書上說的仙人！仙人身邊的男人看起來有些年紀了，小寶兒好奇地看著他，雖沒有仙人長得好看，但卻讓人感到親切，小寶兒忍不住想靠過去親近，一雙大眼眨都不眨地盯著不放。

那個男人也注意到小寶兒，立刻露出一抹笑容，他抬頭對仙人說了幾句話，仙人微微蹙眉但還是點了點頭，男人便朝小寶兒伸出手，柔聲細語道：「娃娃，你叫什麼名字？要不要來伯伯這兒吃糖呢？」

小寶兒有些緊張又有些渴望地回頭看了看娘，女人微笑著對他點點頭，推了推小肩膀道：「過去吧，娘和你的表舅有話要說。」

表舅？小寶兒偷眼瞅了瞅那位仙人，接著乖乖開口：「表舅好。」

「嗯。」看起來像仙人一樣的表舅面無表情地點點頭，然後指指身邊的男人，「這是你表舅母。」

表舅母？小寶兒瞪大雙眼，腦子瞬間都糊塗了，舅母不應該是女人嗎？嗯？雖然滿腦了疑惑，小寶兒還是乖乖地開口問安：「表舅母好，我叫寶兒。」

表舅母笑得眉眼彎彎，開心地拉過小寶兒摸他腦袋，「乖孩子，來，我們到一旁吃糖說故事，讓你娘和你表舅說說話，好不好啊？」

「好。」小寶兒點頭，就這樣被表舅母給帶走了。

等孩子離開屋子，被稱為表舅的護國公世子、鎮南大將軍關山盡，才正眼看了床上病容枯槁的女人，微微皺眉，「妳信上說的是怎麼一回事？」

「表哥，許久未見。」女人露出苦笑，支撐著要坐起身，卻被關山盡阻止，她喘著氣倒回軟枕上，眸中帶著淚光，沉默了半晌才又開口：「小妹沒想到，你真的來了。」語罷長長吁了口氣，彷彿將這些日子來的擔心不安，都一口氣吐得乾乾淨淨。

「謝謝妳姨娘。」否則他才懶得管一個多年未見的表妹。

女人的娘家姓施，在一個不大不小的縣城中頗有點頭臉，稱得上書香門第，她是現任當家的二弟的小女兒，十多年前嫁給一位姓楊的富商。這段婚姻倒不是父母之命媒妁之言，而是楊家的長子意外在寺廟裡見到施小姐，一見傾心從此茶不思飯不想，急壞了楊家父母。

楊公子後頭雖有兩位弟弟，其實都早夭了，如今只有二房生的兩位妹妹，因此他稱得上楊家的心肝寶貝獨苗苗，爹娘疼得如珠如寶，哪裡能任由兒子這樣相思成疾下去？於是拚了命地打探施小姐的消息，也算皇天不負苦心人，真讓他們找到施小姐。

說來也巧，那天施小姐也遠遠地看見楊公子，竟然同樣芳心暗許，心裡總惦念著那只有一面之緣的翩翩佳公子，只是女孩兒臉皮薄，不敢同家裡人說，暗暗消瘦了許多也流了不少眼淚。

這下可好，郎情妾意地一拍即合，雖說施小姐家人對這件婚事心存疑慮，可看女兒恨嫁了，加上楊公子一家情意深切，躊躇之後只能點頭許下婚事。

說來也可笑，兩人明明都為對方犯相思，好不容易喜結連理，照理說應當要好得蜜裡調油才是。誰知，楊公子根本就是個多情人，他能為施小姐茶飯不思，轉頭也能為其他女人神思不屬。

婚後不過兩年，施小姐懷上身孕的同時，楊公子又在另一座縣城的另一座寺院看上了另一位女人。這回楊公子同樣想方設法地求娶對方，可對方卻不若施小姐這麼天真單純，並沒有腦子一熱答應楊公子的追求，反倒用了手段吊著楊公子，把楊公子迷得五迷三道，心裡早就沒了施小姐的位置。

施小姐本想忍氣吞聲，總歸她是正房大妻，肚裡又懷著孩子，若孩子是個男孩，那她的地位就無人可動搖。除非楊公子打算休了她，施小姐家雖只是書香世家，但不少叔伯兄長都有功名或官職在身，並不是好啃的骨頭。楊家只是地方富商，還真沒底氣和施小姐的母家翻臉。

誰知這女人也不簡單，仗著楊公子的迷戀，咬死不肯當個妾，只願意接受平妻的位置，否則就不嫁。楊公子那個急啊！連施小姐分娩時都還在那女人的住處，不肯回家看一眼自己出生的孩子，就為了向女人表忠心。施小姐聽到消息，又氣又急，竟大出血險些死去，這也導致她從此身子虧虛，幾年後便重病不起。

後來，楊公子還是頂著妻家的壓力把那女人娶進門，給了平妻的身分。

施小姐輾轉得知，原來這個平妻家世雖普通，也只是個普通商家，但家中臉面很廣，聽說甚至認識知府大人。

楊家一直想和官府攀上關係，當初娶施小姐也有點這個意思，可惜施家家規嚴格，楊家竟半點也沒能從施家身上討得便宜，心裡也漸漸看不上這清高的親家，索性轉頭攀附更有用的平妻家族。

施小姐得知一切原委後，不住在心裡冷笑，對丈夫的情愛也淡了，就想守著自己的兒子把小日子過好。

她的寶兒……一提到兒子，施小姐就不禁眼眶一紅。

小寶兒在五歲左右就展露了聰穎的天資，什麼三歲能識字、五歲能作詩都一點不落下，那骨子的伶俐勁兒確實讓楊公子對母子兩人上心不少，有意要好好栽培這個嫡長子。

誰知，快要六歲的時候，寶兒突然生了一場大病，接連數日高燒不斷，大夫怎麼也看不好，孩子險些給燒沒了，萬幸最後撿回一條小命，腦子卻燒壞了，變遲鈍許多，再也不復曾經的聰慧過人，楊公子自然轉頭又忘了這個孩子，一門心思都撲在平妻所生的一男一女身上。

施小姐不只一次懷疑兒子的病是平妻的手筆，否則好好一個孩子怎麼會說病就病，還怎麼都醫不好呢？可她找不到證據，就算找到了，恐怕丈夫也不會當回事，反倒會認為她心存妒忌，存心陷害平妻吧。

而不久後，施小姐自己也病得下不了床，照養兒子的責任被平妻一手抓去，她連想見見自己的兒子都難。

直到這時候，她終於覺悟自己不能再坐以待斃。她一條命賠了也就賠了，當初是她自己堅持要嫁，只能說自己眼盲，苦果還是得吞下肚，可她的兒子不能被蹉磨。

可惜，她太晚覺悟。當她想尋求娘家幫助時，身邊除了一位被嚴密監視的嬤嬤外，竟沒有任何人能幫得了她，連一封信都寄不出去，後院已經完全被平妻捏在掌心。

她奮力拖著一口氣不肯死，就是想等待機會，給兒子謀一條生路。所幸，上天待她還不薄，幾年下來，平妻對她的看管鬆了不少，誰還會小心一個將死之人呢？也恰好老爺子要過七十大壽，家裡忙亂讓她找到空隙，終於給娘家遞了訊息。

施小姐家雖然沒出什麼大富大貴的人，最多也只做到知縣，但其實施家有個女兒嫁得挺高，也就是施小姐的姨娘、闞山盡的娘。不過，施家從來不提自己有這麼個位高權重的親家，安分守己地過日子，所以鄉里間只知道施家有位女兒嫁去京城，卻不知道是嫁入護國公府。

這回，施小姐是真沒辦法了，她想救兒子只能求助強而有力的對象，闞山盡顯然是個好人選。只是她沒想到，闞山盡真的來了。

闞山盡自然是滿心不樂意。他好不容易從馬面城回京一趟，正想帶吳幸子到處遊歷，吃吃各地特色小吃呢，誰知還沒走到一半就收到他娘的信，要他轉向梨江縣去幫那個只見過一次的小表妹。

簡直禍從天降，闞山盡在心裡直犯嘀咕，若不是想到梨江縣有道特殊的功夫菜，他肯定當作沒收到過這封信。

他聽完施小姐的訴苦後，無趣地搔了搔臉頰，問：「那，妳想我怎麼幫妳？」

這種夫君還留著做什麼？三心二意已經不可饒恕，竟還蹉磨正妻和孩子，關山盡厭煩得只想立刻離開這讓他噁心的地方。

再說了，楊家眼力確實糟糕，適才他遞名帖說明自己是施小姐的家人，楊家那個平妻隨意打發他不說，在看到吳幸子後還露出嘲諷的表情。若不是顧慮避免在大庭廣眾下旁生枝節，關山盡肯定動手摔那女人一跤，給她長個教訓。

後來聽陪嫁嬤嬤說，原來這個平妻不知託了誰的關係，請來知州參加壽宴，楊家上下恨不得將她當珍寶一樣供起來，對於施小姐娘家早不放在眼中，沒當場給人難看，都算是給足面子了。

知州？關山盡在心中冷笑，知州不過小小五品官，他都懶得探問這知州姓甚名誰，只想趕緊了卻此間之事，帶吳幸子繼續遊歷。

「表哥，我知道你結了契兄，適才那位就是表嫂吧？」隔著一扇房門，隱隱可以聽見外頭傳來小孩開心的笑聲，她多久沒聽見小寶兒笑得如此無憂無慮了？對這位表嫂自然親熱不少。

「嗯。」關山盡也聽見小孩子的笑聲，此外吳幸子軟糊糊的說故事聲也傳入耳中，臉色霎時溫柔許多，「妳想讓我們過繼寶兒？」

「是……你願意嗎？」施小姐緊張得渾身冷汗，生怕自己好不容易盼來的希望一眨眼就破滅了。

關山盡不答，他挽著雙臂半垂眼簾，在昏暗中恍若一尊玉觀音。

寶兒長得倒是挺可愛，五官小巧細緻，隨了施小姐的模樣，看起來倒有些像小姑娘。不過，可愛的孩子關山盡見多了，他自己小時候就漂亮得無人能及，滿月也好、蘇揚也罷，都是粉雕玉琢的娃娃，所以一個好看的孩子無法引起他的憐愛與同情，倒是……他那隻老鵪鶉看起來挺喜歡孩子的，適才一進屋看到孩子眼睛就亮了，那模樣讓他心頭發癢，巴不得爬上天把月亮也摘下來送吳幸子。

再說，這娃娃恰巧還生了個圓圓肉肉的小鼻頭，關山盡倒是挺喜歡這肉敦敦的鼻子。

「過繼是可以的，但寶兒畢竟是楊家的嫡長子，我也不能開口就把孩子討走。」說著，妖媚的桃花眼似笑非笑地勾向病榻上的施小姐，其間深意不言而喻。

確實，楊家再如何不待見施小姐與寶兒，也不可能輕易鬆口讓寶兒被領走，這事關臉面也於情理不合。

關山盡倒是無所謂，他知道自己亮明身分後想幹什麼傷天害理的事都不難，楊家肯定不敢和他搶人的。但，這一來事情就鬧大了，萬一有心人傳上一傳，後頭難免會有些麻煩，關山盡不想要這些麻煩，滿月又不在身邊無法替他掃尾，只得謹慎行事。

要說難辦倒也不會，只要楊家休了施小姐，要帶走孩子也會變得簡單些。施小姐長年臥病，已犯了七出之行，稍稍施些壓力拿到休書肯定不難，但關山盡著實看不起楊家，有心替表妹拿和離書，這就需要一些手段了。

施小姐隱隱猜到關山盡的意思，彎著眼笑得坦然，「我知道表哥想替我留些顏面，但不用了。我反正命不久矣，和離也好、休離也好，沒甚差別，只要能盡快將寶兒帶走，我丟臉又如何呢？」

「妳看得倒透徹……」關山盡稍稍對施小姐看高了些，於是點點頭，承諾道：「可以，我已修書給舅舅，這件事全權由我決定，之後就送妳和寶兒去京城養身子吧。最後的時日，也該過好些。」

「多謝表哥！」施小姐這下如同吞下定心丸，激動得淚流滿面，顫巍巍地想下床行禮，卻被關山盡給按回去，嫌棄地撇撇唇，「用不著謝，妳該謝妳表嫂，他喜歡孩子。」

「是，待會兒我會好好向表嫂道謝的！」終於放下心中大石，施小姐又哭又笑，氣色又難看了幾分，關山盡看不下去，索性點了她的穴，讓她好好睡一覺。

屋外，吳幸子正和寶兒說女媧捏人的故事，小娃娃瞪著溜圓的大眼睛，隨著情節連連發出驚嘆，那模樣別說多可愛了，吳幸子真恨不得把孩子抱進懷裡搓揉。

故事很快就說到共工與祝融爭執後撞倒不周山，天上破了個大洞，人們被天坑傾洩而下的冰雹、風雪逼得幾乎沒有生路，天昏地暗中猛獸總能伺機傷人吃人，人們的哭喊令女媧心痛如絞。

寶兒聽得入迷，半張著小嘴臉上表情千變萬化，吳幸子也越說越起勁。

就在這時，突然傳來一陣滿是惡意的輕笑。

寶兒一聽見這笑聲便猛得縮起肩抖了抖，因為聽故事入神而紅通通的小臉瞬間刷白，大眼裡滿是驚恐，幾乎像隻受驚的小兔子就要蹦走了。

吳幸子連忙摟著小娃娃安撫地拍了拍，才循著聲看去。

笑聲的主人站在不遠處的一棵大樹下，穿著一身淺絳色的直裰，肌膚雪白、臻首蛾眉、恬淡若仙，儘管看起來是個年輕男子，但稍稍有些女相，若不是那雙微挑的鳳眸凌厲中帶英氣，恐怕真有些雌雄莫辨。

「這位公子，請問您為何發笑呢？是否在下說錯什麼？」吳幸子將寶兒擋在身後，起身對男子拱了拱手。

他不記得自己見過這個人，卻察覺對方似乎不甚待見自己，眸光中隱帶厭惡，像針一樣戳在他身上。

「沒什麼，就是想笑了。」男子撇撇唇，從樹蔭遮蔽中走出來，日光下更顯得他好看，差不多可比上魯先生了——吳幸子很自然地在心裡評價。

「這樣啊。」吳幸子摸不透男子意欲為何，但他畢竟是外來客人，是該多避著點。於是他低下頭對寶兒柔聲道：「寶兒，表舅母之後再把故事說完，我們先回房看你娘好嗎？」

寶兒還有些愣愣地，聞言後僵著小身子點點頭，往吳幸子腿後縮得更深了。

「表舅母？」年輕男子嗤笑聲，毫不掩飾嫌棄與嘲弄地笑道：「施家只有你這樣的人了？竟還不遠千里來替施氏撐腰，莫怪她這些年連點水花也翻騰不起來。姊夫當年怎麼就看上這樣的東西。」

淬了毒般的言語饒是性情溫順如吳幸子，都不禁起了心頭火。他斂去臉上的笑容，難得嚴肅地蹙起眉，「噯，這位公子，咱們讀書人做人處事講究一個謙遜有禮，孩子面前說話還是謹慎些好，您說是不是？」

吳幸子在當師爺的時候，無論遇到多蠻不講理的人，他也未曾如此嚴厲，可眼前的年輕男子卻踩了他底線。早在來梨江縣的路上，吳幸子就聽關山盡模糊地說了表妹的遭遇，只是兩人先前瞭解並不多，吳幸子也還不知道屋子裡表妹與關山盡說了多少，可他見過太多家長里短，幾乎已經把表妹的遭遇猜了個九成。

眼前的年輕男人恐怕與平妻關係親近，他進門前看了兩眼那個美得嬌豔又精明能幹的女人，與眼前的男子有幾分相似，就年紀上推斷大抵是同族姊弟，應該也頗受楊家人的追捧，才會這麼毫不遮掩自己的銳氣。

只是，吳幸子隱隱感覺年輕男子不光因為表妹及寶兒才如此作態，他的惡意似乎更多是朝著自己來的，這又是為什麼？吳幸子這還是頭一回來梨江縣，他以前的日子過得又簡單，除了李大娘之外還從沒與人結過梁子。

該不會……一個念頭猛然閃過腦海，吳幸子還來不及抓住，身後的房門便打開來，關山盡帶著一身藥草味走出屋子，面帶嫌惡地拍了拍袖子。

「喂，你叫什麼名字？」年輕男子一見到關山盡雙眼瞬間就亮了，微微揚著秀氣白皙的下顎，驕矜地問：「你真是施家的人嗎？」

關山盡連一個眼神都懶得給他，因為習武他耳力向來好，在屋裡就聽清楚男子是怎麼嘲諷羞辱吳幸子，沒一瞅見人就出手教訓，只是因為懶得善後罷了。反正他們很快就要離開了，這些臭蟲想怎麼蹦躂都隨意吧。

他走到吳幸子身邊，先把幾乎將自己縮成一顆球的寶兒撈進懷裡，接著攬住吳幸子，坦蕩地在他臉頰上親了口。

「走吧，我要找楊百生說幾句話，施家的女兒沒理由被蹉磨至此，既然有了平妻也無視正室名分情誼，還不如斷個乾淨。」

「那寶兒……」吳幸子擔憂地看著乖巧安靜地窩在關山盡懷裡的小男孩，寶兒不管怎麼說都是楊家的嫡長子，恐怕寧可關在自家後院養廢他，也不願意交給母家養育吧。

「我自有打算，一個都不會落下。」關山盡安撫地摟著老鵪鶉晃了晃，語氣聽起來有些漫不經心，但吳幸子知道他既然承諾了便會做到，便也安心了。

「那我同你一塊兒，還是留在這兒陪表妹說說話？」

「自然隨我，這家子都是沒眼色的，竟然還給你氣受？哼。」這時，關山盡才終於冷冷地橫了年輕男子一眼，宛若冰霜還隱隱夾帶戾氣，原本因被刻意無視而氣得打算出口找回場子的男子莫名噎了下，惶然地移開視線，又很快氣惱地迎上他冷厲的目光。

「你這人好生無禮，竟然不回本公子問話？給你提個醒，本公子可是鄒氏的嫡親弟弟，你們要真想帶那個蠢笨如豬的孩子走，就要明白什麼人是你該奉承的對象。」年輕男子，也就是楊百生平妻的弟弟鄒永明，端著傲氣十足的架子，一雙眼裡看的卻只有關山盡。

吳幸子這下看明白他的意思了，敢情真看上關山盡了？他瞅瞅一臉施恩又難掩愛慕的鄒永明，接著仰頭瞪眼看著關山盡半晌，露出恍然大悟的笑容。

瞧他怎麼就疏忽了，只怪關山盡在京城與馬面城威名在外，就算有人心生愛慕也會在盛名下卻步。

再說，關家幾代單傳，貫徹一世一雙人的美名傳遍半個大夏，在關山盡大肆操辦，用正式的婚儀禮俗與吳幸子結契後，自然更無人敢不識風情，巴巴地上趕著毀人姻緣。要是真能毀得去也便罷，萬一賭錯了呢？關山盡當年怎麼把京城裡大小官員整得叫苦連天，連王公貴族都難倖免的過往還深植人心呢，更別說曾經的一代權臣顏文心又是折在誰手裡？就算是一品大員也不夠關山盡玩上幾回啊！

如今來到無人知曉的梨江縣，關山盡的皮囊別說多引人春心萌動了，鄒永明眼光還真好。吳幸子覺得有趣的同時，心裡隱隱約約有些不是滋味。

他與關山盡在一起幾年了，這些日子他早不是當年那個孤獨又什麼都不敢求的小地方師爺，關山盡寵起人來是毫無道理可說的，恨不得把全天下最好的東西都放在他眼前，但凡他提了一個請求，關山盡就算挖山填海也會達成。

被寵愛的人總會自信不少，吳幸子的天性讓他做不到恃寵而驕，但過去面對感情的畏縮卻消逝許多，至少他能自信地知道關山盡不會做任何讓他傷心的事，他若是心裡難過了，關山盡說不定比他還不好受。

可是，知道是一回事，當有人覬覦起關山盡時，吳幸子依然忍不住有些鬱鬱，不自覺對關山盡皺了下鼻子。

關山盡見到他這模樣，哪能猜不到他心裡所想？心裡別說多愉悅了，簡直像炸開一簇簇煙花似的。這老傢伙什麼都好，就是性格太溫吞，兩人處了這麼久，吳幸子愣是一次醋都沒吃過，反倒是他這幾年還不時得吞幾口鯤鵬圖的醋。

沒想到這樁苦差事還能有意外收穫？

即使心裡樂開花，盼了多少年才總算盼來的一口陳年醋，關山盡也捨不得讓吳幸子難受太久，他笑吟吟地捏了捏老傢伙的鼻頭，「吃什麼飛醋呢？自從你這隻老鵪鶉飛進我眼裡，你以為的那些繁花都不過是塵土罷了。這些日子脾氣倒是見長了啊，懂得吃醋了。」

「我、我也沒吃什麼飛醋……」吳幸子臉皮薄，被道破心緒後老臉紅得不行，結結巴巴替自己辯解。

這頭，關山盡與吳幸子如膠似漆，好得連小寶兒都感受到了，摀著小臉透過指縫偷看；那頭，鄒永明恨得咬牙，要是眼神能殺人，吳幸子恐怕早被戳成馬蜂窩。

關山盡倒是懶得與他一般見識，放下小寶兒推進屋裡，要他多和母親說說話，轉頭就帶吳幸子找楊百生去。

經過鄒永明身邊時，青年揚著秀氣的下顎瞪他，咬得嘴唇都要破了，還挺招人心疼的，可惜這一番作態無人關心，反而換來吳幸子歉然的一瞥，把鄒永明氣得幾乎吐血。

這醜八怪的老東西竟然還同情起他了？

看兩人走得跟一陣風似的，鄒永明連跺幾次腳，恨恨地瞪了施氏的房門一眼，決定去跟姊姊告狀，非得好好整治整治那病得快死的女人，還有那又蠢又笨的小男孩，讓施家的人知道，他鄒永明可以拿捏施氏跟那孩子的生死，看那個男人還敢不敢繼續無視自己！

悶在心裡的氣平順了些，鄒永明對施氏的院落啐了一口後，也轉身離開。

然而，他並不知道自己這些小九九在關山盡面前根本是笑話，從來關山盡想做的事還沒有辦不到的。

這不，楊百生還在前廳接待受邀參加壽宴的貴客，老管家壓根沒把大夫人娘家的人放在眼裡，晾著關山盡絲毫沒有轉告主家大夫人的表兄來求見。可關山盡豈是管家能輕易折辱的？他露出妖美的笑容，隨著隱約的破風聲，亮晃晃的劍刃直接搭在老管家肩頭，劍鋒銳利得連汗毛都顫慄不已，儘管沒有真的橫在老管家頸子上，但已經把老人家嚇得雙股顫抖，幾乎都要尿褲子。

「告訴楊百生，讓他來見我。」關山盡本就沒什麼耐性，楊家也是欺人太甚，竟惹得他祭出沉鴛劍。

「是、是……」老管家哪裡敢不從呢？他就是硬拖也得把楊公子給拖來啊！可肩上的劍讓他動都不敢動，連呼吸也不敢用力，這讓他怎麼叫人？

「有勞了。」得到想要的結果，關山盡俐落收回劍。他一身輕裝簡服，乍看之下也不知道將劍給收在哪兒。

吳幸子也好奇，他見過沉鴛劍好多次，每回關山盡與滿月一言不合打起來的時候，關山盡總會拔劍，可平日裡關山盡腰身纖瘦精壯，完全看不出掛了一把長劍，只知道一般來說關山盡其實是劍不離身的。

趁著老管家跌跌撞撞跑出去叫人，吳幸子繞著關山盡走了一圈，接著換個方向又繞了一圈，果然看不出來沉鴛劍藏哪兒去了。關山盡知道他好奇，但也不肯說出答案，只是笑吟吟地任由他繞了幾圈，最後把人摟進懷裡親了一口，用鼻尖蹭老鵪鶉的頸側。

「別看了，我自有辦法藏劍，這可是保命的辦法，哪兒能讓人輕易看出來？」話都說到這個份上，吳幸子原本也不是一定要搞清楚，乖巧地點點頭，回吻了關山盡一口。

老管家這一趟還真花了不短的時間，吳幸子等得肚子都餓了，便從懷裡摸出個油紙包來，攤開來裡頭是核桃酥，他捏了一塊用門牙蹭著吃，口頰聳動的樣子彷彿是隻老鼠，關山盡就喜歡看他這模樣，支著臉頰溫柔地瞅著他，不時伸手拂去吳幸子唇角的碎屑。

可惜，這樣的溫情沒能持續多久，楊百生氣沖沖地被老管家給硬拖過來。

他剛進書房，就嫌惡地看著那對不知羞恥的男人，心裡對施氏的娘家更看不上眼。

「這位兄臺如何稱呼？」楊百生知道關山盡是施氏的表兄，但先前並未詢問姓名，可見是如何怠慢了。

關山盡冷淡地掃了楊百生一眼，就這麼一眼，把氣勢囂張的男人看得心虛起來，雙肩都微微垮下，老管家更是嚇得連退幾步，恨不得從書房中逃走。

「你該叫我一聲表哥。」關山盡懶洋洋地如是道，幾個字把楊百生氣得臉色脹紅又不敢多說什麼。楊百生是看不起施氏娘家，但他還沒眼拙到看不出面前的男人不好惹。

「見過表哥。」楊百生皮笑肉不笑，幾乎是咬著牙拱手叫了人，「不知表哥找小弟來，意欲為何？」

吳幸子這時候已經吃完手中的核桃酥，關山盡立刻斟了杯茶水湊上去餵他，免得他嗓子乾澀不舒服，完全將楊百生拋在腦後。

可吳幸子正對著楊百生，總不好連他都下主人家的面子。

「噯，我自己來就好了，表妹夫還等你說話呢。」吳幸子伸手想接過杯子，可關山盡偏不讓，他這縱橫沙場的大將軍手勁，吳幸子哪裡撼動得了？只能羞臊地任憑他一口一口餵完水，心裡明白關山盡是存心折楊百生的銳氣。

楊白生一輩子沒被人這般冷待過，不禁心頭火起張嘴就要罵人，卻被老管家硬生生拉住，對方還不停向他使眼色，可惜楊百生完全看不懂老管家的暗示。所幸這麼一打岔，關山盡也餵完水，老管家也算成功保住了主人一回。

「待會談完事帶你去街上吃東西，先忍忍，嗯？」關山盡粗糙的指腹擦去吳幸子唇角的水漬，老鵪鶉紅著臉乖巧地點點頭，那模樣看得他邪火亂竄，不禁埋怨起母親來。

這時候，他本該和吳幸子卿卿我我一番的，卻偏偏摻和了別人的家事。

肚子裡的火氣無法朝自己的娘親宣洩，只好找上替死鬼。眼下的替死鬼，便是全然不知道自己已經惹上大殺神的楊百生。

關山盡勾起一抹笑輕描淡寫地說道：「我沒什麼話想說，你把休書給寫了吧。」

一開口就要休書，楊百生瞪大眼，下意識地掏掏耳朵以為自己聽錯了。

接著一股火氣沖上心頭，他怒笑：「表哥這話是什麼意思？開口就要楊某休妻？這是指責楊某沒有善待夫人嗎？」

「有沒有善待你自己心裡有數。舅舅為人太迂腐，本不願干涉女兒家事。但，人都要被蹉磨死了，這些臉面、禮節要來何用？我們不求和離已是給足楊家臉面了，這休書你非寫不可。」關山盡半點沒客氣，一晃眼沉鴛劍又拍在桌上了，把正想破口大罵的楊百生驚得將話吞回肚子，臉色瞬間慘白。

「我本不欲以力服人，但看來表妹夫更愛喝罰酒，為兄也不得不請你一盅了。」

楊百生的臉色從慘百轉向青白，最後停在灰白，抖著雙唇半晌才道：「你、你眼裡還有沒有王法……不過是個嫁出門的女兒……」

「自然是有王法的，所以才請表妹夫寫休書。你既然娶了平妻，對我表妹不聞不問多年，那麼休了又有何妨呢？她病成那樣，犯了七出，丟臉的總歸不是你啊。」關山盡聲音低柔帶笑，話裡話外都像替楊家考慮周詳了，卻怎麼聽都讓人膈應。

楊百生彷彿被甩了幾巴掌，吭哧了幾聲也反駁不出什麼。他確實對髮妻忽視已久，打從寶兒燒傻了之後他心裡對施氏的氣怨就更深，平妻幾個枕頭風一吹，加上施氏重病，這曾經心愛的女人他是怎麼看怎麼堵心。再想到妻家對自己毫無幫助，最後的一點心疼也消失殆盡，他沒休掉施氏圖的只是好名聲，實則心裡老是希望施氏早點死的好。

本以為施家人對這個女兒早沒放在心上了，畢竟一群讀書讀傻了的人鄉愿得緊，不可能替自家女兒出頭。誰知，這第一次出手，就派了根難啃的骨頭，他想不吞這塊骨頭還不行。

楊百生不願意寫休書，但也明白胳膊擰不過大腿，不管眼前這位表哥究竟什麼身分，那把劍但凡往他身上碰一下，後半輩子的榮華富貴都別妄想了。迅速把利弊分析完畢，楊百生露出個比哭還難看的笑容。

「表哥，既然你們都替楊家想清楚了，那……唉……小弟也只能忍痛休了夫人。只希望夫人明白，千年修得共枕眠，一夜夫妻百日恩。」

這是提醒施氏不要攛掇父兄找楊家麻煩，畢竟於情於理楊家可沒有對不起施氏，這些年湯藥半點沒少地養著她呢。

關山盡哪能不明白，他冷笑一聲沒有回應，慵懶地用長指撫過沉鴛劍的劍身，那漫不經心的模樣美得驚心動魄，也令楊百生背脊發冷，不敢再多說話或使什麼心眼。

儘管憋氣，楊百生仍只能不情願地動手寫休書。

寫完後不等筆墨乾，闞山盡便伸手抽走遞給一旁的吳幸子檢查。休書說來挺簡單，格式都是固定的一式兩份，假如妻子確實犯了七出，甚至都不需要上衙門公證，丈夫按過手印即可，妻子三日內要離開夫家，除了自己的嫁妝什麼都不能帶走。但這也不是說休書中的字句就無法動手腳，若是規格不符合公定，事後要反悔也是可以的。

吳幸子看多了休書，他一眼掃過便抓出幾個錯處，細聲細氣地請楊百生改，闞山盡在一旁似笑非笑地瞅著面色狼狽的表妹夫，長指在沉鶯劍旁敲了敲，咚咚兩聲驚得一屋子人除了吳幸子外都抖得像隻鵪鶉。

楊百生確實留了心眼，他當然並非捨不得夫人，而是捨不得夫人的嫁妝。施氏的嫁妝雖不怎麼值錢，可蚊子再小也是肉啊，剜去一塊肉那得多心疼呢。他想著休書中隱些錯處，待這凶神惡煞的表哥走了以後撕毀休書，他什麼也不用失去，說不定還能以此拿捏一下老丈人。

誰知……楊百生不敢看闞山盡，只能對吳幸子橫眉豎目。這老傢伙看來性子挺軟，被一瞪後縮回手，神態略顯躊躇，欲言又止地往身邊男人看去。

「怎麼了？」闞山盡好奇問。

「我想，不如我替表妹夫寫了這封休書吧。」省得來來回回修改，他怕闞山盡耐不住脾氣動手，可就不是腥風血雨能說的，楊家恐怕會被剝下幾層皮。

「這怎麼好意思……這……」楊百生臉色立刻就僵了。

「不麻煩，休書我寫慣了，你待會兒按個手印就好。」吳幸子靦腆地對楊百生笑笑，拿過紙筆一蹴即成。

在闞山盡的威壓下，楊百生根本無力可回天，顫抖地按下自己的指印。

「表妹夫……啊，瞧我這記性，楊公子爽快，我這兩天就會帶表妹走，不妨礙老人家的壽宴，也不用送了。」關山盡見吳幸子吹乾休書上的墨痕後小心翼翼地將之折好收入懷中，這也拱手裝模作樣地與楊百生辭別。「對了，小寶兒年紀還小，您已經另有妻室，子嗣也繁盛，不如將孩子也交給我們帶走吧，省得尊夫人看了寶兒煩心。」

楊百生一聽顯些跳得三丈高，就算有沉鴛劍鎮場，他還是氣得面色通紅，怒道：「這位表哥，您是不是欺人太甚了？寶兒怎麼說也是我楊家的苗，哪還有下堂妻搶孩子這種道理？休書既然已經拿到了，還不快滾！」說罷一甩袖就要老管家找護院來趕人。

也在此時，書房外傳了女人柔媚的聲音：「夫君，奴家可以進去嗎？有要事相商。」

「夫人快進來！」楊百生急忙招呼，他心知自己這個夫人能幹精明，這時候要見自己肯定有什麼好謀略能收拾眼前這表哥。

書房門推開後，外頭果然站著平妻鄒氏和鄒永明，顯然鄒永明已經將先前關山盡去施氏院子密談過的前後都告訴鄒氏了，這會揚著下巴張揚又得意地瞅著關山盡，似乎等著他向自己示弱。

自然是半個眼神都得不到的，反倒吳幸子略有無奈地對他嘆了口氣後，又低下頭掰了一塊核桃酥小口小口啃，把鄒永明氣得粗喘，白皙面皮紅得要滴血，要不是鄒氏攔著，都不知道會說出什麼難聽話。

「夫君，奴家聽說姐姐族裡的表兄來訪，好像想將寶兒帶走一段時間，是不是啊？」鄒氏人長得明媚豔麗，巧笑倩兮中帶些嫵媚，她彷彿沒見到關山盡和吳幸子，神態可比幾個男人要大氣得多。

「是啊，先逼為夫休了妳姐姐，接著還想將寶兒也帶走，哼！這種土匪行徑，簡直有辱斯文！」楊百生牙癢癢地瞪了吳幸子一眼，卻依然不敢看關山盡。

鄒氏注意到丈夫的不對勁，不動聲色地打量起那樣貌驚人、姿態閒適的男子，他似乎對眼前一切都不上心，溫柔似水地凝視著半摟在懷中的老男人，彷彿能看到天荒地老般。

「施家表哥，寶兒畢竟是楊家血脈，奴家也將他當自己的孩子一樣養育，您怎麼能這般……」鄒氏話還沒說完，關山盡舉起手打斷她未盡之詞。

「本將軍真是閒得發慌才和你們這些匹夫摻和。」關山盡耐性告罄，不禁後悔自己原本低調行事的打算，「梨江縣屬盧州府對吧？盧州府知府我記得是向長安，知府所在離這兒大概兩個時辰，去！派人去把向長安找來，就說關山盡找他。」

平地一聲雷，楊家眾人都傻住了，他們雖不知道關山盡何許人也，但瞧他提到知府時態度輕忽的模樣，肯定是位有頭有臉的角色，他們竟然得罪了不該得罪的人嗎？可想到施家這麼多年來良善可欺的態度，楊百生和鄒氏心裡又帶了僥倖，也許眼前的人唬弄自己呢？

夫妻兩人對了對眼，心照不宣地點點頭，讓管家派人請知府去了。

接下來四個時辰關山盡和吳幸子回到施氏的院子，吳幸子特別喜歡寶兒，這漂亮的小孩兒雖然反應遲鈍了些，可其實並不傻，只要給他足夠的時間思考及練習，成果比一般孩子要來得令人驚豔。

吳幸子自己也並非什麼天縱英才的人，從小他就得花比同窗更多些時間才能背得好書，可他爹卻從沒有罵過他一句。讀一次記不得，那就讀三次、十次、二十次，走得慢不打緊，能走到目的地才是真的。

寶兒燒傻前已經把童蒙的書都讀完了，也開始看些四書五經的東西，吳幸子拿著本《論語》，把孩子摟在懷裡，一字一句教他讀。寶兒也乖巧，認認真真半點馬虎都不打，隨著吳幸子念上十數次也不覺無聊，幾個時辰下來竟然將〈學而篇〉給背完了。

「寶兒真棒。」吳幸子驚喜地稱讚孩子，寶兒許久沒被這樣讚美，小臉開心地飛起紅暈，別說多可愛了。

娘病倒後弟弟妹妹也好、二娘也好、爹也好，還有那個長得好看卻對他特別壞的二舅舅也好，都明著暗著說他傻，也不請先生教他讀書，他想多看些書二娘雖沒說不許，卻久久沒給下文，彷彿忘了似的。所以寶兒只能不斷反覆看以前那些童蒙書，都能倒背如流了。

此時知府也趕到了，楊家人亂成一團出去迎接，知府卻比他們更慌張，問到關山盡的所在就踉蹌地跑過來，險些摔個五體投地。

「鎮、鎮鎮鎮南大將軍！您來盧州府怎麼沒和小人說一聲呢！」知府搓著雙手，臉上淨是諂媚的笑容，看得匆匆跟上來的楊家人渾身冷汗。

關山盡擺擺手，滿臉無趣，「原本想處理些家事不欲驚擾向大人，可惜……本將軍脾氣不好，為免出亂子只得請向大人來一趟了。」

「能替您分勞解憂，是向某人的榮幸啊！」知府一張臉皮笑得見牙不見眼，哪裡還有從四品官員的傲氣？身子骨別說多柔軟了。

「也不是什麼大事，本將軍有個表妹先前嫁來楊家，生了個娃娃，不過楊家人蹉磨了她母子二人多年，楊公子有了平妻還另有子嗣，想來這兩個人在楊家可有可無。既然如此，本將軍想，不好耽誤楊家家宅安寧，索性讓楊公子休了我表妹。」關山盡難得打官腔，吳幸子在一旁瞪著眼既覺得驚奇又覺得好笑。

「是、是，大將軍為人高潔，替楊家設想許多，向某佩服、佩服。」

關山盡笑笑，瞅著跪成一片瑟瑟發抖的楊家人又說：「我表妹這個兒子多年來在這家裡也不被待見，眼看親娘要離開了，放他一個無母關照的孩子在楊家，本將軍怎麼能放心？聽說幾年前孩子也病得蹊蹺……」話說到這裡，關山盡注意到楊家老夫人與鄒氏同時下意識縮了縮肩，眼中不禁染上些許嘲諷，「本將軍想把孩子帶走，楊家人卻不肯放，索性找你來當個見證，本將軍要收養寶兒當螟蛉子，問問楊家放不放人？」

鎮南大將軍要收養寶兒？楊家人心思本就活絡，這一聽發現寶兒是奇貨可居啊！必須不能放！什麼鄒氏、知州哪裡比得上鎮南大將軍一根小指頭！施氏已經被休了，要攀上關係唯有抓緊寶兒啊！

「大將軍！大將軍！寶兒畢竟是……」楊百生忙不迭抬起頭想動之以情，寶兒是個乖巧的孩子，只要他能穩住娃兒，還怕討不到好處嗎？

可關山盡哪裡耐煩聽他說話，破空點了他啞穴，長指一下一下敲在桌上，敲得楊家人寒毛直豎、肝膽震顫，冷汗浸濕背脊，鄒氏更是恨不得把自己縮得更小一些，最好能鑽入地底。

「本將軍給你們提個醒兒，你們放也好，不放也好，寶兒我今天都會帶走。不過要是本將軍不開心，你們楊家就更不可能開心了。楊老爺要過壽了不是？」

話已經說到這個份上，連知府都請來做見證了，楊家人還能怎麼辦呢？這不僅僅是胳膊和大腿的差異，關山盡打個噴嚏都能噴死整個楊家啊。

楊百生心裡再多悔恨也沒用了，他怎麼也想不到施氏竟有如此位高權重的表哥，之後他輾轉得知施氏的姨父還是護國公時，一口氣頓時喘不上來，暈厥過去大病數月，那個懊悔啊……他一輩子追名逐利，卻把最重要的棋子給扔了。

可這些都是後話，眼下關山盡在知府的見證下斷了寶兒與楊家的關係，收養這個孩子，總算對國公夫人有交代了。既然如此，梨江縣也不用再待，晚些帶吳幸子吃過那道功夫菜後，他們夫夫的旅程還要繼續呢。

施小姐被送往京城調養後，又活了將近兩年才走，閉眼前已經不是當年那個瘦骨嶙峋的模樣，即使病入膏肓，氣色卻還頗紅潤，心情也極好，可以說是含笑而逝。

寶兒取名為關辰良，每日像根小尾巴般跟在吳幸子身後。

吳幸子疼孩子疼得不行，日日教他讀書、替他說故事，帶他上衙門溜轉。寶兒雖反應不若一般孩子靈敏迅捷，卻乖巧貼心，在關山盡卸下馬面城守將職務，回京繼承護國公府之前那些年，別說是衙門裡的人了，大半個馬面城的百姓都和寶兒或多或少有了交情，無分年齡、地位，全對寶兒讚不絕口，疼愛得不行。

原本滿月等親信以為關山盡會看不慣這個搶了吳幸子專注的孩子，誰知道關山盡卻挺疼愛寶兒的，盡心盡力地培育這個搶來的兒子。

可以說，人生如此夫復何求？

曾經的吳幸子打算在四十歲時自戕，他沒有了家人也沒有了希望，只有無止無境般的孤寂環繞。

如今他抱著孩子教他讀書寫字，身邊陪著一個溫暖堅實的胸膛，隨時為他擋風遮雨，所謂柳暗花明又一村，莫過如是吧。

（完）

【特別收錄：平行時空番外】

繼父與繼子

大家都知道總務課課長，是董事長的繼父。

大家都知道，董事長向來不待見總務課課長。

大家也都知道，董事長不待見那個老男人，每天都會將人叫進辦公室裡羞辱一番。

從每天總務課課長離開董事長辦公室時，眼眶發紅、精神不振的模樣，大家都說董事長肯定沒讓他好過。要知道，雖然董事長少年才俊，看來溫文儒雅，但罵起人來卻會讓人恨不得自己沒出生在世界上。

也不知道總務課課長是怎麼惹到了董事長，繼父子兩人曾經相依為命許多年，照理說再怎麼不親近，也不至於到彼此仇視的地步吧？

可偏偏總務課長對董事長畢恭畢敬的沒有半點父親的模樣，而董事長則對課長冷言冷語，十句話裡有九句夾槍帶棍，剩下那一句就是敷衍。

今天，聽說總務課長得了夏季感冒，請假在家休息，董事長心情似乎也好了許多，慣例的週會上表情柔和、唇邊帶笑，美貌值比平時高了兩倍多，看得女職員們心神蕩漾，男職員們都偷偷臉紅了。

待週會結束，闕山盡回到辦公室後直接推開休息室的門，一陣細細的機械震動聲在安靜的室內顯得震耳欲聾，混合著男人斷斷續續的虛弱呻吟，空氣中瀰漫的腥羶淫靡氣味，他露出一抹豔若桃李的微笑。

「父親。」脫下西裝外套，將領帶抓鬆，他踩著貓兒一般優雅慵懶的腳步走到床邊，這是張歐洲骨董大床，有一組床架，繁複的金屬雕花精緻美觀，現在卻扣了兩個手銬在上頭，隨著另一端白細手腕的顫抖，發出輕響。

「小、小盡……」

被扣在床上的中年男人渾身泛著不健康的粉紅，赤裸著連雙腿都被拉開分別綁在床尾的支架上，機械般的嗡嗡聲來自於他的雙腿之間，身下的床單濕得可以擰出水。

細看才發現，原來男子腿間露出一截毛絨絨像尾巴的東西，正微微抖動著，也被弄得濕漉漉的。

「喜歡我送你的禮物嗎？父親。」闕山盡在床沿坐下，修長如玉的手指從男人纖細的腳踝開始往上滑，羽毛般的觸碰卻讓男子激烈地顫抖起來，從喉嚨深處發出嗬嗬的哀鳴。

「怎麼了？不喜歡？」

「不、不……」中年男人試圖閃躲，但他被綁得太牢，動作看起來反而像是求歡的扭擺。「小盡……小盡……幫爸爸鬆開好嗎？求求你……」

闕山盡嫵媚的眼眸微瞇，唇邊的淺笑泛著冷意，「父親這是不喜歡的意思？可真傷兒子的心，畢竟這可是我特地託人請國外的工匠製作的小玩具，就為了祝父親生日快樂呢。」

說著，玉石般的手指已經撫上大腿內側的敏感肌膚，雪白的皮膚上錯落著深深淺淺的指痕，看起來像是被人多次抓著那塊地方抬起下身。而關山盡的手確實扣住了那條白細的大腿，輕鬆將老男人的下半身抬高起來。

這樣的姿勢讓被綁住的腳踝像要扯斷了似的疼，老男人嗚嗚地痛哭出來，關山盡卻置若罔聞，硬是將他一邊的屁股露了出來，也同時展現出那條尾巴的根部——或說，那根像尾巴的按摩棒。

老男人有一個肉乎乎的翹屁股，臀肉間是一朵嫩嫩的肉菊，原本顏色粉嫩皺褶緊緻，現在卻被按摩棒撐得豔紅糜爛，似乎都快要裂開般地有些半透明。隨著尾巴的震動，一股淫汁就從縫隙中噴出來，怪不得身下的床單都濕透了。

修長手指在肉穴上按了按，氣味腥甜的汁水濺了他一手，老男人也同時發出崩潰的嗚嗚，沒被抓住的那條腿在床上踢了幾下，大腿內側的肌肉痙攣一般地顫慄著。

「老騷貨……」關山盡鬆開他的腿，將沾著淫汁的手移到唇邊，帶著淺笑在老男人羞恥的目光中，緩緩地將那些汁液通通舔去，粉色的舌尖在如玉的指頭上滑動，充滿魅惑美感，讓老男人眼神都直了，下意識吞了吞唾沫，微微張嘴吐出半截舌頭。

那模樣又蠢又淫蕩，關山盡哼笑，慢條斯理地從床邊的櫃子上拿起一個小巧的遙控器，對老男人溫言道：「看來父親口是心非啊，既然如此，兒子又怎麼能不多盡盡孝道？放心，有你爽的。」

老男人一聽，臉色都白了，顫抖地張嘴想求饒，關山盡卻在此時將遙控器上的控制器往上推到底，直接從弱檔一口氣變成急速檔，嗡嗡嗡的聲音混著汁水咕啾咕啾的聲音，老男人翻著白眼，肚皮都抽搐起來，仰著脖子幾乎只有出氣沒有進氣，原本垂在肚皮上的肉莖淅瀝瀝地似乎尿了一般。

「看看你，下賤透了。」闞山盡厭惡地蹙眉，隨手將老男人之前被他扯壞的棉衫拿來抹他的肚子，將那透明帶點腥味的液體擦掉後，湊到他鼻子前笑道：「聞聞你自己的騷味，放在外頭所有人都會知道你欠操，要不要我就這樣把你扔在巷子裡？讓那些髒兮兮的流浪漢一個輪著一個幹你，把你幹成沒有肉棒就活不下去？」

「嗚嗚……龍吐珠……」老男人打著嗝嗚咽，這風馬牛不相及的名詞讓闞山盡猛地頓了下，接著嘆口氣將按摩棒關掉，小心翼翼地解開繼父腿上的繩子及手上的鐐銬。

「這麼快就放棄了嗎？」

床上的老男人已經哭得滿臉豆花，可憐又可恨地盯著他搭帳篷的下身，扁著嘴不回答。

「我早說過這種遊戲不是每個人都適合玩，誰叫你看了那部電影就想試呢？」

闞山盡心疼地將人摟進懷裡，一口口吻著那張狼狽的臉蛋。

「你太壞了……」老男人抱怨著，心裡也有些過意不去，他不能說完全沒有從中得到快感，但剛剛兒子那番話實在有些嚇著他了，忍不住就說了安全詞，現在又有點逞強：「下次……下次我會習慣的！」

「你還想著下次啊……」闞山盡苦笑，抓著他的手按在自己肉莖上，紅豔豔的舌尖舔了舔唇，「不如，你先替我把這個問題解決了？」

老男人臉一紅，瞟了他一眼，抖著手指解他褲鍊，從內褲的開口中掏出硬得滴汁的粗長肉棒，嘴裡一陣乾渴，忍不住舔舔唇。

正打算低頭含含那顆飽滿的龜頭，對講機卻響了。

「董事長，滿副總找您。」祕書甜美的聲音，讓老男人失望地垮下肩。

「沒事，你還是能盡情吃我的大肉棒的。」關山盡笑得如花般嬌豔，老男人一個恍神被他抱出休息室。

等老男人意識過來兒子想幹什麼時，他已經被推進辦公桌下的狹窄空間，小小的縮成一團，下巴剛好靠在坐在辦公椅上的兒子膝頭，正對著脹鼓鼓的褲襠。還沒能臉紅呢，那雙有力修長的腿就左右岔開，臉頰被輕輕拍了拍。

「爸爸，你不是想吃嗎？記得別發出太大的聲音。」被兒子輕柔悅耳的聲音迷得忘乎所以，老男人甚至都沒聽到辦公室門打開後走入的腳步聲。

他眼裡只有兒子隔著西裝褲都能感受到熱度與重量的部位，口乾舌燥地嚥著唾沫，緩緩將臉湊過去，咬住西裝褲上的拉鍊頭，一點一點往下扯。

關山盡迅速地給了父親一個讚美的視線，便抬頭將注意力放在推門而入的滿月胖敦敦的身上。

「你爸呢？」滿月左右張望片刻，沒看到預料中的人，總覺得有點大事不妙。

「你是來找他的？」關山盡冷冷地勾起唇角，嚇唬這髮小兼心腹。

桌子底下，老男人已經掏出他硬挺的肉棒，正用柔軟的手上下套弄，神情迷醉地貼在他胯間嗅聞他的氣味。

真他媽浪透了。

「你臉色有點發紅啊？」正想報告手上的工作，滿月不意間瞥到關山盡泛紅的耳根，下意識開口問，問完後才回過味來，圓臉也泛紅了，氣恨地瞪著好友，「媽的，你禽獸啊！不！你別告訴我任何事，我晚點再進來。」

「不用，念。」關山盡勾勾手強硬地把人留住，臉上那豔麗的微笑簡直像舔血的猛獸，野性又誘人，饒是滿月對他的美貌見怪不怪，也不免耳根發熱。

「念……念就念。」忿忿地啐了口，滿月低下頭假裝自己啥都沒發現，機械式地將手上的報表一項一項唸出來。

辦公桌下此時正火熱朝天，老男人握著兒子粗壯的肉莖，幾乎都圈不住，上頭浮起的青筋微微脈動，馬眼冒出濕黏的前列腺液，沾濕了飽滿的龜頭後，往下滑落，在他的套弄下，整根大肉棒火熱又濕滑，散發強烈的賀爾蒙氣味。

他嚥嚥口水，再也忍不住伸出舌尖舔了口，腥羶帶點苦澀的味道在味蕾上泛開，美味得不得了。他一口一口啜吸，粉舌在龜頭上滑動，偶爾往下從傘狀部位舔去，在與包皮交界的部分氣味稍重，味道有些鹹澀，他卻愛極了，在那片皮膚外又啃又咬，舌尖甚至舔進去，摩搓更為敏感的部分。

「唔！」關山盡短促地悶哼，漂亮的眉峰微蹙，一副活生生的「西子捧心」模樣。不慎抬頭的滿月覺得整個人都不好了，這對父子為何總要玩這麼大？有人關心過單身者的心理健康嗎？

「繼續唸。」要是忽略關山盡語尾的喘氣，他看起來十足冷靜，與平常嚴肅的董事長沒什麼太大的不同……才有鬼！

滿月退了兩大步，拉高聲音繼續唸第二頁報表。

辦公桌下，老男人似乎舔夠兒子的大肉棒，他嘴裡發癢，經過調教的喉嚨迫切需要什麼粗硬滾燙的東西塞進去，就算噎得難受，他會控制不住生理性淚水滿臉狼狽，也無法阻止他的渴望。

最好的東西，自然是兒子的粗壯大屌了。

就見老男人心醉神迷地啜了啜兒子濕漉漉的馬眼，接著張開嘴一口氣將肉棒吞下大半截，直接頂到小舌上，嗆得不住乾嘔，眼淚糊了滿臉，含不住的口水從嘴角滑向大肉棒，跟前列腺液混在一起，將那粗長的玩意兒弄得更加濕滑。

他的舌尖抵在馬眼上，臉頰鼓起一大塊，仍不住收縮著口腔吸吮，一點點將剩下的莖身吞入，順著咽喉往細細的喉管而下，纖細的脖子腫起一大塊，隱約可見肉棒的形狀在薄薄的肌肉下，微微動了動。

嘴裡被塞得滿滿的，舌頭動都動不了，只能貼著粗壯莖身感受上頭的猙獰青筋。下巴已經碰到脹鼓鼓的陰囊，裡頭的睪丸飽滿圓潤，老男人伸手捧著囊袋溫柔地搓揉。

吞嚥反射已經幾乎麻木，老男人悶悶地喘了幾口氣，嗅到的都是兒子胯下濃重的雄性氣味，原本就廢掉的腦子更加像一鍋煮糊的粥。好不容易緩過一點，他就迫不急待地縮緊喉嚨擠壓戳進去的肉棒，接著開始上上下下地擺動腦袋套弄。

幾個深喉後，他會吞得淺些，用牙齒輕輕刮著敏感的傘狀部位，感受兒子大腿傳來的顫抖，接著對龜頭啜上幾口，舌尖在馬眼裡舔著，將前列腺液都吞進肚子裡。

他舔得專心，上頭闞山盡已經維持不住表面的冷靜，額上冒出細細的汗珠，多情的桃花眼裡滿是水霧，呼吸炙熱沉重，放在辦公桌上的手緊緊捏起，連同拿著看的報表一塊兒捏得發皺。

滿月後背緊貼在辦公室門上神遊物外，他想走卻走不掉，闞大老闆發話，逃走的話扣兩個月績效獎金，簡直殘暴不仁到極點，這麼寵自己的老爸根本有病啊！

偏偏闞山盡忍得辛苦，老男人卻越舔越迷醉，直接一口吞到底端，鼻尖都埋進修剪過的陰毛裡了。忍無可忍，闞山盡扣住父親的腦袋，把他當飛機杯般往自己身下狠狠抽插幾回，老男人喉嚨差點被插破，嗚嗚地啜泣著，可憐兮兮地瞟兒子。那騷浪賤的模樣，讓闞山盡整個心都是軟的，一時沒控制住直接戳到深處，將精液直接射進父親胃裡。

「咳咳咳……」當依然硬挺的肉棒從嘴裡抽出時，老男人在兒子膝上咳得不行，嘴角掛著一絲馬眼上殘留的白濁，被兒子修長如玉的手指通通刮下抹在他舌上。

「好吃嗎？父親。」

「嗯……還要……」他看著兒子豔色無雙的笑臉，迷醉地笑著撒嬌。

祕書被滿副總激動的甩門聲嚇了一跳，一抬頭就看到向來笑咪咪的圓潤男人面色潮紅，略顯猙獰，憤恨地抓鬆領帶，對他粗聲道：「到兩點前的行程都排開！那位在裡面！」

身為心腹之一，祕書立刻聽懂了滿副總嘴裡的「那位」是誰，忍不住露出同情的神色，拘謹的點頭表示明白。

他們可是很清楚，董事長和總務課課長之間，並不是什麼相看兩厭、水火不容，而是水乳交融、蜜裡調油，祕書一個才要三十的單身女子，就看過兩三次董事長把繼父按在辦公桌上肏的GV現場，那啪啪聲之急促猛烈，祕書都懷疑課長的胃會不會被頂穿了。

凶殘無道啊！

目送滿副總怒氣沖沖離去的背影，祕書拿起電話開始重排行程。

而辦公室中給下屬添麻煩的那一對鴛鴦已經把對方剝得赤條條的，在一大片落地玻璃牆前，激情地交纏在一起嘖嘖有聲地親吻著。

老男人被玩得爛熟的菊穴嫣紅糜爛，因為先前的口交已經濕水潺潺，不住地微微收縮，看來饞得不得了。一身白肉都泛出粉紅，隨著兒子窒息般的深吻，稍稍顫抖著，彷彿跟不上這狂暴的速度。

但關山盡心知肚明，自己這個繼父就是隻饞貓，看起來生澀靦腆，發起情來浪得沒邊，收費的妓女都難以望其項背。可他就喜歡父親這樣又騷又浪的模樣，恨不得一口把人吞進肚子裡。

他上上下下邊吻著邊把人搓揉一頓，押著纖瘦的身軀靠在落地玻璃上，拉起一條細白的腿盤在自已腰上，老男人站都站不穩，歪歪斜斜地靠在他懷中，捧著他的臉頰哀求：「你快進來……快進來……我好癢……想吃大肉棒……」

怎麼就能這麼騷呢！半點都不害臊！

年輕男人咬著牙不回應他，只用硬挺的肉棒磨蹭他，雞蛋大的龜頭從會陰擦過去，頂向小嘴蠕動的菊穴，發出濕淋淋的水聲。菊穴飢不可耐，奮力地搖晃著肉臀想吞下那堅硬的大玩意兒，偏偏關山盡不願順父親的意，龜頭才戳進去些許，就立刻退開，來來回回磨蹭穴口，直把老男人蹭得哀哀哭求，緊緊纏著他的頸子吻他臉頰、頸側，一邊叫著：「肏死我！快肏死爸爸！」

關山盡內心火熱，爸爸的淫語堪比烈性春藥，大肉棒又脹大了一圈，剛好滑進騷得噴水的菊穴，這回他有心玩弄對方，卻已無力抽出，彷彿被數十數百張小嘴吸吮的感覺爽得他悶哼，桃花眼都有些泛紅了。

「我就肏死你！」這老東西竟敢玩火，今天不把人肏到不將肚子射滿，還當他是死了！嗜虐心起，在性愛上關山盡原本就稍有些粗暴，眼前的老男人更能將他最有攻擊性的那面引導出來。

他猛地抓起父親還踩在地上的那條腿，臀部一收、腰部一頂，啪一聲，大肉棒整根直戳到底，一口氣貫穿直腸口，幾乎要直接頂到胃似的，直腸口之後的乙狀結腸角度有些彆扭，但經年歡愛雙方早就摸出一套配合的角度，那更緊更熱的地方緊緊咬著三分之一肉棒，哆哆嗦嗦地擠壓吸吮，老男人仰起頭露出細細的脖子，小巧喉結上下滾動，隱隱發出小貓般的呼嚕聲，似乎爽得失神片刻。

關山盡卻不等他適應，大開大合地幹了起來。

就看老男人的小肚皮上不斷鼓起男人大屌的形狀，他凌空被壓在玻璃窗上肏，支點只有兒子的大肉棒，每一次似乎都幹得更深，精壯的身軀也越壓越緊，直到兩人身軀緊貼在一起，被大屌戳起來的肚皮會頂到兒子精實的腹肌，連帶他的小屌也隨著操幹在腹肌上磨蹭。

「太、太深了……小盡、小盡……你要肏壞爸了啊啊——」

小肉棒堅持不了多久，就在這快速的磨蹭下一股腦噴在兒子的肚皮上，精液已經清淡得像水，卻蔓延著一股腥甜的騷氣。

被這味道刺激，年輕男人越幹越粗野，越肏越用力，老男人唉叫得更加甜膩，不住口的吻著兒子，空出一隻手顫抖地撫摸上自己的肚子，似乎想將那鼓起的形狀壓下去，卻一次次在兒子的粗魯頂撞下滑開手。

硬挺滾燙的大屌在腸肉中開疆闢土，強悍地摩擦綿軟敏感的肉壁，把軟肉頂撞得幾乎喪失收縮能力，像個肉套子般任由兒子套弄，直腸口也被幹得像是腫起來，連乙狀結腸最窄的那塊都被撐開不少，疼痛中帶著無上的快感，一波波潮水般拍打得男人連聲尖叫，渾身抽搐著直噴水。

高潮彷彿永無止盡，快感總能一次次將人推過某個頂點，老男人幾乎喘不過氣，翻著白眼嘴角掛著唾液，攀在兒子肌肉虯結肩膀上的手指無力地亂抓，好幾次他以為自己要暈過去，偏偏都因為高潮清醒過來，抖著身體唉叫。

兩人的交合處滿是被肏成白沫的淫水，靡麗又騷浪，不少騷水都濺到落地窗上，讓老男人在上頭滑動時發出不和諧的怪異聲音。

突然，關山盡低頭咬住父親白細頸子上的喉結，凶狠地啜咬一口，那種生命似乎掌握在他人手中的恐懼感，以及隨後而來的興奮快感，讓老男人痙攣起來，半軟的小肉棒張著豔紅的馬眼，只勉強噴出幾滴汁水，在狂亂的興奮中硬生生達到無射精高潮。

正打算再繼續幹爸爸，祕書這時候卻撥了內線進來，語氣極其端正，彷彿全然不知道辦公室裡頭發生多香豔刺激的情事，她也並沒有聽到老男人被兒子幹出來的浪叫聲。

「董事長，一個小時後您與南陽集團代表有一場會議。」

一小時後？關山盡看了看桌上的電子鐘咋舌，沒將父親肏出尿來讓他很不滿意，但南陽集團的會議攸關接下來三個季度的合作案，身為董事長他必須得出席才行。

老男人半閉著眼，渾身顫抖地軟在兒子肩上喘氣，尚未從高潮中回過神。

低頭親了親他眼皮，關山盡摁著父親粗暴直接地狠幹幾百下，把來不及緩過氣的老男人操得蹬著雙腿哭喊，後穴淅瀝瀝地直噴淫水，落地窗都被噴髒了。眼看老男人翻著白眼吐著舌頭，幾乎都要昏過去，年輕男人才用盡力氣戳進他腸子最深處，幾乎連乙狀結腸都要戳穿似的，老男人仰著脖子無法控制地渾身打顫，被射滿了肚子。

因為射得太深，關山盡抽出去時除了父親的淫汁外，竟沒漏出多少精液，全都鎖在父親肚子裡，把薄薄的肚皮給撐脹了。他心滿意足地摸摸那個小肚子，把自己又頂進去，咬著父親耳朵低語：「爸爸，幫我生個孩子。你想，他該叫我爸爸，還是叫我哥哥呢？」

摸著自己的肚子，老男人愣愣地回答：「我是男人，生不了孩子的……」

「那可不一定，我每天射這麼多給你，走路都會往外流我的精液，怎麼可能懷不上？」關山盡瞇著眼淺笑，拍了拍爸爸肉乎乎的屁股，將他的雙腿拉到自己腰上按了按，「夾緊，我帶你進休息室去。」

「嗚嗯……」老男人哼哼唉唉地努力夾緊雙腿，這一用力兒子還頂著他直腸口的大肉棒又往裡滑了些許，大龜頭卡在乙狀結腸裡，他差點又高潮了一次。

「騷貨。」將他的屁股牢牢按在自己胯上，關山盡就著這個姿勢將爸爸抱回休息室，短短的路程老男人浪得又喘又叫，肚子裡咕咕響，明顯是淫水跟精液混在一起被大肉棒翻弄的聲音。

等回到床上，老男人已經半死了。

他翻著白眼，四肢都在顫抖，神志都不知飛到哪裡去了。

關山盡很滿意，從床邊櫃子裡翻出一個大尺寸肛塞，最粗的部分甚至比他的大屌要粗上些許。將肛塞在手上掂了掂，他輕輕搖醒半昏迷的父親，柔情蜜意道：「爸爸，我要把這個塞進你的小騷穴裡，讓精液留在肚子裡讓你懷孕，嗯？」

老男人昏昏沉沉地看著兒子手上類似水滴狀的東西，糊里糊塗地就點頭答應了。待他被兒子抬起屁股，逼他看自己的後穴如何吞這大玩意兒時，後悔已經沒有意義了。

「小盡……小盡……嗚嗚……」他都分不清楚自己是害怕還是期待，抽抽答答地叫著兒子小名，黏糊糊的語尾像麥芽糖似的，甜得人心頭發軟，關山盡遲疑了下，依然咬牙繼續手上的動作。

在父親沒有說出安全詞前，調教都會繼續，這是雙方說好的。儘管父親一度使用安全詞，但不久前父親又表達出要繼續的意思，他不敢玩得太過，言詞與動作都與平時沒有差太多，就是粗魯些罷了。

這個肛塞，原本也沒打算這麼快用上，爸爸的小騷穴那麼緊、那麼嫩，萬一被撐壞他會心疼，可……不得不說，他心裡隱隱約約有些期待，想看那騷得會流水的穴能撐得多大，想到自己的精液會一直在爸爸肚子裡填滿他，直到再次幹進去時才會流出來，關山盡就按捺不住心裡的殘虐情緒。

「乖，深呼吸。」將父親的下半身高高抬起，與腰超過九十度角，細白的腿都快折到胸前了。即使躺在床上，也能很清楚看到自己肉臀間收縮的菊穴，被肏得紅腫，微微往外鼓起，一瓣瓣肉褶豔紅糜爛，不安地收縮著，每縮一下就會擠出一點淫水，弄得那朵肉菊更加濕滑水嫩。

關山盡左手扣著父親右膝內側往下按，任由左腿半彎半伸地舉著，後穴在這種姿勢下張開了小嘴，他立刻將肛塞前端抵上去，就著一股股漫流出來的汁水往腸子裡頭擠壓。

「嗚嗯……痛……嗚嗚……」那肛塞真的太粗了，前端較尖細的部分還好些，當靠近中段後，小小的菊穴已經整個被撐開，肉褶都撐平了，肌肉有些發白，似乎再多一點就要裂開來似的。老男人有些疼，唉唉地又啜泣起來，扭著腰想躲，當然都被兒子凶狠地鎮壓下來。

「忍忍，嗯？」關山盡額上浮起薄薄的汗水，動作輕柔但不容拒絕，堅定地將肛塞往裡繼續擠。老男人的腸肉原本就緊緻，肉棒戳進去的時候經常被咬得發疼，這會兒也緊緊裹住肛塞，那股抵抗的力道很明顯，他笑了笑，將肛塞退出些許。

果不其然，那貪心的老東西這下急不可耐地往裡吸，肛塞一時竟拔不出來，反而在關山盡刻意鬆開力氣時，將那巨大的東西一口氣吸進去了不少，比適才硬擠進去的部分要多了一截。「老騷貨，就知道你嘴饞。」最粗的部分已經撐開穴口了，那肏熟的後穴並沒有受傷或流血，就是看起來比平常更白。

「小盡……爸爸難過，好難過……嗚嗚……」老男人被撐得一陣發痛，不由得軟綿綿地哭求起來。

「幫我生個孩子，嗯？」修長的手指捏著肛塞尾部的把手部分，微微往外拉扯，穴口的肉褶也跟著被往外扯，似乎連腸肉都要翻出來。

「我生不出來……嗚嗚……爸爸生不出來……小盡不要欺負爸爸……」他蹬著自由的左

腿，一抽一顫地也不知是疼了還是爽了。
「好，我不欺負你。」關山盡對他露出一抹妖冶的淺笑，趁父親迷戀地盯著自己看時，一口氣把肛塞按到底部，只剩個短短的把手露在菊穴外。
「啊——」老男人慘叫一聲，眼淚口水又把臉給糊成一片，抱著肚子癱在床上抽搐。
這種被玩壞了的模樣，使老男人那張平凡的臉蛋，別有一種誘惑人的風情，關山盡心口發熱，俯身叼住他半吐的舌尖，瘋狂地吻了好一陣子，舌頭翻攪著父親的舌，肆虐在敏感的口腔中，幾乎舔上咽喉，直吻到老男人喘不過氣開始打他肩頭才抽開嘴。
「等我開完會就帶你回家，今天就把你射懷孕吧。」關山盡瞇著桃花眼微笑，好看得讓老男人幾乎忘記自己需要喘氣，傻傻地點了點頭。
「乖了。」

老男人被兒子叫醒時，遮光窗外的天空已經完全黑透了。他肚子滿脹脹的，連翻個身都能感覺到精液淫液混合得多滿，他四肢無力，軟綿綿地倒在兒子懷裡，茫然地看著被展示在眼前的那套女式套裝。
窄肩的西裝外套、修身的襯衫、差不多及膝的窄裙，以及一雙黑色絲襪。
「穿給我看好嗎？爸爸。」男人撫摸著父親呆掉的臉龐，忍不住親了好幾口。
「可、可是這……」老男人一點點從耳根開始全身紅透，他眨著眼裡的淚花，哀求地看著兒子。

「你不想讓主人開心嗎？老騷貨。」軟的不行，關山盡眯眼一笑，語氣也開始泛冷。這可不是商量，這是命令。

老男人縮縮肩，討好地對兒子笑笑，「爸爸……爸爸當然願意了，你、你扶我起來吧。」他表情雖然可憐無辜，底線倒是退得很快。

滿意地拍拍他的肉臀，關山盡把人從床上扶起後，將衣物遞過去，「穿上吧，騷母狗裸了一整天，都忘了自己是人吧。」

粗魯的言詞讓老男人蒼白了臉，蹙起眉似乎都快哭了。

兒子卻挑眉一笑，催促道：「快穿，我累了一天，沒時間看你扭捏。」

穿倒是不難穿，只是順序不大對。他先將襯衫穿好了，裙子套上了，才發現這樣一來絲襪根本穿不了，直接就卡在膝蓋上。裙子太窄，擠得他屁股越加挺翹圓潤，長度剛好切在膝蓋下緣。因為肛塞還堵著滿肚子的精液淫水，上拉鍊的時候卡了幾下，小肚子看來懷胎三月似的。

他用一種彆扭的姿勢一腳套著絲襪，歪歪倒倒地坐在床沿，看向兒子無言的求救。關山盡在心底嘆口氣，面上則不耐煩地笑罵：「老東西腦子被主人幹出來了嗎？套著裙子既然穿不了絲襪，那就脫了裙子穿。蠢騷貨，你再這麼蠢下去，我可不要你了。」

「啊……喔……」老男人縮縮肩，連忙脫下窄裙，這回才終於勉勉強強將套裝給穿好。

他人長相普通，身體卻很漂亮。骨架子小，皮膚又白，被兒子寵得粉嫩嫩的，四肢修長纖細，穿著黑絲襪時惹眼得緊，勻稱的一節腿肚子從窄裙下延伸出來，腳踝細細緻緻，因為不習慣又羞恥，圓潤的小腳趾在絲襪裡動了動。

關山盡心口一熱，下意識鬆了鬆領帶，水潤的桃花眼微闔，這回拿出一雙樣式樸素的黑色高跟鞋。

「穿上。」

「咦？」老男人接過鞋子，雖然鞋跟沒有特別高，可也有五六公分吧，細細的一根，他根本沒自信穿上還能走路。

看他還在猶豫，關山盡索性把人推坐在床沿，托起右腳套上鞋子，接著是左腳，放手前沒忍住在腳踝內側咬了口。

「噯！」輕喘了聲，老男人雙頰通紅，眼神迷濛地看著兒子，整個人又羞又騷，磨磨蹭蹭地站起身。鞋子倒是比他以為的要好穿，尺寸合適，走起來雖有些不穩，但也沒想像中容易摔倒。

「走吧。」最後替父親套上一頂黑長直的假髮，關山盡對眼前所見很是滿意。伸手摟了人就從董事長專用電梯下停車場。

離開辦公室時，剛好與祕書打了照面。老男人羞得恨不得挖洞把自己埋起來，秘書倒是鎮定，面不改色地起身送兩人離開，直到電梯門關上了才心累地捂著臉嘆氣。

因為穿著高跟鞋，老男人走起路來搖搖晃晃，繃得緊緊的肉臀也跟著左搖右擺，風騷得讓人恨不得直接壓倒在地上，撕了裙子肏他。關山盡刻意落在父親一步距離之後，被擺動的大屁股晃得眼花，多情嫵媚的桃花眼現在像頭餓慘的狼，直盯著捨不得離開。

「小盡？」踉蹌了幾次，老男人可憐兮兮地回頭找兒子。窄裙讓他的腳步邁不開，穿著高跟鞋後平衡就更差了，必須得夾緊屁股才能順利走路，而他屁股裡塞了一個大東西，這一夾就將自己的敏感點都給送上門，短短五分鐘距離，淫水多得肛塞都塞不住，絲絲縷縷從縫隙中滲出來，胯下都濕透了。

「嗯？」關山盡喉嚨乾澀，呼吸略顯沉重，他摸出菸叼在嘴上，挑了父親一眼，示意他繼續往前走。

「你幫幫爸爸，絲襪都濕透了……」老男人咬咬唇，也不知是刻意還是無心，說話騷就算了，大屁股還直搖。

這還能忍嗎？忍下去的要不是陽痿，要不就不是男人！

「找死。」兩大步上前，關山盡長臂一撈，扣著父親的細腰往自己停車的地方拖，粗暴的動作讓老男人驚慌地尖叫，跌跌撞撞地鞋子都掉了一隻。

不到一分鐘他們就來到關山盡的車前，那是臺黑色的馬莎拉蒂，車身較低、引擎蓋略斜，反射著一層幽光，像頭蟄伏的黑豹。

老男人輕聲尖叫著被推倒在引擎蓋上，假髮被粗暴地扯掉扔在地上，窄裙因為動作而往上捲，露出了半截大腿。關山盡盯著有些瘦的大腿，點上菸深深吸了一口，而後緩緩地吐出半白的菸，老男人趴伏在引擎蓋上回頭看他，恰好看到他吐煙的動作。

優雅又危險，配合著半瞇的桃花眼，大概沒誰能抗拒得了，都恨不得跪在他西裝褲下求肏。老男人屁股一癢，哼哼唉唉地浪叫，語尾拖得又長又媚，騷得沒邊了。

「今天沒肏死你，我們就不走。」關山盡一手摸上父親露出來的大腿，呲喇一聲將黑絲襪給扯破，一點點往肉臀撕去，胯部那一片確實全濕了，白嫩的肉臀夾在破裂的黑絲間，惹眼至極。

用力揉了揉父親豐腴的肉臀，極有彈性的在掌心中顫了顫，接著將那雙縮著努力在引擎蓋上保持平衡的雙腿左右撐開，整個胯部都暴露出來，一塊無機質的類塑膠製品露在後穴外，肉褶不斷往內縮，豔紅靡麗微微腫起。

關山盡的手順著父親大腿的曲線，緩緩往下摸上肛塞尾部的把手，那是個環狀的東西，恰好可以把手指勾進去。

「爸爸。」他的輕喚滿是溫情，老男人抖了抖肩，用一種彆扭的姿勢回頭看他，低低地嗯了聲。

「深呼吸。」

深呼吸？還沒反應過來，男人手一用力，勾著環狀把手，一口氣將肛塞扯出來，同時帶出來的還有混合在一起的精液、淫液，在壓力下噗一聲往後噴了幾十公分遠。

「啊——」老男人發出悲鳴，他努力夾緊後穴，然而被玩弄了一整天，肉褶早就失去一開始的彈性，半張著小嘴，一時半刻竟完全不受控制也縮不緊。

他捂著臉不想面對自己這種接近失禁的醜態，卻擋不住腥臊的氣味鑽入鼻子，以及噴過之後剩餘滴滴答答往下流的觸感。

關山盡赤紅著雙眼，狼一樣盯著父親紅腫爛熟，微微收縮卻徒勞無功的後穴，被各種液體弄得泥十分不堪。他甚至都不在意自己鋥亮的皮鞋也被噴濕了，褲腿上隱隱也有些濕痕。

「騷寶貝……」

他上前壓住半躺在引擎蓋上的身軀，除了被推高的窄裙及撕破的黑絲，上身的衣物完好且帶點禁慾的味道，更令他心頭火熱，略微粗暴地搓揉了幾下充滿彈性的臀肉。

「小盡……小盡……」

老男人羞恥的想埋了自己，他嗚嗚地喊著兒子，被用力拍了拍屁股。

「乖了。」男人拉開拉鍊，掏出硬得流水的肉棒，毫無阻礙地狠狠肏進父親肉穴裡。

「不要——」老男人又騷又浪又痛的叫起來，屁股被兒子扳開，粗長的大屌如入無人之境，直接就肏進了四分之三，摩擦過每一寸嫩肉，堅硬的龜頭擦過前列腺後，狠狠戳在直腸口上。

那塊早被肏熟的地方腫得很，頂上去後麻麻地發疼，老男人縮著身體想躲，然而跑車的引擎蓋原本就傾斜，他完全無法保持平衡，不斷從車蓋上往下滑，把自己的肉穴迎向兒子的大屌，被狠狠地頂回去，滑下來再頂，數次後他哭喊著軟在車蓋上，一點力氣也沒有，敏感處完全是自己送上門的，被肏得又痛又爽，嗓子都叫啞了。

幾十下後，關山盡雞蛋大的龜頭終於肏穿直腸口，頂著乙狀結腸幹，把父親幹得汁水淋漓，彷彿一顆熟透的多汁水果，每肏進去一次，就會噴出一股淫汁，把兩人交合的地方濺得濕淋淋的。

「啊嗚——小盡——啊啊——」老男人唉叫著在引擎蓋上撲騰，打過蠟的車蓋看起來光滑，其實磨蹭著極為乾澀，他半勃的小肉棒蹭著蹭著簡直像要蹭掉一層皮，痛得要命。

但這種痛，與兒子狂風驟雨般肏幹的快感混在一起後，迸裂出更大的歡愉，他仰著脖子幾乎喘不過氣，小巧的喉結滾動著，在昏暗的地下室照明下，像隻小蝴蝶。

看得眼熱，也怕父親受傷，關山盡將父親轉過身，將他像把尿似地抱起來。老男人驚呼一聲，語尾浪得要命，黏糊糊地呻吟著，軟綿綿地窩在兒子懷裡，全身就靠屁股裡的大屌跟兒子扣在腿彎的雙手支撐了。

白皙單薄的身軀被粗長猙獰的肉棒肏得上下顛動，肚皮都浮起兒子肉棒的形狀，隔著薄薄的肌肉與他的小屌一起蹭著塊壘分明的腹肌。他仰著脖子，嗚嗚咽咽地浪叫，半張著小嘴吐著一截舌頭，騷得要命。

被撐起的大腿內側戰慄著，腳趾也因為快感蜷曲，那陷入慾望中的表情太過迷人，關山盡忍不住叼著他半吐的舌尖，略顯粗暴地吻了起來。

這個吻霸道又黏膩，掃過他口中的敏感處，甚至連咽喉都舔到了，最後啜著他的舌又啃又咬，淡淡的鹹腥味蔓延開來。

他幾乎被兒子吻到窒息，卻又掙扎不開，快感強烈得令他承受不了，身體猛地痙攣起來直接就高潮了。

被幹得奄奄一息，小肉棒早就連尿都射不出來，只能乾高潮。兒子卻還不放過他，再次將人摁在引擎蓋上，唇舌堵著他崩潰的尖叫，大屌更狠狠往裡肏，每一次都操穿直腸口，肏得老男人高潮迭起，彷彿連最窄的乙狀結腸前端都被肏開成肉套子，渾身痙攣雙眼翻白，差點要暈過去。卻因為過度的快感，身體極度敏感，神志反而清醒了點。

張嘴想求饒，卻被兒子牢牢吻著，按著屁股啪啪狠幹。

被幹得糜爛的腸肉不斷翻進翻出，即使兒子終於願意放過他的嘴不再繼續吻了，他依然叫不出來，半張著嘴流著口水，整個人都被操廢了，好像除了讓兒子的大肉棒肏，他什麼用處也沒有。

突然，關山盡凶狠地捏住他的腰，幾下又深又重幾乎連睪丸都要操進去的頂入後，彷彿高壓水槍般射在他腸子裡，深深的、又多又滿，燙得他抽搐了幾下，徹底昏死過去。

趴在父親身上粗喘了好一陣子，關山盡也因為過度強烈的快感有些頭暈。今天過得實在太靡爛，爸爸看起來都被操壞了。

他西裝褲上被淫汁噴濕了一大塊，卻也不在意用手帕抹了抹半硬的大屌上各種濕痕後將之塞回褲子裡，轉頭將父親腿上的黑絲襪給脫了，將肛塞塞回去，拉平窄裙後忍不住又抓起纖細的足踝吻了下。

「爸爸，我們回家了。」關山盡俯身將昏過去依然不時抽搐的老男人抱進懷裡親了親。父親還有很多年假沒有消化掉，也許他能排開一些工作，兩人來一趟遊輪之旅也不錯，迎著海風做肯定別有滋味吧！

白皙瘦弱的中年男子，閉著眼睡在巨大的雙人床上。

氣溫雖然偏低，但房間裡開著舒適的空調，他只裹著一條薄被，幾乎被吞沒在柔軟的床墊中。

關山盡揉著鼻梁走進房時臉上帶著疲憊，但在見到床上柔軟的一整團時，表情霎時就放鬆下來。他的父親，睡得正香甜，巴掌大的臉陷在枕頭中歪歪扭扭的，傻得讓人心軟。室溫對老男人來說恰到好處，但對關山盡來說就有些太暖，他很快脫去身上的毛衣，結實精壯的上身猶如大理石雕，下身包裹在休閒褲中的雙腿，更顯得修長有力。

老男人要是還醒著，肯定會哀哀叫著對兒子發騷，可惜他現在睡得太熟，直到被兒子爬上床，薄被被掀開而哆嗦了下，都沒能從睡眠中醒過來，只模模糊糊地咕噥聲，臉頰擦了擦枕頭，擠得嘴唇都半開了。

關山盡輕笑著揉揉父親的嘴唇，接著有些粗魯地將帶著薄繭的修長手指塞進半張的唇瓣，勾著裡頭的舌頭翻攪，老男人悶聲幾聲，下意識乖順地吸起在嘴裡作亂的手指，人還是沒醒，軟軟的舌尖倒是已經發起騷來，一會兒順著指腹舔，一會兒在關節上滑動，偶爾用細牙咬兩下，接著吸奶似地啜兩口。關山盡被父親風騷的小舌頭弄得心裡起火，暗罵老東西妖精，胯下巨物肉眼可見地硬了起來，襠部鼓起一大包。

他知道父親一睡便會睡得很死，就算被用力肏幾下都醒不過來的地步，不禁冒起壞心眼，打算將父親從睡夢中玩醒。抽出自己被吸得癢絲絲的手指，關山盡將老男人從薄被裡抓出來，老東西身上穿著白色的真絲睡衣，是他去年送的生日禮物，穿得有些多了，領口袖口略鬆垮，老男人一翻身就扯歪了衣領，露出一片白皙的肌膚，及小片鎖骨。

關山盡輕輕抽口氣，俯下身在那塊鎖骨上連親帶啃。老男人因為瘦，鎖骨的形狀很明顯，但他骨架子小，骨頭的形狀秀秀氣氣的，連帶那處凹陷也圓圓潤潤，沒幾下就被咬出數個深淺不一的痕跡。

睡得正香的人依然沒醒來的跡象，呻吟幾聲，還朝兒子挺了挺胸要求更多。

「騷貨……」饒是關山盡再寵自己的父親，這會也忍不住生起一抹暴虐心理，這老東西看起來羞澀保守，在外頭總穿著一身款式過時的深色西裝，搭配毫無花巧從大賣場買的特價白襯衫，纖細的脖子上拴著一條素色領帶，要不是身為董事長的繼父，難說會被底下人怎麼欺負。可到他面前，什麼害羞、禁慾、保守都他媽去見鬼，哼哼唉唉的要吃兒子大肉棒，上下兩張嘴都騷得滴水，什麼把戲都敢玩還玩得比關山盡歡快。

心裡暗罵一聲，關山盡麻利地解開父親身上的睡衣，兩三下功夫老東西赤條條地躺在被窩中，細白的肌膚上浮起微微的雞皮疙瘩，不住往薄被子裡鑽，再次被兒子撈出來，精壯的身軀直接壓上去，伸手用力捏了捏父親被玩得柔軟微鼓的胸口。

白皙胸脯上兩顆桃色的乳尖硬硬地翹起，以前只有小小一顆，細得舌頭都舔不出來，這幾年被兒子玩弄得又鼓又大，平時就有紅豆大小，白襯衫下要是不穿汗衫，都能直接看到挺起的豔紅色。先前兩人玩得過分了，還曾經戴過乳環，只是他怕痛，兒子又捨不得他受傷，夾式乳環沒戴兩天就取下了，從此束之高閣。

關山盡著迷地用手指捻了捻越發腫大的乳尖，又嫩又有彈性，低下腦袋連同乳暈一塊兒吸進嘴裡啜。略略粗糙的舌面來回舔了舔乳尖肉，接著用舌尖饒有趣味地頂弄，一會後又用牙齒咬了咬，略顯粗暴的舔舐啃咬直到紅豆大小的乳頭都腫成黃豆大小，還用力吸了幾下才鬆開，險些把乳尖都玩破皮。

啃完左邊，自然不會放過另外一邊，如法炮製一番，老男人兩邊乳頭都被玩得濕淋淋地腫大，呼吸也沉重了幾分不住地輕喘，肌膚泛起可人的淺粉色。

除了嘴上的動作不停，關山盡手上也沒閒著，一把握住父親嫩嫩的小肉棒用粗糙的手掌套弄，用力搓兩下便用帶繭的指腹在尿口處磨蹭，先前調教過父親的尿道，尿口比常人要大些，也比較鬆，敏感度更是多了幾倍，隨便揉弄兩下睡夢中的男人就皺著眉頭哼哼騷叫，細腰扭啊扭地彷彿嫌不夠似的。

關山盡冷笑一聲，拉過父親的手指，硬生生將小指尖塞進尿道口。老男人彆扭地歪著身體，下意識想抽回手，卻被兒子藉機用自己的小指尖肏了尿道口幾次，前列腺液跟失禁似地亂噴，整隻手都被噴得濕淋淋的。

也不知道是爽的還是姿勢真的太彆扭，老男人眼皮皺了皺，隱隱約約要醒過來似地，關山盡一看立刻將他的指間從尿道口拔出來，發出輕微的啵一聲，又噴出了一道淫水，味道比尿了還要騷得多，床墊都被噴濕了一塊。

現在可不能讓父親醒來。關山盡低頭安撫地親親父親眉心，輕柔地套弄他脹紅的小肉棒，果然把人給安撫住了。

老男人睡得很香，兒子非常寵他，食衣住行都安排得甚是妥貼，在他身上花錢從不手軟，偶爾他想省著花用還會惹得兒子不高興。若不是在公司裡不想太引人注目，他好說歹說才總算讓兒子點頭同意讓他穿平價西裝上班。

豪宅裡，雖說他與兒子都有自個的房間，但兩人往往是睡在一塊兒的。屋子裡是中央空調，恆溫是舒適的二十五度，冬暖夏涼從不會冷著或熱著他，寢具都是最高級的，絲滑柔軟的蠶絲床組，內襯蓬鬆的羽絨，躺在其中彷彿被流水包圍一般。

這讓人如何睡不香甜？

然而，今日他卻越睡越熱，臉頰浮現紅暈，身上的衣物早就被兒子脫光，嫩生生地縮在絲綢被上，白皙的肌膚全都泛紅，手上濕淋淋的都是自己噴出來的前列腺液，身下的床單也被噴濕一塊。

老男人半夢半醒地用臉頰蹭了蹭柔軟的鵝毛枕，全然不知道繼子正興致勃勃地玩弄他。

關山盡半跪在床上，低頭凝視著父親赤裸的身體。

老傢伙很瘦人又矮小，才一米六五左右，身材比例卻很勻稱，一雙白細的腿挺長，屁股又翹又肉襯得腰肢更細。腿間的肉莖色澤淺嫩，根本沒用過兩三次，尿孔張著一個指尖大小的圓微微收縮，流出的汁水順著小巧的囊袋滑過會陰，一些沾在床單上，一些則被吃進臀縫中，淫靡得要命。

年輕男人俯身含住父親的嘴唇親他，舌頭探入軟嘟嘟的嘴唇中，纏住老傢伙的舌頭又舔又咬，他吻得兇狠粗魯，彷彿恨不得把身下的人吞進肚子裡，吻得深的時候幾乎能舔上咽喉，把父親弄得扭頭想躲，卻被扣緊後腦閃避不了，沒多久就渾身顫抖，眼皮微微掀起露出些許眼白，卻不是醒了而是呼吸不順，眼睛都閉不牢。

關山盡這才戀戀不捨地鬆開父親的嘴，改為甜膩的輕啄，原本攬在細腰上的手也開始不安分，順著凹陷的脊椎滑動，直到尾椎左近，手掌一握掌心裡都是又軟又彈的臀肉，他忍不住使勁捏了幾下，把睡夢中的父親捏得哼哼唉唉，腰一扭肚皮就蹭上了他堅硬如鐵的大屌，硬生生把兒子又蹭硬了幾分。

關山盡低聲笑笑，總算願意放過父親被吻腫的雙唇，將人翻了個面擺成趴在床上的姿勢，同時將父親的膝蓋曲起跪在床上，便成高高翹著屁股的騷浪模樣。

老男人呼吸還沒完全緩過來，小小喘息著。他的臀肉上留著兒子剛剛捏過留下的指痕，豔紅色的浮著一層汗及馬眼流淌而來的汁水，臀肉微微往兩邊分開，露出藏在裡頭的騷穴，一瓣瓣皺褶嫩紅可愛，這些年早被兒子肏熟了，卻仍保留緊緻的模樣，正輕輕收縮著。

「父親……」關山盡輕柔地喚了聲，纏綿低語恍若烈酒，醇厚又醉人心魂。老男人縮起肩抖了抖，騷穴狠狠縮緊片刻，很快又放鬆了。

關山盡知道父親尚未醒來，卻已經半夢半醒，恐怕以為自己是在作夢。既然如此也不要再玩更多花樣，主要也是他硬太久，大肉棒都有些發痛。

打開床頭櫃的抽屜裡拿出一管潤滑劑，潤滑劑的前端類似針管，約略有小拇指粗細，他先擠出一點在指尖上接著抹在父親的騷穴上，稍微幾下就將穴口頂開了。他立刻將潤滑劑的前端塞進穴中，一口氣擠了半管進去。

老男人朦朦朧朧地只覺得屁股一涼，有什麼東西爭先恐後地往自己肚子裡灌，下一秒有什麼指頭粗細的東西抽出去，他抽搐了下，搞不清楚自己是在作夢還是已經醒了，接著肉臀被揉了揉，那動作與力道極為熟悉，他難以忍耐地從喉嚨中發出細弱的呻吟，還來不及反應過來是誰的手，後穴就被扳開來，隨之而入的是一根粗長堅硬彷彿絲絨包著鐵塊的棒狀物，圓潤的前端猛地擦過前列線，一股電流般的快感猛地竄上腦門，他深喘一聲，卻仍未能從惺忪間醒來。

然而，他的好兒子可沒有輕柔喚醒他的打算。

在潤滑劑的幫助下，關山盡的大屌剛插進去，騷穴就軟得幾乎滴水，肏了兩下肉棒都還沒全部進去，老男人已經半張開雙眼，一臉茫然地開始發騷。

「騷貨爸爸……」關山盡咬牙感受柔軟濕熱穴肉的擠壓，狠狠按住父親的胯骨，挺腰把剩下的肉棒都肏進去。

「啊啊——」老男人繃緊細腰，無法克制地尖叫，生理性淚水猝不及防地滾落，一下子沾濕半張臉。

兒子的大屌硬得嚇人，他意識還模模糊糊的，人卻已經被大開大合的肏幹給刺激地浪叫不已。

「小盡、小盡——好燙、好燙啊——」他發現自己用一種騷浪的姿勢趴在床上，屁股高高翹起，臀肉被撞得幾乎變形，不斷隨著啪啪的拍肉聲抖動，騷水也跟著往外流淌。

兒子的肉棒太燙了，烙鐵一般在腸肉裡頂動，燙得他渾身抽搐，呻吟著胡言亂語，弄不清自己到底想迎上去讓兒子肏得更深，還是往前爬幾步緩口氣。大龜頭很快就鑿在直腸口上，那原本緊緻的地方被長時間玩弄，早就鬆軟不已，沒幾下就被肏開來，接近三十公分的肉棒一口氣頂進去，在柔軟的肚皮上頂出一個大屌的形狀。

「要壞掉了……小盡爸爸要壞掉了……」老男人張著嘴浪叫，什麼騷話都敢出口，一隻手還摸上肚子，隔著薄薄的皮肉小心地捏了下那根肉棒。

關山盡深喘一口氣，眼神變暗，按著父親的腰肏得更狠了。

簡直是找死。

老男人真的要被兒子玩死了。

關山盡人長得高大，身材練得又好，全身上下都是精實飽滿的肌肉，他被緊緊鎖在兒子懷裡，下巴被扳著接吻，下面的嘴則被幹得汁水淋漓，臀肉在啪啪啪的使勁撞擊下抖得令人眼花，少見日光的白皙肌膚都被拍打成桃紅色。他哭唧唧的要兒子輕點，彷彿成了兒子專屬的充氣娃娃。

「騷寶貝……」闞山盡額上掛著汗水，貼著老傢伙被吻腫的唇低笑。父親的腸肉又緊又滑，吸吮著他的大肉棒，偶爾抽搐幾下簡直能把人吸死。

他往外抽，就帶出粉色的騷肉，父親也會跟著瞇著眼浪叫：「小盡——用力、用力——爸爸都是你的啊——」

他再往裡頭狠狠一頂，擦過早被操腫的前列腺，直接撞在直腸口上，龜頭都肏穿了那塊窄道，往乙狀結腸頂進去。那塊地方又窄小又濕滑，緊緊地夾著大龜頭，討好又可憐的收縮，闞山盡的理智就這樣慢慢消失，皺著妖豔的眉眼，凶狠地按著父親的腰一頓猛肏。

騷穴猛得一顫，老傢伙隨即崩潰地尖叫。

他肚子被肏得滿滿的都是兒子的大肉棒，兒子技巧又好，狠心玩起他的時候堪稱毫無人性，往外抽的時候只留一個龜頭在穴口蹭，幹進去的時候角度每每不同，將騷穴幹了個透，每一寸黏膜都被肏得噴水伏貼，快感一層又一層地累加上去，老男人狂亂地搖晃腦袋，哭叫著：「小盡！饒了爸爸！饒了爸爸！要穿了——要穿了啊啊——」

噗哧噗哧的水聲混著肉打肉的啪啪聲充斥整個臥室，連老男人的尖叫都壓不住。他的後穴被兒子幹得大開，穴口糜爛豔紅，騷水直往外噴，搞得兒子下腹濕濘一片。

可闞山盡還沒打算放過父親，他狠狠往裡鑿進乙狀結腸，堅硬飽滿的龜頭磨蹭敏感的腸肉，兩顆飽脹的睪丸壓在穴口上。他喘了幾聲，低頭含住父親半吐的舌尖，嘖嘖有聲地吸吻了一陣，略為粗暴的舌幾乎舔上咽喉，吻得老男人喘不過氣，整個人都廢了，兩眼無神地盯著床單。

「爸爸……」關山盡含住父親的耳垂，啃了幾個印子。

「嗯……」老男人渾身顫抖緩不過神，他即將到達高潮，兒子卻突然停下動作，過度的快感彷彿擠在壓力鍋中，炸開之後如何他已經沒有腦子思考，只覺得肚子又熱又滿，鼓出一個肉棒的形狀。

「我能不能塞更深些，嗯？」低柔的聲音飽含深情，老男人腦子本來就不清楚，更是被迷得暈暈乎乎，半點遲疑都沒有就傻愣愣地點頭應了。

「騷爸爸。」關山盡笑罵，健壯手臂攬住父親鼓起的肚子，隔著薄薄的肚皮壓了壓自己碩大的龜頭。

「啊啊——小盡、小盡——」老傢伙整個人都被兒子裹在懷裡，瘦瘦小小、可憐兮兮的，後穴卻騷兮兮地蠕動了幾下，把關山盡啜得雙目發紅。

這老東西夠浪的，非肏死他不可！

關山盡失控按住父親胯骨往自己身下壓，本以為無法更深的肉棒硬生生又戳進去一點，幾乎連睪丸都要肏進去了，把狹窄的腸道完全撐開，幹得老男人騷浪又淒慘地尖叫，腿都撐不住身體，前方的小肉棒抖了抖，張開馬眼尿了一床。

（完）

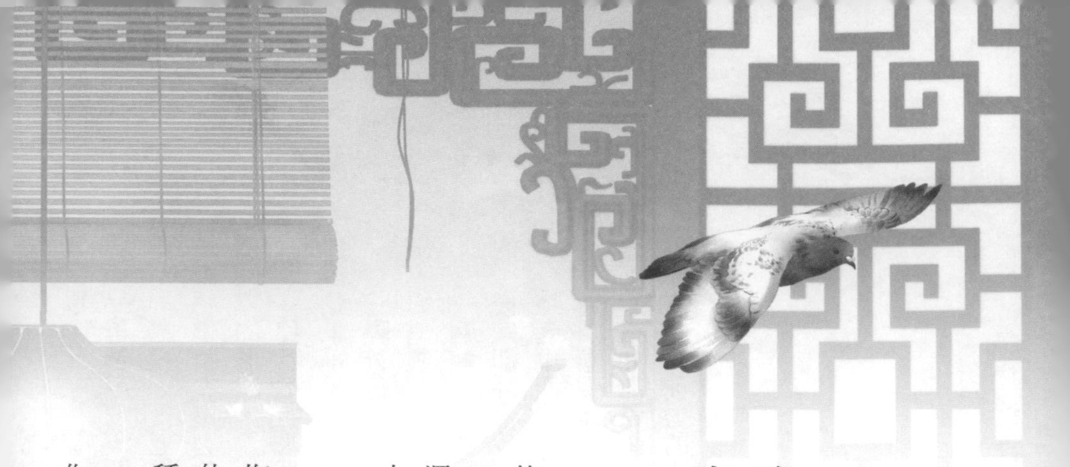

【作者後記】

希望這個故事能陪大家度過一段美好的時光

謝謝拿起這本書並看到最後的你，我是黑蛋白，也就是這本書的親媽欸嘿。

我現在實在很惶恐，這是我第一本商業BL小說，希望你看得還愉快，能夠陪你度過一段美好的時光，不會覺得這個作者腦子進水了。

說到後記，我實在很不會寫，不知道應該要活潑一點還是嚴肅一點好呢？過去我每本個人誌都偷懶沒寫後記，今天深深感到後悔，忘記集點相關能力點數了，所以要是你覺得這篇後記彷彿吃了什麼謎之藥物般沒有重點又茫，那是正常的，因為我現在正處於這種茫然無措、隨時會講錯話或超展開的狀況下。

但是！不用介意！我只是想表達謝謝你看完這本書，如果能讓你喜歡，我會非常開心的！

作者後記

《飛鴿交友須謹慎》這本書算是我休息四五年後重新再出發的作品，在此之前我只有出過個人誌，幾乎每場CWT都會出新刊，直到四五年前我再也沒有新作品，都是寫些舊書的番外交差，也許久沒有認真連載文章了。

那時候我陷入強烈的低潮期，連腦洞都開不出來，感覺自己就是條生無可戀的鹹魚，可能真的要放棄筆耕這條路了。

某天，跟朋友閒聊時不知道為什麼聊到了交友軟體，說來慚愧，我是個娘胎單身至今的人，可能還要繼續單身下去吧，畢竟我的愛……都給了二次元的男人們欸嘿。離題了，回到我跟朋友無聊的話題中，總之好友突然說：「要不然，你寫篇因丁丁照看對眼的故事吧！不需要劇情只需要肉，多好！」

我一想，可以啊！我不是一直想寫純肉文嘛？這是多好的開頭啊！

就在此時，突然被靈感大神劈了一刀，我就把故事定在古代了。古人也是需要丁丁照的。

是的，我原本想寫的是純肉文，就是二話不說脫了就上的那種文，然而……也許是我太久沒寫文了，好不容易有個想寫的題材，就認真地設計了

人物跟大綱，於是乎，純肉文只能與我夢中相見，哭倒在我的蛋殼前了。

對於關山盡跟吳幸子兩個人，我是真的花了非常多、超乎自己的感情下去描繪的。關山盡還算是我以前就會寫的角色，但吳幸子從個性到外貌都和我過去的創作大相逕庭，他是個完全脫離我舒適區的角色，我曾經非常擔心將他寫成一個樣版人物。

畢竟，一個溫和害羞的大叔，太容易樣版了。

還好，幸子本人就跟書裡呈現出來的一樣，他其實是個非常有主見的人。不知不覺間，他對我來說彷彿是一個真正存在的熟人，他很溫和卻也很固執，自卑不安卻又堅忍不拔，他有自己的環境跟年齡孕育出來的智慧，卻也有對幸福的嚮往。他很現實，可現實中帶著文人的浪漫。

所以這樣的他，讓關山盡愛上了；這樣的他，也成就了飛鴿這本書的核心，讓我真正的再次動筆書寫，也更進了一步。

身為一位親媽，我無法不給他最多的關注，卻又不敢太過限制他的發展，所以在連載中後段開始，我的更新速度變得很慢，因為我無法任性地想寫什麼就寫什麼，我要思考這是幸子會做的事嗎？他會開心嗎？又是哪些過去經歷造就了現在的他？篇幅自然也不知不覺越寫越多。

作者後記

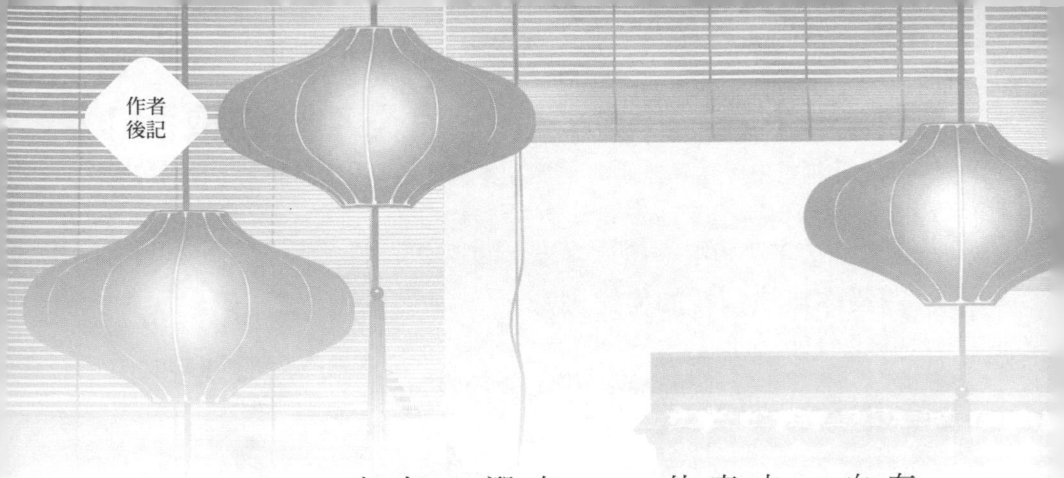

這次實體書增加了許多篇幅，因為幸子和關山盡的故事遠遠沒有結束，他們會在一起度過每一個太陽底下新鮮又不新鮮的日常，白首偕老。

而其他主要配角也都有各自的故事，比如顏文心、比如魯澤之，在故事中他們或惹人厭或讓人緊張，但他們的人生也尚未結束，我迫切地想與大家分享，所以不知不覺越寫越多，希望這些番外能讓大家滿意。

才說自己不會寫後記呢，不知不覺卻寫了這麼多。

再次謝謝看到這裡的你，如果有任何想法都歡迎留言給我，我在臉書有架設粉絲團，雖然才剛開始哈哈。若是噗浪使用者，也歡迎去噗浪找我。

最後，飛鴿雖然結束了，但這個世界並未終止，黑兒跟染翠也有屬於他們的故事，而我現在正在努力書寫他們，希望能再帶給大家新的感受。

大B、噗浪、粉絲團上都有連載，有興趣可以先去看看唷。

希望很快能再和大家見面。

黑蛋白

二〇一八年秋

i小說 003

飛鴿交友須謹慎3（完）

國家圖書館出版品預行編目（CIP）資料

飛鴿交友須謹慎3 / 黑蛋白著. -- 初版. -- 臺北市 :
愛呦文創出版, 2019.1
冊； 公分. --（i小說 ; 003）
ISBN 978-986-97031-6-1（第3冊：平裝）

857.7　　107017215

愛呦文創

作　　者　黑蛋白
封面繪圖　Leila
責任編輯　高章敏
文字校對　劉綺文
行銷企劃　羅婷婷

發 行 人　高章敏
出　　版　愛呦文創有限公司
地　　址　10691台北市忠孝東路四段59號10-2樓
電　　話　（886）2-25287229
郵電信箱　iyao.kaoyu@gmail.com
愛呦粉絲團　https://www.facebook.com/iyao.book

總 經 銷　聯合發行股份有限公司
電　　話　（886）2-29178022
地　　址　231新北市新店區寶橋路235巷6弄6號2樓

美術設計　廖婉禎
內頁排版　洸譜創意設計股份有限公司
印　　刷　沐春行銷創意有限公司
初版一刷　2019年1月
初版六刷　2022年5月
定　　價　300元
I S B N　978-986-97031-6-1